웰컴! 아벨

이정은 장편소설

도서
출판 계간문예

웰컴! 아벨

네 아우 아벨이 어디 있느냐?
제가 아우를 지키는 사람입니까?
(창세기, 4장 9절)

사랑하는 유리에게

열정의 작가, 이정은

최 문 희 (소설가)

그는 여류 작가이기 보다는 인간의 작가이기를 원한다. 가장 여성스럽고 가장 여성의 속성을 여물게 간직한 작가이면서도 한 겹의 지퍼를 열면, 따스하고 경우 바르고 맑은 심상을 가진 그를 발견할 수가 있다. 이정은 작가를 알고 지낸 지 이십 년이 가까워 온다. 처음 그를 만났을 때 나는 유감스럽게도 그에게 주의를 기울일 만한 여유가 없었다. 솔직히 말하면 빗긴 눈길로 바라보려 했다. 작가로서 지나치게 화려하고 유복하게 보이는 점이 그를 경원하게 만들었다. 물론 한때였지만. 그만치 그는 인상적인 작가이다.

또래의 작가들처럼 그의 유년이나 청년기 역시 허기진 세월이었다. 급변하는 사회의 부조리한 구조 속에서 활자나 문화적인 어떤 혜택도 주어지지 않은, 영혼의 오지에서 허덕거려야 했다. 그건 참으로 참담하고 스산하고 우울한 응달이었다. 그러나 그녀는 자신을 대책 없이 방치하지 않았다. 여성지 한권, 신문 한 장, 영화의 자막 한 줄에 이르기까지도 그는 자신의 뼈 속에 문신으로 각인하는 자세로 살아왔다. 결핍된 것들로부터 겸손하게 자아를 끌어올리기 위한 그의 노력은 참으로 소중하고 가상하다고 밖에 표현할 수 없을 것이다. 그것은 소통의 욕구이며, 결국은 충만한 자기 존재를 회복하려는 눈물겨운 노력이다. 그 노력이 그의 소설이 담고 있는 생에 대한 창조적 에너지로 작동한다.

그는 늘 커다란 백 속에 녹음기와 작은 메모수첩과 볼펜을 휴대하고 다녔으며, 젊은이들이 들끓는 카페 한구석에 앉아 그들의 젊음을, 그들의 말투를, 그들이 만들어 내는 모든 제스처를 훔쳐보곤 했다. 그것은 지금도 마찬가지이다. 그만큼 그의 문학은 사실적이고 현실적이며 인간의 삶을 사랑하고 있다. 그는 작품을 구상하거나 집필하면서 작품에 나오는 무대를 찾아보고, 작품을 마무리하면서 다시 방문하는데, 그것은 그가 누구보다도 문학을 경외하고 소설을 사랑하는 작가임을 알려준다. 그 사랑은 이 세계와 생에 대한 사랑을 절실히 느낀 데서 나온 것이라고 나는 생각한다. 그게 바탕이 되어서 소설에 대한 치열한 열정으로 이어지기 때문이다.

　장편소설 『태양처럼 뜨겁게(2006년)』를 생각해 보면 그렇다. 해병대를 무대로 한 젊은이들 고뇌를 다룬 작품을 구상하면서 해병부대를 직접 찾아갔다. 그는 많은 자료를 수집했고 해병전우회를 비롯한 많은 사람을 만나 인터뷰를 했으며 서해바다 연평도를 탐방했다. 깎아지른 절벽 위에서 북한 땅을 바라보았고 OP(전방관측소)와, 콘크리트로 만든 매복 참호를 답사했다. 장편소설 『블루 인 러브(2008년)』와 소설집 『세 번째 기회(2009년)』를 집필할 때도 현장을 답사하기는 마찬가지였다. 작품에 관련된 많은 정보를 수집하고 분석하고 인간 내면을 심층적으로 탐구하고 거기에서 수많은 에피소드를 구상하고 해체하는 과정을 통하여 하나의 새로운 스토리를 창조해 나갔다. 거기에는 그 어떤 다른 목적도 들어 있지 않았다. 소설에 대한 열정과 경외감이 그를 그렇게 끌고 간 것이다.

　그를 단순하게 부드럽고 멋 내기를 좋아하고 감성적인 성격이라고 말하는 것은 그에 대한 오판이다. 그는 대단히 강하고 이성적이며, 사리판단이 분명하고 논리적이다. 할 건 하고, 안 할 건 하지 않는다는 분명한 획을 긋고 살아간다. 절대로 아무에게나 자신을 허락하지도, 불하하지도 않는다. 한두 번 가깝게 식사하고, 차를 함께 마셨다고 그의 친한 친구가 될 수 없다. 이중적인 요소가 있다는 말이 아니라, 그가 진정으로 바라는 것은 바로 진정성이기 때문이다. 진정성의 특성은 바로 인간에 대한 사랑과 신뢰이다. 한번 믿으면 우직하리만큼 끝까지 믿어주고 그 믿음을 밀고 나간다. 그는 현대판 의리의 낭자다.

그가 이번에 장편소설 『웰컴 아벨』을 출판한다는 말을 들었을 때 나는 그의 열정이 부러웠다. 그것은 지난 세기 이 땅에 살던 우리 모두가 그러했듯이 그가 좌절하고 자신을 의미화하여온 과정의 기록이자 그가 묵묵히 걸어가는 여정의 의미이기도 하다. 그가 나타나는 자리는 어디나 활기와 열정으로 공간의 질이 화사하게 바뀐다. 그의 존재는 그 자체로 어떤 경우에도 패배하거나 주눅들지 않는 문학의 힘을 증명한다. 그래서 나는 이번에 아홉 번째 소설집을 내는 소설가 이정은의 치열한 작가정신을 높이 사고, 이제 거침도 없이 성큼성큼 걸어 나가는 그 재능을 축하한다.

차례

이정은 장편소설 ― 웰컴 아벨

1장

별의 충돌

아름다움은 프리미엄이다. 웬만한 잘못도 용서 받는다. 여자에게 아름다움은 구원이고 최상의 가치일 수 있다. 유리는 사랑을 받고 자란 아이다. 하는 말, 하는 짓, 심지어 밥 먹는 입과 치아까지도 사랑스러웠다. 눈웃음과 볼우물을 매달고 있는 얼굴은 눈을 뗄 수 없을 정도로 유혹적이다. 거기에 맑은 심성도 한몫 했다. 거짓말이라는 걸 알 수 있도록 간단한 속임수를 써도 그대로 믿었다. 말하는 것도 순수했고 고향 이야기를 하면 마을과 사람들이 눈앞에 보이는 것 같았다.

그들만의 축제

도착

하얀 능선이 앞을 가로막는다. 눈에 보이는 모든 것은 눈으로 뒤덮여 있다. 웅장한 산, 그 울울한 숲 나무들이 눈 더미에 실려 툭툭 꺾어지고, 하늘과 땅 사이, 무한대의 백색공간이 착시현상처럼 가물거린다.

스키장으로 오는 길은 순탄치 않았다. 눈이 내린 후 기온이 영하로 곤두박질쳤고 꽁꽁 얼어붙은 도로는 주차장을 방불케 했다. 다섯 식구들, 각자의 많은 짐 보따리로 차는 출발 때부터 숨을 헐떡거렸다. 구입한 지 얼마 안 된 그랜저도 눈길엔 제대로 힘을 쓰지 못했다. 얼어붙은 와이퍼가 뻑뻑했고 움직일 때마다 뿌드득뿌드득 소리를 냈다. 뒷좌석에서 들려오는 아이들과 유리의 재잘거리는 소리가 귀를 아프게 했고, 남편 우현도 아이들보다 더 들떠 있었다. 가다 서다를 반복하던 차가 멈춰 서자 뒷좌석에서 맑은 소리가 들려왔다. 유리였다.

　– 형부, 트렁크 좀 열어주세요.

　유리는 차문을 열고 총알처럼 밖으로 튕겨 나갔다. 트렁크에서 면걸레를 꺼내든 뒤 차 앞으로 달려와서 재빨리 와이퍼를 들고 얼어붙은 살얼음을 닦아내기 시작했다. 얼굴 가득히 하얀 치아를 드러내고 입김을 호호, 불 때마다 도톰한 입술이 동그랗게 오므려졌다가 펴졌고 그때마다 하얀 입김이 유리창에 서렸다. 유리 작은 얼굴이 밝게 웃자 우현도 하얗게 따라 웃으며 중얼거렸다.

　– 에이구, 싹싹하긴!

　잠시 후 그는 운전석 창문을 내리며 어서 타라고 손짓했다. 부드러운 눈길이 유리에게 매달린 채 유리를 따라 뒷좌석까지 끌려가는 게 보였다. 그 순간 얼굴이 화끈 달아오른 나는 우측 사이드미러 속에 비치는 하늘과 구름을 뒤적이는 척했다. 폭죽처럼 터져 나오는 쾌활함이나 부드러움, 그런 표정은 가족들만 있는 자리에서는 좀처럼 볼 수 없었다. 앞차에 밀려 차가 멈출 때마다 그는 룸미러에 눈을 박은 채 무언가 갈망하는 듯한 눈빛을 보냈는데 아이들을 바라보는 눈빛이라고는 상상되지 않았다. 얼핏 곁눈질하던 그는 나와 눈이 마주치자 어깨를 움찔하며 급히 눈길을 돌렸다. 고속도로에 접어들면서 차는 그런대로 속도를 내기 시작했고, 스키장 콘도에 도착한 것은 오후 2시였다.

　로비는 방금 도착한 사람들과 떠나는 사람들로 북적거렸다. 일층 사무실에서 접수를 하고 오층으로 올라가자 복도의 양쪽으로 방이 늘어서 있고, 문 위에 번호표가 붙어 있다. 우리는 511호를 찾아 걸어갔다. 출입문 맞은편에 창이 나 있고, 그 위에 두꺼운 천으로 된 미색 커튼이 내려져 있었다. 서둘러 커튼을 젖히고 그 뒤에 숨은 창문을 열었다. 확 트인 창밖의 풍경이 한눈에 들어왔다. 나는 짐 정리도 잊은 채 창가에 붙어 서 있었다.

스키장이라면 지훈과 지혜, 유리 그들만 보내도 되었다. 고등학교 2학년인 지훈은 이번 방학을 끝으로 대학입시 준비에 돌입해야 한다. 마지막 충전을 위한 휴가인 셈이다. 스키 타는 즐거움으로 겨울 방학을 기다려 온 아이들, 처음엔 지훈과 지혜만 스키장으로 보낼 예정이었으나 온가족이 함께 오기로 일정이 바뀐 건 여동생 유리 때문이다. 아이들이 스키장 이야기를 꺼냈을 때 유리가 부럽다는 듯이 말했다.

– 형부, 나도 가면 안돼요?

혀끝에 도르르 말리듯 달콤한 유리 말에 남편은 짐짓 눈시울을 치떠 내 눈치부터 살폈다. 많은 비용을 써가며 유리까지 갈 건 뭐 있나! 하는 생각이 스쳤으나 그런 심기를 드러내는 것이 싫어서 나는 자리에서 일어나 식탁 옆에 멈춰 서서 그의 행동을 주시했다. 그런데, 나를 스치듯 지나간 그의 시선은 곧 유리 얼굴에 가 머물렀고 커다란 동공에 그늘을 만들었다. 너무 진지하고 슬퍼서 내 마음의 벽을 허물었던 눈길이었다. 몇 초인가 짧은 침묵이 이어졌고 남편이 그 침묵을 깨뜨렸다.

– 좋지, 처제가 동행한다면 아이들도 좋아할 테고. 이참에 모두 같이 가도록 하지!

순간 내 입 안에서 신음소리가 탁하게 깨물렸다. 동의를 구하는 듯 그의 시선이 식탁 불빛에 숨어 있던 나를 '잠깐' 거치고 나서 유리 눈 속으로 빨려 들어가는 것이 고스란히 눈에 보였다. 마치 내 옆구리에 비수가 박히는 것 같았다. 우현의 눈 그늘, 그건 어쩌면 자신도 어쩌지 못하는 마음 무늬이자 연민 같은 건지도 모른다고 나지막이 중얼거렸다. 불가항력적인 사무침, 그런 건가? 생각하면서.

－ 와우, 아빠도 같이 간대.

아이들이 함성을 지르며 손뼉 치는 소리가 옆에서 들려왔다.

이곳은 여름에는 퍼블릭 골프장이고, 겨울에는 스키장이 된다. 골프를 좋아하는 남편이 권해서 지난 여름 그와 처음 와본 이곳 퍼블릭 코스는 내가 골프채를 잡고 처음 머리를 얹은 곳이기도 하다. 그때만 해도 남편의 눈빛은 건강했고 말할 때 나를 바라보는 눈길이 정직성을 잃지 않았다. 하지만 언제부턴가 그는 내 눈을 바라보지 않고 딴청을 부리거나 외면하기 일쑤였고, 나는 그에게 더 자상하게 더 살갑게 대해주려고 노력했다. 그런데 겨울 숲 사이를 빠져나와 스키장이 가까워 올수록 나는, 자신이 예민해져 있다는 사실이 불편해졌다. 코치를 붙여 주면서까지 내게 스키를 가르치고 싶어 하지 않을 남편임을 알고 있다. 몇 번 잡아주는 척하다가 내가 허우적거리며 기진맥진해져서 '이제 그만 둘래요.' 하길 기대하는 건 아닐까, 하는 생각이 들러리를 서러 가는 기분이 들게 했던 것이다.

내가 흰색이 왜 필요한지 궁금했던 것은 초등학교 2학년이던 미술 시간이다. 12개나 24개 들이 크레용 케이스에 마지막까지 길게 남는 색은 언제나 흰색과 검정색이었다. 케이스를 채우기 위한 '들러리' 라 여겼다. 검정색은 밤이나 어둠의 색상으로 필요했지만 흰색은 흰 도화지에 쓰일 일이 없었다. 다른 색은 쉬 닳는데 흰색 크레용은 깨끗한 채로 부러지지도 않았고 그대로 남아 있었다. 내가 흰색의 용도를 안 것은 꽤 오랜 시간이 지난 후였다. 다른 색하고 섞어 제 3의 색을 만들거나 진한 색상을 엷게 희석시킬 때 '꼭' 필요하다는 것을.

내게 그것은 묘한 경험이었다.

같은 통에 들어 있는 크레용에게 마찬가지일 수 없는 용도가 주어진 이유를, 주어져야 한다는 이유를, 나는 그때 알지 못했다. 그것은 크레용에 대한 차별이고 흰색의 존재에 대한 모독이라고까지 여겼다. 차별과 차이의 다름을 알지 못했던 것이다. 우현은 자신의 실수나 잘못을 지적하면 내게 말했다. 종종 누구나 그럴 때가 있어. 나도 마찬가지고, 당신도 마찬가지야. 그리고는 돌아앉아서 중얼거렸다. 우리는 누구나 마찬가지야. 누구나 마찬가지인 인간에게, 누구도 마찬가지일 수 없는 삶이 주어진 이유를 안 것도 또 한참의 세월이 지나서였다. 존재하나 무의미한 것, 무의미하나 중요한 것, 그런 것들도 세상에는 많이 존재하고 있다는 걸 안 것도 그 후였다. 내 안에 작은 갈등의 씨알들이 생겨난 것은, 너무 강한 것과 너무 희미한 것의 실체 같은 걸 어렴풋이 감지하게 되면서부터였을 것이다.

내 주변에서 강하게 작용하는 것이란 남편 말고는 없다. 입에서 나오는 모든 소리가 내게는 명령으로 들린다. 손짓, 발짓, 심지어 침대에서조차 바위처럼 버겁게 느껴진다. 밥부터 먹잖고, 아주 부드러운 소리로 말해도 내게는 쨍쨍한 쇳소리로 들린다. 내가 가진 모든 것들의 나약함이,

허술함이, 미흡함이 그런 식으로 남편을 받아들이도록 했는지도 모른다.

　아이들은 짐을 풀자마자 급히 스키복으로 갈아입기 시작했다. 스키복이 구식이라 속이 상한 듯 투덜거리던 지혜가 나를 쳐다보지만 나는, 모른 척하면서 소파에 등을 기댄 채 가뭇없이 설레는 마음을 다잡으려 노력했다. 어른답게, 자연스럽게, 평온을 위해, 그런 말들이 의식 속에서 요동쳤다. 이곳이 처음인 유리는 그저 들뜬 표정이다. 스키바지를 입던 지혜가 나를 보고 묻는다.
　― 나도 스키복을 빌릴까?
　― 남이 입던 것보다 네 것이 좋지.
　― 엄마도 같이 가요. 유리 이모도 빌린다고 하잖아요.
지혜의 제안에 유리도 언니 존재를 발견한 듯 나를 쳐다본다.
　― 언니, 형부도 전부 빌려야 한대. 나도 그렇고, 언니도 그렇죠?
나는 손사래를 친다.
　― 난 좀 쉴게. 놀다와, 내가 저녁 맛있게 해 놓을게.

　모두들 스키장으로 떠나버린 텅 빈 객실. 나는 천천히, 슬로비디오처럼 움직이면서 저녁 식사를 준비한다. 초벌로 찜해 온 갈비를 해동시키고, 아이들이 좋아하는 튀김용 가루를 파삭하게 튀길 수 있도록 물에 섞어 냉장고에 넣는다. 남편이 좋아하는 톳나물 무침과 매콤한 낙지볶음에 넣을 야채를 예쁜 접시에 담아 식탁 위에 놓는다. 준비가 끝났다. 식탁 위에서 전열기구로 볶기만 하면 온 가족이 둘러앉아 식사를 할 수 있다. 테라스로 나갔을 때는 산의 나무들이 어둠 속에 묻히기 시작했다. 스키장을 내려다봤으나 거리가 멀고 인파 속에서 가족을 찾을 수는 없었다.

나는 혼자 남겨졌다.

무언지 모를 숙제, 언제나 내 시간은 누군가에게 맡겨져 있다는 강박 같은 것이, 내게는 있었다. 방이 네 개나 있는 집이지만 내게 주어진 공간은 공동으로 사용하는 주방과 거실 그리고 내실의 침대 한 자락이 고작이었다는 사실이 나를 외진 곳으로 몰아넣었다. 내게 주어진 공간이 부재했듯이 내게 주어진 시간 같은 건 처음부터 없었다. 아니 스스로 찾지 않았는지도 모른다. 누군가에게 맡겨진 시간 속에서 결혼 생활 18년이 후딱, 책장을 넘기듯 그렇게 스쳐 가버렸다.

우현은 내가 아는 한 이 세상 누구보다도 훌륭한 사업가다. 그에겐 불굴의 의지와 꺼질 줄 모르는 열정이 있다. 그에게 중도 포기란 없다. 그는 회사를 조직적이고 합리적으로 경영하며, 이익을 공정하게 분배하고, 일부를 사회에 환원하기도 한다. 열정과 성실함, 명확한 비전이 직원들을 우리는 한 가족이라는 유대감으로 뭉치게 했고 회사를 활기차게 움직이게 만들었다. 유리가 바쁘게 전화 받으며 생산제품을 주문받는 모습을 볼 때마다, 나는 가슴이 설레곤 했다. 유리가 회사에 들어온 지도 일 년이 지났다.

처음 맞는 송년 겸 일주년 회사 창립기념 파티를 연 것은 보름 전이다. 사무실 테이블 위에는 준비한 음식이 펼쳐졌고 불판 위에는 고기가 익어갔다. 술 취한 직원들의 떠나갈 듯한 웃음소리가 사무실 허공을 둥실둥실 떠다녔다. 잔에 술을 가득 채우고 남편이 건배했다. "우리 모두 함께 노력했기에 이 날이 온 겁니다. 수고했어요." 옆에 선 유리도 흥분된 목소리로 거들었다. "내년에도 열심히 합시다. 건배!" 사무실은 함성과 박수소리가 가득했고 음식물이 넘쳐났다. 남편이 새삼 미더웠고 기뻐하는 유리가 고마웠다. 나는 뜨거운 사랑과 감격이 넘쳐났고 가족이란 이런 것이구나! 소리치고 싶었다.

해가 떨어졌고 대기는 다시 차가워졌다. 어둠이 빠르게 골짜기를 덮어 내렸다. 그러나 스키장은 대낮처럼 밝다. 강렬한 스키장 불빛을 하늘로 쏘아올리고 축포가 터진다. 객실 통유리로 쏟아져 들어오는 불빛이 낮보다 더 밝다. 그때 딩동, 벨이 울리더니 지훈과 지혜가 객실로 들어선다. 이리저리 둘러보던 아이들이 이상하다는 듯 묻는다.

– 아빠는? 이모는?

– 아직, 안 왔어요?

지훈은 아빠와 이모가 초보 그룹에서 함께 스키를 타고 있었다고 한다.

– 왜, 찾아서 같이 들어왔으면 좋았잖아. 그럼 아빠하고 이모는 어딜 갔다는 거야?

내가 묻자, 친구들끼리 몇 번 이곳에 와 봐서 초보단계를 면한 지훈과 지혜는 중급반에서 타다 왔다고 한다.

– 엄마, 배고파!

아이들이 동시에 배고프다고 난리다. 오늘 아침 일찍 집을 떠났고 휴게소에서 우동으로 간단히 점심식사를 했을 뿐이다. 아이들만 먼저 저녁을 챙겨줘야 한다. 집에서 챙겨온 밑반찬이지만 하나씩 접시에 덜어낸 다음 냉장고에 보관하면서 아직 돌아오지 않는 남편과 유리를 위해 두 번씩 밥상을 차려야 한다는 생각을 하자 심기가 불편해진다. 귀가하지 않은 두 사람을 위해 커다란 식탁 위에 수저를 올려놓고, 조림 반찬을 접시에 들어내고 랩으로 씌워두었다.

짐정리를 하면서 나는 물끄러미 창밖을 내다본다. 여행지까지 와서 집에서 하던 일을 반복해야 하는 관성에 길들여진 건 아닐까 생각하자 갑자기 우울해진다. 영원한 반복, 익숙해진 채 죽을 때까지 밥하고 빨래하고 청소하는 일만 수천만 번 되풀이하다가 몸도 마음도 폭삭 삭고 망가지겠지. 그 당연하다고 여기던 일들이 마치 앞뒤를 가로막는 견고한 '쇠울타리'처럼 느껴진다.

입 안에 쇠붙이 치아교정 장치를 1년 넘게 하고 다녔던 기억이 떠오른다. 내가 중학교 1학년 때였다. 불편한 건 말할 것도 없고 밥맛도 없고 말할 때도 혀끝에 닿는 쇠붙이의 까칠한 느낌이 견딜 수 없었다. 잠잘 때는 무의식적으로 빼놓기도 했었다. 치아 배열이야 들쑥날쑥 흉해지겠지만 그놈의 교정 장치를 빼는 순간의 홀가분함이란, 아직도 기억에 선명하다. 그러고 보면 '구속, 자유' 같은 단어를 내가 그즈음 확실하게 느꼈던 게 분명하다. 이런 게 바로 자유로움이구나 하고. 지금 내가 치아 교정 기억을 떠올린 건 예쁘고 고른 치아를 위해 교정 장치를 입 안에 물고 있어야 한다는 그 불편함이, 가정의 행복을 조율하기 위한 안간힘과 다르지 않았기 때문이다. 나는 이제껏 어떤 경우에도 일상이나 삶에 대해 불평이나 부정적인 생각을 해본 적이 없다. 설혹 있다고 하더라도 그건, 어디까지나 그때의 기분이 그랬다는 것일 뿐 불편함이나 속박 같은 용어와는 거리가 멀다고 여겼다. 그런데, 쇠붙이를 매단 압박감처럼 일상이 지겹게 느껴지는 건 왜지. 이게 무슨 가당찮은 반란인가?

　지훈은 저녁식사가 끝나자마자 스키장에서 만난 친구를 로비에서 만나기로 했다면서 급히 나갔다. 스키복을 다시 챙겨 입은 지혜도 나갈 채비를 하면서 "여기서 콘서트를 한대요. 엄마도 같이 나가 볼래요?" 물었지만 나는 대답하지 않았다. 신통찮은 엄마 반응에 지혜는 "콘서트를 꼭 봐야 한다"며 휴대폰을 들고 밖으로 나가버렸다. 거실에 혼자 남겨지자 나는 갑자기 텅 빈 공간이 스산해 보인다. 어중간한 시간이다. 그대로 앉아 있기도 그렇다고 스키장으로 나가봐도 할 일도 없을 것 같다.

　나는 일층 로비로 내려왔다. 늦은 시간인데도 밖에는 여전히 사람들로 북적인다. 리프트에 오르는 사람들, 원색 옷을 입고 몸이 휘어지듯 경사진 골짜기를 내려오는 스키어들에게서 열기가 쏟아지고, 스키장 라이트가 비추는 하늘에는 눈발이 춤을 추고 있다. 초보자 코스에도 발 디딜 틈 없이 사람들로 가득 메워져 있다. 눈밭 위에 어깨를 끌어안고 장난치며 키득대는 사람들로 젊음이 출렁거린다. "눈 축제"가 있다는 안내방송이 들려온다. 가족들과 함께 눈 조각을 구경해야 한다는 생각에 나는 허둥대며 주위를 둘러보았다. 두 사람, 우현과 유리는 눈에 띄지 않는다.

　사랑은 어떤 행위도 웃음과 연결된다는 것을 내가 안 것은 최근이다. 유리와 함께 있는 남편을 보고 알 수 있었다. 사춘기 소년처럼 들떠 있고 얼굴에 생기가 넘치고 광채가 났다. 그런 남편이 지금 유리와 함께 있다. 스키를 배우면서 끝없이 넘어지고 일어서서 몇 발자국 떼어 놓는 것, 모든 것이 웃음거리일 것이다. 사랑에 취해서 시간 가는 줄 모르는 저들, 행복해서 밥 먹는 것도 잊은 것일까? 이 시간 어디서, 무엇을 하고 있기에 소식이 없을까? 혹시 사고라도? 아니, 그럴 리 없다. 나는 머리를 흔들었다. 생각이 다시 꼬리를 물고 이어지더니 부풀려지기 시작한다. 혼자서 낯선 곳을 산책했다. 밤이 깊어가지만 혼자 있는 시간은 느리게, 느리게 지나가고 한참을 지나도 제자리에 머물러 있는 듯 보인다.

나는 511호로 다시 올라갔다.

밤 10시 반, 거실은 비어 있었다. 나는 식탁에 앉아 가족들이 오기를 기다렸다. 배가 고파오지만 옴짝달싹하지 않았다. 밖에는 바람이 부는지 창문이 흔들리고 있다. 나는 슬리퍼를 신고 테라스로 나간다. 야간 조명등이 환하게 빛나는 스키장을 보니 외국에라도 온 것 같다. 나무 숲, 계곡, 푸른빛으로 그어진 스카이라인, 눈에 보이는 모든 사물이 신비해 보인다. 듬성듬성 한두 팀이 남아 있는 스키장에는 빈 리프트만 가볍게 출렁거리고 있다. 벽시계가 새벽 1시를 가리키고 있다. 지훈과 지혜는 돌아와서 잠이 들어 있었다. 하지만 유리와 남편은 아직 돌아오지 않는다. 즐거워서 행복하다는 사실도 잊은 것일까? 지금까지 쉬지 않고 스키를 타고 있나? 창밖을 내다보는 나는 속이 타고 머릿속이 하얗게 비어가는 것 같았다. 나는 더 이상 기다릴 수 없다. '여기까지가 내 한계다!' 나는 패딩코트를 어깨 위에 걸쳤다. 신발을 신었다. 현관문 손잡이를 잡으려는 순간 덜커덩 문이 열렸다. 남편과 유리다.

— 어디 가려고?

눈을 털고 들어서던 남편이 뜨악한 얼굴로 묻는다. 나는 대답 없이 소파로 되돌아가서 몸을 깊숙이 파묻었다. 아랫입술을 지그시 깨물고 굳은 얼굴에 미소를 떠올리기 위해 애써 얼굴 근육을 움직이려 했지만 움직여지지 않는다. 얼굴 가득 행복을 떡칠한 채 힐끗 쳐다보는 두 사람, 허공 중에서 뒤엉키는 눈길, 세상을 가슴에 안은 충만함, 그들이 발산하는 포만감이 내게로 전이되는 느낌에 나는 모든 게 싫어졌다. 우현의 헤벌어진 얼굴에서는 육욕인지 모를 기름기가 번들거렸고 함께 들어온 유리는 두터운 파카를 벗어던지고 어느새 하얀 티셔츠에 검정 레깅스로 낭창한 몸매를 드러내고 있다.

유리는 눈부시게 고왔다.

경쾌하고 발랄해 보인다. 여자 눈에도 저렇게 예쁜데 중년 남자에게 저 풋풋함, 저 발랄함, 저 젊음은 얼마나 큰 유혹이 될지 알 것 같은 기분이 든다. 나는 소파에서 몸을 일으켰다. "저녁은?" 유리를 쳐다보지 않고 우현에게 물었다. "간단하게 요기했지. 당신은 아직 안 먹었어? 먼저 먹지 그랬어!" 그렇게 말한 우현은 피곤해서 밥 먹을 힘도 없다면서 그대로 자겠다고 한다. 나는 허전했다. 섭섭함이 몰아쳤다. 나는 낮에 휴게소에서 간단한 우동 하나로 점심을 때웠을 뿐 아침은 물론 저녁도 먹지 못한 상태다. 랩을 뒤집어쓴 밑반찬들을 냉장고 안에 도로 넣는다. 이제 내가 할 일은 없을 것 같다. 스키를 타겠다는 열의나 호기심이 있었던 것이 아니기에 객실에 혼자 남을 것이라는 상상을 못했던 건 아니다. 유리가 스키장에 가고 싶다고 합세하는 바람에 남편까지 덩달아 뭉치게 된 여행, 가족들 뒷바라지는 당연하다고 여겼다. 그러면서도 자꾸 서글퍼지는 건 홀로 남겨졌다는 소외감 탓일 것이다. 스스로 자초한 일인데도 나는 혼자만의 공간이 자꾸만 허허벌판 같은 기분이 들었다. 아, 혼자 남겨진다는 것, 내가 얼마나 끔찍이 싫어했던가!

창문을 조금 열자 얼어붙을 듯 차가운 바람이 안으로 휘몰아친다. 창문을 넘어온 차가운 바람이 가슴에 날아와 꽂힌다. 나는 고개를 들어 눈물을 참는다. 입을 다문 채 바깥 풍경을 바라보다 가끔씩 나의 모습을 본다. 슬픔의 표상 같은 그림자. 유리창에는 빛의 축제 속에서 낙오된 검은 실루엣 하나가 떠 있다. 두터운 스웨터를 걸치고 있는 몰골이 초라하고 한심해 보인다. 차가운 창에 이마를 기댄 채 나는 생각한다. 남편의 무관심이나 묵살 앞에서는 어떻게 해야 하는 걸까? 왜, 눈더미에 부러지는 나무들을 보면 무저항주의적인 내 아둔함에 신경이 모아지는 걸까? 얇은 면 티셔츠 한 장만 입은 채 낭창한 허리선을 드러낸 유리에 비하면 턱없이 둔하고 무딘 허리선이 새삼스럽게 나를 우울하게 만들고 있다. 나는 이곳에 오지 말아야 했다, 나는 혼자 중얼거린다.

스키장에서 남편이 어떤 상태였을지 짐작이 간다. 남편은 하기로 마음먹은 일은 해내고 마는, 누구에게든 지기 싫어하는 성격이 아니던가. 유리와 죽어라고 연습했을 것이고, 그건 내가 따라갔어도 마찬가지였을 것이다. 남편과 유리, 조금 전에 들어온 두 사람은 행복표 올리브유라도 바른 듯 조금도 피로해 보이지 않는다. 발그레 상기된 유리 뺨은 생글거리고 있다. 피곤하다는 말은 모두 핑계였다. 아무도 내가 혼자 몹쓸 상상으로 고통 받고 있던 나의 시간과 나의 기다림, 나의 걱정은 아예 생각해보지도 않았을 것이다. 남편은 방으로 들어갔고 유리도 보이지 않는다. 유리는 화장을 지우고 내일을 위한 몸 관리에 부산을 떨고 있음이 분명하다. 삼십 분쯤 지나자 피부 관리를 끝내고 잠옷

차림으로 나온 유리가 지혜 곁에 와 눕는다.

"언니, 안 자?" 그리고는 유리는 금방 고른 숨소리를 내며 잠이 든다. 순한 얼굴이다. 잠시 남편과 유리를 엮었던 몹쓸 생각은 내 불온한 영혼 탓일 거라는 기분이 들게 한다. 나는 한참 동안 소파 위에 우두커니 혼자 앉아 있었다. 잠들지 못하는 자신이 이방인처럼 보인다. 왜 이렇게 아래로 가라앉는 걸까. 바다 밑으로 깊이 침잠하는 느낌. 확실하게 손에 잡히지 않는, 그래서 더욱 안타깝고 미심쩍고 나를 안달나게 만드는, 불안의 정체는 무엇일까? 어딘가에 무엇인가를 터뜨리고 싶다. 목청껏 소리를 지르며 눈 위를 뒹굴고 싶다. "공연장으로 나와서 함께 즐기라"는 방송을 들었지만 아이들 틈에 끼는 것이 내키지 않아 미루었던, 그 말이 생각났다.

발레리노와 발레리나

나는 자리에서 일어나 조용히 현관문을 열고 밖으로 나갔다. 안내 팻말을 따라 십 분쯤 걸어가자 눈 축제장이 나타나고 대형 조각상이 보인다. 광장에 설치된 무대 위엔 아무도 없다. 지혜 말을 들었더라면 혼자 보낸 시간이 덜 지루했을 것이고 젊은이들 열기도 느낄 수 있었을 텐데. 공연은 끝났고 모였던 관객은 돌아갔다. 텅 빈 광장에,

눈발이 날리기 시작한다.

커다란 조각상 앞에 하얀 눈으로 만든 하트 모양이 보인다. 방한복 모자를 눌러쓰고 이리저리 발길을 옮기던 나는 사람들이 몰려있는 곳으로 가 걸음을 멈춘다. 사진 찍는 장소였다. 숭례문 조각상 앞에서 몇몇의 젊은이들이 떠들썩하게 웃으며 사진을 찍고 있다. 만리장성, 에펠탑, 스핑크스 조형물, 갖가지 상상의 작품들도 보였다. 화려한 조명을 받으며 자태를 뽐내고 있는 숭례문 앞에 선 나는 혼자서 머리를 숙여 조상(弔喪)했다.

나는 눈길을 걸었다. 여러 가지 작품들을 보면서 혼자라는 소외감을 잊으려 했던 일도 잠시, 곧 무위로 돌아간다. 이야기할 상대가 없다는 것은 사물을 반도 못 본 것과 같다. 무엇을 보느냐보다 누구와 함께 보았느냐가 중요하다. 같은 곳을 바라보며 주고받는 대화, 시각과 내포된 이야기를 만들어 내는 것, 그 속에 함께 깃든 삶을 공유 한다는 게 중요하다. 공감할 사람과 공유할 삶에서 의미가 시작된다. 남편은 바빠서, 아이들은 저마다 학업에 매여서, 나는 집안에 갇혀서 각별한 친구도 만들지 못한 채 세월을 부엌 찬장에 실어다 놓고 살아왔다. 결과 없는 노동. 혼자서는 아무리 애써도 소용이 없다는 생각이 들었는지, 가슴에 구멍이 났는지, 나는 자꾸만 헛헛해진다. 어디든 갈 수 있지만 자신은 갈 곳이 없다. 나와 인연 없는 주변 사물이 아무리 아름다운들 무슨 소용인가. 내게로 엄습해 오는 현기증과 공허함, 큰 소용돌이가 나선을 긋고 내려오면서 몸 어딘가에 부딪칠 것만 같다. 얼마나 걸었을까. 눈발이 점점 더 굵어진다. 길은 눈에 묻히고, 바람이 심하게 분다. 눈앞이 부옇게 흐려진다. 한치 앞도 내다볼 수 없다. 어린애 주먹만큼 커다란 눈송이가 세상을 뒤덮을 기세다. 눈을 부릅뜨고 앞을 보니 휘날리는 눈 속으로 붉은 가로등이 보인다. 나는 주머니에 두 팔을 깊숙이 찔러 넣고 발에 힘을 준다. 눈 속에 남녀 한 쌍이 서로를 부둥켜안은 채 가로등을 따라 조심스레 걸어가는 게 보인다. 여자가 눈길에 기우뚱 미끄러지자 남자가 보듬어 일으켜 준다. 그러다가 두 사람이 함께 미끄러진다. 엎어지면서 웃고, 쳐다보며 또 웃고 있다. 남자가 곁에 있는 여자에게 뭐라고 하더니 두 사람은 함께 웃음을 터뜨린다. 조심스럽게 걸어가던 나는 픽, 웃으면서 옆을 돌아본다. 아무도 없다. 내겐 넘어져도 잡아줄 사람이 없다. 이제 돌아가야 한다.

로비는 여전히 사람들로 붐볐다. 여기저기서 맥주를 마시며 빛과 소리에 지친 밤이 떠나가라고 외쳐대고 있다. 나는 곧장 엘리베이터로 향했다. 511호 현관 앞에서 눈을 털어내고 고요 속으로 스며든다. 모두들 편안하게 잠들어 있다. 눈 내리는 밤길을 헤매다가 들어온 것을 아는 사람은 아무도 없다. 나는 가족들의 숨소리 사이를 가르며 소파에 앉았다.

시계는 새벽 세 시를 가리키고 있다.

나는 소파에 앉아 무릎 사이에 손을 넣고 눈발이 날리는 모습을 바라본다. 시간이 더디게 지나간다는 느낌이 든다. 냉장고에서 캔맥주를 꺼내 들고 소파에 앉아 마시며 나는 눈을 감았다. 훗날 언젠가 지금을 떠올리게 될까? 눈 내리던 밤길을 혼자 걷던 때를. 그 허전했던 밤을. 한 시절이 떠나간 느낌을. 잃어버린 시간을. 나는 남편과 함께 평온했던 지난 시간들을 떠올려 본다. 누가 뭐래도 나의 남편만은 보증수표처럼 안전하다고 믿었다. 나는 거품이 잦아드는 맥주잔을 들고 이리저리 굴려본다. 끓어오르던 탄산방울이 사그라든 잔에 시선을 둔 채 나는 그대로 앉아 있다.

시간이 고요한 늪 같이 주위에 퍼져 간다. 왜 이렇게 자꾸 움츠러들지? 산다는 것은 나이 먹는 일이며 그 이상의 아무것도 아닌데, 피부가 빛을 조금 잃을 뿐인데, 그것이 열등감일 수 없는데. 학교에 다닐 때 친구 정희와 나는 "우린, 열정적으로 열심히 살자. 그리고 늙기 전에 죽어버리자"고 말하곤 했다. 사람은 왜 늙어가며 이리저리 망가져 가는가? 시인 말라르메의 '바다의 미풍' 한 구절이라면서 중얼거리던 그녀 말이 떠오른다.

– 네 동생 유리 말인데, 그 애 우리가 봐도 예쁜데 조심해. 괜찮겠어?
– 너도 속물이 다 됐구나!
나는 탁구공을 맞받아치듯 대답했다.
– 방심은 금물이야.
– 유리는 우리 아들, 지훈보다 겨우 두 살 위야.
– 그래서, 안심해도 된단 말이지. 그건 그렇고, 네 몰골이나 정리해라. 그게 뭐니?
정희가 걱정된다는 듯이 내 아래위를 훑어 내렸다.
– 걱정 해주는 건 고마운데, 그런 일은 절대로 없어.

삼각구도는 서로의 각을 유지하면서 균형을 유지하지만 위태롭다. 언젠가는 한쪽으로 기울게 마련이다. 머지않아 삐걱대는 관계로 치닫게 될 지도 모른다는 생각이 대장 속을 채운 변처럼 차오르고 있다. 지금까지 나는 남편의 사회적인 체면, 가족에 대한 의무, 그 건강함을 믿으려 안간힘을 다해 왔다. 어느 누구도 원초적인 리비도를 피해갈 수 없을 거라는 생각을 하자 수많은 검은 빗금들이 내 눈앞에서 회오리치기 시작한다.

다음날 아침, 눈을 떠보니 피곤하다던 우현 얼굴에는 생기가 돌고 있다. 쉐이브 로션 향기가 풋풋하다. 사랑은 향기까지 다르게 하는가? 늘 맡던 냄새였지만 오늘따라 다르게 느껴진다. 아침식탁에 앉은 우현은 회사 이야기부터 꺼낸다. 유리는 회사 일을 말할 땐 형부가 아니라 애교섞인 말로 사장님이라고 호칭한다. 나는 그들 사이에 끼어들 틈도 화제도 없다. 그들만의 커뮤니케이션인 셈이다.

— 올해는 사업목표를 달성했으니 내년에는 올해보다 이백프로로 더블로 목표를 잡아 볼까?

우현이 유리를 쳐다보며 웃는다.

— 사장님! 그렇게 되면 얼마나 좋아요. 언니, 그렇지?

— 처제가 애 좀 많이 써줘.

내가 뭐라고 대답하기 전에 우현은 고개를 끄덕이며 웃는다.

두 사람은 회사를 위한 발전적인 대화만 하고 나는 이러지도 저러지도 못하고 입을 다문 채 앉아 창밖을 바라보고 있을 뿐이다. 나의 역할은 어정쩡하다. 웃을 수도 화낼 수도 없다. 행복한 사람들을 보면서 함께 행복한 척할 수가 없다. 혼자 우울해 있는 것도 청승스럽게 보일 것 같아 자제하려고 애쓰고 있지만, 그건 자존심이 상하는 일이다. 신은 저들에게 자비를 베풀고 있을 지도 모른다는 터무니없는 불안감이, 허무가 몰아친다. 지금껏 쌓아 온 내 사랑도 '시간' 앞에 무위로 끝나지 않을까, 그동안 우현의 말이나 미소로 꾸며진 허위의 그늘 뒤에 숨어 살아온 것은 아닐까, 사랑이라고 믿었던 우현의 말이나 미소도 그의 일부분일 뿐이 아닐까, 라는 생각이 들자 지금까지 사랑이라 믿어 온 것들이 갑자기 애매모호한 부호로 보인다.

계속 눈이 내렸고, 몇 십 년 만의 최고 적설량이라고 했다. 멍하니 희부연 능선에 두었던 내 시선이 천천히 실내로 돌아와서 창틀과 모서리 벽을 지나 풍경사진에 머물렀다. 눈 덮인 알프스가 그곳에 솟아 있다. 웅장한 느낌이고 스키장과 이어진 산처럼 보인다. 하지만 지금의 나와 무슨 상관인가.

이제는 돌아갈 준비를 해야 한다. 지훈과 지혜는 철없이 더 놀다 가고 싶다고 한다. 예약기간이 끝나 집으로 가야 한다고 하자 친구와 함께 있으면 된다고 한다. 나는 완강하게 거절한다. 아이들은 스키장을 떠나면서 자꾸만 뒤돌아본다. 아쉬워하는 눈치다. 어쩌면 말은 안 했지만 우현과 유리도 그러고 싶을 것이다. 추운 밤, 아무도 없는 설원에서 야간 스키를 함께 탄 사람, 우현과 유리에겐 즐거운 시간이고 행복한 추억으로 남을 것이다. 나는 서서히 머리에 둔탁한 통증이 오면서 으슬으슬 한기가 돌고, 갈비뼈가, 심장이, 온몸이 파열할 것처럼 아프기 시작한다. 어젯밤 아니 오늘 새벽에 눈을 맞아서 감기몸살이 난 것이다. 좁은 차 안에서 고통으로 나는 몸을 뒤척였다.

머리를 짚어본 유리가 가방에서 해열제를 꺼내면서 "언니, 이거라도

들어 봐요." 권한다. 지훈과 지혜는 곯아떨어져 있고, 우현은 열 때문
에 끙끙거리는 나를 보고도 입을 다문 채 아무 말없이 운전에 열중하
고 있다. 집으로 돌아가는 길은 차들이 가다 서다로 주차장이다. 밖에
는 여전히 눈이 내렸고, 집에 도착했을 때

　　나는 잠이 들어 있었다.

멋진 신세계

이곳, 한강이 바라보이는 단독 주택으로 이사를 온 것은 삼 년 전 봄이다. 시집살이의 어려움, 시아버지의 병구완에서 삼년상을 치른 후였다. 집은 단순한 집이라는 물체만을 의미하는 것이 아니다. 부부의 삶뿐 아니라 노력이 합쳐진 공간이자 두 사람의 인생 그 자체이며 우리 부부가 힘들여 쌓아올린 보람이다. 앞으로 평화를 묻어야 할 안식처이기도 하다. 절약, 절약 끝에 백 평 대지에 건평이 삼십 평 남짓한 이 집을 사기까지 열 번을 넘게 셋집을 전전했었다. 이젠 그런 수고를 청산하고 멋진 세계에 도착한 것이다. 처음부터 직접 일꾼을 부려가며 수리한 집. 마당에 잔디와 꽃나무를 심었고, 봄여름이 되면 장미가 담장을 뒤덮어 이웃에선 '장미의 집' 이라는 이름으로 불렀다.

두 아이들, 지훈과 지혜는 학교에서 일어난 일들을 이야기 했고, 남편도 그랬다. 오순도순이라는 말이 적합한 풍경, 모두들 내 이야기에 귀를 기울였다.

사무실로 출근하는 아침마다 우현은 안방에 걸린 거울을 들여다보면서 머리를 깔끔하게 뒤로 빗어 넘긴다. 나는 옆에서 넥타이를 골라주면서 꾸물거리지 말고 대강하라고 잔소리하지만 실은 국이 식어 버릴까 봐 걱정하는 사랑의 표현이다. 창문에선 아침 햇살이 방 안으로 쏟아져 들어온다. 아침상을 앞에 두고 신문을 보는 게 그의 취미라면 취미다. 밥상 옆에 앉은 나는 반찬을 집어 밥에 얹어주며 빨리 먹으라고 재촉하고, 그는 동업하는 사장 이야기나 새로 시작할 사업 이야기를 들려주며 때로는 세상 돌아가는 이야기도 한다. 화제는 다양하다. 나는 그러한 사소함이 주는 평화를 즐긴다.

특히 그가 즐거워하면 나도 행복하다. 남편 역시 내가 즐거워하면 행복해 한다. 사랑을 준다거나 사랑을 받는다는 개념 자체가 필요 없다. 헌신이 아니라 자신의 수고가 가족을 행복하게 한다면 그건 내 것이고 남편 것이라 믿어 왔다. 우리는 동체였다. 우리는 몸짓이나 말소리의 억양도 서로 닮았고, 시간도 공간도 틈새를 발견할 수 없고, 하나로 연결되어 있다. 또한, 나는 두 아이의 엄마이지만, 여전히 매력적이고, 매우 의연해 있다는 사실도 나를 기분 좋게 만들었다. 물론 부부라도 언제나 같은 각도에서 생각할 수 없듯이 각자의 욕망, 기분, 즐거움을 통해서 각기 다른 면을 발견하게 될지도 모른다. 만약에 그러한 일이 일어난다면 그것은, 유일한, 최악의 배반이 될 것이다.

애초 내가 우현과 결혼한 것이 탈출이었든 도피였든 그것은 문제 되지 않는다. 나는 주어진 운명을 받아들였고 최선을 다했다. 그에 대한 사랑은 순수함이었다. 가정이라는 울타리 안에서 안정된 사랑은 아름다운 열정이며 낭만적인 체험이며 순결한 정서라 믿었다. 나도 한때 사랑에 대한 환상을 품고 있었던 적이 있다. 온몸에 감전되는 것 같은 전율, 사방이 어두워지고 오직 그 한 사람에게서 빛이 발산하는 것 같은 그런 사랑을 꿈꾸었고, 그 사람과 촛불이 켜진 카페에서 마주 앉아 와인으로 건배를 하고 느긋한 밤을 갖고 싶었다. 각자 낮에 있었던 일, 사랑에 대한 생각, 함께 있는 것으로 시간과 공간을 잊게 하는 꿈을 이야기하고 싶었다. 그러나 처음부터 사랑으로 시작하지 않더라도 사랑은 키워진다. 동질감을 느끼고 목표가 같은 관계. 에로스를 건너뛰고 곧바로 리비도로 진입되는 과정도 순수할 수 있고 열정도 있다. 리비도에 점령당한 열정은 일상적인 일, 행복한 삶을 가능케 했다.

올더스 헉슬리의 '멋진 신세계(Brave New World)'가 세익스피어의 작품 '템페스트'에 나오는 "오, 멋지구나! 이런 사람들이 살고 있는 멋진 신세계여!"라는 구절에서 따왔음을 안 것도 이 무렵이다. 나는 멋진 사람들이 살고 있는 신세계를 늘 꿈꾸어 왔고 언젠가는 그곳에 도착하리라는 믿음을 갖고 있었다. 이제야 그곳에 도착했다는 느낌이 들었고, 마침내 내 꿈이 이루어졌음에 감사했다. 매일 아침 내 손길이 닿은 단정한 차림새로 출근하는 남편을 보면 흐뭇했다. 그를 배웅하러 대문 밖까지 따라 나가서 손을 흔들고 골목길을 돌아 보이지 않을 때까지 지켜보았다. 낮에는 남편을 기다렸고 저녁에는 밥상 앞에 마주앉아 두 사람이 하루 일과를 서로 이야기했다. 행복한 나날이고 남편이 가져다

줄 환상의 세계에 대한 갈망이 나로 하여금 최선의 사랑, 서슴없는 열
정으로 이끌고 가기도 했다.

　　결혼 15주년 기념일 때다. 점심식사 후 사무실에서 있던 남편에게서
전화가 걸려왔다.
　　－당신 저녁 7시에 회사 근처에서 전화해.
　　－알았어요.
　　전화를 받은 나는 기뻤고, 그것만으로도 흐뭇했다. 그동안 변변히
해준 것이 없고 시부모님 모시는 일 등등으로 수고했다면서 호텔에 초
대한 것이다. 저녁 7시에 우리는 만났고 함께 H호텔 일식당으로 들어
섰다. 나는 가슴이 부풀어 올랐다. 대나무 실내정원, 은은한 갓등 조명,
깨끗한 테이블도 마음에 들었다. 계산이 많이 나올까 봐 신경이 쓰여
서 걱정스러운 얼굴로 남편을 쳐다보았다. 그는 걱정 말라는 듯 예약
석을 가리키며 빙긋 미소 짓고는 이 정도는 즐겨도 된다면서 나를 의
자에 앉혔다. 나는 느긋한 자세로 그의 얼굴을 한참 들여다보았다. 새
삼 그가 참 잘 생겼다는 생각이 들었다. 미리 준비해 둔 정식이 나왔고,
따끈한 정종도 유리컵에 담겨져 나왔다.
　　－불만 있으면 말 해 봐! 오늘은 그동안 당신이 가졌던 불만을 풀어
주려고 해.
　　그렇게 말하고는 그는 부드러운 눈길로 나를 바라보았다. 그런데 그
토록 많았던 불만이 생각나지 않았다. 내가 투덜거렸던 일들을 잠시
생각해 보았다. 친구와 어울리기 좋아하는 남편이 연락도 없이 밤을
새고 다음 날 집에 들어왔을 때 화를 냈고, 아무렇게나 마루에 던져 놓
은 양말을 찾지 못할 때 불평했고, 뒤집힌 짝짝이 양말을 접으면서 '일

하기 편하게 해 주면 어때' 불평했고, 밥상을 차려 놓고 빨리 먹지 않으면 '따뜻할 때 먹으면 좀 좋으냐' 투덜댔다. 내가 불평한 것들은 대개 그러한 사소한 것들이다. 그런데 그때는 불평했지만 지금은 아무렇지도 않다. 이 순간의 행복이 그런 불만을 잠시 잊게 했는지도 모른다.

─ 아이들은 어떻게 하지?
─ 당신이나 많이 먹어. 그 애들은 앞으로 우리보다 즐기고 살 거야.

우현은 내 얼굴을 빤히 들여다보며 "당신 건강이 최고야"하며 "재산 목록 일호는 당신, 장필순 여사"라고 했다. 둘이서 건배를 했고 나는 정종 두 잔을 마셨다. 그는 술을 좋아하지 않기에 남편 잔도 내가 마셨다. 나는 잠시 진공 상태에 놓인 기분이었다. 웃는 순간이 행복하다고 했던가. 우리는, 별것 아닌 우스갯말에도 자꾸 웃음이 나오고 그 웃음에 행복해 하고 서로의 얼굴을 보며 현실의 경계가 사라짐을 보았다. 그의 말이 귓가에 들려온다. 행복이란 어떤 불만도 없는 상태라고. 상대방이 투정을 부려도 사랑스럽게 보이는 것이라고.

잠깐, 생각났어! 당신에게 할 말이 있어. 혀가 잔뜩 꼬부라진 소리로 내가 중얼거렸다. 너! 아니, 당신 나쁜 놈이다. 툭하면 내 말을 잘라 먹고, 문자도 씹고. 더구나 말 안하는 거…… 그거 최고로 나쁜 거다. 알았어?

그런 나를 남편은 싫어하지 않았다. 처음 보는 것처럼 멍하니 바라보다가 잠시 후 그런 나를 귀엽다는 표정으로 바라보며 웃음을 터뜨리고는 내 손을 꼭 잡았다. 옆을 지나가던 손님들이 내 얼굴을 힐끔거리

며 돌아보았지만 나는 기고만장했다. 남편은 손가락 하나를 내 입술에
대고 주위를 돌아보았다.

　– 알았어, 알아. 음 그런데 조용히!
　– 쉿, 조용히. 나도 알아.

　취중이지만 내 소란으로 주변을 불편하게 만드는 건 내가 원하는 바가
아니다. 나도 입술에 손을 대고 남편 흉내를 낸다. 집으로 돌아오는 길.
비틀거리는 내 팔을 붙들고 바로 세워 걷게 하면서 남편은 주위를 살핀
다. 사람들이 아내를 이상한 여자라고 오해할 수 있다는 이유다. 택시를
잡으려고 이리저리 둘러보며 손을 흔드는 동안 나는 남편 팔을 붙들고
"창피하게 해서 미안하다"고 중얼거리고 있다. 빈 택시 한 대가 와서 남
편이 손을 드는데 어디선가 중얼거리는 여자 소리가 내 귀에 들려온다.

　– 미쳤어! 자기가 마시라고 해 놓고.

　술 취한 목소리였다. 가로수를 붙들고 소리치는 여자, 바로 나였다.
택시를 타고 집에 돌아올 때까지 여자는 술에 취해 있다. 여자의 술주
정은 괜한 억지로 변해간다.
　– 내가 당신을 얼마나 사랑하는지 알지? 나쁜 놈, 너 그것 모르면 진
짜 나쁜 놈이야. 아, 상쾌해!

　다음날 아침에 나는 창문을 열고 찬란하게 푸른 하늘을 보았다. 나
는 행복하고 명랑했다. 원목을 새로 깎아 노란색 니스를 칠한 마루 위

에 발자국이 새겨져 있다. 밤새 식구들이 찍어 놓은 것이다. 그 마루를 거울처럼 반짝거리게 만드는 일은 내 몫이다. 그냥 보면 표시가 나지 않지만 고개를 옆으로 숙여 45도 각도로 내려다보면 발바닥 모양을 볼 수 있다. 나는 마루를 닦으면서 행복해 하고 저녁이 되면 속속 집으로 돌아오는 가족의 발자국을 기다릴 마루를 내려다보면 가슴이 뿌듯해진다. 동시에 이 집으로 이사 온 이후 하루도 거르지 않는 행복한 시간이다. 마루 닦기를 마치고 걸레를 빨면서 "아! 이렇게 행복해도 되는지 몰라!"하며 중얼거리는데 그즈음 매일 반복하는 습관이기도 하다. 그러면서 나는 앞으로 더 많이 행복해질 거라는 예감에 빠져들곤 한다. 어떤 상태가 행복한 순간인가? 누군가 내게 묻는다면 이렇게 대답할 것이다. 지금 이런 순간, 별다른 감정이 없어도 그냥 평온한 상태, 부부 간 걸림이 없이 아이들 이야기를 할 수 있는 이 집이면 충분하다고. 그리고는 웃으면서 한마디 덧붙일 것이다.

자, 이제부터 나의 시간, 나의 공간이다.

새가 날아들다

유리가 나타난 날은 크리스마스를 며칠 앞둔 즈음이고, 그해의 첫눈이 내리던 날이다. 잠결에 사르륵 사르륵 눈 쌓이는 소리를 들은 것도 같았다. 아침에 눈을 떴을 때 창밖엔 쌓인 눈 더미로 뜰이 하얀 언덕으로 부풀어 있었다. 정원에는 주목나무 나뭇가지가 아침 햇살을 받으며 아래로 휘어진 채 버티며 서 있었고 나무 위에 쌓인 하얀 눈은 시리도록 투명했다.

아이들이 "아! 눈이다" 환호성을 질렀고 나도 덩달아 "정말 멋있어" 소리쳤다. 화이트 크리스마스를 맞게 되리란 일기예보보다 한발 앞서 눈이 내린 것이다. 크리스마스트리 방울장식을 창고에서 꺼내 마당으로 나갔다. 지훈과 지혜도 급히 장갑을 끼고 따라 나와서 눈사람을 만들어

장독대 옆에 세웠다. 그러나 한낮의 태양빛을 받으면서 눈사람은 피사의 사탑처럼 기우뚱해지기 시작했다. 추녀 끝에서 눈섞임물이 장맛비처럼 떨어져 내렸다. 지붕 위 눈이 녹아내리기 시작한 것이다. '세상에 영원한 것은 없다' 는 생각들이 느닷없이 내 몸 안에서 웅성거렸다.

남편을 회사에 보내 놓고 건강한 아이들을 등교시킨 후의 나른하고 포만한 시간을 나는 매일 아침 혼자서 즐기는 편이다. 세탁기 돌아가는 소리를 들으며 커피 한잔을 타서 나는 식탁에 앉았다. 나만의 시간이며 내가 유일하게 '나' 일 수 있는 시간이다. 그때 벨소리가 들렸다. 누굴까? 왠지, 방해 받았다는 느낌이 들었다. 마당으로 내려선 발밑에서 뽀도독 눈 밟히는 소리가 났다. 대문을 열었다.

– 언니!

여동생 유리였다. 눈을 둥그렇게 뜨며 나를 바라봤다. 아름다운 정물화, 하얀 눈을 배경으로 다소곳이 서 있는 소녀는 조각상 같았다. 19살 처녀 유리. 길게 땋은 머리가 어깨에 넘실거렸고 감색 교복 위에 까만 외투를 입은 청순한 아가씨. 아직 어린티를 벗지 못한 유리가 눈앞에 서 있었다. 영화배우 비비안 리를 보는 것 같았다. 양손엔 어머니가 들려 보낸 보따리를 들고 있었다. 맑은 눈에 웃음기가 돌았다.
  – 유리야!
나는 유리 어깨를 끌어안았다.
  – 언니 이거…….
손에 든 보따리를 내게 내밀었다.

– 어서 와. 엄만, 어떠셔?

어릴 때 보던 유리가 아니었다. 아름다운 숙녀, 딴사람이 된 유리를 본 나는 신기했다. 친정엘 가더라도 대부분 당일로 다녀와서 학교에서 돌아오지 않은 유리를 보지 못했기 때문이다.

– 학교는 어떻게 하고?

– 취업반이라서 일찍 왔어요.

상업고등학교에 다니는 유리는 취업반이어서 졸업식에만 참석하면 된다고 했다. 동생이 들고 온 보퉁이를 받아들고 나와 유리는 거실로 올라갔다. 보퉁이를 풀자 밤, 참기름, 들기름 등 여러 가지 잡곡이 나왔다.

– 우리 엄마, 고생이 언제 끝날까.

물건들을 만지자 나는 눈시울이 뜨거워졌다.

– 그러게, 언니.

유리도 우울한 얼굴로 엄마가 잘 있다고 했다. 나는 한숨이 나왔다. 고생하는 엄마를 생각하니 가슴이 아파서 토해낸 한숨인지, 눈부시게 성장한 동생의 젊음과 아름다움에 대한 비교의식에서 나온 한숨인지, 내가 짊어져야 할 또 하나의 짐이라는 생각에서 나온 한숨인지, 나 자신도 그 이유를 알지 못했다.

– 언니…….

유리 목소리가 가볍게 떨렸다. 백 속에 손을 넣어 부스럭거리더니 하얀 봉투 하나를 꺼내어 내게 보여 주었다. 학교 선생님의 추천서였다.

– 나, 주산과 부기 자격증도 있어요. 내 취직, 형부한테 부탁하면 안 될까요?

자매라고 하지만 둘의 나이 차이가 커서 유리는 언니에게 경어를 썼

다. 자매지간이라기보다는 자식 연배였다. 어머니도 맏언니는 부모 맞
잡이니 함부로 대하는 게 아니라고 했다.

　– 그럼, 엄마 고생 좀 덜어내야지, 혼수 준비도 해야 하고…….
　– 언니. 그건 비약이 심해.

　유리가 까르르 웃었다. 조용하던 집 안에 경쾌하고 청아한 목소리가
퍼졌다. 맑은 목소리, 즐거워 죽겠다는 듯 젊음이 발산하는 화사함이
방 안 공기를 투명하게 흔들었다. 유리는 꾸려온 비닐 백에서 핑크빛
작은 앞치마를 꺼내어 목에 걸었다.

　– 언니, 이제부터 집안일도 제가 거들게요.

　하트 모양을 덧댄 앞치마가 장난감 인형의 옷처럼 앙증스럽고 예뻤
다. 안방으로 들어선 유리는 재잘재잘, 할 말이 많은가 보다. 갑자기 종
달새가 한 마리 날아든 것 같다. 소녀에서 막 성숙한 여인으로 접어든
신선한 매력을 한껏 발산했다.

　– 와우, 꼬맹이 이모. 너무 예쁘다.

　학교에서 돌아온 지훈은 환호를 질렀다.

　– 이렇게 큰 꼬맹이 봤어?

　발딱 일어난 유리가 달려가서 지훈을 안고 뽀뽀를 했다.

　– 소꿉장난 할 때, 엄마 아빠 놀이 했었잖아.

　지훈은 민망한 듯 나를 쳐다보며 어색하게 미소 지었다.

　– 그때 나보다 적어 꼬마 신랑이었는데. 까불지 마.

　유리가 손을 들어 반격하며 지훈과 나란히 섰다. 지훈 키가 10센티
미터는 더 컸다. 유리의 시선이 언니를 보며 거들어 달라는 눈짓을 했
다. 나는 지훈에게, 키가 아니라 촌수로 따져야 한다고, 유리는 이모라

고 말했다.

아름다움은 프리미엄이다. 웬만한 잘못도 용서 받는다. 여자에게 아름다움은 구원이고 최상의 가치일 수 있다. 유리는 사랑을 받고 자란 아이다. 하는 말, 하는 짓, 심지어 밥 먹는 입과 치아까지도 사랑스러웠다. 눈웃음과 볼우물을 매달고 있는 얼굴은 눈을 뗄 수 없을 정도로 유혹적이었다. 그 얼굴만으로도 좋은 유전인자를 혼자 차지한 것 같았다. 얼굴이 인생의 모범답안은 아니라 해도 그건 유리의 타고난 복이었다. 거기에 맑은 심성도 한몫 했다. 거짓말이라는 걸 알 수 있도록 간단한 속임수를 써도 그대로 믿었다. 재잘재잘 눈앞에 보이는 분홍빛 뺨, 부드러운 턱 라인이 낭만적이면서도 비현실적으로 보였다. 말하는 것도 순수했고 고향 이야기를 하면 마을과 사람들이 눈앞에 보이는 것 같았다. 유리는 쿠션을 끌어안고 눈을 반짝이며 이야기꽃을 피웠다. 저녁에 퇴근한 우현은 헉, 날숨을 몰아쉬었다.

— 어! 이게 누구야. 웬, 아가씬가 했네?
— 형부요. 그러지 마세요. 저 아직 학생인데요.

언제 갈아입었는지 하얀 티셔츠에 착 달라붙는 검정색 레깅스를 입은 유리는 패션모델보다 더 늘씬했다. 집안 분위기가 달라졌다. 나도 작은 키가 아닌데 유리는 8센티 이상 더 웃돌았다. 나란히 서면 마악 뱃살 오르기 시작한 나는 중년 티가 두드러져 보였다. 웃음꽃이 핀 식탁. 앞치마 입은 유리의 서빙을 받는 우현 입은 다물어지지 않았다. 그 후 우현이 심심찮게 외식하던 버릇도 사라졌다. 저녁마다 식탁에 먼저

앉는 우현은 만면에 웃음을 띠었고 상냥하면서도 수다스러웠다. 유리
가 오기 전엔 없던 일이다. 집 안에 웃음도 늘었고 활기가 넘쳤다. 혀가
조금 잘린 어눌한 말소리, 혀짤배기처럼 말할 때마다 반 토막 말을 해
서 우현과 아이들에게는 웃음거리였다.

　– 잡 뛰 유.
　– 잡슈?
　– 그러디 마아유.
　– 그덕게 해유우.

　우현은 재밌어 죽겠다는 듯이 흉내를 냈고 귓불까지 발갛게 달아오
른 유리는 눈물이 글썽해지며 부엌으로 달아났다. 처제가 예뻐서 놀렸
는데 유리는 심각했고, 우현은 웃으며 즐거워했다. 아이들까지 이모
흉내를 내면 유리는 입을 쭉 내밀다가 이내 눈물을 그렁그렁했다. 익
숙지 않은 환경 때문이었다.

　– 이제, 유리 이모는 우리 가족임을 명심해라!
　우현은 아이들을 불러 모아 선언했다. 우리 가족, 나는 그 말을 듣는
순간 남편이 고마웠다. 그렇지 않아도 동생을 유기해 놓은 것처럼 가
슴 한구석이 께름칙했고, 유리를 데려와 다행스럽다고 여기던 차였다.
아버지 없는 유리에게 형부는 남자가 아닌 아버지 같은 존재였다. 유
리도 그렇게 생각했고 나이 차이로 봐서도 부녀간이라 해도 무리가 없
어 보였다.

– 언니, 언니와 형부를 부모 같다는 생각을 해요.

유리가 수줍게 웃으며 말했다. 그 말을 듣자 나는 가슴이 뭉클해졌
다. 가족은 세상 모두가 나를 버려도 끝까지 내 편이어야 한다. 유리에
겐 자신을 지켜줄 것이란 믿음이었고, 나로서는 한 울타리 안에 들어
온 것을 의미했다. 보호자로서 역할뿐 아니라 사랑도 주어야 한다는
의미도 있었다. 혈육은 곧 익숙해진다. 유리와 다니면서 나는 동생이
자랑스럽고 흐뭇했다. 유리와 함께 시장에 가서 입을 옷, 반찬거리, 과
일, 채소 등을 살 때면 모두들 부러워하며 탄성을 질렀다.

– 어머! 딸이에요? 예쁘기도 해라.
– 아니, 막내 동생이에요.
– 언니도 젊었을 땐 미인이었을 것 같아요. 그렇지요?
– 전 아니고. 동생이 원래 예뻐요.

시장 사람들은 호기심으로 물었고 나는 자랑스럽게 대답했다. 삼거
리 시장을 지나 버스정거장 옆 ‘총각네 가게’에 가면 점원들이 벌떡 일
어나 예를 갖췄다. 관심이 온통 유리에게 쏠렸다. 내가 혼자 가면 젊은
점원들이 실망했다.

– 아줌마 예쁜 동생은?
젊은 직원이 옆에 친구를 가리키며 쿡쿡거렸다.
– 얘가 아줌마 동생한테 빠졌나 봐요.
– 이런 새끼가! 너, 내가 말하지 말랬지.

스물서넛 정도 되어 보이는 건장한 청년이 동료의 목을 비트는 시늉을 하면서 얼굴이 빨개지곤 했다.

유통업을 시작하는 우현은 손님에게 친절하게 대할 창구직원이 필요했다. 그 일에 유리는 적격이었다. 나는 무거운 짐을 내려놓은 듯 홀가분해진 기분이 들었다. 유리를 위하는 것보다 어머니의 짐을 덜어드리자는 마음이 더 절박했을지도 모른다. 한 집안에서 맏딸이 치러야 할 부채처럼 늘 가시등짐처럼 나를 혹사시키던 숙제였다. 우현은 유리에게 "이력서를 준비하라"면서 덧붙여 말했다.
  - 정 안 되면, 우리 회사에서 일하면 되지.
  그 무렵 우현은 친구와 동업으로 하는 사업이 의견 차이로 충돌이 잦은 터였다. 이참에 독립을 하면 좋을 것 같다면서 "새로 시작하게 될 사업이라 불안하겠지만, 처제와 함께 열심히 해 보겠다"고 했다. 우현의 의견에 나도 동의했다. 유리는 형부가 어렵다면서 조금 망설이는 눈치였다.

  - 순진한 우리 막내를 자네가 맡아주면 더 이상 바랄 게 없겠구먼.
  어머니는 유리를 데리고 있겠다는 우현의 말에 좋아했다.

얼마 후 유리가 회사에 입사했다. 첫 출근한 다음날 아침인가 현관문을 열려던 우현은 돌아선 채 웃으면서 내게 말했다.
  - 처제에게 잘해줘! 객지잖아…….
  - 알았어. 당신이나 잘해. 공연히 유리 흉내를 내서 울리지나 말고, 물론 장난이지만. 그 앤 심각한가 봐.

- 알았어. 처제가 귀엽고 예뻐서 장난으로 그런 거야.

그렇게 말해주는 남편이 고마웠다. 아무리 언니 집이라지만 유리에겐 처음 발을 들여놓는 '낯선 세상' 일 것이다. 얼마나 외롭고 두려울까. 자상한 형부가 옆에 있으면 의지가 될 것 같았다.

이날 이후 우현은 약속을 지켰고, 아이들보다 유리를 많이 챙겨주기 시작했다.

우현과 유리, 두 사람은 함께 출근했다. 화기애애하고 활기찬 분위기가 보기에도 좋다. 우현은 아침에 신문 읽을 시간도 없어 급히 옆에 끼고 출근한다. 하루 종일 사무실에서 유리와 같이 있다가 퇴근한다. 집에 돌아와서도 밤늦게까지 함께 서류를 정리한다. 유리가 잠자러 간 동안, 거실 사이, 건넌방으로 가 있는 시간만 떨어져 있는 셈이다. 그리고 다음날 아침이 되면 부산스럽게 출근준비를 하는 일과가 반복된다.

우리 세 사람은 날마다 함께 저녁식사를 하면서 쉼없이 웃음꽃을 피워냈다. 낮에 있었던 회사 이야기로 혹은 재미있는 손님에 대한 이야기로. 유리가 이런 저런 의견을 내놓을 때마다 우현은 손뼉을 치며 "우리 처제가 최고"라며 목줄에 힘을 실었다. 우현이 삼겹살을 한 점 집어 상추에 싸서 내게 건네며 말했다.

- 햇병아리 신입 사원인 처제가 어린 줄만 알았는데 어른스럽고 세련된 대인 관계로 회사의 윤활유 역할을 해.

유리를 치켜세우며 웃음을 터뜨렸다.

- 지금껏 하루 판매량 중에서 최고를 넘겼어! 언니, 이대로 간다면

연말에는 목표량 200프로 달성도 간단하겠어.

옷을 갈아입고 나온 유리도 환한 얼굴로 웃었다. "점심 먹을 시간도 없었지만 물건이 많이 나가서 기분이 좋아"하며 기뻐했다. 늘 유리는, 제 것 같이 판매량이 느는 날은 기뻐했고 그렇지 않을 때는 걱정했다. 그 날 저녁, 유리는 "우리 세 사람은 빛나는 '세 개의 별'과 같다"면서 좋아해서 지켜보는 나도 무척 흐뭇했다.

별의 충돌

빛나기 위해 존재하는 것

유리는 처음부터 회사에 적응을 잘 했다. '제 사랑 제가 받는다' 는 말은 그녀를 두고 한 말 같았다. 처음 본 사람에겐 환하게 웃었고, 한번 다녀간 사람의 전화번호나 음성을 정확히 기억해 두었다가 친절하게 안부를 묻곤 했다. 사람들 마음을 잡을 줄 알았고, 존재 그 자체로 주위 사람들을 즐겁게 만들었다. 회사 직원들도 유리와 더불어 한 마음이 되었고 회사는 활력이 넘쳐났다. 유리는 성심껏 형부를 도왔고 회사 일도 자기 것처럼 성심껏 해냈다. 거래처 사람들도 유리를 칭찬하지 않는 이가 없을 정도였다. 유리의 역할은 다양했다. 내 입장에서도 필요한 존재였다. 회사에서 일어나는 정보를 알 수 있는 유일한 창구였고, 어머니를 돕게 될 것이므로 내 짐을 덜어주었다. 회사 기여도 측면에서도 유리가 주는 부가가치를 무시할 수 없었다. 그야말로 일석 삼조였다.

　– 미쓰 장이 '율산' 돈 다 벌어주는군.
친절하게 손님을 대하는 유리를 본 사람들이 말했다.
　– 나도 저런 처제가 있었으면 좋겠어.
믿을 수 있는 처제, 예쁘고 싹싹하기까지 해서 우현 친구들도 입만 열면 그를 부러워했다. 그때마다 우현은 어깨를 들썩이며 무심한 표정을 지으며 능청을 떨었다.
　– 누가 데려가든지 복 많은 놈일 거야.
좋은 신랑감 있으면 중신이나 하라고 했다.

날마다 우현은 일찍 일어나 부산스럽게 출근준비를 한다. 유리와 함께 출근하려고 허둥대는 우현, 거울을 들여다보는 그의 얼굴이 환하다. 잠옷을 벗고 바지로 갈아입으려고 급히 한쪽 발을 끼려다가 비틀 넘어질 뻔했던 일도 있다. 오늘 아침만 해도 그랬다. 행여 유리가 먼저 나설까 봐 밥을 먹다가도 급히 일어났다. 유리는 직원이어서 먼저 출근하려고 일찍 서둘러야 한다. 사장과 나란히 출근하는 것을 다른 직원이 보면 좋지 않다고 충고했지만, 우현은 내 말을 듣지 않는다. 현관문 열리는 소리가 들리자 행여 놓칠까 봐 화들짝 일어나면서 소리 지른다.

　– 이모, 같이 가.
　– 저 먼저 갈게요. 형부, 천천히 오세요.

유리가 나갔는지 대문 닫히는 소리가 들린다. 우현은 허둥대며 황급히 뛰쳐나갔다. 보나마나 대문에서부터 뛰어서 전철역으로 가는 유리를 따라잡았을 것이다. 헐떡거리며 쫓아가는 우현 모습이 눈에 선하다. 유리와 날마다 데이트하는 기분으로 출퇴근하는 그는 눈에 생기가 돌고 젊은 피를 수혈한 것처럼 하루하루 놀랍도록 젊어지고 사업이 잘 풀려서인지 자신감도 넘쳐 흐른다. "처제는 부지런하고 일도 야무지게 잘 해!" 우현 입에선 유리가 아니면 할 말이 없다는 듯, 유리는……으로 시작되어, 유리가……로 끝난다. "유리는 영리해서 일하기가 편해. 어릴 때부터 보아온 처제라서 스스럼이 없어 딸처럼……." 칭찬, 또 칭찬이다.

유리가 온 지 한 달쯤 지났을 무렵, 우현은 하루하루 매상이 오르고 있다며 느긋한 얼굴로 퇴근했다. 저녁식사를 마치고 셋이서 감귤을 먹고 있는데 유리가 무심히 말을 꺼낸다. 다른 회사에서 자리를 주겠다는 호의적인 스카웃 이야기였다.

– 형부! 아니 사장님. 어제 그 손님이 저더러 자기 회사로 오면 어떻겠냐고 그러대요.

– 별 미친놈이 다 있어! 남의 직원은 왜 빼간대?

귤을 씹던 우현이 버럭 소리를 지른다.

– 우리 유리가 벌써부터 인기가 있나 보네.

내가 틈새에 끼어든다.

– 그게 아니라 내가 바보 같았나 봐요.

– 그러게 말이야.

웃으며 말하는 유리가 나는 대견하다.

– 헛다리를 짚었네. 우리 유리가 나하고 어떤 사이인 줄 모르니 말

이야! 쓸 만한 직원 빼가려는 놈은 못써!

우현은 더 이상 참을 수 없었던지 일침을 놓는다. 불쾌하다는 듯 입맛을 다신다. 필요 이상으로 과장된 제스처를 하는 우현을 보자 나는 잠시 멍멍해지지만 곧 웃음을 터뜨린다.

나는 백화점이나 지하철에서 젊은 여자나 예쁜 여자를 보면 발랄하다거나 아름답다는 생각을 해본 적은 있지만 부럽다는 생각은 별로 해본 적이 없다. 남편과 함께 외출할 때도 마찬가지다. 우현은 나이보다도 대여섯 살 어려 보이는 동안이고, 나는 나이보다 더 들어 보인다. 언젠가 집수리를 하려고 부른 일꾼이 우현을 가리키며 궁금하다는 듯 물어본 적이 있다.

– 저분은 누구세요?

남편이라고 대답하자 모두들 의외란 표정이다.

– 시동생인 줄 알았는데요.

함께 부부모임에 나가도 마찬가지다. 우현에게 친구들이 묻는다.

– 제수씨가 연상의 여자?

처음 보는 여자들도 소곤거린다.

– 남편분이 무척 젊으시네요.

그런 말을 들으면서 주눅들기보다는 그동안 남편을 잘 관리해 왔다는 안도감이 더 커진다.

어느 날 신문을 보다가 우연히 주부백일장에 나온 글이 눈에 띄었다. 고아로 자란 필자에겐 여동생이 한 명 있었다. 결혼하면서 여동생도 함께 시댁으로 데리고 가야 했었다. 결혼할 여동생의 이불을 꿰매는 시어머니를 보면서 쓴 글인데, 동생을 보살펴준 시댁과 남편에 대한 감사였다. "나의 시어머니는 며느리와 함께 묻어 온 사돈처녀인 내 여동생을 눈치 한번 주지 않고 사랑으로 보살펴 주었다. 고등학교, 대학을 거처 혼기를 맞은 동생을 끝까지 가족으로 대해 주었고, 훌륭한 신랑을 만나서 결혼할 수 있도록 했고, 자신의 딸같이 사랑으로 보살펴 주었다. 시어머니는 며느리인 나와 함께 동생 예단을 보러 다녔고 동대문 시장에서 손수 이불감을 사 왔다. 정성을 들여야 잘 산다면서…… 고운 햇솜으로 이불을 직접 만들고 있다. 정성으로 이불을 꿰매는 시어머니 바늘 쥔 손을 보며 '어머니!' 목이 멘다. 시어머니는 내가 고맙다고 말하면 오히려 유난스럽다며 거절하시는 분이다. 시어머니에 대한 사랑을 잊을 수 없다. 어머니! 이 은혜는 제가 죽을 때까지 갚아도 모자랄 것입니다. '내 머리를 잘라 신을 삼아드려도 은혜를 다 못 갚겠다' 는 생각이 듭니다. 어머니, 고맙습니다."

필자의 아픔에 나도 공감했고 연민을 느꼈다. 시집살이를 하면서 동생을 돌본 그녀, 시어머니와 남편에게 눈치 보일 때가 많았을 것이다. 동생에게 잘 대해 주도록 한 그녀의 역할, 그 심정을 알 것 같았다. 그 주인공처럼 착하게 동생을 보살피리라 나는 자신에게 약속했다.

오늘은 유리를 위해 옷을 사러 백화점에 가야했다. 날마다 회사에 출근하니 교복처럼 한 가지만 입힐 수는 없었다. 더구나 우리 회사 간판스타 노릇을 당당히 해내고 있으니 더욱 예쁘게 해 입히고 싶었다. 유리 체형은 내가 잘 알고 있다. 나는 덩치가 큰 반면에 유리는 가늘다. 유리에게 청바지는 어울리지 않는다. 엉덩이가 너무 얇아서 바지 뒤태가 예쁘지 않다. 그래서 내가 날씬했을 때 입었던 옷을 수선해서 입힌다. 때로는 동대문 시장에서 천을 사다가 직접 만들어 입히기도 한다. 절약할 수 있다는 이유에서다. 유리와 함께 백화점으로 가려는데 옆에서 우현이 수선을 떨며 끼어들었다.

"젊은 애들이 입는 옷을 사 입혀. 유리 옷이 그게 뭐야. 애를 아예 아주머니로 만들어요." "당신은 빠져. 참견할 일이 아니야." 나는 그의 유난스런 태도가 거슬려서 쏘아붙였다. 그제야 '아차' 말실수를 한 것을 알아차린 듯 우현이 찔끔한다. 여동생을 사랑하고 예쁘게 해주려는 언니 마음을 그도 알고 있다. 나는 사소한 일로 우현을 불편하게 만들고 싶지 않다. 넓은 마음으로 아내 자리와 언니 자리를 지키고 싶다. 유리와 우현은 자신을 통해서, 허락한 만큼 서로에게 가는 감정도 통제해야 했다. 언제부턴가 우리 부부는 유리의 환심을 사려고 서로 쟁탈전을 벌이고 있는 모양새였다.

충돌의 시작

모든 갈등은 자신이 제외된다는 소외감에서 출발하기 마련이다. 우현의 시선에서 유리와 자신이 비교된다는 것을 느낀 때문일까? 나를 제외시킨 두 사람, 서로 바라보는 눈길이나 활짝 웃는 모습을 보면 아무렇지도 않은 척하지만 심사가 뒤틀린다. 우현이 유리와 함께 걸어가거나 두 사람이 얘기하면서 웃는 걸 봐도 불안하다. 젊고 발랄한 유리와 우현이 더 잘 어울리는 것 같다. 시간이 지날수록 유리의 매력이 나를 괴롭히기 시작한다. 젊음은 유리의 것이고, 당연하고, 그 자체가 아닌가. 그런데 왜 이런 열패감이 생기는지 알 수 없다. 마음속에서 삐걱거리는 감정이 생기고 편치 않은 마음은 위험이 있다는 징조가 아닌가. 우현 입장에서 보면, 아내를 닮은 편안하고 예쁜 처제가 사랑스러울 것이다. 자신에게 맡겨진 일을 똑 부러지게 잘하는 처제가 왜 사랑스럽지 않겠는가. 더구나 회사 직원이기 이전에 처제이자 가족, 즉 가깝고 믿을 수 있는 관계가 아닌가. 나와 유리, 두 사람 사이는 우현만 제외시키면 아무 문제가 없다. 하지만 모든 인간관계가 그렇듯이 삼각관계는 오해와 시기와 질투가 따르게 마련이다.

사소한 것에서 싹트기 시작한 의심은 가슴속을 헤집어 놓았고, 서서히 그 세력을 불려가며 그 안에 잠복해 있던 여타의 다른 감정들과 합쳐져서, 두 사람을 의심하라고 강렬하게 유혹하기 시작한다. 아이들이 자율학습을 끝내고 돌아오는 시간은 저녁 7시. 대부분 비슷한 시간에 유리와 함께 퇴근한 우현은 저녁을 먹자마자 유리를 불러 앉힌다. 낮에 회사에서 못 다한 서류정리를 하기 위해서다.

그날도 그랬다.

유리가 내 눈치를 보며 설거지를 하려고 하자 우현은 빨리 들어와 함께 장부정리를 마치자고 한다. 나는 유리를 방으로 들여보낸다. 잠시 후 나는 방안으로 과일 접시를 밀어 넣고, 입식으로 만든 부엌에 서서 저녁 설거지를 하고 있다. 방안에서는 웃음소리가 새어나온다. 나만 빼고 모두들 따뜻한 방안에 앉아 편안히 쉬고 있다. '나쁜 놈, 애들은 그렇다 치고, 남편이라는 작자가 제 여편네에게 들어와 과일 한 조각 먹으란 말도 없이 낄낄거려!' 안에서 웃음소리가 커질수록 행주를 잡은 내 손이 점점 세게 떨려온다. 하지만 내가 어떻게 해볼 수 있는 일이 아니다. 불만을 터뜨리면, 우현은 '누가 먹지 못하게 했느냐' 며 오히려 무슨 심통이냐고 말할 게 뻔하다. 서러운 생각에 콧잔등이 시큰해진다. 스스로 생각해 봐도 이상한 일이다. 전 같으면 아무 불만도 없었을 일이다. 내 남편, 내 아이들이 잘 먹는 것을 보면 행복했다. 유리한 사람 보태졌을 뿐인데 즐겁지 않고 서운해 하다니. 지금까지 고운 마음을 가졌다고 스스로 자부해 왔다. 그런데 맑은 심성은 온데 간데 없고, 어느새 그 자리에는 정신적인 암세포, 심술보가 들어서고 있다. 설거지를 끝내고 방안으로 들어가서 앞치마에 손을 문지르며

우두커니 서 있었다.

그런 내게 관심을 두는 사람은 아무도 없다. 빈 두레상을 앞에 놓고 우현과 유리는 얼굴을 맞대고 밤늦도록 장부를 맞추고 있다. 그들 사이에 내가 비집고 들어갈 틈은 보이지 않는다. "아이구!" 다시 한번 감탄사를 흘린 우현은 마치 자신의 예측이 맞아떨어진 것을 확인한 사람처럼 웃는다. "석 달 이상짜리 어음은 받지 마!" "생산 원가를 맞추려니 걱정이네요!" "괜찮아." 나로서는 거의 이해할 수 없는 말들이다. 어음, 생산 원가 정도는 알아들을 수 있지만 그런 것들이 무엇을 의미하는지 내가 어찌 안단 말인가. 텔레비전을 켠다. 별 할 일도 없고 해서 텔레비전 연속극을 보려는데, 우현이 흘끔 돌아보며 소리를 줄이라는 듯 손을 꺼덕거리며 밑으로 내리라는 시늉을 한다. 나는 무릎걸음으로 텔레비전 앞까지 기어가서 볼륨을 낮춘다. 화면만 나오는 벙어리 텔레비전

은 내게 흥미를 주지 못한다. 나는 그 자리에 무릎을 감싸 쥐고 고개를 묻는다. 감히 움직일 엄두가 나지 않는다. 숨도 제대로 쉴 수 없다. 힘들여 내뿜는 숨결에 긴장감이 실려 있다. 쭈그리고 앉았다가 아랫목에 깔아둔 작은 이불속으로 발을 집어넣자 저절로 눈이 감긴다. 그리고 시간이 얼마나 지났는지 모른다.

누군가 어깨를, 아니 등짝을 툭툭, 치는 느낌이 든다. 놀라 깬 나는 왜 그런지 기분이 좋지 않다. 눈을 비비며 몸을 일으킨다. 깜박 잠이 들었음이 분명하다. 유리는 제 방으로 갔는지 보이지 않는다. 이번엔 누군가 허리를 걷어차는 것 같다. 우현이다. 그는 한심하다는 듯 발로 내 어깨를 다시 툭툭 치더니 이부자리를 펴라고 한다. 잠결에 자동인형처럼 일어나 이부자리를 깔기 시작한다. '어깨를 다독이며 일어나라고 하면 어때서?' '네가 하면 안 돼? 손이 없어 발이 없어…….' '자는 사람을 깨워서 잠자리를 보라고 할 게 뭐야!' 머릿속에서 부글거리는 소리가 들리는 것 같다.

전에는 사근사근하지 않더라도 내 말에 즉각 반응하는 남편이었다. 그러나 요즘 그는 나만 보면 할 말이 사라지는지 무표정이다. 그냥 돌덩이처럼 말없이 앉아 있다가 나갈 뿐이다. 유리가 없으면 웃지도 않는다. 며칠 지난 아침 내 불편한 심기를 눈치챘는지 우현이 퉁명스럽게 물었다.

– 도대체 불만이 뭐야?

대꾸가 없자 휙 돌아보더니 다시 물었다.

– 당신이 원하는 것이 뭐야? 말해.

말하기도 구차스럽지만 나는 용기를 냈다.

  - 당신이 유리와 같이 출근하고, 들어와서도 장부정리만 하고, 그러
는 당신을 보면, 남편을 잃어버린 것 같아서……

  - 당신 제정신이야! 지금 그런 생각 할 때야? 쓸데없이.

  - 아침 출근만이라도 나중에 하면 안 돼?

  우현은 그러겠다고 대답했다.

  유리와 함께 출근하지 못한 우현은 무표정으로 방안에 주저앉아 있
다. 마치 끈 떨어진 연처럼 보인다. 아침마다 생기가 돌던 얼굴이 우울
로 뒤덮였고 어깨는 축 처져버렸다. 내게 한마디 말도 건네지도 눈길
을 주려고도 하지 않는다. 아침마다 쾌활하게 웃던 모습도 볼 수 없다.
허리를 구부린 채 시간만 재는 그는 마치 출발신호가 떨어지기를 기다
리며 일분일초를 카운트하는 사람 같다. 억지로 십분쯤 옆에 잡아 앉
혀 봐도 소용이 없다. 그런 얼굴은 보는 이로 하여금 부아만 치밀게 한
다. 짜증스럽고 침통한 얼굴……. 차라리 빨리 출근시켜 버리는 편이
편하다. 공연히 부질없는 짓으로 남편 불만만 가중시켰을 뿐, 이틀도
지나지 않아 나는 포기하고 만다.

불안정한 세계

고향에 계시는 어머니가 모처럼 서울에 올라온 건 한달 후였다. 유리까지 맡겨 두었으니 신경이 쓰였던 모양이다. 지훈과 지혜는 새벽에 도시락을 챙겨 들고 학교로 떠났고, 남은 식구들과 어머니가 식탁에 둘러앉았다. 식탁 모서리에 앉아 숟가락을 들면서 어머니가 사위에게 말했다.

– 요즘 사업은 어떤가. 아이를 맡겨놓고, 미안하네.
– 장모님 걱정 마세요. 처제가 잘해요.

나는 밥을 조금 떠서 입에 넣고 수저로 김치를 집었다. 끝부분이 칼질이 덜 되어 있어서 김치 줄거리가 길게 걷어 올라온다. 손으로 찢으려다 남편이 교양이 없다고 할 것 같아 그냥 입으로 가져간다. 어찌나 짠지, 그 김에 급히 밥숟가락을 크게 떠서 입에 넣는다. 모두들 눈을 커다랗게 뜨고 우물거리는 내 입을 쳐다보고 있다. 우현의 어이없는 표정과 내 시선이 맞닥뜨린다. '그렇게 많이 먹으니 살이 찌지' 하는 듯하다. 우현은 그전에도 여자는 날씬해야 한다며 살을 빼라고 한 적이 있다. 자신이 봐도 미련해 보였다. 그럼에도 살을 뺄 수가 없었던 것은 집안 살림은 기운 뺄 일이 많기 때문이라 자위했다. 하지만 그건 핑계이고 뚱보 체질이어서 마음대로 되지 않았다. 숭늉을 가져오려고 일어서는데 소리가 들려온다.

– 처제는 너무 말랐어.
– 아이, 무슨 말씀이세요.

우현은 앞에 놓인 굴비 접시에 굴비를 툭 부러뜨리더니 유리 앞으로 밀어 놓는다. 그리고는 눈치채지 못하게 식탁 아래 있는 발을 앞으로 내밀어 유리 발을 슬며시 건드린다. 순간 나는 얼굴이 화끈하게 달아올라서 얼굴을 돌렸다. 식구들 앞에서 대놓고 유리에게 먹으라고 말하기엔 곤란했던 모양이다. 평소 우현에게 맛있는 것을 먹게 했고 나는 남은 뼈만 발라먹었던 생각을 하자 다리가 후들거린다. '그렇게 안타까우면 데리고 다니면서 많이 먹여, 누군 먹을 줄 몰라서 못 먹는 줄 알아. 네놈 먹으라고 해서지, 사람 입은 마찬가지라고.' 같이 먹는다면 지금의 생활비로는 감당하기 어렵다. 생활비를 아끼고 입이 짧아 반찬 투정하는 남편을 위해서였다. 어머니는 못 본 척했고, 유리는 계면쩍은 얼굴로 내 눈치를 살피며 말했다.

- 왜 그러세요. 형부나 많이 드세요.

우현은, 아내인 내가 옆에 있건 없건 유리를 향해 질주했다. 사랑의 눈길은 물론이고 함께 지낸 사이에서 오는 자연스러움이 묻어 있다. 아무 거리낌이 없다. 손을 잡거나 어깨를 끌어안는 가벼운 신체 접촉 쯤은 무관하다. 두 사람은 이십오 년이란 나이 차이도 극복한 것 같아 보인다. 이십여 년을 함께 살아왔지만 어울리지 않는 사람은 '나'이다. 남편보다 더 들어 보이는 얼굴, 꼽슬꼽슬한 파머머리, 어젯밤에 잠이 오지 않아서 마신 술로 습기가 빠진 눈 주위, 우울해 하는 모습은 십년 도 더 늙어 보인다. 유리쪽이 남편과 더 잘 어울렸고, 유리의 맑은 표정 으로 인해 남편 모습은 한층 밝아 있다. 그들의 실루엣, 하모니는 자신 이 보기에도 잘 어울리는 한 쌍이고 아름답게 보인다.

- 어제 왔던 그 손님이 처제 좋아하는 모양이던데?
아침에 일어나 거실로 나온 유리에게 어깨를 툭툭 치면서 먼저 농담 을 거는 건 우현이다. 마치 밤새 유리 생각만 하고 있었다는 듯이.
- 아무것도 아니에요. 형분…….
유리도 눈을 흘기는 것으로 화답한다. 그들이 주고받는 짓거리를 보 는 내가 오히려 민망해서 눈을 어디에 두어야 할지를 몰라서 허둥거린 다. 유리 얼굴에 두어 개 돋은 여드름을 가리키며 우현이 빙글거린다.
- 사랑하는 사람이 생긴 모양이네?

여드름 자국에 손이 가려다 말고 갑자기 동작을 멈추더니 우현은 발 레리노처럼 빙글, 하고 몸을 180도 틀어서 돌아선다. 그러자 도망치는 몸짓을 하던 유리도 몸을 빙글 돌리더니, 그런 말이 어디 있느냐며 쫓아가는 시늉을 하기도 한다. 유치하지만 그들은 영화처럼 살고 있다. 나만 없다면……. 유혹하고 유혹받는 눈빛, 그 사이사이에 오가는 은밀한 거래. 두 사람이 무심코 하는 행동 하나하나가 모두 사랑으로 보이고 살갗의 감각, 스킨십을 통해 육체의 향연까지 즐기는 것 같다.

언제부턴가 나는 출근 인사를 하기도 민망해졌다. 두 사람이 함께 출근하는데, 우현은 쑥스러운지 대답이 없고 뒤도 돌아보지 않는다. 유리만 웃으며 뒤돌아본다. 유리에게 꼬박꼬박 인사를 하게 되는 셈이다. 그것도 현관문을 열어주고, 잔디마당을 지나 대문까지 나가서……. 꼴이 점점 우습게 되어가고 있다. 파출부로 전락한 것 같다. 아이들은 학교로 가고, 그 뒤를 이어 우현과 유리가 떠나간 집, 나를 기다리는 건 설거지와 빨래다.

우현이 느닷없이 유리 얘기를 꺼낸 것은 어머니가 다녀가고 열흘쯤 후였다.
 ─ 요즘 처제 많이 힘들 거야. 집안 일은 시키지 말어.
 ─ 내가 무슨 일을 시킨다고 그래?
 ─ 처제 방에서 앓는 소리가 나던데.
 우현의 목소리가 잠겼다.
 ─ 뭐라구. 앓는 소리를 한다고? 제 속옷은 제가 챙기라고 한 것뿐이야. 당신이 참견할 일이 아냐!
 형부가 힘들게 일하는 처제를 챙겨준다는 건 내 입장에서는 고마워해야 할 일이고, 그런 우현이 고마웠던 적도 있지만 지금은 상황이 바뀌었다. 저 인간이 갑자기 머리가 비었거나 나를 무시한다는 생각이 들었다.

― 화장실 가다 우연히 들었어.

우현이 변명했다.

― 기가 막혀! 왜 유리만 안됐어 하는데?

당황한 나는 하마터면 말을 더듬을 뻔했다.

― 무슨 말을 그렇게 해! 유리가 회사에서 하는 일이 얼마나 많은데. 그게 마음에 걸려서 그러지.

― 당신 딸 지혜는 지금 고등학생이야. 그 애가 얼마나 힘든지 당신이 알기나 해? 학교에서 보충수업 끝나면 밤늦게까지 학원에 들렀다가 오는 애는 안 힘들고? 애비라는 사람이 어째 제 새끼는 모르고 처제 걱정만 하는지 몰라.

나는 쯧쯧, 혀를 찼다.

― 지금 뭐랬어? 말버릇하곤. 생각해 봐. 유리는 지훈이랑 겨우 두 살 차이야. 하루 종일 손님들과 입씨름하며 점심 먹을 새도 없는 애야. 그리고 회사일이 잘못될까 봐 얼마나 걱정을 많이 하는데. 당신은 언니가 돼 가지고, 그런 어린 동생이 대견하지도 않아?

― 그래 당신은 계속 착한 나라 해라. 난 나쁜 나라 할게. 됐어?

내 비아냥거림에 우현은 답답한 듯 가슴을 친다.

― 당신. 지금 다른 사람 생각 따윈 아예 하지도 않지? 난 집에만 오면 답답해. 자유를 구속당한 기분이 어떤 건지 모르지? 내가 한 마디 하면 당신은, 제멋대로 유리와 연결시키고 나쁜 쪽으로 갖다 붙이고. 그건 나에 대한 모욕이야! 남편에 대한 믿음이 고작 그 정도라는데 질렸다! 질렸어!

― …….

　나도 안다. 이유를 몰라서가 아니다. 그러나 그가 변명하면 할수록 명쾌해지기는커녕 기분만 더 나빠질 뿐이다.

　― 제발…… 쓰레기 같은 생각 집어 치워!

　우현은 내 입에 재갈을 물려 놓고 덧붙인다.

　― 자기 동생이 그렇게 노력을 하는데 싫어하다니! 당신이란 사람은 참…….

　그는 윗입술이 일그러진 채 기가 막힌다며 혀를 찬다. 할 말이 없다. 이론적으론 맞는 말이다. '왜 마귀 같다고 말하지 그래?' 나는 속으로 중얼거린다. 유리와 우현의 얼굴이 자꾸 나란히 겹쳐진다. '자식처럼' 여기리라던 생각이 이렇게 변하다니! 뒤틀린 생각에 사로잡힌 자신이 한심하다. 그 찜찜함은 명치에 걸려 떨어지지 않는다. 우현은 어릴 적부터 본 처제는 당신을 닮아 익숙한 딸 같다며, 회사를 돕는 처제는 보호해야 할 대상이지 사랑할 처지는 아니라고 했다. 우현 말 그대로 믿고 싶다. 그런데 믿음보다는 자꾸 불안해지는 것은 왜지? 우현은 내가 어떤 상태인지 무슨 생각을 하는지 관심도 없다. 마음이 떠나면 몸이 떠난다는 말이 맞는가 보다. 그럴수록 나는 남편 품이 그립다.

　그날 밤. 남편 가슴을 파고 들어가 본다. 끌어안아도 꿈쩍도 하지 않는다. 그러다가 마지못해 남편이 돌아눕는다. 귀찮다는 듯이 떨떠름한 표정이다. 그런 남편 얼굴을 보는 자신의 처지가 슬프나 못해 처절하다. 몸과 마음에 찾아든 것은 물속으로 가라앉는 듯한 절망감. 잠든 남편 등 뒤에서 차가운 기운이 뿜어져 나온다. 가슴속에 찬바람이 가만히 지나간다. 사춘기 소년처럼 풋풋한 감정에 들떠 있는 남편이라니,

예상치 못한 상황이다. 그동안 정신없이 달리다가 이제야 여유를 갖게 되었고, 유리가 더없이 달콤한 휴식처로 보이는 모양이다.

사랑이란 환상에 중독되어 무지개처럼 사라질 판타지임을 알면서도 달려드는 우현을 그대로 버려둘 수 없다고 생각했다. 그를 사랑하기 때문이다. 그렇다고 무턱대고 유리를 내칠 수도 없다. 방을 얻어 유리를 내보낼 여유도 없다. 월급의 일부를 저축해서 목돈을 만들기에는 앞으로 많은 시간이 필요하다. 설혹 돈이 있더라도 선뜻 유리를 다른 곳으로 내보내지 못할 것 같다. 어머니에게 설명할 일도 마땅치 않고, 질긴 정도 들어 있다.

유리는 쉼없이 살아 움직였다. 몸 움직임뿐 아니라 외관도 변했다. 손톱은 하루를 넘기지 않았다. 매니큐어는 핑크에서 청색으로, 와인색에서 다시 흰 꽃무늬로 바뀌었다. 긴 머리 파마가 지루했던지 찰랑거리는 단발머리가 되었다. 콧소리로 말하고 어깨를 출렁이며 춤추듯 걸었다. 쉬지 않고 수다를 떨었다. 회사 돌아가는 근황과 다른 회사 사람들 이야기, 형부가 했다는 말 등을 속사포처럼 떠들어댔다. 너무 솔직해서 숨길 줄을 몰랐다. "언니! 형부는 집 담장만 보면 그때부터 화를 내. 이상하게……." 어느 날 퇴근해서 집에 돌아온 유리가 이상하다는 표정을 지으며 눈을 동그랗게 떴다. 순진한 것인지 모자란 것인지 안 해야 될 말까지 해서 내 심기를 건드린 것이다. 처음 그 말을 들었을 때는 웃으면서 지나쳤지만 생각해 보니 유리와 함께 출근을 하면서부터 쭉 그랬던 것 같다. 일부러 인상을 구기며 들어오는 사람처럼 굳은 표정이었고 눈 꼬리에 힘이 들어 있었다. 그래서 남편에게 말 걸기가 겁났다. 그날도 늦은 저녁이었고, 밖에는 바람이 심하게 불고 있었다. 아무 이유 없이 습관처럼 굳은 얼굴로 들어서는 남편에게

"당신은 왜 나만 보면 화를 내느냐?" 물었다. 남편은 대답했다. "당신 스스로에게 물어보든지. 거울을 한 번 보라구! 뭐가 불만인지, 허구헌 날 부어터져서 있으니……." 얼굴이 이미 싸늘하게 변해 있다. "밖에서는 괜찮았고?" 차마 유리와 함께 있으면, 이란 말은 꺼낼 수 없어 에둘러 말한 것이다. "부어터져 있는 당신, 얼굴만 보면 그냥 답답해." "기가 막혀! 일부러 인상을 구기며 들어온다고?" 하지만 그는 반응하지 않았다. 무표정, 냉기만 돌았다. 아내 입을 가로막는 그만의 방법이다. 원인은 제쳐두고 아내를 볼 생각만 해도 짜증이 난다는데 할 말이 없다. '난 잘해 보려고 노력하는데 그래서 행복한 척 웃기도 하는데, 저 인간은 무조건 내가 싫단 말이지.' 하지만 사랑이 가버린 것을 잡아둘 수도 없는 일. 속수무책이다. 눈에 보이지 않는 것을 가지고 싸워봤자 나는 번번이 지고 만다.

아침 햇살을 받으며 신문을 보던 우현, 아침 밥상에 앉아 얘기하고 출근하는 그를 대문 밖에 나가서 배웅을 하던 날이 그립다. 그때는, 무엇이든 내 것이었고 상쾌한 아침 풍경이 있었고 빛나는 하루가 있었다. 그 아침을 다시 찾고 싶다는 생각을 하며 나는 창가로 다가서서 정원에 내리는 빗줄기를 바라보며 마른 눈물을 닦는다.

바람이 거세어지는지 창문이 흔들거리고, 빗줄기가 점점 굵어지고 있다. 남편에게 유리의 존재가 점점 크고 있음을 느끼기 시작하고부터

내 존재는 작아졌다. 보이지 않는 힘에 의해 그림자로 물러났다. 그래서 나는 가슴이 아린다. 행복은 물이나 공기 같은 속성을 지니고 있다. 익숙해져 있어 체감하지 못하다가 결핍을 느낀 후에야 늘 그 사실을 깨닫게 된다. 아이들이 백 점짜리 시험지를 들고 왔을 때 기뻤고, 새집을 샀을 때 행복했다. 우리의 스위트 홈은 이제부터 시작이라 여겼고 희망에 부풀었다. 하지만 마음 놓고 행복하다고 느낄 사이도 없이 행복은 살짝 들어왔다가 어느새 도망가 버렸다.

남편은 내 행복을 손에 쥔, 그러니까 그의 행동이나 말 하나하나에 내 행불행이 걸려 있고, 내 삶 자체다. 그동안 내가 튼튼하게 구축했다고 믿은 집은 거푸집이었다. 아무것도 할 수 없는 자신을 내려다봤다. 언제부터? 왜? 누가? 나의 자리를 무너뜨렸지? 이제 어떻게 해야 하지? 막막하다. 감히 20년 아래인 동생과 자신을 비교하고 의식한다는 것. 그런 생각 자체가 유치한 일이고 어처구니가 없다는 것을 안다. 하지만 청순한 아름다움도 시간과 장소, 무엇을, 누구와 비교되느냐에 따라 역할이 변하기 마련. 유리의 선함도 때에 따라선 악이 될 수도 있다. 너무 예쁜 것도, 그 존재 자체로 독이고 죄가 된다.

순하게 생긴 여자와 매혹적인 여자가 '비교' 된다면 그것은, 덜 매혹적인 사람에겐 독이 된다. 못생긴 여자는 자기보다 예쁜 여자의 광채를 쫓아가려고 하고, 매혹적인 여자는 못생긴 여자를 배경으로 해서 두드러져 보이고 싶어 한다. 인간의 삶 곳곳에 포진한 힘에는 경제와 욕망이 도사리고 있다. 인간의 삶에 가장 기본적인 뼈대는 욕망이다. 그 욕망은 정확하게 권력을 지향하기 마련이다. 자신에게 매혹적으로

다가오는 것, 자신의 생존에 필수불가결한 것, 자신에게 욕망을 불러
일으키는 것, 그것이 곧 권력이다. 거기에는 미모, 경제력, 지식, 재미
도 포함된다. 그리고 그 권력은 성적 충동까지 유발한다. 그런 권력은
누가 정해 주는 것도 아니지만 자연적으로 순위가 결정된다. 지금으로
서는 기득권이 있는 나에게 힘이 남아 있는지, 매혹적인 여자 유리가
힘이 있는지 아무도 모른다. 하지만 곧 순서는 정해질 것이다.

두 개의 시선

송우현

퇴근시간이다. 아침부터 분주했던 사무실이 조용해졌다. 유리는 은행 마감시간에 맞춰 나갔는데 바로 퇴근하겠다고 연락이 왔다. 친구를 만나는 모양이다. 퇴근할 생각이 나지 않는다. 마음이 무겁다. 의자에 누워 눈을 감았다. 요즈음 아내가 심상치 않다. 불평이 나날이 늘어간다. 부부 전쟁! 의심과 불신, 아내와 나 사이에서 벌어지는 논쟁은 이성과 논리에서 벗어나고 있다. 이제 감정의 대립으로만 번질 모양이다. 한 이불 속에서도 생각이 서로 엇갈린다.

아내의 까칠한 시선에 소름이 끼친다. 내가 미처 생각하지 못했거나 모르는 부분을 지적하고 따져 드는데 지옥이 따로 없다. 아내의 집요함은 가히 고문에 가깝다. 대화의 핵심은 시작과 끝, 모두 유리와 결부시킨다. '왜, 유리가 아니라서?' 말도 꺼내기 전부터 으르렁거리며 달려든다. 내가 어떤 말을 해도 진심이 아니라 의례적이라고 비웃고, 웃으면 겉웃음이라고 짜증을 낸다. 말을 안 하면 이번엔 무표정하다며 화를 낸다. 한마디 한마디가 공격적이다. 트집을 잡는 재주가 비상하다. 그런 아내의 멋대로 된 판단이 지겹다. 나름대로 최선을 다하고 있다. 생존경쟁이 얼마나 치열한가. 아마존 밀림 같은 세상에서 살아남는 일이 최우선이다. 누굴 좋아하고 그래서 웃는다고 투정하는 것은 하찮은 일이다. 나는 어떻게 대처해야 할지 난감하다. 온몸에 기브스를 한 것처럼 운신의 폭이 좁아진다. 내 존재 자체까지 문제 삼을 모양이다. 그냥 사라져주는 것이 상책일 것 같다.

아내가 있는 집은 살얼음판이다.

요즘 들어 아이들도 고분고분하지 않고 심통을 부린다. 사춘기이겠거니 해도 너무하다. 뼈 빠지게 돈 버느라 애쓰는 애비가 아닌가. 학교 보내고 학원 보내 주었으면 할 도리는 했다는 생각이다.

지난번 일만 해도 나는 억울하다.

아내의 관심사는 아이들이 전부다. 지훈이 학교 성적표가 나왔다. 이대로 가다간 서울 소재 대학은커녕 지방 전문대학도 어렵단다. 당연히 내가 야단을 칠 수밖에. 애비라는 사람이 아이들에게 신경을 안 써서 그렇다고, 아이들 성적도 내 탓이라고 화살이 엉뚱하게 내게로 날아왔다. 나도 할 말이 없는 건 아니어서 집에서 뭐 하는데 아들 교육도 못 시키느냐고 언성이 오갔다.

며칠 전에도 아내는 내게 대들었다. 유리 이야기 아니면 말할 게 없느냐고 했다. 회사에서 유리의 역할을 이야기하려던 것인데 또 덜미를 잡혔다. 입을 열기가 겁이 난다. '유리'라는 말이 입에서 나올까 봐 조심한다. 무슨 말만 꺼내면 유리와 결부시킨다.

- 당신. 왜 그 애 팔을 잡고 말해?
- 언제?
- 무의식중에 그랬단 말이지. 당신 얼굴 표정을 모르지? 유리만 보면 늘 웃더라.
- 그게 무슨 죈데? 그럼 화를 내란 말인가? 당신은 남편을 들볶기로 작정했군.

유리와는 말만 섞어도 트집이다. 아내의 의심을 어떻게 치료할지 걱정이다. 해명하기도 지쳤다. 그럴수록 유리가 불쌍하다. 유리는 아무 죄도 없다. 아내와 불편한 관계가 언제까지 이어질지 모른다. 끝나지 않을 전쟁을 치르게 될 것 같다. 늘 불만인 아내. 그 짜증을 견뎌내는 일도 만만치 않다. 못들은 척 무시하는 것도 인내가 따른다. 내 한계를 시험하는 기분이다.

아내의 짜증이 부쩍 심해졌다. 그 질투, 투정을 견디면서 요즈음은 나 자신을 들여다보게 된다. 분명히 말하지만 유리를 의식한 건 아내의 바가지 이후, 그러니까 아내가 유리에게 질투를 하고부터다. 그전엔 유리를 이성으로 느끼는지 자신도 몰랐다. 아니, 생각해보지 않았다. 그런 내 마음을 해명하지 않겠다. 괜히 긁어 부스럼을 낼 필요는 없다. 또 그렇게 할 기분도 아니다. 도대체 내가 무엇을 해명해야 하는데? 반발하고 싶다. 아내 말을 듣고 있으면, 내가 정말 유리를 좋아하고 있구나, 하는 생각이 든다. 누구나 외부환경에 자극을 받으면 반응하기 마련이다. 자꾸 한쪽으로 몰아가면 그것을 듣는 뇌도 세뇌되어서 그렇다고 긍정하게 된다. 바가지를 긁으면 그럴수록 아내 말대로 유리를 좋아하고 싶다.

모든 사람들 가슴속에 남아 있는 사랑의 로망은 첫사랑이며, 아무것도 계산되지 않은 순수한 사랑에 대한 그리움이다.

아내를 처음 만났을 때 내게 낭만이라는 말은 사치였다. 그런 감정을 가질 만큼 여유가 없었다. 부모님은 나이가 많았다. 가장으로서 생활을 책임진 나는 부모님의 권유로 아내와 얼떨결에 결혼을 했다. 내 나이 24살 때였다. 지금껏 살아오면서도 나에게 연애감정이 있을 거라고는 생각지 못했다. 그런데 유리가 나타나고부터 달라졌다. 이제야 첫사랑을 시작한 사춘기 소년이 된 것일까? 그동안 잊고 있었던 낭만, 젊은 시절로 되돌아간 느낌이다.

언젠가 텔레비전에서 지하철 성추행 사건 이야기가 나왔을 때 내가 아내에게 말했다. 고등학교 시절 버스 정류장에서 자주 마주치던 한 여학생이 있었는데 마음에 쏙 들었다고. 그런데 말을 건네지 못한 것은 물론이고 얼굴도, 눈도 제대로 쳐다보지 못하고 혼자서 얼굴만 붉혔고. 대학 때도 만원 버스에서 여학생 뒤에 서게 되면 자신의 신체 일부가 그 여학생에게 닿을까 봐 책가방으로 앞을 가렸고. 여의치 않을 때는 여학생이 눈치 채지 못하게 엉덩이를 뒤로 빼며 고생했다고. 그 여학생을 지켜주고 싶었다고. 그 어떤 것도 순수함을 이길 무기는 없다. 나는 유리에게서 순수한 아름다움을 느끼고 유리를 통해서 사랑이라는 환상을 바라보는지도 모른다.

아내를 이해하자면 못할 것 없다. 동생의 순수한 영혼 때문에 괴로움을 당하게 된 아내, 그런 아내는 아무런 잘못도 없이 순수함에서 밀려났고 탐욕이라는 불순함을 뒤집어 쓴 그런 기분일 것이다. 하지만 유리를 보면 사랑하고 싶다. 그것은 실천에 옮기느냐 아니냐 하는 차이뿐. 유리가 처제가 아니라면, 사랑하고 싶다. 아니 처제라도 상관없다. 나는 유리를 사랑한다. 설혹 그것이 금기이고 환상으로 끝나더라도.

아름다운 여인은 남자들로 하여금 더욱 더 강한 연민과 책임감을 갖게 한다. 나는 아내의 질투를 받고 서 있는 유리의 촉촉한 눈망울에서 연민을, 순수하고 맑고 깨끗한 영혼에서 내 마음도 정화되는 것을 느낀다. 내 가슴은 유리에 대한 연민을 뛰어넘어 사랑으로 넘쳐나고, 한편으론 보호해야 할 대상이라는 책임도 함께 가졌다. 그것은 아내의 질투가 유리를 약자로 만들었기 때문일 수도 있다. 이름 그대로, 맑고 깨끗한 유리!

내가 유리에게서 발견한 새로운 감정. 아내로서는 그런 나를 통제할 힘이 없을 것이다. 나 자신도 통제하지 못하고 있는 상황이다. 아내의 입장을 생각하고 마음을 잡으려고 해봤다. 하지만 감정이란 잡았다고 하는 순간 사라진다. 하물며 이성간의 끌림에서야 더욱 불가능하다. 통제하면 할수록 손아귀를 빠져나가는 모래처럼 빈손일 뿐일 테니까.

요즘 아내의 심경이 극도로 날카로워졌고, 그 때문에 하루도 편안할 날이 없다. 내 눈에는, 아내가 탐욕스런 질투와 시기심만 가득한 속물로 보이기도 했다. 이런 생각이 드는 걸 나도 어쩔 수가 없다. 그런 아내의 마음을 알면서도 나는 일찍 집에 들어가고 싶지 않다. 요즘 늦은 귀가, 때로는 집에 들어가지 않는 날이 늘어간다. "오늘은 왜 늦었어요?" "응. 그렇게 됐어." 늘 내 대답은 짧다. 아내의 추궁을 피하는 방법 중 하나다. 최선의 방법은 아니지만 내 나름대로 오랫동안 생각해서 결정한 결론이다. 현재로선 그게 최선이다. 그러나 부부 사이에 말을 안 하는 것도 쉽지 않다. 말하기 싫어서 안 하면, 온갖 억측을 갖다 붙인다. 아내 말을 듣고 있으면 없는 죄도 정말로 있는 것 같은 기분이 든다.

계속 추궁하면 마지못해, "고스톱을 치다가 그렇게 됐다"고 했다. 일일이 설명하거나 반박하기 싫었다. 하지만 나의 명확하지 않은 답변은 아내에게 의혹을 불러오고, 의혹은 사람을 치사하고 유치하게 만든다는 것도 알고 있다. 웃고 교감하는 감정, 그건 아내 눈에 보이는 것이 아니지만 느낄 수 있을 것이다. 아내는 세상을 잃어버린 것 같은, 아주 중요한 그 무엇을 빼앗긴 것처럼 허탈한 표정을 짓는다. 아내는 내가 늦기만 하면 유리와 함께 있다고 생각한다. 혹시 둘이서 어디라도 간 건 아닐까, 어디선가 둘이서 데이트를 즐기고 있을지도 모른다는 억측이 머릿속을 차지한다. 그 생각에 제동을 걸고 싶다. 설혹 유리와 함께 있었다 하더라도 아내가 당장 확인해 볼 길도 없을 것이다. 요즘 아내 머릿속은 유리와 내 일로 꽉 차 있어 다른 생각이 들어갈 틈이 없는 듯 매일 짜증을 부리고 목소리가 뾰족해진다. 지금으로서 내가 할 수 있는 일은 없다.

세상의 눈만 없다면 유리와 함께 있고 싶다는 생각뿐이다.

아내에 비해 유리는 항상 웃는다. 유리는 우리 회사를 위해 보내준 천사 같다. 웃는 얼굴에는 침 못 뱉는다는 말도 있듯이 사람이 웃는데 즐겁지 않은 사람이 어디 있겠는가? 유리를 보면 오히려 웃지 않는 것이 더 어렵다. 나도 모르게 유리만 보면 웃는 얼굴이 되는 것을 어쩌랴. 유리의 모든 행동은 사랑스럽다. "형부우"하며 쳐다보는 머루 같은 눈. 그 귀여운 모습은 장점이자 남자를 끌어당기는 매력이다. 유리를 폄하할 것이 아니라 배워야 할 점이다. 예쁜 사람은 행동도 예쁘다. 유리는 회사 일에도, 내 지시에도 '아니오'라는 말을 하지 않는다. 거스르는 법도 없다. 모르는 것도 적극적으로 부딪쳐서 해결책을 제시한다. 거기다 대고 화낼 이유도, 그럴 필요도 없다.

유리는 모든 남자의 로망이다. 유리는 남자임을 느끼게 하는 여자다. 하지만 귀여운 처제로서 잘해 주고 싶을 뿐 그 이상도 그 이하도 아니라고 스스로에게 다짐한다. 절대로 아니라고 했고, 그래서는 안 된다는, 양심의 소리가 들리지만 몸은 자꾸 유리에게 다가간다. 자석에 끌리듯 팔에 스킨십을 하게 된다. 이 정도는 불순한 게 아니라고, 더 이상 감정이 끓어오를까 두렵다. 때때로 유리의 눈에 잠기고 싶다. 가슴이 설레기도 한다. 내가 웃을 수 없는 것, 웃지 않는 것, 당신도 책임이 있다고, 아내에게 그렇게 말하고 싶다. 당신은 거울을 보았느냐고…….

나는 빨리 잠들었으면 좋겠다. 그래야 내일이 올 것이고, 그럼 하루
가 또 지나갈 것이다.

장유리

거래처 직원과 약속이 있다고 형부가 함께 가자고 한다. K회사에 투
자하자는 사업 이야기였다. 형부는 그 사람의 이야기를 듣고 사기성이
있는 지를 탐색한다.
　- 이모 어때?
　형부가 물었다.
　- 사장님은 어때요. 그쪽은 우리 회사의 이름을 보고 덤비는 모양인
데 굳이 우리가 그 회사에 투자할 필요가 있을까요.
　- 그렇지? 나도 그렇게 생각해. 그쯤 접어두자고.
　그 후 소문에 의하면 다른 업체에서 투자를 했는데 손해를 봤다는
이야기가 들렸다. 형부는 '우리 이모' 덕이라고 하면서 한턱 쓰겠다고
했다.
　- 원하는 거 있으면 말해 봐.
　- 그냥 영화나 한편 봐요. 형부우.
　형부는 웃으며 나를 바라본다. "우선 저녁이나 먹자"고 한다. "난 형
부와 있으면 돼요" 그렇게 말하려다 그만둔다.

　형부와 함께 퇴근하는 시간이 즐겁다. 레스토랑에 들러 저녁을 먹는다. 형부는 안심 스테이크를 잘라 내 앞으로 내민다. 형부와 있으면 근심 걱정이 사라진다. 형부와 나는 편안했고 같은 세대들처럼 거리를 돌아다녀도 말이 통해서 피곤하지 않았다. 나는 스타벅스에 들러 모카 프라치노를 테이크아웃해서 거리를 나섰다. 형부는 길에서 커피를 손에 들고 마시기는 처음이라며 나를 돌아봤다.

　－ 사장님도 토요일은 청바지 어때요?

　－ 그럴까?

　더러는 포장마차에서 떡볶이와 오뎅을 시킬 때도 있었다.

　퇴근시간이 늦어서 늘 출출하다. 형부와 나는 간식거리를 찾아 이웃 상가로 간다. 커플처럼 함께 애프터를 갖는다. 형부는 길거리 상점 윈도우를 기웃거리고, 지나치다가 들어가자고 내 팔을 잡는다. 팔을 잡힌 채 윈도우 문을 밀고 들어선다. 주인 여자가 반긴다.

　－ 예쁜 아가씨와 있어서 행복하시겠어요.

　－ 우리 애인 어때요?

　형부가 즐거운지 빙긋이 웃으며 농담을 한다. 그 눈길을 받고 나는 눈을 흘긴다. 나는 차츰 형부에게 마음이 간다. 믿음직스럽다는 생각이 들고 그리고 푸근하다. 형부처럼 따뜻한 남자가 있으면 결혼하고 싶다는 생각이 든다.

　－ 미스 장. 입어 봐 오늘 한턱 쏠게.

　나는 고개를 저었다. 언니에게 할 말이 없을 것 같았기 때문이다.

　－ 이 머리핀 어때?

머리핀 이야기는 언니에게 하지 않을 참이다.

형부는 편안하고, 내 편이다. 형부는 따뜻한 말과 시선으로 늘 내 칭찬을 한다. 나는 그런 형부를 위해서 더욱 잘하고 싶어진다. 언니 집에서 유일하게 사랑의 눈으로 봐주는 형부가 있어서 다행이다. 그는 그냥 형부가 아니다. 내게는 특별하다. 나는 혼자가 아니다. 모든 것이 떠나가도 변치 않을 것 하나를 꼽으라면 그건 형부이다. 내 모든 것을 사랑한 연인이고, 아버지이고, 누가 뭐래도 내 편이고, 영원한 보호자다.

고향에 있는 어머니를 만나고 언니 집으로 돌아가는 길이다. 시골집에 올 때는 발걸음이 가볍지만 언니 집으로 돌아갈 때는 마냥 무겁다. 그냥 엄마와 살고 싶다. 자라지 않은 채……. 큰언니 집으로 들어서서 비좁은 방에 가방을 놓았다. 중학생인 지혜와 함께 방을 쓰고 있다. 되도록이면 내 흔적, 공간을 정리했다. 어떻게 하든 지혜가 불편하지 않게 하려고 애를 쓰지만 눈치가 보인다. 지혜가 짜증을 내기 때문이다. 비좁은 방에 나까지 누우면 더 좁다. 몸을 돌돌 말아서 작게 만들고 싶다는 생각까지 해본다. 지혜는 나를 침입자처럼 생각한다. 자신의 프라이버시를 침해당했다고 생각하나 보다. 지혜에게 용돈을 주어 봤으나 잠깐뿐 효력이 오래가지 않는다.

"네가 헤프게 구니까, 형부가 집적거리는 거야." 소리 내어 말하지 않았지만 언니 얼굴에 판박이로 꽂혀 있는 말이었다. 내 웃는 얼굴은 태생적인 것이지, 누군가에게 잘 보이기 위해 웃는 게 아니다. 볼우물이 패이는 것도 태어날 때부터 있었고, 쌍꺼풀 눈매나 크고 맑은 동공

역시 인공적으로 만든 게 아니다. 그건 언니도 알고 있다. 그런데 왜 언니 앞에서는 자연스럽게 웃지 못하는 건지 알 수 없다. 텔레비전 연속 드라마를 보면서 언니가 무심히 던지는 말에도 가시가 돋아 있었다.

"저거 좀 보게나. 저 계집애, 꼬리 치는 거 좀 봐. 몸을 배틀면서 교태를 부리는데, 어떤 사내가 싫어하겠냐고? 모두 제 할 탓이야." 꼭 나를 보고 하는 말처럼 들렸다. 언니 앞에서는 웃는 것도 혀 짧은 소리를 내는 것도 교태로 보이는 모양인가. "왜 늦은 거야? 무슨 짓을 하다가 이제야 들어오냐고?" 역시 말 대신 언니는 싸늘한 눈으로 아래위를 사납게 훑어 내렸다. 나는 괜히 미안해서 눈길을 피했다. 그래서 부자연스러운 행동을 하게 되고, 그러면 언니는 무슨 죄인 취급하듯 맵고 아린 눈길로 나를 바라본다. 아군인 줄 안 큰언니는 왠지 껄끄럽고 무섭다. 그럴수록 큰언니에게 잘해야 한다는 생각뿐이다. 언니는 혈육이고 내가 그 집에서 버틸 유일한 끈이다. 하지만 매사 부딪치게 되는 것도 언니다. "내 잘못 아니야, 내가 무슨 짓을 했다고?" 나는 대문을 걷어차고 싶은 걸 참으며 소리쳤다. 언니가 들었는지, 못 들었는지는 내 알 바가 아니다.

형부에게 연민이 생긴다. 밖에서 열심히 일하는 형부를 보면 안쓰럽다. 그렇게 고생하는 형부를 몰라주는 언니가 너무 이기적인 것 같다는 생각이 든다. 요즘 언니는 과민상태, 부쩍 예민하다. 그럴수록 형부에게 가는 내 감정 흐름이 우호적이 된다는 것을 모른다. 형부도 그런 비슷한 말을 했다.

"신경쇠약이야. 내버려 둬." 시큰둥한 태도였다. 그리고 이런 말도 덧붙였다. "원래부터 질투 대왕이야. 자기보다 젊고, 예쁜 여자라면 드라마에 나오는 탤런트까지 시시콜콜 까뒤집는데, 뭐."

"매사를 부정적으로 생각하는 사람이야. 머릿속에 불평의식이 가득 차 있어서, 행복이 뭔지도 몰라. 그저 돈돈하다가 요즘 들어서는 저보다 예쁜 동생한테까지 질투의 눈길을 굴리는 거 좀 보라고."

형부는 하나에서부터 열에 이르기까지 언니를 너무 무시하는 경향이 있는 것 같다. 우리 집이 가난하니까, 알게 모르게 언니의 가계부에서 빼돌린 돈이 친정으로 흘러들어 간다는 걸 알기에, 사사건건 언니를 배배꼬인 여자라고 매도했다. 그런 말을 들으면 무조건 형부 편을 들 수 없다. 혈육이라는 *끈끈한 정*, 아니면 의린가. 언니가 밉다가도 형부의 비난은 썩 유쾌하지는 않았다. 어떤 언니인가. 어린 나이에 시집가서 이날까지 못 사는 친정 식구들을 위해 줄줄이 동생들 뒷바라지를 해오던 언니다. 형부의 비난에 무조건 동조할 수가 없다. 그런 와중에 장마가 시작되었고, 일주일 넘게 지짐거렸다.

아침 일찍 나는 언니 눈치를 살피면서 먼저 대문을 빠져나갔다.

뒤돌아보면서, 혹시 눈치 없는 형부가 뒤따라올지도 모른다는 생각에 뛰다시피 했다. 육교 계단을 막 내려서는데 휴대폰이 울렸다. 형부 전화번호가 찍혀 있었다. 휴대폰 폴더를 열자마자 투박한 목소리가 굴러 나왔다.

— 거기서 기다려, 부자연스럽게 굴면 더 오해 사기 십상이라는 거 몰라. 난 길 건너편에 있어. 기다릴게.

마침 녹색 신호등이 열렸고, 나는 본능적으로 건널목을 걸어갔다.

– 여기야, 유리.

두 팔을 쳐들고 만세 부르듯 휘두르고 있는 형부의 환한 얼굴이 나를 바라보고 있었다.

순간 내 가슴 한 자락에 미미한 온기 같은 게 번져 옴을 느꼈다. 그 온기의 정체가 무엇인지 미처 가늠되지 않았다. 나는 걸음을 멈추었다. 자신의 내부에서 소용돌이치고 있는 이 잔잔한 파문의 근원이 무엇인지, 잠시 생각에 빠져들었다. 아내의 동생이니까? 나는 도리질 쳤다. 그건 아니라는 생각이었다. 그럼, 회사 일을 알뜰하게 열심히 하는 소중한 직원에게 베푸는 호의인가, 그것도 아니다 싶었다. 그렇다면, 형부가 자신에게 보이고 있는 조금은 지나친 감이 없지 않은 관심과 호의는 직원도, 처제도 아닌 젊은 여자에게 거는 음심이라는 건가. 세상의 모든 남자들은 거의 비슷한 양상을 보였다.

아름다움은 용서받는다. 아름다움은 구원을 받는다는 등등. 그 말의 의미를 알고 있었다. 아름다움이 특별하다는 것, 어떤 어려움 앞에서도 몸을 비틀며 눈가에 물기를 퍼 올리면, 아무리 모질고 독한 사람이라도 금방 헤실헤실 마음을 열었다. 어릴 때는 물론 중학교에 입학한 이후부터는 학교 선생님들조차 바라보는 눈길에 아지랑이 같은 게 묻어 있었다.

그랬다. 아지랑이,

　게슴츠레하고 느끼한 눈가의 스멀거림을 나는 아지랑이라고 생각했다. 해맑고, 반듯한 눈길로 나를 바라보는 남자는 없었다. 내가 예쁘니까, 예쁘다고 추슬러 올리는 칭송에 나는 면역이 되었는지도 모른다. 예쁘다고 말해주지 않는 사람이 이상하게 느껴졌다. '나한테 샘이 나서, 질투하는 거야' 하는 식으로 나의 가슴을 한가득 부풀어 오르게 한 자의식은 아름다움에 대한 자긍심이었다. 그건 당연하고도 확실한 점수 매김이고, 세상으로 나아가는 하나의 자산으로, 무기로, 통용된다는 사실까지 터득했다. 고등학교 때 호랑이 체육선생님 시간이었다. 그날 체육복을 빨아 두고는 잊고 왔다. 나는 어떻게 해야 된다는 걸 알고 있었다. 점심시간에 교무실로 체육선생님을 찾아갔다. "선생님, 체육복을……." 아기가 옹아리하듯 혀 짧은 소리를 하자 체육선생은 웃음을 참지 못해 박장대소를 터트렸다.

　― 양호실에 가 있어.

　기발하고도 상큼한 명령이었다. 다른 학생 같으면 손바닥이나 두 손들고 서 있기 등의 체벌이 가해지곤 했다. 나는 한 시간 내내 양호실에 가서 놀았다. 처음부터 여유롭게 왕따를 견디게 된 것은 아니었다. 중학교에 갓 입학했을 무렵, 새 교복을 입고 학교에 가면 모든 시선이 자신에게 머물곤 했다. 수업 시간에도 선생님들은 나를 보며 수업을 했기 때문에 그린 선생님들 강의를 신중히 경청해야 했고 신경을 쓰게 되어 한눈을 팔 수 없었다. 자연히 선생님들은 수업 태도가 좋다고 칭찬을 했다. 하지만 그런 즐거움은 잠시였다. 어느새 혼자가 되어 있었다. 왕따! 친구들은 멀리 떠나고 혼자만 남겨졌다. 어떻게 하든 친구들에게 잘해 보려고 노력했지만 할수록 점점 더 수렁에 빠지는 것 같았다. 담임선생님이 '장유리'만 사랑한다고, 반 친구들이 비아냥거렸지만 나는 아무런 대꾸도 할 수 없었다. 친구들은 내가 눈웃음을 치며 선생님에게 애교를 부렸다고 했다. 그 이후 나는 학교에서 웃을 수 없었다. 그런 친구들과 함께 도시락도 먹지 못하고 점심시간이 되면 늘 혼자서 학교 운동장 플라타너스 나무 아래 벤치에 앉아 있어야 했다.

외롭지 않으면 청춘이 아니다. 그러나 청춘에게 가장 어려운 적은 외로움이다. 말도 안 붙이는 친구들에게 말할 기회도 없었다. 시험을 잘 보면 "너구리가 봐줬다"고 입을 비쭉거렸고, 친구들의 손가락질과 뒤에서 저희끼리 끽끽거리며 지절대는 비아냥거림을 참아내야만 했다. 성적이 나쁘게 나와도 친구들은 비웃었다. 어쩌면, 하고 혀를 차기도 했었다.

– 왜? 요즘은 너구리가 안 봐 주냐?

왕따를 당하면서 억울했지만 그렇다고 내가 어떻게 해볼 방법은 없었다. 친구들은 아무도 곁에 오지 않았고 자기들끼리 둘러앉아 쑥덕대며 문둥병 환자라도 대하듯 싸늘한 눈길로 쏘아봤다. 나는 아무 말도 할 수 없었고, 화를 낼 수도 없었다. 사람의 특성에 따라 외로움의 성격은 다를 수 있겠지만 어느 누구도 그로부터 자유로울 수는 없다. 비겁한 방법이었지만 나는 친구들에게 접근하는 방법을 연구했다. 집에서 떡을 하거나 맛있는 것이 있으면 먹지 않고 두었다가 친구들에게 갖다주면서 비위를 맞추곤 했다.

그대는 혼자 남아 본 적이 있느냐? 자신의 의사와 상관없이 더구나 가까이 지내야할 사람들이 자신을 따돌릴 땐 누구나 외로움이 몇 배나

증폭되기 마련. 동물의 왕국 같은 곳에서 살아남기 위해서 선택해야 하는 방법은 두 가지 중 하나다. 돌파할 것인가, 타협할 것인가. 내가 선택한 것은 후자였다. 그때 이후 나는 혼자가 되는 게 무서웠고 누군 가가 자신을 보살펴 주지 않으면 두려웠다. 그래서 누구에게든 잘 보 이려 했고 무조건 잘하면 된다는 생각을 갖게 되었다. 자신을 좋아하 도록, 자기편으로 만들어 놓으려고 애썼다.

유리, 너는 나에게 향기로운 와인, 평생
한 번밖에 맛볼 수 없는 최고의 와인이
다. 와인 애호가처럼 너를 바라보면서
후각과 미각에 상상력을 보태면 더없는
행복일 거라고 여겼고, 네 향기를 음미
하고 혀로 맛보며 그 경험을 통해 하나
의 예쁜 그림을 그리면 된다고 생각해
왔다. 나는 한 손엔 와인을 다른 한 손
엔 독배를 들고 누워 있다.

2장

황
금
사
과

세 개의 이야기

브런치 레스토랑과 파티

우현은 현장 직원들이 출근하기 전에 유리와 함께 출근했다. 꼭두새벽에 일어나 가족들 선잠 깰세라 살그머니 현관문 열고 나간다. 남편의 아침식사는 내가 해야 할 중요한 일 중 하나다. 아침을 못 챙겨 미안해하는 나에게 어깨를 두드리며, "걱정 말라고, 회사 앞에 브런치 식당 천지"라고 말해주던 그였다. "네 형부 아침은 어떻게 하니?" 유리에게 물었더니, "간단히 우유와 토스토로 때우기도 해요." 대수롭지 않게 대답했다. 어느 날 그가 잊고 나간 서류 봉투를 들고 달려갔을 때 나는 그만 아연해 지고 말았다.

회사 건너편 베이커리 가게 안에 마주 보고 앉아 토스트에 잼을 발라주는 유리의 희고 가느다란 손과 토스트를 받아드는 그의 살가운 표정, 우현의 환한 미소가 유리벽 너머에 한 장의 그림처럼 붙어 있었다. 유리가 우현의 입술에 묻은 잼을 종이 냅킨으로 닦아주는 게 보였다. 황당한 광경이었다. 밝은 빛을 내는 그들과 달리 내 그늘은 짙고 깊었다. 날아온 돌에 뒤통수를 맞은 것처럼. 석연치 않은 기류는 머리에서 가슴에 이어, 다리로 무너져 내렸다. 하지만 상사와 직원간의 우의거니, 아침 식사할 시간을 아끼려는 남편의 넉넉한 마음 씀씀이라고, 아내의 동생, 유리를 아끼는 마음의 뒷자락에는 아내를 사랑하는 무게에 비례하는 마음일 거라고, 애써 마음을 다스렸다. 늘 회사 일로 전전긍긍하던 나로서는 그런 풍경에 오히려 안도하고 돌아섰다. 새벽부터 노력한 그 덕에 회사는 흑자로, 일 년 결산을 할 수 있었다. 그동안 회사 일이 잘못될 것 같아 걱정하던 일이 겨우 마무리 된 것이다.

그런데, 그게 전부가 아니었다. 남편 입에서 "우리, 유리"가 혀끝에서 맴돌았다. 못나게 동생을 질투하는 거야, 수없이 자책하며 그런 자신이 부끄럽게 여겨지기도 했다. 그런데, 날이 갈수록 내 마음속에 커다란 물음부호 하나가 만들어졌다. 어느 날 아침, 마주 앉아 주거니 받거니 브런치를 먹고 있던 두 사람의 다정한 그림 한 장에 곁들여져 또 하나의 장면은 가슴속에 낙인처럼 찍혀 버렸다.

회사 창립기념 회식 때였다. 와인 잔을 들고 그들은 서로의 팔을 엑스자로 엮은 채 건배했다.

쟁반에 담긴 음식들이 흐트러져 있어 나는 긴 나무젓가락으로 모두 고르고 있던 중이었다. 나는 사장 부인이고, 유리는 물론 직원이긴 하지만 부인의 동생이라는 번연한 위치임에도, 남편은 나를 제외하고, 처제와 건배를 했다. 그건 나 아닌, 부인이라는 위치를 묵살한 태도에 다름 아니었다. 그러나 나는 못 본 체 할 수밖에 없었다. 화장실에 들어가 오래도록 거울 속에 떠 있는 중년 여자를 바라보았다. 일자로 앙다문 입술이, 눈자위에 실린 살기가, 수직으로 곤두선 주름살로 얼굴은 흉하고 발칙한 표정을 하고 있었다.

속상하거나 마음대로 일이 풀리지 않을 때 문득 거울 속에 뜬 자신의 표정과 만나게 되고 그때마다 나는 내 얼굴 뒷면에 도사린 살의 같은 걸 느끼곤 한다. 내 의지와는 무관한 그런 표정 속에서 나는 자신의 근원을, 본질과 만나는 것 같아 섬뜩해 진다. 억제하고, 자제하고, 조율하면서 살아온 생의 자국이 그런 것이라면 정말 나에게도 한때나마 행복하기라도 했을까. 행복이라는 핑크빛 아우라(aura)를 거느린 척 살아온 것은 어쩌면 깡그리 허구였는지도 모른다.

행복 흉내내기, 이젠 정말 지겹다. 하지만 나는 마음을 정리해 평소의 온유함과 느긋한 미소로 바꾸었다. "그래, 이게 나야." 비로소 나는 안심되었다. 하지만 자신을 위해 살아본 적 없는 무색무취한 마흔이 넘은 여자 얼굴은 칙칙해 보였다. 그것이 눈물이었는지 콧물이었는지는 기억에 없다. 마침 여직원 하나가 들어오더니 "어머 사모님, 사장님이 찾으셔요"하는 바람에 파우더로 얼굴을 다듬은 다음, 파티 장소로 나갔다.

직원들이 권하는 대로 나는 연거푸 몇 잔을 받아 마셨다. 나는 조금 취해 있었다. 발걸음이 나도 모르게 후들거렸다. 회사 후문 주차장까지 유리가 나를 부축해 갔다. 차 앞에 서 있던 남편이 자동차 뒷문을 열더니 나를 보릿자루 다루듯 떠밀어 앉혔다. "웬 술이 곤죽이잖아……." 그리고 조수석 문을 열더니 "타지!" 하고 유리를 보듬어 차에 태웠다. 나는 실눈을 감은 채, 비겁한 줄 알면서도 그들의 동작에 신경을 모았다. 무언지 모를 거품이 입 안 가득 깨물렸다. 비참했다. 당연히, 술을 마셨던 안마셨든, 조수석은 부인이 앉아야 할 자리였다. 술이 곤죽이 되었다고 의식마저 깊은 수렁 속으로 곤두박질칠 것이라 생각했는지, 알고도 의식적으로 유리를 조수석에 앉힌 건지, 그런 남편의 얄팍한 행동을 이해하기는커녕 용서가 되지 않았다. 며칠 동안 말하지 않고, 입을 다물고 있는 나를 그는 못 본 체했고, 유리조차 별로 신경 쓰지 않았다. "언니, 술이 과했지?" "머리 아파?" "내가 퇴근할 때 약 사올게" 하는 것이 고작이었다.

다음날. 유리는 친구를 만난다고 했고, 남편 혼자 들어왔다. 남편과 밥상에 마주앉은 자리에서 나는 기어이 속내를 드러내고 말았다. 치사하지만 말을 안 할 수가 없었다.

– 당신, 날 짐짝 취급했어.

입 꼬리에 냉소를 물고 부정적인 말을 하는 내 표정이 비틀렸다.

– 또 무슨 트집을 잡는 거야.

남편은 눈치를 채고 어이없다는 표정을 지었다.

– 당신은 취했고, 뒷좌석이 넓으니 편히 누워 가라고 해서인데. 당신이라는 사람 못 말려. 왜 그러는데? 내 어떤 행동에도 이유가 달리니 지옥이 따로 없군.

그는 "유리와 출근할 때 버릇이 되어서이기도 하다"고 화를 냈고 "그럼 처제를 뒷좌석에 앉히란 말이냐"고 따졌다. 유리는 출근할 때 남편이 운전하는 자동차에 편승했다. 회사 근처에 못 미처서 유리가 굳이 차에서 내린다고 했다.

회사가 바빠져서인지 나와 마주치기 싫어선지 우현이 집에 들어오는 시간이 점점 늦어졌다. 친구들과 고스톱 판에서 밤을 새울 때가 많았다. 사업상 함께 어울려야 필요한 정보를 얻기도 하고 시장현황도 알아낼 수 있다고 했다. 그럴 땐, 집에 들르지 않고 다음날 아침 곧바로 회사로 출근했다.

– 오늘 일찍 나가 봐라. 형부가 또 안 들어왔어.

– 알았어. 언니 나가 봐서 알려 줄게.

우현이 사무실에 나타난 것은 다음날 아침 유리가 출근해서 사무실 청소를 마쳤을 때였다. 밤새도록 담배연기 자욱한 방에 있었는지 담배 냄새가 온몸에 배어 있었다.

– 형부 밤새 뭐 했기에 피곤해 보이네요.

– 응. 그렇게 됐어. 놀다가.

우현은 멋쩍은지 씩 웃었다. 얼굴엔 땟국이 줄줄 흘러내렸다. 사무실 연탄난로에는 밤새 얹어놓은 물통에서 물이 펄펄 끓고 있었고, 유리는 형부의 꾀죄죄한 얼굴을 그냥 보고 있을 수 없었다. 뜨거운 물을 타월에 적셔 목 뒤에서부터 얼굴을 닦아 주었다. 집에 돌아온 유리에게서 그날 있었던 이야기를 들었을 때, 나는 그 상황이 눈에 선했다.

'형부 이게 뭐예요.' 눈을 맞추며 방글방글 예의 그 눈웃음으로 우현을 쳐다보았겠지. 우현은 우현대로 간지럽다고 목을 움츠리며 손사래를 치고, 실랑이를 벌였을 것이다. '형부에게 세수를 시키다니…….' 섬뜩했지만 유리에게 내색할 수 없었다. 유리는 자신의 친절이 형부를 유혹하고 있다는 것을 몰랐을까? 내가 보기엔 엄연한 교태이다. 밤새 화투짝과 씨름하느라 뭉친 어깨, 젖힌 고개, 팔이 닿지 않는 목덜미에 안마했을 것이다. 밤새 피곤한 몸으로 들어선 사무실에서 피로를 풀어 주는 유리의 손길. 그때 우현의 감정은 어땠을까? 상상은 한없이 부풀 려지고 끝없이 날아오른다. 수컷, 살아있는 생명은 상상력을 가중시켰 을 것이다. 행동이 없는 순수, 실체보다 더 짜릿한 감각.

초콜릿

지혜는 이모들 때문에 숙제할 시간이 없다며 불만이 많았다. 나는 친정 식구들 치다꺼리에 지혜의 고민을 들어줄 마음의 여유가 없었다. 며칠 지난 오전. 설거지를 막 끝내고 홍차 한 잔을 들고 소파에 앉자마 자 전화벨이 울렸다.

– 여기 학교입니다. 송지혜 어머님 되시지요? 학부형 상담 일정이 오늘 오후로 잡혔다는 건 아시겠지요?

지혜네 담임선생님이었다. 상담 일정 같은 건 듣지 못했다. 그렇다고 해서, 모른다고 말할 수는 없었다. 오후 4시경 가겠다며, 전화를 끊었다. 그동안 아이들한테 무심했다는 자책감이 스멀스멀 머리를 옥죄었다.

학부모 면담이라는 게 늘 조금은 부담스럽다. 지혜가 고등학교 2학년 올라가서 첫 면담은 4월에 한번 갔었고, 2학기 들어서 처음이자 마지막 이 될지도 모르는 면담이다. 옷장 문을 열고, 입고 갈 마땅한 옷부터 고른다. 지혜 엄마로서 정갈하고 품위 있는 옷을 입고 가야 한다. 지혜네 반 아이들과도 마주칠지 모른다. 자존심을 지킬만한 옷이 있을 턱이 없다. 몇 년 전에 입었던 통 넓은 검정 바지에 누렇게 변색된 흰 블라우스를 입고 베이지색 트렌치코트를 꺼내 입어본다. 일단 그걸로 결정한다. 오후 4시까지는 많은 시간이 남았다. 아무것도 손에 잡히지 않는다.

지혜 방으로 가봤다.

어제 대청소를 했으니까, 침대 정리만 하면 될 것 같다. 방안은 언제 봐도 깔끔하다. 나를 닮아서인지 지혜는 지저분한 꼴을 못 본다. 잠옷이나 벗은 속옷들은 침대 이불 아래 가지런히 개켜 두었고, 책상 위는 먼지 한 톨 없다. 환기를 시키기 위해 창문을 조금 열어 두고, 돌아서는데 무언지 눈에 밟혔다. 침대 귀퉁이 아래 설핏 보인 것은 작은 핑크빛 선물 꾸러미였다. 나는 주저없이 그것을 꺼냈다. 마치 엄마로서 당연한 권리인 것처럼.

작은 상자는 예쁜 포장지와 리본으로 봉인돼 있었다. 내 손이 리본을 풀고 포장지를 뜯어내고 상자 뚜껑을 열었다. 12개의 초콜릿이 나타났고 작은 봉투가 있었다. 봉투 속에서 편지가 나왔다. 혹시 남자친구라도 생긴 건가? 갑자기 내 가슴이 쿨렁거렸다. 그러나 뜻밖에 편지는 지혜가 쓴 애절한 사연이었다.
　ー 선생님, 저 송지혜예요. 선생님은 한 번도 절 바라보지 않으세요. 선생님이 절 쳐다보실 때까지 저의 초콜릿 공세는 계속될 거예요.
　아뿔싸! 나는 비명을 질렀다. 이럴 수가. 엄마가 엉뚱한 생각에 사로

잡혀 빌빌거리는 동안 딸의 가슴에 이런 멍울이 생겼구나, 생각하니 가엾고 안쓰러워 가슴이 아려왔다. 아니 찢어지는 것 같았다.

　나는 학교로 달려갔다.

　학교 교문 앞에 도착해서야 너무 빨리 왔다는 생각이 들었다. 2시 50분밖에 되지 않았다. 그러나 발길을 되돌릴 수는 없었다. 담임선생이 지혜의 이런 내막을 알고 불렀음이 분명했다. 운동장 수업을 받는 학생들 말고는 조용했다. 나는 수위에게 지혜 담임선생님 이름을 이야기하고 운동장 안으로 들어갔다. 걸어가는 내게 수위가 큰 소리로 물었다. "몇 학년 몇 반이라고 했지요?" 나는 멈춰 섰다. 지혜가 2학년이란 건 기억하는 데, 몇 반이라는 건 도통 생각나지 않았다. "모르면 됐고요. 들어가 봐요." 수위의 목소리가 퉁명스러웠다. 딸애가 몇 반인지도 모르는 어미가 어디 있는가, 하는 질책 소리로 들렸다. 그러거나 말거나 나는 빨리 운동장 한가운데를 가로질러 교무실로 향했다.

　책상들이 빼곡하게 들어찬 교무실 끝머리에 지혜의 담임 민영찬 선생이 있었다. 아직 미혼인 그는 신학기에 본 그대로 수더분하고 넉넉해 보이는 인상이었다. 내가 앉자마자 민 선생이 먼저 조심스럽게 입을 열었다. "요즘 댁에 무슨 일 있어요?" "지혜 성적이 너무 떨어졌다고요. 2,3등 하던 지혜가 10등 밖으로 나돌아요." 담임의 말에 나는 어리둥절해졌다. 입을 앙다문 채 가만히 다음 말을 기다렸다. "감수성이 가장 예민할 때라, 어머니께서 관심 가지시고, 매일 체크 하셔야 합니다." 민 선생의 목소리 톤이 살짝 올라갔다. 초콜릿 이야기를 해서는 안 될 것 같았다. 앞으로 관심 갖고 돌보겠다는 말만 남기고, 나는 일어섰다.

점을 보다

끝없는 인내가 필요한 나날들이 이어졌다. 이해하고 덮어두려 해도 가슴속에서 반란이 멈추지 않았다. 어느 날 은행에서 우현 회사로 전화가 왔다. 안산시 반월 공단에 있는 한 거래회사가 파산하면서 어음을 부도내는 사태가 발생했다. 큰 금액이었다.

위기가 몰아쳤다. 큰 손해로 부도 위기가 몰아쳤다. 은행에 들러서 사건 전말을 알아보고, 우현은 후줄근한 모습으로 회사로 돌아왔다. 사무실에 들어서자 직원들이 걱정스런 눈으로 사장인 우현 얼굴만 쳐다봤다. 특단의 대책을 강구해야만 했다. 그는 우선 커피부터 한 잔 가져오라고 시켰다. 회사를 이끌고 가려면 여러 가지 상황을 종합적으로 판단하고 밀어붙여야 할 때는 과감하게 행동해야 한다. 그 중에서 특히 자금문제는 신중하게 판단해야 한다. 이번 사고는 아직 어음 결재 기한이 많이 남아 있어서 신경을 쓰지 않았던 것이다. 전에도 몇 번 거래한 경험이 있어 신용이 튼튼한 줄 알고 당좌어음을 받았는데 그것이 문제가 됐다. 이익이 많아 부실한 어음을 받았던 것이다. 커피를 마시고 마음을 가다듬은 후 우현은 관리부문 팀장인 유리를 불렀다. 당분간 자사 어음은 받지 말라는 지시였다.

우현과 유리를 비롯한 전직원이 초비상 상태에 돌입했다. 우선 현장

직원들을 부도낸 회사로 보내서 상황을 조사해서 보고하도록 지시했다. 우현은 밤새 안절부절 못하면서 현장에 나간 직원들 보고를 받고 지시를 내리며 뜬눈으로 새벽을 기다리다 아침도 거른 채 출근했다.

나는 새벽에 출근해서 밤늦게 퇴근하는 남편과 유리를 보며 눈치를 살폈다. 아무 말하지 않아도 부도낸 업체를 찾아 동분서주하며 한바탕 난리를 겪고 있음이 확실했다. 그런 그들을 생각하면 안타깝고 목이 타들어 간다. 지금 상황에선 내 어떤 말도 그들에게 위로가 되지 못할 것 같다. 나는 회사 돌아가는 형편이 어떠리라는 건 짐작할 수 있다. 세세한 내용을 내게 알려주지 않은 건 괜한 걱정만 끼칠 뿐이란 생각에서였을 것이다. 회사는 남편의 모든 것인 동시에 나의 모든 것이기도 하다. 회사가 위험에 처할 때 조금도 보탬이 되지 못하고 보조의자 구실도 못한다는 자괴감 탓인지 나는 밤새도록 잠을 못 이루었다. 밤새 묵주알을 돌리며 '로사리오 기도'를 했지만 불안하긴 마찬가지였다.

다음날 아침, 나는 그대로 앉아 있을 수 없어 용하다는 점집을 찾았다. 신촌역 쪽에 있다는 소문난 점집을 물어서 절박한 심정으로 달려 갔다. 한쪽 면에 커다란 부처가 앉아 있었다. 굿을 할 때 입었던 모자와 활옷도 보였다. 오십쯤 되는 무속인은 빨간 스웨터에 가지색 바지 차림이었다. 복장은 여자인데 남자였다. 앞에 놓인 상을 끌어당겨 놓으며 나를 힐끗 쳐다봤다. 턱으로 앞에 앉으라는 신호를 보낸다. 생년월일도 묻지 않고,

쌀알을 세서 던지며 점괘를 풀었다.

- 부모덕도 없고 자수성가할 팔자야. 아이구! 앞으로 어떻게 이 난관을 헤쳐 나갈까 그게 더 걱정이야. 대주는 전생에 받은 게 많아. 이승에선 남에게 베풀어야 할 팔자야. 남편이 바람을 피워 아이를 낳아 와도 거두어야 해. 집에 오는 모든 사람을 받아 거두면 나중에 복을 받게 돼!

- 회사가 어떻게 될까요.

무릎걸음으로 다가 앉으며 물었다. 그제야 생년월일과 시를 물었다. "삼월의 토끼라." 남에게 공덕을 쌓아야 한다는 말, 다른 데서도 많이 듣던 말이다. 지금 다급한 것, 아무것도 생각나지 않고, 오직 회사가 어떻게 돌아갈까 확인을 하고 싶었다.

- 크게 걱정 안 해도 풀려.

잠시 안도 했으나 언제까지 해결된다는 결정적인 말은 듣지 못했다. 혹시나 하고 찾은 점집에서도 뾰족한 해결책이 없었다. 막연히 앞으로 괜찮을 것이란 말만 들었을 뿐이다. 아이스크림 먹는 정도 짧은 순간의 후련함도 없이 답답한 채 점집을 나섰다. 불안해서 찾은 점집. 점괘는 불분명해서 알아듣기가 어려웠다. 풀린다는 말인지 아니라는 말인지 두루뭉실 돌려 말해서 종잡을 수가 없었다.

노심초사하는 동안, 다행히 한 달여 만에 일이 해결됐다. 부도업체가 법정관리에 들어가게 된 것이다. 시간이 지나면 원금은 해결될 것 같다고 했다. "중소기업 진흥정책에 따라 납품업체 구제방안이 나올 것 같아. 그렇게 되면 한시름 놓을 수 있어." 남편 말을 듣고 나는 한숨 돌렸다.

하지만 새로 시작한 사업은 끊임없이 자금을 필요로 했다. 쇠를 먹어 치우는 '불가사리' 같았다. 회사는 몰려드는 주문을 다 소화해 내지 못했고 자금줄이 튼튼하지 못해 허덕였다. 우현 혼자서 어렵게, 어렵게 끌어가고 있다. 자금이 몰리면서 빚을 얻을 곳도 마땅치 않았다. 다급한 우현은 "당신 친구 정희씨에게 혹시 돈 좀 융통할 수 있겠느냐?" 내게 물었다. 정희나 나나 가정주부로 집에만 있는 여자로선 난감한 일이다. 그동안 거래가 있었으면 모를까. 친구들은 남편의 신용이 어떤지 모르고, 두려워 돈을 빌려주지 않는다. 남편을 도울 힘이 내겐 없다.

밤늦게 집에 들어온 우현은 몹시 피곤해 보였다. 사무실에서 친구에게 전화를 하다가 통화가 안 된 모양이다. 집에 들어온 우현이 전화기를 들고 조심스럽게 말했다. 자존심을 버린, 공손한 말투! 평소 내가 알던 우현과는 사뭇 다른 태도였다. "너 돈 있으면 빌려줘! 한 달만 쓰고 줄게……." 상대편에서 돈이 안 된다고 할까 봐 옆에서 듣고 있던 내가 가슴이 졸아든다. 한참 후 수화기를 놓은 우현 얼굴에서 긴장이 풀리자, 나도 모르게 안도의 한숨이 나온다. 우현은 자금 부족은 물론이고 거래처도 없이 혼자서 근면과 신용 하나로 사업을 시작했다. 총알이 난무하는 전쟁터에서 도전이라는 창 하나만 손에 움켜쥐고 세상과 맞서 싸웠고 회사는 살아남았다.

그의 남다른 집념과 투철한 경영의식과 운이 따르지 않으면 될 수 없는 일이었다. 위태로운 시간들을 넘기고 회사는 원상복귀하기에 이르렀다. 우현이 마침내 해낸 것이다. 변변한 무기도 없는 맨손으로 성실 하나로 버텨낸 것이다. 나는 자신을 돌아봤다. 경솔했다. 그가 저렇게

애를 쓰고 있는데 친정 식구들을 잔뜩 데려다 놓은 마당에 불평을 말할
처지가 아니다. 그럼에도 동생을 좋아한다고 불평만 해댄다면…….

전쟁

아침부터 아니 며칠 전부터 집안 공기는 폭풍전야처럼 팽팽한 긴장 상태다.

이번에는 아이들 일로 시작한 사소한 언쟁이 발단이다. 그동안 냉전에서 냉전으로 이어지던 긴장을 아이들이 모를 리가 없었다. 지훈의 불만은 성적에서 나타났다. 줄곧 반에서 10위권 이내를 유지하던 지훈이 3학년 올라와서 치른 중간고사에서 20위권 밑으로 떨어졌다. 큰일 났다. 대입수능시험도 몇 개월 남지 않았다. 남편과 상의해서 빨리 대책을 마련해야 했다. 나는 지훈이 성적이 떨어진다고 늦게 들어온 남편에게 하소연을 했다. 서울에 있는 대학엔 가기 힘들다는 담임선생님 말도 전했다. 남편은 지훈에게 막말을 했고, 아들은 휴학을 하겠다고

맞불을 놓았다. 남편의 화는 극에 달했고 아들이 자신에게 적대감을 갖게 된 것을 아내 탓으로 돌렸다,

– 엄마라는 사람이 그동안 뭘 했기에 애가 저 모양이야!

– 그런 당신은 뭘 했기에! 아이에게 관심이나 가졌었느냐고?

– 가정교육이란 말도 몰라! 남자는 사업에 치중하느라고 정신이 없는데. 당신이 애에게 아버지에 대한 존경심을 갖도록 교육시켰어야지…….

– 그럴 땐, 왜 내 역할을 쳐들어? 당신이 나를 무시하니까, 애가 이 꼴저꼴 보기 싫다고 반항하는 거잖아! 몰라서 그래?

그는 가정교육을 잘못시킨다면서 나를 향해 마지막 화살을 날렸다. 어떤 이유로 싸웠건, 남편은 언제든 대응할 준비를 갖춘 사람처럼 굳건해 보인다. 아이들은 늦게 집에 들어와 밥 먹기가 무섭게 제 방으로 들어가 버렸다. 내 아이들, 그 애들을 방치하고 있다는 자괴감이 든다. 동기가 선하다고 결과도 선한 것일까? 고상한 목적이 전혀 의도하지 않은 결과를 낳는 건 아닐까? 한 시간 후 나는 거실 한가운데에 있는 소파에 앉아, 정원을 보고 있었다. 도대체 무엇 때문에 우리가 싸우고 있는 것인지, 나는 지쳤고 허무했다. 우리에게 예기치 못한 상황이란 언제나 갑자기 찾아온다. 그리고 우리의 의지와 상관없이 엉뚱한 방향으로 흘러간다.

다음날 아침은 맑았다. 커튼을 조금 열자 햇살이 쏟아져 들어왔는데, 그 사이로 먼지도 함께 소용돌이를 치며 날아다니는 게 보였다. 그 빛을 보자 나는, 우리 세 사람의 감정이 뒤섞여 다시 혼돈의 세계로 돌입하게 되리라는 예감이 든다. 오후가 되면서 날씨가 흐려졌고 시간이 지날수록 서쪽의 불길한 구름은 점점 더 커졌고 비바람이 점점 더 강

하게 밀려왔다. 어둠이 깔리기 시작하자 비가 내렸고, 희미한 불빛 사이로 보이는 빗줄기는 정원을 낯선 세상처럼 보이게 만들었다. 생각 자체가 그 사람의 삶을 지배하고 운명을 만드는 걸까. 결혼해서도 너그러운 여자여야 한다는 내 사명감은 변하지 않았다. 남편은 집안에서 보호받아야 할 존재라고 생각한 데는 시어머니의 길들임도 한몫 했다.

"어려운 살림이라도 꿋꿋하게 집안을 돌보며 남편의 노고를 알아주고 달래듯 쓰다듬어 줄 여자라야 한다"며 "남자는 집안에서 귀하게 보호해야만 밖에서 성공한다"고 남편만 돌보도록 했다. 처음엔 불만스러웠지만 나도 모르게 자연스럽게 적응되어 갔다. 하지만 언제까지나 보호자 역할에만 만족할 수는 없는 일. 그는 효자 아들과 사는 아내 마음을 아는 걸까? 낯선 세상에 혼자 서 있는 듯한 내 마음을 남편은 알고 있을까?

우현은 효자였다.

어느 날 나는 시장에서 콩밭 속에서 연하게 자란 열무를 사 왔다. 연한 열무와 풋고추를 넣고 겉절이를 했다. 고추장에 비벼 먹으면 좋을 것 같아서다. 시어머니가 내다보더니 한숨을 쉬며 "애비는 살짝 익은 김치를 좋아한다"면서 한탄한다.

— 우리 아들이 왜 아픈가(소화가 잘 안된다고 했을 때다) 했더니 설익은 김치 때문이네.

그러면서 방바닥을 두드리기 시작했다. 그때 우현이 방에서 목을 빼고 내다보더니 한 술 더 뜬다.

— 저 사람이 엄니 음식 솜씨 따라오려면 아직 멀었어요.

그 말을 들은 시어머니가 아들 얼굴을 쓰다듬으며 어깨를 토닥거리며 안타까워했다.

– 어이구 우리 애비 어쩌나. 얼굴이 반쪽 됐네.

우현이 정말로 내 남편이 맞는 걸까? 아님 이집 아들일까? 혼란스러웠다. 물론 양립할 수 있으면 이상적일 테지만 그는 그러질 못했다. 그것이, 나를 더 슬프게 했고 나를 막막하게 만들었다. 조금이라도 아내를 이해해 주고 토닥거려 주었더라면 그렇게 막막하진 않았을 것이다.

나는 크게 앓아누운 적도 없지만 감기 몸살쯤은 그저 그러려니 하고 지내왔다. 가족들에게 피해를 주지 않으려고 몸에 열이 나고 머리가 아파도 하루 이틀 혼자 끙끙 앓다가 털고 일어났다. 그런데 결과는 엉뚱하게 나타났다. 내가 아무리 아파도 누구도 돌보지 않았고, 남편도 며칠 지나면 내가 자리에서 일어날 거라고 내버려두었다. 닷새 동안 온몸을 흐르는 통증과 싸워야 했다. 망치로 맞는 게 훨씬 좋을 정도였다. 누군가 도와줘야 했을 터였지만 아무도 내가 아프다는 걸 몰랐다. 내가 어려운 살림살이, 시부모를 모신 노고를 몰라준다고 우현에게 불평을 한 적이 있는데, 그럴 때마다 그는 공치사에 질렸다는 표정으로 역정을 내곤 했다. 되돌아온 대답은 항상 똑같았다.

그런 일을 꼭 일일이 말을 해야 하냐고?

그러면서 "당신을 믿어서"라고 했다. 나는 그 말을 믿었다. 그러나 나에 대한 그의 믿음은 침묵했다. 이제 와서 내 노고를 알아준다고 해도 그런 말이 무슨 소용인가. 우현의 입장에선 일일이 간섭하고 바가지를 긁어대는 골칫거리 아내보다는 상냥한 유리가 달콤할 텐데. 그들은 과거로 인해 빚을 진 적이 없는 쿨한 상태가 아닌가. 이제 확실해진 것은, 유리는 더 이상 우현과 나 사이에 끼어든 이방인이 아니라 없어선 안 될 핵심인물로 부상했다는 사실이다. 예상치 못한 결과였다. 그렇다고 뚜렷하게 잡히지 않는 일을 가지고 꼭 집어서 불만을 말하기도 어렵다. 말을 한다면 '정신병자' 취급 당할 게 뻔하다.

이틀 동안 내리던 비가 멈추고 하늘이 맑아졌다. 사흘간 공방전이 계속되었고, 다음날부터 집안 곳곳에 소리 없이 파괴라는 굉음이 습격했다. 마치 유리가 지구를 지배하고 있는 것 같다.

우현과 유리, 그들은 회사를 통해 소통되는 사이다. 집에서도 일상적인 대화는 회사에 관한 일이다. 반면 현장을 모르는 나는 회사에 대해 어떤 견해도 제시할 수 없다. 그들의 대화에 끼어들려고 하면 번번이 묵살되기 일쑤였는데 핵심을 비켜난 지엽적이고 단편적이라는 거였다. 하루라도 유리가 없으면 회사가 삐걱거릴 정도다. 얼마 전 아버지 제사에 참석하느라 유리가 하루 결근하고 시골에 내려간 적이 있는데, 긴급히 처리해야 할 일이 생겼다는 회사 연락을 받고 급히 서울로 되돌아온 일도 있다. 비상한 예지능력은 회사에 불이익이 되는 일을 미리 감지해 냈고, 웬 만한 결정사항들은 사장인 우현이 지시하지 않아도 스스로 알아서 처리했다. 그들은 이제 사업상의 성공도, 사랑의 교감도 함께하는 완벽한

파트너십을 구축해 가고 있다.

사랑과 가난은 숨길 수 없다고 했던가. 우현은 유리를 보기만 하면 싱글거린다. 그가 즐거워하는 것도 석연치 않고, 유리가 우현에게 짓는 눈웃음도 불쾌하다. 무거운 바위에 눌린 것처럼 가슴을 억눌러 온다. 내가 선택할 어떤 방법도 없다. 남편 사업은 날로 번창하는 것 같은데 나는 시간이 갈수록 쪼들린다. 아이들 용돈도 인색하다. 매월 들어가는 생활비도 나를 고문한다. 생활에 꼭 필요한 지출내역을 적어주면 우현이 거기에 맞춰 주는데 최소한의 생활비로는 빈약한 밥상 정도가 전부다. 매달 1일에 나오는 월급은 20일도 못가서 떨어진다. 전기세와 수도세 같은 공과금을 낼 돈이 없다. 그렇다고 공과금을 미루면 다음 달이 문제다. 게다가 연체료까지 포함된다.

– 공과금을 내주면 어디가 덧나?
– 생활빌 줬잖아. 그것은 당신 소관이잖아.

사업을 하는 우현은 회사가 크려면 절약이 필수적이라고 강조했다. 우현에게 적자 가계를 면하기 어렵다고 공과금을 내달라고 하면 알뜰하게 살림하지 않았다고 화낼 것이 분명했다. 나는 어쩔 수 없이 유리에게 부탁해서 공과금 고지서를 사무실로 보냈다. 오후에 연락이 왔다. 거절이었다.
– 형부, 아니 사장님이 화를 냈어. 언니, 곤란해.

쪼들리지 않는 사람이 있다면 유리였다. 특별보너스도 받았다. 회사에 많은 공헌을 했다는 이유에서다. 그런 우현을 보노라면 혼란스럽고 힘들다. 마치 일선에서 돈을 버는 사람만이 특별대우 받을 자격이 있다고 생각하는 것 같다. 아내와 아이들은 소비의 대상이다. 회사가 크려면 아껴야 하고, 모두가 잘살기 위해서라고 말한다. 아내 역할이 남편의 일부분이거나 사육되는 대상이 아닌가 여겨질 정도다.

어느 날 집에만 들어오면 굳은 표정인 우현에게 불만이 뭐냐고 물었다. 돌아온 대답은 "사업에 신경 쓰느라 정신이 없는데 집에 들어와서라도 쉬게 해 달라"였다. 그리고는 피곤하다며 눈을 감아버렸다. 하지만 나는 생활비와 교육비 이야기를 꺼내야 했다. "말 좀 하자"며 일으켜 앉혔다. "지훈이 성적이 떨어져서 과외를 시키면 어떻겠어?" 교육 얘기부터 꺼냈다. "학원이면 됐지 무슨 과외야." 시큰둥한 대답이 돌아왔다. "빈둥거리며 노는 녀석에게 과외가 다 뭐냐?"는 말도 들었다. 가슴이 답답했다. 엄마로서의 내 목소리는 아주 보잘 것이 없었다. 아이들 교육도 내 힘은 미치지 못했다. 얼마나 나를 무시하면 그럴까 생각하니 그 자리에 앉아 있을 수가 없었다.

어디론가 떠나고 싶었다.

갈 곳이 없었지만 무작정 나는 집을 나섰고 골목길을 빠져나갔다. 아는 얼굴을 만나면 어디로 가는지 물어볼까 봐 나는 조깅을 하는 것처럼 뛰기 시작했다. 몇 개의 돌계단을 내려갔고, 그리고 한적한 들길로 들어섰다. 길은 포장이 되지 않은 맨땅이었다. 멀리 이름을 알 수 없는 벌판까지 나는 달렸고, 온몸이 흠뻑 땀으로 젖은 채 희미하게 흐르는 강물을 볼 수 있었다. 강에 이르자 걸음을 멈추었다. 그리고 갑자기 나는 울기 시작했다. 마치 울기 위해 먼 거리를 걸어온 사람처럼, 그 자리에 주저앉아 눈물을 쏟아낸 것이다.

그리고 강가를 걸었다.

주변 풍경은 더없이 평화롭고 고요했다. 아래로 50여 미터 떨어진 곳에 나무 벤치가 있었다. 나는 거기에 앉았다. 다리를 의자에 올려놓고 길게 눕고 싶어졌다. 그러나 여기에 누우면 일어나지 못하고 잠들어 버릴 것 같아서 나는 온 힘을 다해 피곤함을 억제하며 똑바로 앉았다. 강 너머엔 사람들이 산책을 하고 있었고, 여럿이 모여서 체조를 하고 있는 것도 보였다. 저녁 준비도 없이 강가를 걷다가 집으로 돌아간 건 늦은 시각이었다. 기다리는 것은 남편의 험한 눈초리였다. 한바탕의 설전이 있었고 홧김에 막말이 나왔다. 무슨 짓을 해서라도 지훈이 과외를 시키겠다고 억지를 썼다. 아니 그렇게 하고 싶었다.
— 뭐? 말이면 다 해?
— 애비 노릇 안하겠다면 내가 해! 인색한 인간 같으니! 당신은 식구들에게만 모질지?
악다구니의 대가는 모욕이었다.
— 천박하기는.
우현이 잇새로 내뱉은 말이다.

그리고 그는 소통을 단절시켜 버렸다. 집안에 떠도는 냉기류. 그는 아예 나와 상대 안하기로 작정했다. 시선도. 말도. 나를 투명인간 취급한다. 나는 냉전에 약하다. 혼자 답답해 하다가 먼저 다가가서 따지기로 한다. 나는 백기를 들고 투항하러 가는 기분이다. 자존심 때문인지 내 말은 퉁명스러웠다. 곱게 말하기는 낯간지러웠다.

돌아온 대답은 "당신 맘대로 하라"였다. "계속 부어 있어 보라고" 빈정거리며 내게로 책임을 전가시킨다. 그럼 너는? 묻고 싶지만 나는 참았다. 그건 희망사항일 뿐이다. 그래봐야 내게 불리할 뿐. '당신이 심했다고 여기고 먼저 말을 붙이면 어디가 덧나?' 나는 속말만 씹어 삼켜야 했다. 그는 아내가 먼저 굽혀도 자신의 잘못을 인정하지 않는다.

"나는 평화주의자야!" 그는 자신을 그렇게 평가하면서 "언제고 먼저 싸움을 걸어온 사람은 당신이야!"라고 한다. 그러면서 내가 꼭 필요한 말을 하려고 해도 미리 인상부터 쓰고 입을 막아 버린다. 그가 원하는 건 무조건항복이다. 권력을 쥔 자의 횡포! 그것이 얼마나 상대방을 열패감에 시달리게 하는지 그는 모르는 듯하다.

아니, 알고서 무기로 사용하고 있는지도.

변신

성형수술

젊어지려고 애를 쓰는 나를 남편은 못 본 척했다. 미인은 못 되더라도 자신이 밉상은 아니라고 지금까지 그렇게 생각해 왔다. 거울을 보면서 우울이 덮친 칙칙한 얼굴을 지워 보았으면. 하지만 행복하지 않아서 어려울 것 같다. 부쩍 늘어난 눈가 주름, 이제 겨우 사십을 넘겼지만 가꾸지 않아선지 아래로 처지기 시작한 눈꺼풀이 새우 같아 보인다. 눈 밑에 깃든 다크 서클, 미간에 두 줄로 생긴 주름, 입꼬리 옆으로 처지기 시작한 턱, 그리고 옆구리에 한주먹 그득히 잡히는 살. 굳건히 제자리를 지키고 있다.

한 달 후 나는 성형수술을 받았다.

권정희가 호들갑을 떨며 이번 모임에 꼭 함께 나가자고 전화를 걸어온 건, 유리와 우현의 다정한 모습을 본지 열흘쯤 뒤였다. 정희 전화가 아니더라도 오랜만에 친구들 얼굴도 볼 겸 이번엔 나가보려던 참이었다.

– 복수가 이번 동창모임에 나온다더라.

– 그게 뭐 그렇게 대단한 빅뉴스냐?

– 이번엔 대대적인 성형수술을 했대.

학교 때부터 모양내기로 소문난 복수가 성형 수술을 여러 번 했다고 들었다. 석 달 만에 '쨩' 하고 모습을 드러낸 복수는 자신만만해 보였다. 그러나 모두들 어안이 벙벙하다는 표정을 지었다. 복수의 모습은 사라지고 딴 사람처럼 낯설어 보였다. 말투만은 그대로였다. 실물을 앞에 놓고 자세히 바라봤으나 예전 모습을 찾기가 쉽지 않았다. 지나치게 서양적인 모습이 자연스럽지 않았다. 타인의 일이니 그렇다손치더라도 본인이 만족해 했고, 그 자리에 모인 친구들의 반응도 대체적으로 성공했다고 보는 눈치였다.

옆에 있던 정희가 내게 속삭였다.

– 우리도 같이 해볼까?

갑작스런 질문이어서 나는 조금 당황했다.

– 한 번 생각해 볼 게.

– 생각하긴 뭘 하니?

– 뭐 그냥……. 그런데, 달라 보이는 건 곤란해.

– 쟤는 너무 많이 해 저렇대.

정희가 소곤거리며 복수를 가리켰다. 네 번째라고 했다.

— 그렇게 하면 정말 젊어 보일까?

나는 망설였다. 하지만 마음속에선 벌써부터 성형수술 받고 싶다는 쪽으로 기울었다. 한 번쯤 나를 위해서 모험을 해 봐도 괜찮을 것 같았다. 맞아, 그 방법이 있었지! 하지만 여유가 없어 선뜻 나서지 못했다. 복수가 성형수술한 병원은 국내 최고라고 했다.

— 복수 봐라. 솔직히 쟤 그렇게 예쁘지 않았어. 지금도 네가 훨씬 더 낫다.

정희가 귀에 대고 낮게 말했다.

— 돈 문제라면 내가 좀 빌려줄 수 있는데…….

— 그게 아니고, 남편이 문제야.

— 어떤 남편이 처음부터 하라고 하는 사람이 어딨니? 그냥 하는 거지!

나는 아무런 결정을 하지 못하고 집으로 돌아왔다. 하지만 일주일쯤 후 다른 친구가 병원을 권했는데 가격이 저렴하다는 소리를 듣고 마음이 흔들렸다. 마침 그 병원에서 수술했다는 이웃집 여자를 만났는데, 표정이 한결 경쾌해 보였다. 믿을 수 있다는 그녀 말을 듣고, 나는 결단을 내렸다. 젊어진다는 것보다 자신에게 변화를 주고 싶었다.

결과는 처참했다. 무턱대고 옆집 여자 말만 믿은 것이 잘못이다. 거울을 보니 자신이 해놓고도 무섭다. 생김새가 다른 사람을 같은 방법으로 쌍꺼풀 수술해서 움푹 들어간 눈이 더 들어가 보인다. 이 세상 어느 누구도, 일을 그르친 자신보다 더 속이 아플까. 그러나 그런 심정을 얘기할 수는 없다. 더구나 이제 우현이 화를 내며 닦달할 것을 생각하니 앞이 캄캄하다.

　- 당신 그게 뭐야! 얼굴이 왜 그래?
　예상했던 대로 우현은 불쾌한 반응을 보이고 마뜩치 않아 혀를 내찬다. 첫날부터 주눅이 들어 고개를 들 수 없다.
　- 얼굴에 부기가 빠지면 괜찮을 거래.
　얼굴을 숙인 채 작은 소리로 변명을 한다.
　- 미쳤군! 성형 수술한 여자들 한심하다고 생각했어. 그런데 이제 내 여편네까지. 쯧쯧.
　내게 관심도 없던 우현이 불같이 화를 내지만 나는 고개를 들지 못한다.
　- 난 당신의 다정해 보이는 눈이 좋았어. 그런데 '서양 년' 처럼 그게 뭐야.
　그의 눈빛엔 모멸감 같은 것이 잔뜩 서려 있다. 선글라스를 쓰고, 밥상을 들고 들어가면 남편은 고개를 옆으로 돌린다.
　- 돈으로 해결할 수만 있다면, 원래대로 되돌릴 수 있는 길이 있다면, 돈이 아무리 많이 들어도, 당장 그렇게 하고 싶어!
　그는 아예 돌아앉는다.
　가슴이 미어져 내려도 이젠 소용이 없다. 스스로 결정한 일이고, 닥친 일은 내가 치러내야 한다. 무턱대고 친구의 꼬임에 빠진 자신이 원망스럽다. 하지만 그렇게 말하는 남편이 더 밉다. 나쁜 놈! 진작 내 눈이 예쁘다고 한 번이라도 말해줬으면 내가 이런 짓을 했겠어. 나는 속으로 말한다. 그때가 괜찮았다니? 이제 와서 그런 말을 하면 무슨 소용이야. 다 끝난 일인데…….

성형수술 결과가 궁금했던 정희가 라면 봉지를 들고 집으로 찾아온 것은 며칠 후였다. 전화로 들어서 이미 상황이 어떻다는 걸 알고 있겠지만 직접 눈으로 확인하고 위로하기 위해서였다.

– 점심 차릴 생각 마! 이거 끓여 먹으면 되니까.

그녀는 손에 들고 온 비닐봉지를 번쩍 들어올린다. 그녀의 세심한 배려에 나는 가슴이 울컥한다.

– 자리 잡고, 부기가 빠지면 그때 생각해. 미리부터 고민할 필요 없어!

– 네가 보긴?

– 좀 기다려 봐.

정희의 위로에 마음이 가라앉는다.

수술 후 두 달이 지났다. 나는 나름대로 예쁘게 화장을 하고 동창모임에 나갈 준비를 했다. 지난번 모임엔 성형수술 때문에 나가지 못했다. 이번에는 '나, 장필순' 의 성형수술 결과가 화제에 오를 건 불 보듯 뻔하다. 모두들 어떤 반응을 보일까? 친구들 반응은 기대가 반, 실망이 반일 것이다. 하지만 나는 예뻐졌다는 쪽에 무게를 둔다. 스모그 색 렌즈인 안경을 쓰고 성장을 한다. 시내 약속 장소에 도착한 것은 한 시간 후였다. 친구들 몇 명이 미리 나와서 기다리고 있다. 그들의 반응을 보려고 나는 보란 듯 안경을 벗고 그들을 쳐다본다. 속으론 잔뜩 긴장을 하지만 겉으론 웃는다. 친구들이 한 마디씩 하기 시작한다.

– 그전 얼굴이 기억나지 않아.

– 안한 것보단 낫다.

– 자리가 잡히면 예뻐질 거야. 일 년 지나 봐야 한다고 그러더라.

가장 가까운 정희가 두둔했지만, 그녀도 그렇게밖에 달리 할 말이 없을 것이다. 하지만 일 년이라는 기간, 그건 낯선 얼굴이 눈에 익을 때까지 걸리는 시간일 것이다. '돈 안 드는 칭찬도 못해? 알았어!' 불안해서 허둥거리는 내 마음을 누구보다도 더 잘 알아주어야 할 친구들이 아닌가. 그렇다면 실패했다는 말이다! '인색한 인간들 같으니, 겨우 그렇게밖에 말을 못하다니.' 공연히 정직한 친구들만 탓한다.

– 세상에 공연히 비싼 것은 없어. 다 이유가 있지.

건너편 자리에 앉은 복수가 입술을 비틀며 하는 소리가 들린다. 나는 이를 문다. '그래 칭찬은 본인이 하는 거다. 장필순, 너 잘했어!' 그렇게 마음을 먹어보지만 마음 한쪽에서는 네가 스스로 망쳤어! 라는 절망이 가슴속을 맴돈다. 세상만사가 귀찮아지고, 눈앞이 캄캄해질 뿐이다.

I Wanna Hold Your Hand

9월 어느 날 아침. 바람은 조금 불지만 아침부터 화창한 날씨다. 설거지가 거의 다 끝나갈 무렵 전화벨이 울린다. "장필순씨 댁이죠." "그런데요. 누구세요?" 낯선 목소리에 긴장을 하면서 전화를 받는다. 남자의 전화는 뜻밖이다. 이웃에 살았던 선배 박경식이다. 한 번 만나고 싶다는 거다. 고향에서 지내는 시제(時祭)에 내려갔다가 연락처를 알았다고 한다. 나를 만나고 싶다는 그의 초대는 나에게 자부심을 심어주었다. 갑자기 첫사랑을 만날 수 있다는 생각에 가슴이 출렁하고, 설렘도 가득하다. 우울하던 집안 공기도 반짝이게 한다.

첫사랑이라지만 결혼 전 고향에서 데이트라기보다, 몇 번 만난 인연
이었을 뿐이다. 내가 고등학교를 졸업하고 집에 있을 때. 선배인 박경
식도 재수를 하던 중이어서 두 사람은 서로 지식을 공유할 상대가 필
요한 시기였다. 적당한 핑곗거리를 찾다가 서로 책을 빌려보기로 했
고, 그는 자주 내게 왔다. 박 선배는 우리 집 앞에서 자주 얼쩡거린다고
아버지에게 야단을 맞은 적도 여러 번 있었다. 그 후 내가 먼저 결혼했
고, 서로 소식이 끊겼던 것이다. 나는 만나러 갈까 말까 고민했다. 열아
홉 살 풋풋함만 기억할 그에게 지금의 모습을 보인다는 사실이 싫었지
만, 한편 유혹도 컸다. 한 번 만나볼까? 우현에게 집착하는 데서 오는
아픔을 앓고 있던 터라, 자신을 추슬러 세울 필요도 있었다. 내게도 나
를 좋아하는 사람이 있다. 그렇게 생각하면 기분전환이 될 것 같았다.
나는 우리가 나누게 될 대화를 미리 상상해 보았다.

내가 첫아이를 낳으러 친정에 갔을 때 그러저러한 경로를 통해 알아
본 것이 박 선배 소식이었다. 미국으로 갔고 그곳에서 결혼했다는 말
도 들렸다. 지금은 어떻게 변했을까 궁금하다. 책을 빌리러 와서 수줍
게 머뭇거리던 박 선배가 싫지 않았다. 비틀즈의 팬이었던 박 선배는
기타를 잘 쳤다. 뒷산 밤나무 숲 아래에 앉아 노래를 자주 불렀는데 지
금도 그 멜로디가 들려오는 것 같다. 비틀즈의 '그대 손을 잡고 싶어요
(I Wanna Hold Your Hand)' 였다.

당신에게 이야기할 게 있어요
언젠가 내가 그 말을 할 때
당신은 이해해 주시겠지요

그대의 손을 잡고 싶어요

진정, 내게도 말해 주세요
당신의 남자가 되게 해 주세요
진정 내게 말해 주세요
그대의 손을 잡게 해 주세요

당신의 손길이 스칠 때면
내 가슴은 뭉클한 행복을 느껴요
이런 느낌이 바로 사랑인가 봐요
나는 사랑을 숨길 수 없어요

4호선 전철. 나는 손잡이를 잡고 맞은편 유리창에 비치는 자신을 바라본다. 내게 사랑을 고백하러 오는 박 선배를 만나러 가는 길. 나름대로 모양을 내보았으나 몇 년 전 옷을 입은 자신이 촌스럽게 보인다. 마음에 들지 않아 찜찜하다. 나라고 시대의 유행에 둔감하지는 않다. 백화점 명품코너에서 구경했던 옷이 마음에 들어서 몇 번이나 망설이다가 그냥 나온 건 일주일 전이다. 그럴 여유도 없거니와 너무 티를 내는 것이 내키지 않아서다. 군살이 좀 붙긴 했지만 블라우스 위로 드러난 몸매는 아직 탄력이 있어 보인다. 이십 분 후, 명동역에 내려서 나는 4번 출구로 향했다.

약속 장소인 호텔을 찾는 데는 시간이 많이 걸리지 않았다. 호텔 로비에 선뜻 들어서지 못하고 앞에서 주춤거리며 서 있다. 그때 약속한 호텔 지하 커피숍으로 들어가는 남자가 눈에 띈다. 박 선배일지 모른다는 생각이 든다. 조금 실망스럽다. 요즘 유행과는 거리가 먼 신사복 차림, 좁은 와이셔츠 깃에 좁은 넥타이가 답답해 보인다. 시골서 올라온 사람 같다. 방금 들어간 사람이 아니길 바라면서 나는 천천히 호텔 로비로 들어선다.

마음을 가다듬고 홀 안을 둘러본다.

낮 시간이라 손님은 별로 없다. 연인으로 보이는 세 커플이 창가 테이블에 나란히 앉아 있는 게 보이고, 스탠드에는 손님 두 명이 맥주를 마시고 있다. 예상했던 대로 좀 전에 본 사람이 박 선배인 듯하다. 방금 들어온 남자는 입구를 쳐다보며 혼자 앉아 있다. 나는 그 남자 앞으로 다가간다. 살짝 고개를 숙여 웃으며 인사한다. 황급히 일어선 그는 놀란 표정을 짓는다

− 어, 어! 밖에서 보면 모를 뻔했어요.

− 그러게요. 저도 오빤 줄 몰랐어요. 입구에서 언뜻 봤는데…….

나는 말을 놓기도 뭣하고 존댓말을 쓰기도 어색하다.

검은 제복에 나비넥타이를 한 웨이터가 주문서를 들고 다가왔다. "우선 주문부터" 하며 박 선배가 내게 "어떤 걸 마시겠느냐"고 물었고, 나는 "커피"라고 대답했다. 박 선배도 웨이터에게 "같은 걸로"라고 주문했다. 웨이터가 돌아가자 잠시 침묵이 흐른다. 이십 년 만에 만나 서로 무슨 이야기를 먼저 꺼내야 할지 난감하다.

− 오랜 만…… 그런데 늙…… 많은 시간이 지났지?

박 선배가 불쑥 늙었다는 말을 하려다 말고 미안했던지 말을 돌린다.

- 오빠는 옛날 그대로예요.

에둘러 그렇게 말했으나 거짓이다. 시간이 조금 흐르자 차츰 눈에 낯익은 모습, 박 선배 얼굴 윤곽이 들어오기 시작한다. 이발소에 다녀온 듯 머리에서 스프레이 향이 난다. 정수리, 머리카락 밑으로 두피가 내비친다. 웨이터가 가져온 커피로 입술을 축이고 나서 그제야 두 사람은 마주보고 웃는다. 그렇다고 설레는 마음은 없다. 박 선배의 모양새로 봐서 길게 시간을 낼 필요가 없을 것 같다. 내가 생각했던 상황이 아니다. 오랜만에 만나는 박 선배와 연인 기분을 내보려는 내 의도가 빗나갈 조짐을 보이고 있다.

- 아버진? 참 돌아가셨다고 했나?

박 선배가 옛이야기를 꺼낸다.

- you 아버지 참 무서웠어.

그는 머리를 긁는 체하며 헛웃음을 웃는다.

- 그때 몽둥이를 피해 달아나다가 급해서 나무를 보지 못하고 머리를 받쳤었는데…….

커피잔을 빙빙 돌리며 어색하게 말한다.

- 벌써 오래전 일이군요.

나도 따라 웃는다.

그랬다. 박 선배는 일주일쯤 밖에 나오지 못했고, 그 후 아버지 그림자만 보여도 숨어 다녔다. 나는 그때를 떠올리자 또 웃음이 나온다. 내가 웃은 이유는 박 선배를 만날 때 허리를 가늘게 하려고 밥을 먹지 않았던 기억 때문이다.

- 늘 와이프에게 자랑했어. 예쁜 여학생이 이웃에 살았다고…….

그의 눈빛에 순간 아련한 그리움 같은 게 지나간다. 박 선배는 천천히 주머니에서 담배를 꺼내 한가치를 뽑고는 담뱃갑을 테이블 위에 놓는다. 막연한 상황에서 담배는 편리한 존재다. 담배 연기를 내뿜으며 내게 말을 건넨다.

– 고향이라는 말이 나오면 늘 you 얼굴이 떠올랐지!

그는 아까부터 you라고 호칭했다.

필순아, 넌 네 이름이 어울린다고 생각해? 언젠가 정희가 내게 물은 적이 있다. 나는 머리를 굴리다가 한참 후 "글쎄"라고 대답했었다. 아버지가 내게 지어 준 張必順 이란 내 이름. 어릴 때는 촌스럽고 싫었다. 하지만 중학교 때 좋아했던 선생님한테 '필순' 이란 글자가 '착하다' 는 느낌이 들어 좋다는 말을 듣고 기뻐했던 적이 있다. 그 이후로 더 이상 이름에 대한 혐오감을 갖지 않기로 했다. 다만 다른 사람이 '필순' 이란 이름을 들고 와서 내게 "딸아이 이름으로 어울린다고 생각하느냐?" 물으면 "착한 느낌이 들어서 좋아요"라며 추천할 자신은 아직 없다. 세상에서 필순이란 이름은 '나' 하나로서 족하다는 생각이다. 고개를 드니 박 선배가 나를 물끄러미 바라보며 웃고 있다.

–그때 you는 착하고 똑똑했었지.

이번에도 you였다. 내가 '필순' 이란 이름을 싫어한다고 기억하고 있든가, 아니면 미국에 오래 살아서 그런 건지는 알 수 없지만 그건 중요치 않다. 중요한 건 현재가 아닌가. 그는 말끝마다 그때가 좋았다며 허허 헛웃음 짓는다. 모든 말도 과거형이다. 나도 마찬가지다. 조심스럽고 낯설다. 첫사랑은 만나지 않는 편이 좋다. 그때의 그 풋풋한 젊음을 상상하고 있을 남자에게 낡은 스웨터 같은 모습을 보인다는 것, 어리석은 일이다. 추억은 추억 그대로 놔두는 것이 영원하다. 하지만 왜 사람들은 그 평범한 진리를 깨뜨리려고 할까? 젊음의 순간을 리플레이 해보려는 마음이, 확인 받고 싶은 것이, 그것도 사랑일 것이다.

박 선배는 "너를 만나서 옛이야기 하니 즐겁다"고 한다. "다시 보니 그때 그 모습이 그대로 있다"는 말도 덧붙인다. 그 말은, 즐거운 건 지금이 아니라 지나간 그때였다는 투로 들린다. 나는 기대했던 만큼 실망도 크다.

박 선배를 만난 것은 남편에 대한 집착을 덜어볼 요량이었다. 반란을 일으켜서 유리 때문에 위축되었던 자존심이 조금이나마 회복될 것을 예상했다. 그때의 나와 지금의 나 사이에는 어떤 갭이 있을까? 박 선배와 마주앉은 거리는 별과 별처럼 멀어 보인다. 젊음이, 추억이 사라지고 낯선 사람 같다. 그도 내 옛 모습을 상상했다가 지금 실망하고 있는 중일게다. 그의 과거 찾기가 나에게 무슨 소용인가. 서로 연민일 것이 분명한데. 커피를 마시고 물끄러미 창밖을 보고 있는데 박 선배 말이 들린다.
 – 가끔 만나서 같이 밥도 먹고 옛이야기도 하면서 지내는 게 어때?
 – 그냥. 그럴 것까지 뭐 있어요?
 – 그럼…… 그럴래? 왜?

20년 만에 만난 것치고 너무 덤덤하고 아스라이 남아 있던 막연한 그리움, 희미한 그림자까지 날려버린 시간이다. 나가지 말았어야 했

다. 남편에게도 관심을 받지 못하는데, 그깟 선배가 뭐 그리 대순가. 집
으로 돌아오면서 나는 길거리에 뒹굴고 있는 빈 음료수 캔을 발로 찬
다. 거리엔 찬바람이 불고 있다.

황금사과

내 영혼아, 저기 과일이 있다.
그리고 너에게는 두 손이 있다.
네가 한숨으로 지새운 그 모든 세월을
두 배의 기쁨으로 보상받아라.
무엇이 옳은가, 옳지 않은가 따위 내버려두어라.
네가 갇힌 우리를 버리고,
너의 모래밧줄을 버려라.

— 조지 허버트, 목줄(The Collar)에서

아내는 동창모임이 있어 늦을 것 같다고 했다. 어제 친구들과 등산을 다녀왔다. 월요일 일찍 퇴근했다.

월요일 아침부터 휴일후유증에 시달린다. 모처럼 만의 산행이어서인지 다리에 알이 배긴 것 같다. 유리가 마시다 둔 쓸개 소주를 가져왔다. "한 잔 쭉 드시고 푹 주무세요." 마시지 않겠다고 하다가 유리가 내민 컵을 받아들었다.

 – 몸살인가 온몸이 아프네.

유리는 그냥 돌아서기가 안 됐는지 말없이 내 어깨를 잡고 마사지 자세를 취한다. 목덜미를 주무르는 유리의 숨소리가 귓가에 머물렀다. 그녀의 숨소리를 이렇게 가까이 듣는 일은 처음이다. 마치 소리를 손으로 보고 눈으로 만지는 것 같다. 꿈을 꾸듯 눈앞이 몽롱하다. 반팔 러닝셔츠와 반바지 차림의 내 육신을 네 활개를 펴 천천히 이완시켜 본다. 하지만 사지는 내 불온한 생각을 알아차리고 굳은 채다.

 – 형부, 마음과 몸을 한꺼번에 비우세요. 그냥 허공 중에 붕 떠 있는 기분으로 나한테 맡기시라고요.

만개한 장미원에 서 있는 기분이다. 이루 형언할 수 없이 향긋한 냄새. 어롱거리는 빛다발. 정강이가 후들거리고 가슴속에서 둥둥 북소리가 울리고 있다. 내 몸과 마음이 그녀에게 내던져졌다. 설사 그녀가 칼로 내려친다고 해도 이 저릿하고 황홀한 순간을 거절할 생각이 없다.

 – 형부, 어깨에 힘이 잔뜩 실렸잖아요. 잠깐만요, 힘 빼고요. 내가 풀어 드릴게요.

유리의 부드럽고 따스한 손이 목 언저리를 더듬더니 바로 그 부위를 꼭 집어낸다. 다음 순간 유리의 엄지가 살갗 속으로 깊숙이 파고든다. 기묘한 열기로 발갛게 무르익은 석류처럼 손끝에서 벌어지는 씨알들, 그녀가 훅 더운 입김을 뱉어낸다.

  ─ 조금 묵지근할 거예요. 뭉쳐서 그래요. 형부, 갑자기 안하던 운동을 하니 이렇게 근육이 뭉치는 거예요.

말끝이 잦아든다.

이것이 꿈일까, 현실인가, 이 아득함, 이 감미로움, 이런 세상을 모른 채 생의 반을 헛되이 낭비했다는 생각이 나를 옥죈다. '유리, 날 좀 살려 줘.' 탁하게 갈라진 내 목소리가 혀끝에서 바작거린다.

  ─ 형부 움직이지 말아요.

혁, 나는 몸을 뒤집어 바로 드러눕는다. '내가 왜 이러는가, 이건 아닌데, 이건 사람의 짓이 아닌데' 하면서도 나는 짧은 팬츠에 흰 탑만 입은 유리의 희고 매끄럽고 동그스름한 어깨를 와락 두 팔로 부둥켜안는다. 유리가 토해내는 여린 숨결, 살갗 위로 굽이치는 가느다란 손가락, 어깨 위로 흘러내린 긴 머리카락이 내 얼굴에, 등에 스칠 때마다 나는 완전히 무저항 상태로 유리의 포로가 되고 만다. 나는 도저히 더 이상 자신을 견제할 수 없고, 더 이상 인내할 수도 없다. 나는 눈을 감는다.

유리, 너는 나에게 향기로운 와인, 평생 한 번밖에 맛볼 수 없는 최고의 와인이다. 와인 애호가처럼 너를 바라보면서 후각과 미각에 상상력을 보태면 더없는 행복일 거라고 여겼고, 네 향기를 음미하고 혀로 맛보며 그 경험을 통해 하나의 예쁜 그림을 그리면 된다고 생각해 왔다. 유리에게서 풍겨지는 향기의 여운을 예민하게 잡아내고, 부드러운 미소를 놓치지 않으려고 눈동자를 고정시키고, 손끝 섬세한 촉각을 통해서 유리 피부를 만져보고 싶다. 배와 배를 맞대고 눈을 감은 채 말이 필요 없는 살의 움직임을 느끼고 싶다. 나는 한 손엔 와인을 다른 한 손엔 독배를 들고 누워 있다. 처음이자 마지막인,

이런 순간이 내 생애에 다시 올 수 있을까?

나는 지금 와인의 우아함 대신에 나를 파괴시켜 버릴 폭탄주를 마시려고 한다. 태풍처럼 밀려드는 욕망, 가당치 않은 이런 유혹은 이런 기회가 다시 오지 않으리란 절박함 때문이리라. 파국으로 가는 상황은 결국은 자신이 만드는 것이 아닌가, 생각하니 두렵다. 하지만 지구가 멸망하더라도 나는 이 독주를 마시고 싶다. 어떤 극한 상황에 몰리고 있다는 생각이 머리를 조일수록 가슴만 터질 것 같다. 미친 파도처럼 밀려오는 쾌락에 더 이상 견딜 수 없는 순간 번개처럼 자신을 쪼개버릴 쾌감에 몸을 맡기고. 숲 한가운데로 내리꽂히는 힘, 그 힘은 여자의 그곳을 향해 기운차게 돌진하고 몸은 온통 젖은 채 혼신을 다해 비명을 지르고 싶다. 아! 절박하다. 손가락과 손가락을 하나씩 엇갈라 잡고 이마에서 떨어지는 땀방울을 핥으며 목을 조르듯 숨조차 쉴 수 없는 그 순간을 느끼고 싶다. 세상에서 가장 날카로운 칼이 목을 긋는다 해도,

나는 그 독배의 잔을 들고 싶다.

나는 유리라는 존재로부터 한 발짝도 도망 갈 수 없다는 것을 안다.
나는 망가져도 상관없다고, 그 부분에 가서 쉼표가 아닌 마침표를 찍
고 만다. 입술만이야. 일부분일 뿐이야. 처녀의 그 깊숙한 오지만 건드
리지 않으면 된다, 서양에서는 부녀 사이에도 키스 정도는 다반사가
아니던가. 입술 정도야, 와락 껴안는다. 온몸이 푸들푸들 떨리고 가슴
은 쿵쾅거린다. 폭풍 같은, 아니 낙뢰 같은 울림이다.

유리야, 나의 유리야.

커다란 날숨 속에 유리의 매끄럽고 향기로운 혀의 감촉이 오관을 불
러낸다. 그 한순간 나의 잠자던 세포들이 일시에 아우성치듯 깨어나
고, 아랫도리에 솟구치는 힘, 대책도 없이 신음소리를 질러댄다. 아주
잠깐 동안 제 정신이 아닌 상태로 유리의 입술에 입술을 비비며 흠뻑
젖는 키스를 퍼붓는다.

나의 완강한 팔 안에서 유리의 달콤새콤한 입김이 나의 입 속으로
깊숙이 빨려 든다. 실크처럼 감촉이 느껴지지 않고 내 입술에서 녹아
든 것 같이 매끄럽다. 두 팔을 늘어뜨린 채 거절도 호응도 하지 않는 유
리의 온순한 반응에 다시금 내 욕정이 휘몰아친다. 어디로, 어디까지,
세상 끝까지 나아가리라. 유리에게 가고 싶은 욕망이 이 순간이 마지
막이라도 상관없다는 자폭적인 체념이 내게 용기를 부추긴다. 용기란
말이지, 이게 용기인가, 유리를 안고 싶어, 유리의 몸속으로 여행을 하
고 그녀와 함께라면, 이 순간 죽음을 택할 수 있다면, 그렇게 하고 싶
다. 그러나 죽음은 섣불리 선택할 수 없을 것이다. 욕망을 따라가다 보

면 파멸이다. 나는 눈을 감고 잠시 후우, 하고 호흡을 가다듬는다.

− 형부, 숨 막혀.

유리의 코맹맹이 목소리에 퍼뜩 정신이 들곤 한다. "미안해." 나는
자신도 모르게 미안하다고, 유리의 긴 생머리를 쓰다듬으며 사과한다.
그 사이 유리는 말없이 내 두 팔을 슬며시 걷어낸다. 처신이 부끄러워
눈을 뜰 수가 없다. 방문 여닫는 소리가 들린다. 위기를 넘기기는 했다.
지금 갑자기 치닫는 이 감정은 유리와의 순수하다고 믿은 내 자신을
저버리는 일이다.

유리는 내가 갈 수 없는 길이다.

알면서도 날마다 밤마다 유리에게 난 길, 유리가 존재하는 한 감미
로울 것 같은, 그 길을 상상하며 나는 잠을 이루지 못한다. 수긋한 아내
의 뒷모습을 볼 때마다, 유리와 함께 퇴근을 할 때마다 아내의 눈길이
내 등짝에 집요하게 매달려 있음을 모르지 않았다. 초기에는 힘들었
다. 마음이 아프기도 했고, 가책도 느꼈다. 그러나 길들여진 유혹이 이
성을 박탈하고 마비시켰는지도 모른다. '이젠 너 맘대로 해, 유리 없인
하루도 못살아.' 자신이 뻔뻔해지고 있음을 나는 스스로 깨닫는다. 어
제만 해도 그랬다. 작은 우산을 같이 받고 점심 먹으러 가던 길이었다.
느닷없이 나타난 아내가 앞을 가로막았다.

− 애인 같네.

아내 어금니 사이로 나온 쇳소리가 작은 우산 속에서 팔짱을 끼고 있는 유리와 내 심장에 날아와 꽂혔다. 잘못을 들킨 소년처럼 잠시 동안 우물거렸다. 곁에 찰싹 달라붙었던 유리가 "언니"하고 불렀다. 형부와 팔짱을 끼고 작은 우산 속에서 비비대며 걷던 깜냥치곤 대담한 대응이라는 생각이 들었다. "언니, 우리 점심 먹으로 가는데 같이 가요." 유리가 태연하게 행동했다. 쑥스러워 한다든가, 미안해 하는 것 같지 않았다. 천연덕스럽고 자연스럽다. 늘 그런 식으로 형부와 팔짱 끼고 점심 식사 나들이를 하고 있었다는 태도였다. 회사에서는 사장이며, 언니의 남편이라는 현실적인 상황 자체를 망각한 행동이든지, 어떤 관계의 범주를 넘나들고 있다는 생각이 전혀 없는 태도였다. 나는 한 발짝 물러서며 작은 소리로 중얼거렸다.

– 당신도 같이 가지.

그러나 아내는 시퍼렇게 불어터진 얼굴로 '부끄럽지도 않아? 너희들은 도덕이나 인격이라는 것은 어디다 팔아먹었냐고?' 길바닥에서 소리칠 것 같았다. 아내는 어깨를 들썩이며 헐떡였다. 그대로 있으면 아내가 어떻게 나올지 모른다는 위기감이 앞섰다. 나는 우산을 유리에게 건네고 빠르게 음식 골목으로 걸어들어갔다. '재수 없이 여기서 만날게 뭐람.' 입 속으로 중얼거렸다. 그 말이 아내의 귀에 들어갔을 것 같아 뒤를 돌아봤다.

아내에게 전혀 연민 같은 게 없는 건 아니다. 그런 애잔한 마음을 연민이라고 이름 붙인다면 말이다. 결혼 초, 홀어머니였던 어머니는 늘 나를 안방에서, 당신 곁에서 자기를 원했다. 건넌방에 부부 잠자리를 마련하는 기척이 들리면 어김없이 어머니가 베개를 들고 건너왔다. "잠이 안와서, 이야기나 좀 하려고." 이유는 그랬지만 기실 어머니는 금쪽같이 귀한 아들을 아내가 독식하는 꼴을 보지 못했다. 부부가 나란히 서서 무슨 말을 주고받기라도 하면 어머니의 길게 찢어진 흰창 많은 눈이 금세 살기가 등등해지곤 했다. 아내에게 미안했다. 그러는 한편으로 아내가 시장에서 포장지로 물건을 싸들고 온 잡지 쪼가리나 신문지를 열심히 읽고 있는 모양을 보면 나는 부아가 치밀었다. "뭐야? 그런 건 읽어 뭐하냐고." 퇴박을 주기도 했다. 그건 아내가 많이 배운 남자들, 의사나 아이들 선생이나 텔레비전에 나오는 유명 명사들을 바라보는 눈에 부러움과 선망을 보았기 때문인지도 모른다.

자기 남편보다 우월한 남자들을 바라보는 아내의 눈에 껍질을 들씌우고 싶어 나는 은근히 애가 단다. 그게 왠지 불쾌하다. 자신의 울타리 안에서 이웃집 사내를 엿보기라도 하는 듯한 묘한 반발심이 곁들여진 불편함이다.

그런 올곧지 못한 감정들이 나날이 조금씩 자랐는지도 모른다. 유리가 나타난 이후부터 그런 징후는 농후해지기 시작했다. 정작 아내가 거추장스럽고 밉기까지 했다. 죄받지, 하면서도, 팽팽하게 당겨진 미움은 누그러지지 않았다. 유리라는 존재가 나의 무기력하게 꼬여가던 마흔 중동을 단칼에 잘랐다. 이제는 감출 수도 수습할 수도 없다. 가슴한 자락에 구멍이라도 뚫린 듯 윙윙 바람소리가 난다. 그 바람소리의 정체는 죄의식이나 반성을 위한 어떤 조짐이 아니라 유리에 대한 절박한 그리움으로 환치된 아우성에 다름 아니다.

마침내 덜미를 잡히고 말았다는 생각에 눈앞이 어질거린다. 변명의 여지가 없다. 더 이상의 노골적인 접촉을 보여주지 않았을 뿐 내심으로는 날마다, 밤마다 유리의 달콤한 환상 속에서 뭉그적거리고 있지 않은가. 환상뿐인가. 스쳐 지나가는 유리의 체취를 킁킁대거나 소맷자락이라도 한번 만져보려고, 조금 더 진전해서 요즘 들어서는 다들 퇴근하고 텅 빈 사무실에 남아 서류철을 뒤적거리는 유리의 뒤로 가서 스스럼없이 껴안거나 입술을 훔치기도 한다. 어느새 유리라는 존재로부터 발산되는 온갖 부스러기들을 만지고, 맡고, 지분대는, 육체의 타성으로 굳어져버렸다. 단 하루도, 단 한 시간도 유리가 없다면 숨 쉬고 살 만한 세상이 아니라는 것을 깨달았을 때 나는 내심 소스라친다. 한편 그러는 자신의 무람한 손버릇이 아내에 대한, 세상에 대한 가책으로 다가오기도 하지만 그건 아주 짧은 순간의 깨우침일 뿐이다.

그 이상 아무 짓도 하지 않았다. 그 이상의 어떤 것도 유리에게 요구하지 않았다. 필사적인 노력의 결과라는 사실을 아내는 알지 못한다. 오십 고비를 넘어가는 초로의 심리적인 허기증이 어떤 것인지 아내는 모른다. 알려고 하지도 않는다. 이건 시들어 가는 남자의 중독이야. 아니, 사랑이야. 스스로도 제어 못하는.

아직 비는 그치지 않고 있다. 우기 때마다 찾아오는 근육통이 올해도 어김없이 어깨 위에 달라붙는다. 몸이 무겁고 땅속으로 꺼져 들어갈 것 같다. 하긴 며칠 동안 무리했고, 제대로 숙면을 취하지 못했다.

아내를 두고 거실 소파에서 잔 탓인지도 모른다. 공연히 아내 눈치가 보인다. 그러나 날마다, 매 순간마다, 유리만 생각하는 건 아니다. 한 집안의 가장이며, 두 남매의 아빠이고, 요즘 질투로 눈에 불을 켜고 있는 것처럼 보이는 장필순의 남편이기도 하다. 대단한 사업체는 아니지만 나는 우리 직원들의 생계를 책임지고 있다. 젊고 예쁜 유리에게 나의 전부를 헌납할 처지가 아니다.

그런데도 마치 무언가에 중독된 사람처럼, 잠시도 유리를 보지 못하면 심한 허탈감에 빠지고 만다.

별의 탄생

먼 엄마

어머니가 시골집을 비우고 서울에 오는 일이 많아졌다. 유리와 함께 있으면서 돌봐 주기도 하고, 또 혼자 고향에 있어 봤자 적적했던 모양이다. 유리가 출근하고 나면 설거지와 청소를 한 후 낮에는 맏딸인 우리 집으로 출근한다. 유리가 시골에 있는 어머니에게 다녀온 것은 최근이다. "가기 싫어! 엄마랑 여기 이렇게 있으면 얼마나 좋을까?" 유리가 힘들다고 울었다는 말을 듣자 나는 기분이 썩 유쾌하지 않다. 온 식구가 그만치 사랑해 주면 되었을 텐데도 유리는 어머니가 그리웠나 보다. "막내딸이 떠난 후 가슴이 미어져……."하면서 어머니는 목이 멘다. 눈물을 글썽이며 막내딸에 대한 사랑을 이야기한다.

　　지금껏 유리는 어머니 품을 떠나 본 적이 없다. 고등학교 때 유리는 친구와 함께 일요일이나 토요일 오후에 근처 골프장에서 캐디 아르바이트를 했다. 아르바이트를 하느라 힘들어 할 때면 어머니는 유리의 발을 주물러 주었다. 그것은 어머니가 줄 수 있는 작은 사랑이었고 그 때를 생각하면 지금도 즐겁다고 한다.

　　유리만 유독 사랑하는 어머니를 두고 유리 위인 필석이 비아냥거렸다. "우리 엄마는 막내딸에겐 발 마사지뿐 아니라 아침 세숫물까지 떠다 바쳐요. 애인이 따로 없다니까." "어린 게 쉬는 날 없이 하루 종일 서 있어 봐라. 얼마나 힘들겠나. 다 에미를 잘못 만난 죄지." 어머니는 둘째인 필석을 나무랐다. "그래도 늙은 엄마가 그러는 거 싫어!" 동생에 대한 질투심인지 필석이 입을 삐죽 내밀며 투덜거렸다. "일요일에 쉬지도 못하고 하루 종일 그 무거운 골프백을 어깨에 메고 들로 쏘다닌다는데 발은 퉁퉁 붓고 어깨에 뻘겋게 피멍이 들어오는 것을 니들이 알기나 해?" 어머니는 필석을 나무라며 유리를 안타까워했다. 어머니는 지금도 아버지 대신 유리를 품안에 안고 잔다. 아버지도 살아 계실 때 유리를 끔찍이 사랑해서 매일 안고 잤다. 유리는 아버지에게 어리광을 많이 부렸다. 지금도 유리는 어머니의 목을 끌어안고 어리광을 부린다.

　　– 이 떼당에 으리 엄마가 떼일 또아!

　　유리는 별명이 두 개, '어리광쟁이' 또는 '반 토막 혀' 다. 목을 끌어안고 재롱을 부리면서 혀 짧은 말을 해서다. 어머니는 유리가 시골에 내려왔다가 서울로 올라갈 때마다 "가슴을 파고들던 딸, 유리를 영영 잃어버린 것 같다”고 눈물을 흘리면서 서럽게 울었다. 내가 언젠가 물었다.

－ 아버지가 돌아가셨을 때보다 더 허전해요?

－ 그땐 살아 갈 걱정이 앞서서 뭔지 모르겠더라.

－ ……

－ 이제 나이가 드니 점점 더 쓸쓸해. 그리고 이제 유리마저 영영 내 품에서 벗어났다고 생각하니…….

－ 서울 오면 볼 수 있는데 왜 그래요, 엄마.

－ 사람은 잠자리가 서로 다르면 영영 끝이야.

어머니는 맏딸 집에 다니러 올 때면 사위인 우현에게 늘 부탁했다. “자네만 믿어. 딸처럼 데리고 있다가 시집 보내주면 고맙겠어!” “걱정 마세요.” 우현 대답은 믿음직스러웠다.

한 세계를 파괴해야 한다

어머니가 산통을 겪고 있던 날이었다. 고등학교 3학년 졸업을 앞둔 가을. 나는 학교에서 돌아와 대문을 열고 들어섰다. 생살을 찢는 듯한 신음소리가 안에서 들려온다. 낮은 담벽을 넘나들며 윙윙거린다. 부엌 에서는 이웃집 아주머니가 무쇠 솥에 물을 끓이는 중이다. 단말마적인 신음소리가 마루를 건너 건넌방까지 넘어온다. 아버지는 연락을 받고 급히 일터에서 달려왔다. 안방에서 아버지가 부엌에다 대고 말한다.

－ 가위를 삶으라고.

다급한 목소리까지 겹쳐 두려움이 몰려온다. 나도 어머니의 신음소리와 함께 덩달아 문 앞에서 서성인다. 어머니의 처절한 몸부림이 눈에 보이는 것 같다. 무서웠다. '혹 저러다 어머니가 죽는 것은 아닐까.' 눈 앞이 캄캄해진다. 죽을 고통을 겪고 있는 어머니가 불쌍하다. 어쩌면 동생들을 떠맡을지도 모른다는 생각이 두려움을 부추겼는지도 모른다.

　금방 어둠살이 짙어진다. 어머니 진통은 점점 고조되고 있다. 부엌에서 초롱불과 장작불빛이 새어 나온다. '우리 엄마를 살려주세요. 하느님! 무엇이든지 하겠어요.' 내 방으로 들어와 불도 켜지 못하고 어둑한 방바닥을 서성인다. 나는 숨이 가빠진다. 어머니 신음 소리가 커지면 내 호흡도 빠르게, 잠시 소리가 작아지면 나도 서서히……. 어머니 반응에 귀를 기울이며 나도 함께 산통을 겪는 기분이다. 시간이 얼마나 지났는지 모른다. 순간, 아기 울음소리가 방안에서 우렁차게 들려온다. '아! 이젠 됐다. 어머니는 죽지 않았다.' 동시에 아버지의 호탕한 웃음 소리가 들려온다. 아들을 낳은 것 같다. 남동생을 보라고 여동생 이름도 장필석이라고 지었으니, 남동생이 틀림이 없겠지……. 나는 후 하고 숨을 내쉰다.
　― 얼른 아부지한테 가봐. 아들인 거 같지?
　여동생 필석에게 안방으로 어서 가 보라고 떠다밀자, 언니 요구를 거절할 수 없던지 싫다고 하던 동생은 머뭇거리다가 안방 문을 살그머니 연다.
　― 아부지이, 언니가…….
　동생 필석의 목소리를 들으며 나는 마른침을 삼킨다.

　― 공주님이다.

아버지 목소리가 장지문 밖으로 굴러 나온다. 공주님이라니! 나는 믿을 수가 없다. 아버지가 기쁘게 웃었는데 딸이라니! "그래도 모르니 한번 더 확인하라"고 동생에게 다그쳤다. 힘차게 울던 아기 울음 소리로 미루어 보아 아들이 틀림없다. 아무래도 아버지가 일부러 거짓말을 했을 것이다. 아들인데 부정 탈까봐 그렇게 말했을 것 같았다. 이웃집 아주머니가 아기를 씻겨 놓고 밖으로 나왔다.

– 아줌마! 거짓말이지?
미역국을 끓이려고 부엌으로 들어가는 아주머니를 쫓아가며 물었다.
– 그래, 나도 서운하더라. 네 어머니는 오죽 하겠니!
꼭 아들일 것이라고 아니 아들이어야 한다고 나도 기대했는데 실망이 크다. 그 고생을 하고 낳은 아이가 또 딸이라니! 아무리 생각해도 억울하다.

"대를 이을 아들이 있어야지……." 아버지는 아들을 원했다. 아버지 친구들은 모두 첫아들을 낳아서 장성한 아들을 두었고 아무개 어르신, 아들 이름으로 불리고 있었다. 아버지는 '윗골 장상'이라는 일본식 아니면 '장씨'로 불린다는 걸 못마땅해 했다. 그런 모습을 볼 때마다 나는, 자신의 잘못이 아니지만 자신이 아들이 아니라 딸로 태어난 것이 아버지에게 미안했다. 아들의 이름으로 불리는 것, 아버지는 그것을 늘 부러워했다.

마흔 살에 임신한 어머니를 두고 모두들 노산이라 어렵다고 했다. 아버지 친구들도 "이번엔 꼭 아들을 낳아야 된다"고 했다. "필중이 건강하다면 그만 낳아도 되는데"라며 아버지도 그래야지 하는 눈치였다. 어머니의 배 모양으로 보아 단골무당도 아들이라고 했는데. 배가 볼록 나오지 않고 두루뭉실하고 예쁘면 아들이라고 했다.

친구 권정희와 동생들 얘기를 나눈 게 일주일 전이다. 학교수업이 끝나고 집으로 돌아가는 토요일. 나는 정희와 함께 걷고 있었다. 친구들은 진학을 한다고 방과 후 학교에 남아 특별학습을 받고 있었다. 공부하는 것이 부러웠던 것은 아니다. 자신의 의지대로, 마음대로 할 수 있는 자유가 그리웠을 뿐이다. 그냥 포기해 버리기엔 시작도 못한 젊음이, 봉오리진 채 비바람에 뭉그러지는 목련 망울처럼 황량하고 비참하게 여겨졌다. 앞이 꽉 막혀 있다는 사실을 인식할 때마다 숨통이 막힐 정도였다.
– 동생들이 우글거리는 집이 싫어! 필순이 너는?
함께 걷고 있던 정희가 투덜거렸다.
– 나도 마찬가지야.
대답은 그렇게 했지만 정희에겐 책임지지 않아도 될 좋은 가족이 있다. 당시 선배 남학생과 연애편지도 주고 받으며 제법 청춘을 즐기고 있었다. 그런 정희에게 세상은 신비롭고 달콤한 희망으로 빛나 보였다. 하지만 그녀는 "그런 것들은 중요치 않아. 더 넓은 세상으로 나가고 싶다"고 했다.
– 그렇다고 지금 어떻게 해 볼 수도 없잖아.
– 미치겠어! 울 엄마가 또 임신했어. 지긋지긋해!
– 우리 엄마도……
나는 울컥 목이 메었다. 어머니는 겨울이 지나고 봄이 끝나갈 무렵부터 입덧을 시작한다. 봄부터 초여름, 일이 가장 많은 철이면 어김없이 아파 자리에 눕는다. 나는 기어들어가는 목소리로 겨우 물었다.

– 너네는 남동생이 둘이나 있는데, 또?

– 그러니까 지겹다는 거지. 동생이 일곱인데, 또 낳으면 몇인 줄 알아?

– 글쎄······.

기가 막힌다는 듯 화를 내는 정희를 보면서 나는 어머니의 둥글둥글한 배를 떠올렸다.

– 이제 나까지 아홉이다. 이러다간 열두 명, 한 다스를 채울지도 몰라.

걷던 정희가 질린 듯한 얼굴로 소리쳤다.

단짝인 권정희와 나는 산등성이를 사이에 두고 사는데 하교 땐 함께 오다가 갈림길에서 헤어진다. 우리는 부모들에 대한 불평도 많았다. 맏딸이라는 공통점 이외에도 서로 이야기가 잘 통했다. 그런데 꼭 아들이어야 하는 우리 집은 딸이 태어났고, 딸을 선호한 정희네는 나흘 후 아들이 태어났다.

– 난, 우리 엄마가 죽는 줄 알았어, 넌?

뒤따라오는 정희에게 묻는다. 나는 어머니의 지독한 산통 옆에서 그 고통스런 과정을 들으며 어머니와 함께 동생을 낳은 것 같은 착각이 들 정도였다.

– 난 상관 안 해.

– 넌 좋겠다. 난 무서워 죽는 줄 알았다니까.

– 너희 집에선 딸이라 조금 섭섭했겠는데?

– 아니, 그럴 경황도 없었어. 엄마가 생사를 넘나들다 낳았어. 죽을 뻔했거든. 옆에서 보았는데 그 고통이 말이 아니더라. 아이 낳다가 죽었다는 이야기가 생각나고, 공포 그 자체야.

나도 정희와 마찬가지로 동생이 더 생기는 것을 원치 않았다. 이미 무거운 짐을 진 어깨에 돌덩이 하나를 더 얹는 것처럼 귀찮고 지겨운 일이다. 돌보아야 할 어린 동생이 이미 둘이나 있다. 남동생 필중과 여동생 필석. 바로 아래인 필중은 정신장애로 자라지 못하는 만년 어린 아이로 자폐증이라고 했다. 그렇게 된 원인 중 하나는 아들을 중히 여긴 아버지가 동생이 어릴 때 보약을 과다하게 먹인 탓도 무시할 수 없을 것이다. 필중은 잠시라도 눈을 떼면 금방 일을 저질러서 큰 곤욕을 치르게 했다. 집안의 대를 이어나갈 아들은 고사하고 온 식구가 매달려서 남동생 하나 거두는 일도 만만치 않았다.

어머니는 늘 누워 있는 사람이다. 입덧 한다고 누워 있고, 그러다가 얼마간 정신을 차렸다 싶으면 또 아이를 낳고 산후 몸조리에 들어간다. 가사와 육아에 매달려 눈코 뜰 사이가 없는데 입덧이 심해서 임신만 하면 앓아 눕는다.

– 정희야, 넌 학교 졸업하면 뭘 할 건데?

– 나? 어떻게 하든 도망칠 거야. 지겨운 집 구덩이에서.

– 넌 그래도 갈 데가 있다니 좋겠다. 난, 동생 필중이가 아파서 그런 생각도 못한다.

정희는 할머니와 고모들이 한 집에 살고, 옆엔 작은아버지 집도 있다. 게다가 둘째 삼촌이 서울에 살고 있어서 이미 도피처가 마련되어 있다. 나는 신경질 낼 처지도 못된다. 내 손길을 기다리는 일들, 엉망진창으로 흐트러진 방, 먹고 자는 일에 필요한 물건들을 제자리에 정돈해야 할 것을 생각하면 발걸음이 무거워진다. 실타래처럼 머릿속도 엉켜 있다.

그날도 그랬다. 학교에서 돌아와 안방으로 들어가자마자 동생들이 달려든다. 울고 있던 동생들을 안고 달랜다. 책가방을 방 한쪽으로 밀어 놓고 교복을 벽에 건다. 어디서부터 손을 대야할지……. 잠시 우두커니 마루 위에 서 있다. 아침상인지 점심상인지 모를 먹다 둔 밥상이 눈에 들어온다. 동생이 손으로 먹다 흩어 놓은 밥풀, 남은 반찬들, 말라 비틀어진 김치 그릇이 흩어져 있다. 방안 여기저기 나뒹구는 빈 그릇들도 보인다. 동생이 가지고 놀다 버린 게 분명하다. 요강엔 오줌이 넘쳐나고, 젖 떨어진 동생은 어머니의 빈 젖을 빨며 울어대고 있다. 동생은 울다 토끼잠이 들고, 잠시 후 깨어서 또 울기 시작한다. 며칠째 입덧으로 아무것도 먹지 못한 어머니는 젖을 달라고 보채는 동생과 씨름을 벌인다. 동생이 어머니 가슴에서 빈 젖꼭지를 물고 놓지 않는다. 어머니는 견디다 못해 달려드는 아이를 떼어낸다. 몇 번 더 달려들던 동생은 체념했는지 나를 보자 울음을 그친다. 자신을 반기는 동생을 볼 때마다 '내가 잘 돌보리라' 중얼거리곤 하는데, 그건 맏딸인 내게 일종의 사명감 같은 거였다.

아버지는 새벽이면 나를 깨운다. 아침을 할 사람은 나뿐이다. 잠 때문에 눈이 떠지지 않아 늑장을 부리다가 늦기 일쑤다. 아침밥을 해 놓고는 먹는 둥 마는 둥 하고 책가방을 들고 뛴다. 점심시간엔 운동장으로 나간다. 도시락 준비가 귀찮아 차라리 굶는 편이 편하다. 마땅한 반찬도 없을 뿐 아니라 준비할 시간도 없다. 학교에서 집으로 돌아오는 길은 피곤하고 배가 고파 발짝이 떨어지지 않는다. 머리 위에는 햇살이 사정없이 내리꽂힌다. 찬란한 빛이 눈 안으로 파고들 때마다 나는 눈을 감는다. 수많은 별들과 망막에 비친 붉은 태양이 시간이 지나면 까맣게 보이기 시작한다. 마치 하얀 도화지 위에 검정색 크레파스로 여기저기 아무렇게나 칠한 것 같다. 눈앞이 어찔해진다. 아무 생각도 없이 캄캄하게 보인다.

가까스로 집에 도착해서 부엌문을 연다. 햇빛이 들지 않은 때문인지, 바깥보다 어둡고 적막하다. 딱딱한 시멘트 부뚜막에 앉아 둘러본다. 그릇들이 쌓인 설거지통, 밥솥 한쪽에 꽂힌 주걱, 먹다 남은 밥풀들이 밥솥 여기저기 말라붙어 있다. 아무리 둘러봐도 물의 흔적은 남아 있지 않다. 돌아보니 구석에 놓인 물 항아리가 바닥을 드러내고 있다. 나는 빈 물통을 들고 우물가로 나간다. 하지만 펌프질에 필요한 종자 물이 없다. 잠시 후 옆집에서 얻어 온 물 한 바가지를 펌프에 붓고, 부엌에 물이 없으면 가난하다는 어머니 말을 떠올리며 힘껏 펌프를 젓는다. 그제서야 물이 콸콸 쏟아진다. 대강 부엌을 수습하고 저녁을 챙겨 들고 들어가 동생들에게 밥을 먹인다. 동생들이 잠들고 나서 설거지를 마칠 때까지 정신이 없다.

며칠 후 나는 학교에서 돌아오는 길에 장에 들러 굴비를 한 마리 샀다. 입덧으로 밥을 먹지 못한 어머니에게 드릴 선물이다.
 - 엄마, 굴비 사왔어요. 조금만 기다려요. 밥 할게.
 - 네가 웬 돈으로? 미안하구나.

다음 날 학교에서 돌아와 안방 문을 열고 들어섰다. 방 안이 환해 보인다. 몇 달째 누웠던 어머니가 자리를 털고 일어난 것이다. 깨끗하게 정돈된 방을 보자 나도 모르게 웃음이 나온다. 이렇게 행복할 수가! 근래에 드문 오랜만에 찾아온 평화다. 입덧이 조금 가라앉은 어머니는 밥을 먹고, 정신을 가다듬고, 그동안 미루었던 머리도 감은 것 같다. 머리를 곱게 빗은 예쁜 어머니로 돌아온 것이다. 아랫목에 펼쳐 있던 이부자리도 보이지 않는다. 말끔하게 개서 이불장에 넣은 모양이다. 모든 것이 제자리를 찾아 돌아왔다.

유리가 태어나고 일주일이 지났다.

방문을 열자, 따뜻한 방안에서 아기, 젖 냄새가 훅 달려든다. 하얀 면보로 똘똘 감아 놓은 유리가 빼꼼이 얼굴만 내밀고 있다. 유리를 바라볼 수 있다는 것은 그 자체만으로 하나의 즐거움이다. 웨이브 진 까만 머리가 살짝 내려앉은 이마, 옆으로 길게 감긴 눈, 약간 벌어진 입은 앵두보다 작게 보인다. 난생 처음 신기한 물건을 내려다보는 느낌, 이렇게 작은 생명도 있구나! 감탄한다. 아기는 자신을 내려다보는 언니의 기척을 느낀 걸까, 주먹보다 더 작은 얼굴, 콧잔등을 잔뜩 찌푸리더니 입을 크게 벌리고 하품을 한다. 얼굴이 빨갛게 변한 아기는 꿈틀하더니 기지개를 켠다. 가끔 알 수 없는 미소도 지으면서……. 어린 생명, 그 신비스러움, 갓 태어난 생명은 아름답다는 말로는 모자란다. 새까만 머릿결, 마늘쪽 같은 코, 산머루 같은 맑은 눈동자. 세상 누구도 유리를 예뻐하지 않을 수 없을 만큼 사랑스럽다. 나는 유리를 볼 때마다 중얼거렸는데 다음과 같은 말이다. 세상의 모든 아기는 예쁘다!

햇살이 방 안 가득히 퍼져 있다. 나는 아기에게 적당할 온갖 예쁜 이름을 다 지어본다. 이름에 돌림자인 '필'이 들어가면 아무래도 촌스럽게 느껴진다. 나는 장필순, 바로 밑 남동생은 장필중, 여동생은 장필석,

모두 남자 이름으로 지은 건 아들을 낳으라는 이유에서였다. 여동생 필석은 어려서 어떤지 몰라도, 나는 자신의 이름에 대해 저주라는 말까지 나올 정도였다. 새로 태어난 여동생 이름만큼은 예쁜 이름을 지어주고 싶다. 하지만 이것저것 생각해 보아도 마땅치 않다. 예쁜 동생에게 어울리는 이름을 찾을 수가 없다. 그때 '유리공주!' 어머니가 귀엽다고 무심코 부르던 말이 떠오른다.

그래? 그렇다면 '장유리'로 부르자!

돌이 되자 유리는 기저귀를 찬 채 아장아장 걷기 시작한다. 유리는 돌 이전에도 발짝을 떼었다. 그런 유리에게 특기가 하나 있는데, 그것은 '고구마 가마니' 위로 올라가기다. 말이 고구마 '가마니 오르기'지 등반을 즐기는 클라이머라 부르는 게 더 어울린다. 알프스 암벽을 아무런 장비도 없이 혼자서 올라가는 것 같다. 윗목에 쌓아놓은 고구마 가마니 위로 오르려다 밑으로 떨어지곤 하지만 유리는 멈추지 않는다. 열정과 투지, 끈기와 믿음을 갖고 틈날 때마다 그곳에 도전하다. 언젠가는 제일 높은 가마니 위에 오를 것이 확실하다. 자꾸만 가마니에 기어오르려는 유리를 떼어놓고 방바닥에 눕힌다. 기저귀를 준비하는 사이 어느새 유리는 웃으며 저만치 달아나 버린다.

내가 뜨개질해서 입힌 유리 바지는 오줌을 묻히지 않게 하려고 바지 엉덩이를 일부러 깊게 판 것이므로 고구마 가마니에 오른다거나 웃으며 달아날 때면 엉덩이가 동그랗게 드러난다. 그럴 때마다 엉덩이에 있는 몽고반점이 새파랗게 보인다. 통통한 엉덩이, 짙은 몽고반점에 입을 대고 '푸우푸우' 불면, 유리는 까르르 까르르 웃곤 한다. 유리는 온 가족의 기쁨의 근원이다. 아버지, 어머니, 나, 우리들은 유리가 귀여워서 보기만 하면 저절로 웃음이 나온다. 하루하루 즐겁게 유리는 점점 예쁘게 자라고 있다.

내게 중매가 들어온 것은 바로 이즈음이다. 어느 날 동네에서 조금 떨어진 곳에서 누군가 찾아왔는데 이집 큰딸이 고등학교 졸업하기만 기다렸다고 했다. 송우현의 이모였다. 큰딸을 어릴 때부터 고생만 시켰다고 안타까워하던 어머니는 딸에게 새장에서 날아갈 것을 권했다. 새로운 날개를 달아주고 싶다는 이유였다. 단짝이던 정희는 이미 고향을 떠난 상태였다. 삼촌의 도움을 받아 서울에 있는 대학교에 진학했던 것이다. 함께 비상을 꿈꾸며 상상의 날개를 달기도 했었는데, 나 혼자만 날개가 꺾여 추락한 기분이었다. 학교에 있을 때는 음악이 있었고, 그림을 그렸고, 꿈을 갖게 해 주는 문학도 있었다. 친구들의 이야기가 음악처럼 들렸고 선생님들의 말은 가슴 가득한 보물을 열 수 있는 키를 우리들에게 내주었다. 그곳엔 세상을 향한 모든 환상을 가질 수도 있었고 꿈꾸는 판타지의 세계도 있었다. 우정이 떠나간 자리가 어찌나 큰지 세상을 잃은 것 같았다. 유일한 소통의 대상이던 정희, 마음을 열고 대화할 수 있는 유일한 친구가 없어졌다는 것은 말도 함께 잃은 것이었다.

나는 외딴 섬에 혼자 고립된 것 같았고 넓은 바다에 홀로 내던져진 고독한 표류자 같은 마음이 들었다. 막연히 어디론가 떠나고 싶다는 갈망만 가슴에 가득할 뿐 변화는 시도해 볼 엄두도 내지 못하고 있었다. 세상을 향해 날고 싶은 욕망은 치솟았지만 어떻게 날아오를 수 있는지 방법을 몰랐다. 무언의 세계에서 내가 선택할 수 있는 길은 단 하나, 그것은 결혼이었다. 달리 탈출구가 없었다.

신랑이 착하게 보인다는 어머니 권유도 있지만, 나로서는 무엇보다 변화가 필요했다. 몇 번의 데이트 끝에 그와 결혼을 하기로 마음먹었다. 탈출을 꿈꾸던 여자에게 결혼은 기회였다. 자신을 위한 최선의 선택이라 여겼다. 하지만 모든 것이 그렇듯이 무작정 도피란 반대급부가 있기 마련. 광야에서 40년을 방황한 모세처럼 모진 고난이 기다리고 있었다. 기회의 땅은 젖과 꿀이 흐르는 비옥한 가나안은 아니었다. 결혼은 도피처도 아니고, 평화를 기대할 일은 더욱 아니었다. 시집살이, 그 고통스런 단련의 시간 중에 내가 가장 보고 싶었던 사람은 어머니나 아버지가 아니라, 막내 동생 유리였다. 마치 어린 자식을 떼어놓고 온 기분이었다. 생활에 허덕이면서도 유리 옷을 사 보내기도 했다. 함께 키운 자식처럼 자꾸만 유리 얼굴이 눈에 아른거렸다.

유리가 중학교에 입학하던 해, 아버지가 돌아가셨다. 그리고 한 달 후, 장애아였던 남동생 필중이 시름시름 앓다가 죽고 말았다. 어머니는 갑자기 남편과 아들을 잃었다. 어머니 혼자 필석과 유리, 두 동생을 키우며 힘든 농사일을 떠맡게 되었다.

반란

수상한 날

사랑은 사회적 그릇이나 시간의 눈금 안에 갇히지 않는다. 사랑은 미친 짓이다. 하지만 남녀 사이의 자연스러운 감정까지 어찌할 수는 없는 노릇이다. 그러나 거기에도 하나의 법칙이 존재한다.

일주일 가까이 정원에 비바람이 몰아쳤다. 태풍이 시작된다는 일기예보였다. 올 태풍은 예년에 비해 긴 편이라고 했다. 자주 비워둔 시골집은 낡아 천장에서 빗물이 샜고, 본격 폭우가 오기 전에 급히 수리를 해야 했다. 이틀 후 비가 멈추었다. 다음날 어머니와 함께 서둘러 시골집으로 내려갔다. 그곳에 도착했을 때는 햇빛이 밝게 빛나고 있었고 바람이 살랑살랑 불고 있었다. 신선한 향기를 품은 상쾌한 바람이었다. 어머니 말로는 지붕만 간단히 손을 보면 될 일이라 말해서 쉽게 끝날 줄 알았는데 막상 내려가 보니 상황이 그게 아니었다. 건축자재상에서 물건을 흥정하고 일꾼을 알아보는데 생각보다 시간이 많이 걸렸다. 아침에 출발할 때는 한나절이면 끝나리라 생각하고 저녁 준비를 못하고 내려왔다. 유리에게 전화를 걸어, 오늘 못 올라갈 것 같으니 일찍 퇴근해서 늦게 오는 지훈과 지혜에게 저녁밥을 챙겨주라고 부탁을 했다. 다행히 생각보다 일찍 수리가 끝났다. 저녁 어스름이 내릴 무렵 시외버스를 탔다.

집으로 돌아왔을 때는 밤 10시경이었다. 아이들은 아직 학원에서 돌아오지 않았을 시간이다. 현관문을 밀고 거실로 들어섰으나 조용했다. 안방 문을 연 순간, 유리 어깨를 감싸고 있던 우현이 급히 팔을 내리며 움찔했다.

– 언니…….
– 어어! 못 온다더니.

아랫목 이불에 발을 넣고 앉아 웃고 있던 유리가 놀란 눈을 감추지 못했다. 두 사람은 서둘러 자세를 고쳐 앉았다. 우현은 민망한지 우물쭈물 겨우 말을 끝냈다. 그러나 정작 놀란 사람은 바로 나였다. 두 사람의 상기된 얼굴을 보는 순간 온몸의 피가 발밑으로 빠져나가는 느낌이다. 섬뜩한 칼날이 내 가슴을 스치고 지나간다. 왜, 내가 너무 일찍 돌아와서 안 될 일이라도 있었나? 잠깐 동안 아무 말없이 서 있다가 말했다.

– 그냥, 오고 싶어서.

억지로 그렇게 말은 했지만 속으론 불쾌했다. 이것들이 무슨 짓을 하고 있었기에 현관 문소리도 못 듣고 이렇게 놀라나 싶었다. 우현은 당황해 하다가 이내 평상심으로 돌아갔다. '지금은 내가 나타날 때가 아닌가? 내 집에서 들어오는 것도 때를 가려야 하는가?' 라는 생각이 들자 분노와 모욕감을 누를 수가 없었다. 이 순간 저들에게 있어 나는 나타나지 말아야 할 존재였다. 이제 자신의 집에서도 노크를 해야 할 판이다. 두 사람은 하던 말을 뚝 끊어버린 채, 시골집 상황을 물어보지도 않고 침묵만 지켰다. 잘 다녀왔느냐는 말도 없었다. 분위기가 서먹해졌다. 내가 오히려 미안했다. 갑자기 들이닥친 불청객이 된 것 같았다. 굳이 그들의 대화에 끼어들 생각은 없었다. 하지만 자세를 고치며 정색을 하고 허둥거리는 모습이 뭔가 어색하고 석연치가 않다. 눈으로 직접 보지 않았어도 아랫목 이불에 발을 묻고 앉아 장난치던 중인 게 분명해 보인다. 서로 통하는 사람끼리 익숙한 몸짓. 발가락으로 서로 꼬집는 장난 아니면 비비적거리며 살갗의 감촉을 즐겼을 것이다.

유리는 얼굴이 빨개지며 황급히 제 방으로 사라졌고, 우현은 손으로 얼굴과 입술을 문지르며 앉아 있었는데, 시선이 흔들렸다. 유리와 밀착된 모습을 내게 들킨 것이 무안했는지 나를 쳐다보지 못했다. 나는 모른 척 그대로 넘어가려 했다. 하지만 의심되는 점이 한두 가지가 아니다. 두 사람은 회사에서 함께 근무하는 것도 모자라 퇴근하고 밤늦게까지 시내를 돌아다녔을 것이고, 이젠 내가 잠깐 시골에 내려간 틈을 타서 안방 아랫목에서 마주 보며 장난치고 시시덕거렸을 게 확실했

다. 만약 이날 돌아오지 않고 다음날 돌아왔다면 어땠을까? 둘이서 무
엇을 하며 지냈을까? 이미 저들만의 비밀을 만들었는지도 모른다. 의
심은 의심으로 꼬리를 물고 일어난다.

　안에 갇힌 감정들이 격렬하게 끓어올랐지만 나는 밖으로 터져 나오
려는 분노를 자물쇠로 잠가 놓았다. 그동안 나는 맏딸 위치에서 베풂
은 당연하다는 교육을 받아왔다. 본능과 교육, 배반과 이해라는 이중
적 감정에 갈등했다. 이제부터 정신을 차리라는 신의 예시인가 아니면
마귀의 속삭임인가. 그것은 이십 년을 함께 산 부부의 육감일지도 모
른다. 하루하루 나는 남편의 말투나 표정까지 살피게 되었다. 그를 보
고 있으면 허울뿐인 빈 껍질, 허물 벗은 매미껍질을 보는 것 같다. 몸과
마음은 다른데 버려두고 빈 몸통만 남아 있는.

　밥상이 부실하다고 투정을 하면 나는 '유리가 없어서?' '유리와 함께
있을 때만 먹을 수 있단 말이지?' 자신도 모르게 혼자 중얼거리게 된다.
　― 당신 요즘 불평이 많아. 왜 그래?
　우현이 물었다.
　― 왜? 정말 몰라서 물어?
　기가 막힌 듯 그를 쳐다봤다. 그의 질문에 화가 난다기보다 기분이
상하고 있었다.
　― 유리가 그렇게 말해?
　― 처제는 왜 또 쳐들어?
　― 당신 가슴에 유리로 가득 차 있으니 그렇지!
　부부의 대화는 유리로 시작해서 유리로 끝난다. 트러블은 쉴 틈이

없다.

　나는 밤새 잠을 이룰 수가 없다. 시계는 새벽 3시를 가리키고 있다. 현관 문을 열고 밖으로 나갔다. 밤하늘에 별이 유난히 밝다. 별을 본 것이 얼마 만인가. 찬바람이 시원하다. 마당을 둘러봤다. 잘 정돈된 정원 한편에 서 있는 건 주목나무다. 저 나무를 심고 마당의 잔디를 손질하면서 얼마나 즐거웠던가. 이곳이 내가 살아 숨쉬고, 내게 행복을 가져다 줄 것이라 믿었다. 하지만 이젠 모두 부질없어 보인다. 속은 듯한 기분이 들고 자신이 그동안 환상을 꿈꾸며 살아온 것 같다. 내가 아끼고 닦아오던 자개장롱, 문갑, 가죽 소파, 커다란 냉장고도 모두 가짜 같아 보인다.

　입장을 바꾸어 생각해도 남편처럼 나도 끌렸을 것이다. 남편의 동생, 잘생긴 시동생이 내게 잘 대해 준다면 어땠을까? 내가 말하지 않아도 어려운 점을 해결해 주고, 필요한 것들을 알아서 챙겨 준다면, 스스럼없는 가족이므로 친절을 호의로 받아들이게 되고 그러다보면 좋은 감정이 생기고 남녀인 이상 끌렸을지 모른다. 남편이 현실감을 벗어나 플라토닉 러브에 빠져 있다는 것을 이해 못 할 바도 아니다. 남편의 마음이 유리에게 향하는 것을 어찌 막으랴! 유리와 함께 집에 돌아오면서 기뻐하던 남편 모습이 내 머릿속을 다시 헤집어 놓는다. 회사에 좋은 일이 있었을 것이라고 애써 누그러뜨리려던 마음도 허사였다. 일말의 기대감이 와르르 허물어진다. 정신적인 균형이 깨어져버린 것이다.

　내가 무슨 말이던 하려고 하면 남편은 "알았어!"라며 미리 내 말문을 막아 버렸다. 무얼 말하고 싶은지 안다는 투였다. 그는 "처제를 잘 돌봐

주라고 해 놓고선 이제와서 내게 엉뚱한 바가지를 긁는다"며 억울하다
고 했다. 억울하다니! 나는 기가 막힌다. 사랑을 받는지 미움을 받는지
는 집에서 기르는 개나 고양이도 알고 있다. 즐거움과 행복은 밖에서
유리와 함께 충분히 누리고 있고, 집에 들어와서는 화를 내는 것으로
아내의 접근을 막고 있다는 생각이 든다. 더 이상 못 견딜 것 같다. 밤에
잠을 설쳤고 이대로 있다가는 미쳐버릴 지도 모른다는 위기의식이 내
머릿속에서 비상등을 켰다. 귀에서는 매미 소리가 윙윙댔다.

혼란스러운 날들이 이어졌다.

작전

여름이 지나고 결실의 가을이 오고 있다. 정원의 꽃사과 열매가 붉
은 빛을 띠기 시작했다.

지하철로 출퇴근하던 우현이 승용차를 사게 되었다. 최고급 그랜저
다. 안방 창문 너머로 우현이 흥겨워하며 차를 닦는 모습이 눈에 들어
온다. 콧노래로 흥얼거린다. 가을 나무들, 푸른 하늘이 자동차 유리에
비치고 있다. 우현이 차에 올라 시동을 걸고 있는 모습이 보인다. 주차
장이 마련되지 않아서 차를 잔디 마당에 주차 했는데 애써 가꾼 잔디
가 차 바퀴에 뭉개지는 것이 나를 안타깝게 한다.

그는 나에게 첫 시승자는 당신이라고 했다. 차를 타고 동네를 돌며

창 밖으로 주변을 바라봤는데 차 밖에 있을 때와 차 안에 있을 때의 심경이 완전히 달라졌다. 차를 탈 때는 차의 입장으로 생각이 바뀌게 마련. 전에는 사람들이 붐비는 곳에 승용차가 다니는 게 못마땅했는데 이젠 차 앞에서 알짱거리는 아이들, 동네 아주머니들이 못마땅하다. 가든지 오든지 결정하지 않고 우물쭈물 하는 모습도 눈에 거슬린다. 저러다 사고가 나면 운전수 책임만 물을 거라는 생각이 앞선다.

창 밖을 스쳐지나가는 미장원, 약국, 야채가게를 지나 집으로 돌아왔는데 나는 기쁨보다는 쓸쓸함이 교차한다. 이젠 더 이상 유리와 함께 출근하는 문제로 우현에게 불만을 하고 싶어도 할 수 없는 처지가돼 버렸다. 더 중요한 것은 이제 곧 이 자리 주인은 내가 아니라 유리차지가 될 거란 거다. 어쩜 그 자리는 처음부터 내 자리가 아니었을지도 모른다. 우현의 자동차 옆 자리는 단순한 물리적인 공간일 뿐 아니라 그와 함께 달리는 정신적인 공간이란 의미도 내포하고 있다. 유리에게 정신까지 빼앗길지도 모른다는 생각이 들자 갑자기 그의 존재가 커다란 산처럼 느껴진다. 그동안 남편을 평범한 산으로 알고 있었는지 아니면 큰 산인 줄 모르고 지내왔는지 도무지 알 수가 없다.

금요일 저녁, 우현이 혼자 퇴근했다. 뜻밖이다. 승용차를 산 이후 특별한 경우, 즉 상가방문 같은 경우를 제하고는 두 사람이 함께 늘 차로 퇴근했다. 한번도 우현이 혼자 퇴근한 적은 없다. 그는 잠시 멍한 표정을 짓더니 옷도 갈아입지 않은 채 방바닥에 털썩 주저앉는다. 잠시 후 벽에 기대 앉더니 고개를 옆으로 꺾었다. 몸도 움직이기 싫은 듯하다. 저녁 준비가 됐다는 말에도 반응이 없다. 얼굴에 검은 그림자가 드리워졌고 눈길만 텔레비전에 두었을 뿐, 소리도 귀에 들어오지 않는 듯했다. 다른 때 같으면 뉴스 채널로 돌리라고 했을 텐데 아무 반응도 보이지 않은 걸로 보아 무슨 일이 생긴 게 분명해 보였다. 혹시 회사에 갑자기 무슨 일이라도 생긴 걸까? 거래업체에서 받은 어음이 부도라도 난 것일까? 그런 생각이 들자 덜컥 겁이 난다. 나는 놀라서 속삭이듯 조그맣게 물었다.

– 왜 오늘 무슨 일 있어요? 유리는?
– 당신이 남자를 만나보라고 했다며?

그는 씹어 뱉듯 소리치고는 무표정으로 돌아갔다. 생각지도 않았던 말에 나는 안심이 됐다. '아, 그래서 기분이 다운되었구나!' 유리 데이트가 그를 화나게 했고 마음을 상하게 했던 것이다. 그렇다고 해도 이 정도로 심할 줄은 몰랐다. 아랫목 벽을 등지고 축 처진 어깨로 앉아 있는 얼굴엔 슬픔이, 커다란 눈엔 허망함이 들었고, 몸은 없어지고 옷만 걸친 허수아비 같다. 영락없이 실연당한 모습 그대로다. 나는 속으로 쾌재를 부른다. "통쾌해! 언제까지나 유리가 당신 옆에 붙어 있을 줄 알았어? 진작 이러면 될 것을!" 나는, 그가 자신의 속마음을 들키면 무안함을 감추려고 화를 낼 것 같아서 그를 못 본 척했다. 대신에 안방을 기웃거리며 지나가는 말로 한 마디 던졌다.
– 유리도, 이제 젊은 사람과 어울려야지.

내가 유리에게 데이트를 하라고 권한 건 얼마 전이다. 그날 저녁식사 후, 유리가 자신에게 관심이 있어 찾아온다는 남자 이야기를 들려주었다. "언니. 어떤 남자가 올 때마다 내 책상 위에 새로 나온 음료수를 놓고 가는 거 있지.” “너한테 관심이 있는 거네? 이제 데이트도 좀 해라. 남자 보는 안목도 키워야지.” “그 남자가 퇴근하고 만나자는데 어떡할까?” “어떡하다니, 무엇이 문젠데?” “별로거든.” 그 말이 떨어지기가 무섭게 나는 기다렸다는 듯이 “처음부터 맘에 드는 사람이 있는 줄 아니? 사귀다 보면 좋은 점이 있을지 누가 알아”하며 “회사 일도 중요하지만 남자도 만나보라”고 부추겼다.

유리는 지금쯤 즐거운 시간을 보내고 있을 것이다. 앞으로 우현과 유리 관계는 사무적인 일 이외에 다른 것은 없을 것이라 생각하며 무릎을 치고 속으로 환성을 질렀다. '이렇게 간단한 해답을 찾기가 그토록 어려웠다니!' 이제 두 사람에게 신경을 쓸 필요가 없다고 생각하자 이제껏 괜히 고민을 해 왔던 자신이 어리석었다는 생각까지 든다. 걱정거리를 해치운 느낌이고 앞으로 좋은 일만 있을 거라 여기니 노래라도 부르고 싶은 심정이다. 그러나 그것도 잠시, 안도감은 서너 시간을 넘지 못했다. 데이트를 마치고 밤늦게 귀가한 유리가 뿌루퉁했다.

– 너 왜 그러니?

– 에이! 기분 나빠!

– 왜?

– 기본이 안 된 사람이야.

오늘 어땠어? 내가 물어보기도 전에 조금 전까지 가졌던 기대가 무너져버렸다. “음식점 문을 열고 들어선 남자가 혼자 안으로 들어가 버린 거 있지. 뒤따라가다가 출입문이 닫히면서 이마에 부딪쳤지 뭐야, 재수 없는 날이야.” 유리는 이마를 문지르며 금방이라도 울 것 같은 표정이다.

유리가 삼성동 전철역에 내렸을 땐 퇴근 무렵이라 사람들로 붐볐다. H 백화점 옆 커피숍에 도착했을 땐 저녁 7시 무렵이다. 첫 데이트. 당연히 기대가 되었다. 남자가 멋있게 차려입고 나타나서 다정하게 대해 주리라 상상하니 설레었다. 형부에겐 오늘은 약속이 있어서 함께 퇴근하지 못 한다고 했고 밀린 서류정리는 내일 아침 일찍 출근해서 마무리하면 되므로 문제될 것이 없었다. 오 분쯤 기다리자 남자가 나타났다. 점퍼 차림이었다. 실망스럽지만 오늘 조금 늦을지도 모른다던 남자가 약속 시간에 맞춰 나와 준 것만으로도 다행이라 여겼다. 남자는 커피를 마시자마자 저녁을 먹으러 가자며 일어섰다. 커피숍을 나온 두 사람은 도로 건너편에 있는 식당가로 향했다. 불빛이 환한 빌딩 음식점 앞에 멈춘 점퍼는 오늘은 특별한 날이니 맛있는 걸로 먹자며 회전문을 열었다. 뒤따라가던 유리는 고맙다며 살짝 웃음을 비쳤다. 순간 회전문이 빙글, 닫히면서 얼굴에 부딪쳤다. 점퍼는 놀란 얼굴로 "어, 이거 괜찮아요?"하고는 조심하지 않은 사람 탓이라는 듯 혼자 안으로 들어가 버렸다. 뒤에 남은 유리는 당황스러웠다. 그냥 집으로 돌아가고 싶었으나 언니가, 처음부터 마음에 드는 사람이 어딨니? 나무랄 것 같아서 참기로 했다. 저녁 식사는 스테이크를 먹었다. 거기까지는 그런대로 참을 수 있었다. 이차로 빌딩 스카이라운지에 있는 와인 바에 들르기 위해 엘리베이터를 탔다. 두 사람뿐이었다. 점퍼 녀석은 기회다 싶었는지 문이 닫히자마자 그녀를 끌어안더니 키스를 하려고 덤벼들었다. 이마는 혹이 생겼는지 자꾸 쓰라렸다.

유리는 첫 만남에 그런 식으로 접근하는 것이 징그럽고 몰상식하다고 화를 내면서 당분간 남자는 만나기 싫다고 머리를 흔든다. 그리고는 마치 형부 들으라는 듯 어리광을 부린다.

- 순간 영화에서처럼 따귀를 올려붙이고 싶더라구요. 하지만 회사 거래처 사람이라서 다시 안 볼 사람도 아니고 해서 그냥 왔어요.

아까부터 숨도 쉬지 않고 앉아 이야기를 듣던 우현은 얼굴이 환해지면서 잃어버린 보물을 다시 찾은 듯한 표정으로 바뀌었다. 흥분된 소리로 끼어든다.

- 그런 놈하고 거래 안 해도 돼. 귀싸대기를 갈겨 주지 그랬어.

분해서 못 견디겠다는 듯 씩씩거린다.

- 이모, 아무나 만나지 마아. 조신하게 있다가 시집가면 돼. 내가 좋은 신랑감 찾아 줄게.

우현 목소리가 갑자기 상냥해진다. 너무나 분명하게 그 이유를 알 수 있는 행동이었다. 제 애인을 빼앗길까 봐 안타까워하는 꼴을 보니 그대로 지나쳐 갈 수 없었다.

- 그렇다고 남자를 만나지 말라면 어떡해? 이런 저런 사람을 만나봐야 알지. 경험해 보지 않고 처음부터 어떻게 사람 보는 눈을 키워? 그렇지 않니?

유리는 조용했다. 옆에 있던 우현이 버럭 화를 낸다.

- 당신은 몰라? 요즘 놈들 다 도둑놈인 걸…… 그냥 즐기려는 놈들 천지야.

- 그렇게 말하면 도둑놈 아닌 놈이 어딨어.

남편 말이 가증스러웠다. 당신만 아니란 말이지, 하는 말이 올라왔지만 따지면 싸움으로 이어질 것 같아 눌러 참았다.

- 너무 급히 서둘러서 뭘 어쩌게? 당신이 책임질 거야?

우현은 더욱 의기양양하게 소리치며 대든다.

나도 말은 그렇게 했지만 내키지 않았다. 혹시라도 유리가 잘못될까 봐 신경이 쓰인다. 또한 유리 '첫 데이트'가 실패로 끝났다는 사실은 앞으로 나에게 더 많은 좌절의 시간이 남아 있음을 예고해 주고 있다.

유리 나이, 이제 겨우 스물하나다.

만약 신께서 이토록 고통스러워하는 나
의 번민을 보고 계신다면, 사랑스런 말
을, 지금의 이 광분을 녹여주실 만한 말
을 해 주시길 원한다. 그걸 바라는 건 절
대로 주제넘지 않다고 생각된다. 지금껏
봉사해 온 인생인데 그만한 것을 요구할
자격은 충분히 된다고 믿는다. 참을 수
없는 눈물이 내 눈에서 흘러나온다.

주님의 응답이 들려오는 듯했다. 지금
네가 걷고자 하는 길은 너 홀로 걷는 것
이 아니다. 내가 너와 함께 걷는다. 그러
나 이 차이를 기억하라. 내가 내 생애를
내 죽음으로 장식하기 전까지 내 생애는
미완성이었다는 것을. 너의 '길'은 네
삶으로 장식할 때 비로소 완성되리라.

3장

기
도

사랑을 보았네

I See

제법 싸늘한 초겨울 밤. 성당 반모임에 참석했다가 집으로 돌아가는 길이다. 이웃에 사는 성당 교우들이 한 달에 한 번씩 돌아가면서 모이는 반모임이 끝난 것은 평소보다 늦은 밤 열 시였고, 교우들은 인사를 나누고 발 빠르게 각자 집으로 사라졌다. 집까지는 걸어서 십 분쯤 되는 거리다. 골목길을 빠져나와 집으로 향하는 언덕길로 들어섰다. 그때였다. 불빛 사이로 걸어오는 남녀 커플을 보는 순간, 몸이 얼어붙는 느낌이었다.

망연자실. 나는 그들을 바라보았다. 두 사람의 웃음이 길을 밝히고 있다. 얼굴뿐 아니라 온몸은 빛을 뿜어낸 채 재잘재잘, 까르르, 달콤한 과

즙, 행복하다는 말이 색색으로 흘러나오고 있다. 연인은 군중 속에 섞여 있어도 특별한 빛을 뿜어낸다. 하얗게 웃고 있는 얼굴, 번쩍이는 광채, 화살처럼 주고받는 빛, 가로등 불빛에 드러난 두 사람 자체가 발광체였다. 우현이 뭐라고 하자 유리는 손으로 입을 가리고 허리를 꼬면서 웃고 있다. 두 사람은 형부와 처제, 사장과 비서의 관계가 아니라 남자와 여자로 발전한 상태인지도 모른다. 그들 사이에 누구도 끼어들 수 없을 것 같고 보이지 않는 끈으로 연결되어 있는 것 같다. 남편은 아내와 비슷한 유리에게, 그 익숙함 때문에 자신도 모르게 쉽게 마음이 열렸을지도. 가로등 아래 보이는 우현은 잘 익은 복숭아 같다. 저렇게 밝은 얼굴은 여태까지 한 번도 본 적이 없다. 갑자기 발밑이 흔들리면서 온몸이 블랙홀로 빨려 들어가고 있는 듯한 기분에 휩싸인다. 그동안 의심해온 내 육감은 빗나가지 않았다. 삶은 때때로 결정적인 순간을 놓치지 않게 한다.

평소라면 아무것도 모르고 방안에 앉아 티브이를 보고 있을 시간, 그들은 몸으로 음악을 만들어 내고 있다. 사랑의 앙상블. 악기를 연주하면서 마주보는 눈, 실루엣에서 아름다운 선율이 흘러나온다. 연주자들, 듀엣으로 연주를 하는 두 사람의 리듬을 깨면 안 될 것 같다. 마주치는 두 눈길에서 불꽃이 튀고, 가슴 밑바닥에서 떨림이 솟아오르고, 전생으로부터 인연의 바람이 불어와서 두 사람을 감싸는 느낌이다. 무언가 말을 하고 싶었지만 나는 어떤 말을 해야 할지 알 수 없다.

지금까지는 막연했다. 직접 눈으로 보기 전에도 마음 한구석은 늘 편치 않은 그 무엇에 눌려 있었다. 여동생이라고 하지만, 유리는 엄연히 자신이 아닌 다른 여자가 아닌가. 우현과 유리, 두 사람이 무심히 던지는 말 한마디, 눈길, 손놀림, 사람들의 호기심 어린 시선과 후각까지, 그 불순한 사랑을 주변 사람들이 모를 리가 없다. 어쩜 두 사람만 모르는지도. "이제들 오네요"하고 반가워 하면서 달려가면 된다. 그러나 나는 그럴 수 없었다. 두 사람 앞에 나타나려면 상당한 용기가 필요할 것 같았다. 지금 그럴 만한 용기가 없다. 어디선가 누군가 '지금 나서지 말라'고 경고하는 소리도 들린 것 같았다. 나는 반사적으로 골목 담장 옆에 몸을 숨기고 고개를 내밀어 주위를 살폈다. 무언가 큰 잘못을 저지른 기분이 들었다. 다행히 아무도 보는 사람이 없다. 그제야 나는 내 비겁함, 아니 나약함을 탓한다. 지금 아는 체하면서 나선다면 두 사람이 무안해 할 것 같다. '무슨 상관이야?' '이런, 어처구니없는 바보가 있어!' 우현과 유리가 대문으로 사라지자 나는 정신을 차리고 발길을 옮긴다.

나는 대문 앞에 한참동안 주저앉아 있었다. 아침부터 우현과 함께 회사로 출근하는 유리다. 그들은 하루 종일 같이 있다가 퇴근도 함께 한다. 그동안 두 사람이 어떤 모습을 하고 있을지 생각해 보지 않았고 굳이 그럴 필요도 없었다. 숨을 한번 고른 다음 문을 밀자 끼익, 하는 소리가 그날 따라 유난히 크게 들린다. 층계를 오르는 두 발이 자꾸 후들후들 떨린다. 유리문을 밀치고 마루로 조심해서 올라섰다. 가슴에 허한 바람과 함께 발밑이 흔들리고 있다. 그 끝에 포진한 어둠…….

마루에 선 나는 모른 척 안방으로 들어선다. 유리는 제 방으로 갔는지 보이지 않고 우현은 잠옷으로 갈아입고 있다. 우현의 얼굴을 쳐다보니 좀 전에 환하던 그 얼굴은 간데 없다. 집으로 들어오자마자 곧바로 작정하고 구겼을 것이다. 냉혹한 얼굴로 말없이 앉아 있기가 뭣 한지 마지못해 한마디 던진다.

― 지금 몇 신데 어딜 갔다 오는 거야?

'염치없는 놈. 지금 상황에선 친절해야 되는 것 아닌가.' '싫은 걸 억지로 웃어 달라는 얘기가 아냐. 집에 들어와서 낯짝이라도 펴면 어디가 덧나냐?' 이런 말을 하고 싶지만 그러면 둘의 사랑을 내가 본 걸 알아챌 것 같다. 게다가 둘의 관계를 인정해 주는 꼴이 될 수도 있다. 그건 내가 원하는 바가 아니다.

― 반모임이 있어서…….

겨우 참고 대답했다. 우현은 문갑 위의 신문을 펼쳐들다가 도로 내려놓으면서 시계를 흘끗 보고는 물었다.

― 도대체 몇 시에 끝났는데?

내 대답을 듣자고 한 말은 아니다. '지금껏 뭐 하다가 이제 들어와 놓고 생트집이야?'

― 자리 깔게 비켜 봐요.

짜증을 눌러 삼키고 우현을 밀친다.

― 당신 점점 사람을 지겹게 만들고 있는 것 알아?

우현은 한마디 던지고 돌아앉는다. 그 순간 나는 슬퍼졌고 화가 났다. 추락 직전의 목턱. 더 이상 가만 있을 수가 없다.

― 그래? 그럼 당신은 지금 내게 어떻게 하고 있는데?

― …….

대꾸하기 귀찮다는 듯 그는 덜컥 누워 버린다.

나는 혼자 벽을 등지고 앉아 무릎을 세운 채 창문을 바라보았다. 바람이 불어가는 지 창문이 자꾸 덜커덩거린다. 그동안 아이를 낳고 가족이 잘되기를 바라면서 살면 되는 것, 내 가족을 남에게 양도할 수 없는, 내 것으로 생각했고, 그러면 내 모든 것을 다 이루는 거라 생각했다. 다른 건 모두 어리석은 짓이거나 아니면 여자의 세계에 속하지 않는 것이라고 여겼다. 열악한 시대를 견뎌낸 아내라는 이름은, 때로는 전사처럼 투지를 불태울 줄 아는 여자다. 이십여 년을 버텨낸 사람이 가질 수 있는 은근한 자긍심도 있다. 그것은 아내의 표상인 동시에 세상을 지탱하고 발전시키는 원동력이다. 하지만, 이게 웬 일인가! 헌신하고 복종하는 것이 미덕이라는 시절이 지나가고 있다. 나에게 남아 있는 헌신은 무기 구실을 못할 뿐 아니라, 남편에겐 짐이 되어버렸다. 그동안 남편과 함께 고생하면서 얻은 기득권이면 충분하다고 여겨왔다. 그런데 발판이 무너지고 있는 상황이다.

창문에 비친 내 모습을 보며 나는 언젠가 친구 정희가 했던 말이 떠올랐다. 아마도 정희가 이렇게 말했던 것 같다. "결혼이란 배우자를 합법적으로 소유할 수 있다는 증명서다. 자기 자신만의 세계를 포기한다는 의미이며. 그 대신 남자의 권력을 함께 공유할 수 있다는 승인을 받는다는 뜻이다. 남자를 통해 새로운 지위를 획득하고, 권력을 나누어 갖고, 그가 성취한 것을 함께 누리며, 그의 울타리 안에서 보호받고자 하는 욕망의 다른 이름이다." 지금 그 말이 떠오른 건 이 상황에 적합하기 때문이 아니라 이제 그 말이 우습지 않기 때문이다. 그런 아내가 없었다면 아마도 세계는 이미 콩가루가 되어 산산이 흩어지고 말았을 것이다. 그런데 그 권력을 잃을지도 모른다는 생각이, 불시에 닥친 상황이, 자각이 번쩍한다. 이제 겨우 허리를 펴고 살게 된 순간 예상치 못한 복병이 닥친 것이다.

어떡하지? 나는 고개를 옆으로 저었다. 오늘 저녁 두 사람을 눈으로 본 후, 행복한 삶은 끝이라는 생각이 들게 한다. 앞으로 내가 떠안게 될, 내 머리에 각인 된 질투를 어떻게 감당할 수 있을지 의문이다. 이제 질서가 무너지고 순수는 사라졌다. 추악하고 저속한 생각으로 얼룩질 그런 운명을 예감했다.

지금껏 나를 움직이게 한 삶의 원동력은 사랑이라는 힘이었다. 그런데 그 권력의 축, 남편의 사랑이 다른 곳으로 옮겨간 것이다. 무엇이든 그 당사자에게 매혹적으로 보이게 하거나 생존에 필요하다고 느끼게 하는 것, 당사자에게 욕망을 불러일으키게 하는 것, 그것이 곧 힘이다. 그렇다면 남편이라는 권력자에게 유리는 모든 요건에 들어맞는 사람이다. 누가 나에게 물러나라고 한 사람은 없다. 그 자리에 그대로 지키고 있으면 된다. 그런데 지구는 돌고 있었고, 나는 그 자리에 있었고, 세상은 저만치 앞서가 있었다. 자연, 땅, 세상의 주인은 바뀌고 계속 새 주인으로 갈아탄다. 어제의 주인은 젊은이로 대체되었고, 왕년의 주인공은 엑스트라로 물러난 늙은 여배우 같다.

나는 지금 어떻게 해볼 역할도 없고 자신도 없다. 언니에게 의지하려고 온 동생을 내보낼 수 없고, 확실한 명분도 없다. 동생은 회사에서 없어서는 안 될, 커다란 영향력이 있는 인재로 발전한 상태다. 동생이 없다면 회사는 어떻게 하지? 해결할 수 있으면 그건 고민이 아니다. 가만히 제자리에 있더라도 추락하는 것은 나 자신이리라. 가슴앓이로, 저속한 질투로, 얼룩진 삶을 처치할 수도, 이겨낼 수도 없다.

마침내 나는 한 가지 결론을 내렸다.

유리를 내보내야 한다는. 어쩌면 남편이 오해할 지도 모르지만 나로서는 그 방법밖에 달리 묘안이 떠오르지 않았다. 일요일 아침 남편이 늦잠 자고 있는 시간에 나는 유리를 정원으로 불러냈다.

"유리야, 어제 밤 꿈에 엄마가 후줄근한 옷을 입고 어딜 가시는 거야. 불러도 그냥 내쳐 걸어가시는 거 있지. 아무래도 엄마를 서울에 오시게 하는 게 좋을 듯해. 이번 달에 너 적금 타지? 내가 보태면 전셋집은 마련할 수 있을 거야." 꿈 이야기는 내가 지어낸 말이었다. 내 심정이 그만큼 다급했는지도 모른다. 유리는 놀라서 한참동안 나를 쳐다보았다. 하지만 잠시 후 고개를 끄덕였다. "엄마 오시면 나도 좋지. 월세방이라면 몰라도 전셋집이라면 꽤 비쌀 텐데, 내 적금으론 어림도 없을 거야. 언니도 알잖아." 나는 몰아붙였다. "엄마 올라오시게 한다면 형부도 보태 줄 거야. 걱정 말고, 집이나 보러 가자."

나는 발 벗고 나섰다.

일단 계약서를 보이면 남편도 어쩔 수 없이 승복할 것이라 믿었다. 오늘 오후는 유리하고 갈 데가 있다며 남편을 따돌렸다. 아파트는 어렵고, 지하철 근처에 10년 넘은 빌라에서 적당한 가격에 나온 물건을 찾았다. 도배하고, 변기만 개비하면 살 만한 집이었다. 내가 미리 준비해 간 돈으로 우선 계약했다. 내가 너무 독단적으로 밀어붙이는 것 같아 유리가 조금 어리둥절해 하는 눈치였다. 나는 유리의 조금은 섭섭해 하는 마음을 달래기 위해 마트에 가서 카트 가득 신접살림 장만하

듯 필요한 물건들을 잔뜩 샀다. 부엌 집기들, 화장실 비품들, 현관이나 화장실 바닥에 깔 매트까지 구입했다. "언니, 이것들 죄다 뭐예요?" 유리가 의아해하면서도 기분이 아주 가라앉은 것 같지는 않았다.

계약서를 보이자 남편도 알았다며 "이사는 언제 가느냐?" 물었다. 남편의 느긋한 표정을 보자 왠지 내 가슴에 다시 비상등이 작동했다. 내가 안 보는 장소에서, 아침저녁, 아니 많은 시간을 함께 할 지도 모른다는 불안감이 풍선처럼 커다랗게 부풀었다. 그러나 한편 엄마가 내 편이 되어 그들의 불온한 작태들을 눈감아 주지 않을 거라는 확신이 섰다.

분가

유리가 마침내 분가를 하게 됐다. 3월 둘째 주 토요일이었고, 오는 봄을 시샘하는 지 아침부터 꽃샘바람이 부는 날이었다. 유리가 집에 온 지 삼 년이 조금 넘었다. 그동안 직장생활하면서 받은 월급을 알뜰히 모아 부어오던 적금을 탄 것이다. 유리는 결근을 하고 이사 준비를 했다.

나는 딸을 시집보내는 기분이다. 아끼던 냄비, 접시 그릇들을 꺼내어 박스에 담았다. 이불은 따로 싸놓고, 옷가지는 유리가 챙겼다.
　- 필요한 것이 있으면 틈틈이 가져가라.
　- 언니, 고마워요.
말하는 유리 눈시울이 붉어진다.
　- 유리야. 필요한 것이 있으면 말해. 멀리 가는 것도 아니니. 나중에

준비해 줄게.

　이삿짐이라야 간단했지만 그래도 직접 해보니 힘이 든다. 밑반찬과 유리의 분가를 위해 특별히 담근 김치 등등. 몇 번을 보퉁이를 머리에 이고, 들고, 날라다 주면서 마음속으로 빌었다. 좋은 자매로 남게 되었으면 했다. 유리가 빠져나간 집은 휑하니 빈 것 같다. 조금 섭섭하기도 했고, 앓던 이가 빠진 듯 홀가분하기도 했다.

　이젠 남편과 싸울 일이 없을 것이다. 그가 내게 돌아올 것이란 희망이 생긴다. 나는 차분한 마음으로 저녁을 준비했고, 남편은 늦게 들어왔다.
　– 이사했나?
　그는 짧게 말하더니 유리가 있던 화장실 옆방을 둘러본다. 식사는? 눈으로 물었다. "먹었어." 대답하며 착잡해 하는 눈치였다. 그날 밤 우현은 잠을 못 이루는지 뒤척이는 소리가 늦게까지 들려왔다.

　이사를 한 유리가 대강 치웠다며 집으로 찾아온 것은, 다음날 오전이었다. "언니이! 언니한테서 떨어져 나간 것 같아…… 눈물이 났어!" 하루밖에 되지 않았지만 눈물을 글썽거렸다. "언니. 무척 오랜만인 것 같아." "나도 그래. 우리 몇 년 만이지?" 반갑다고 말하는 유리 손을 잡고 농담처럼 말했다. 유리도 그동안 정이 들었는지 외딴곳으로 유배된 것처럼 허전하다고 했다.

　사람 심리란 이율배반적이다. 유리와 같이 살면서 달갑지 않아 했어도 막상 눈앞에 없으니 집이 텅 빈 것 같다. 유리와 우현이 서로 눈길을 주고받는 꼴을 안보면 편할 것 같고, 눈엣가시가 뽑혀 시원할 것 같았는데 아니다. 눈앞에 보이지 않으니 나는 자신도 모르게 더 초조해진다. 함께 있을 때는 두 사람이 함께 퇴근한 것을 확인하고 나면 마음이 놓였었다. 그리고 보면 '우리가 각자의 삶을 살아가야 한다' 는 말은 새로 시작하는 희망이나 출발의 성격을 띤 것이라 하더라도 그것은 착각이거나 심리적 위장에 지나지 않을지도 모른다. 유리가 집을 얻어 나간 후 나는 귀머거리가 된 기분이다. 회사 돌아가는 사정, 무엇보다도 나의 최대 관심사다. 작은 일이건 큰 일이건 회사 일을 집에서 이야기하는 성격이 아닌 남편이다. 그동안 유리가 물어오는 이야기들이 궁금증을 풀어 주었다. "언니, 오늘 회사에서 무슨 일이 있었는지 알아?"하며 세세한 얘기까지 털어놓지 않았던가. 회사에 오는 손님들이나 유리에게 관심을 가진 남자들, 그들 행동도 흥밋거리였다. 그럴 때마다 어설픈 남자들의 행동이 눈에 보이는 듯했고, 자신이 겪은 일처럼 같이 웃기도 했다.

유리가 함께 있을 때는 일요일이면 우현과 나 셋이서 성당에 갔다. 성당 앞마당에 있는 성모상 앞에서 고개를 숙이고 기도하는 남편을 볼 때, 저 사람이 아직은 내 남편이구나! 지금 저 남자는 무엇을 위해 기도했을까. 저토록 진실한 모습으로 기도하는 사람을 공연한 오해를 한 것 같아서 가슴을 쓸어내리며 안도했다. 미사를 마치면 셋이 시내 나가서 점심을 먹었고 백화점에도 들렀다. 나는 유리의 넘치는 활기에 같이 즐거웠고 기분이 좋았다. 그런 자매를 보는 우현도 기분이 좋아 보였다. 나는 앞으로 유리와 사이좋게 지내고 우현을 사랑하리라고 생각했다. 하지만 그런 생각도 얼마 못가서 물거품이 되고 말았다. 우현은 유리와 함께 가지 않으면 주일미사도 걸렀다. 우현에게는 신앙도 감사도 유리가 있어야 가능했다.

침묵

날개 잃은 새

우현은 일요일만 되면 공황상태가 된다.

일주일을 견디다가 힘이 들어서, 무력증이 생기는 것 같다. 탈진 상태, 지탱하던 줄이 끊긴 사람처럼 하루 종일 멍하니 천장을 바라보며 누워만 있다. 마치 창에 찔린 동물이 동굴 속에서 끙끙대는 듯한 소리만 들려올 뿐이다, 무언가 불만이 배어 있음을 보지 않아도 느낄 수 있다. 그런 남편을 지켜보는 나도 우울하다. 밥상을 차려놓고 알은 체를 해도 남편은 들은 척도 하지 않는다. 몇 번을 말하자 그대로 있다간 더 귀찮아질 것 같았는지 마지못해 일어난다. 그러나 얼굴을 찡그리며 식사할 생각이 없다고, 몇 술 뜨지도 않고 도로 눕는다. '혹시 유리가 옆에 없어서'라는 생각이 들자 나는 속에서 반발심이 치밀고 올라오고 머리가 지끈지끈 쑤신다. 남편이 시든 푸성귀같이 맥없어 하는 꼴이 보기 싫다. 차라리 일요일을 지워 버렸으면 좋을 것 같다. 유리가 눈앞에 보이지 않으면 편할 것 같았는데……. 견디기 힘든 나날이지만

　시간은 지나갔다.

　화사한 4월. 봄은 꽃들로 넘쳐나고 있다. 유리가 이사를 간 지도 벌써 한 달이 지났다. 정원에는 개나리꽃이 지고 기세등등하게 활짝 핀 연산홍이 차지했다. 주일미사에 다녀온 나는 방문을 열었다. 인기척이 나자 남편은 말없이 돌아누울 뿐, 다녀왔냐? 라는 말도 없다. 더없이 따뜻한 봄날이지만 방안은 어둑하다. 칙칙함은 밖에서 묻어온 빛이 어둠에 묻히기 때문이 아니라 우현이 덮고 누운 이부자리에서 나오고 있다.

　오후 세 시에 친구가 유리 신랑감을 소개한다고 해서 유리와 함께 선보러 나갈 예정이다. 명동에 있는 커피숍에서 만나기로 했다. 남자 쪽에서는 친구와 함께 나온다고 했다.
　- 당신 구두 사러 가자.
　백화점 가기를 싫어하는 남편을 위해서 명동에 즐비한 구두상점을 떠올리며 나가는 길에 구두를 장만하면 좋을 것 같아서 권했다. 그러나 그는 귀를 기울이려고도 하지 않는다.
　- 귀찮아.
　그는 몸을 돌려 두 팔을 뒤통수에 댄 채 천장만 쳐다보며 뭐가 그리

불만인지 인상만 쓰고 있다.

유리가 집에 도착한 것은 정오가 조금 지나서였다. 유리를 보는 것으로도 봄이 온 것 같다. 방에 들어선 유리가 영문을 모르겠다는 표정으로 물었다.

– 형부, 이렇게 좋은 날 왜 누워만 계세요?

그제야 눈을 뜨고 '어, 처제 언제 왔어?' 하는 표정으로 입이 벙긋한다. 웃음이 번지는 남편의 얼굴을 바라보니 어떤 말이 나올까 궁금하다. 그러나 그는 아무 말이 없다.

– 허리 아프다고 저런다.

유리 선보는 자리에 나갔다가 우현과 둘이 영화를 보고 들어오면 스케줄이 맞을 것 같다는 생각을 했지만 아프다고 누운 사람에게 더 이상 권하기 싫다.

– 혀엉부우! 그러지 말고 일어나세요. 이런 날은 언니랑 백화점에도 가고 그러세요.

어깨를 흔들며 유리가 일어나라고 하자 그제야 그는 못 이기는 척 자리에서 일어난다. 그런데 화장실에서 세수를 하고 나온 그는 어느새 거실 거울 앞에서 머리 손질까지 하고 있다. 나는 당혹스런 느낌이다. 좀 전까지 아파서 움쭉도 하기 싫다던 남편이 아닌가. 아프다는 말은 핑계였다.

– 이모, 그 신발 못 보던 건데. 새 구두 턱을 내야겠는 걸.

그는 유리 하이힐에 시선을 둔 채 웃고 있다. 그제야 나도 새 구두에 시선이 간다. 구두 굽, 초록색과 쪽 곧은 노란 금속 스트라이프가 다리의 각선미를 돋보이게 한다.

– 남자는 같은 남자가 봐야 정확하거든!

어느새 양복을 입고 나타난 그는 따라가겠다고 선뜻 나서는 게 겸연쩍던지 어색하게 현관 문 앞에서 웃고 있다. 그의 입에서 그런 말이 나올 줄은 몰랐다. 어이가 없다. 아무것도 안 먹으면 배고프고 힘이 없어야 되는데……. 시든 상추 잎이 물을 머금은 것처럼 언제 아팠느냐는 듯 멀쩡해 보이고 싱싱한 가을무처럼 새파랗게 활기를 되찾았다. 그제야 유리 맞선 소식이 그의 마음을 아프게 했다는 걸 알아차린다. 누가 속이지도 않는데 혼자 번번이 속고 있는 자신을 발견하자 쓴웃음이 나온다. 아! 이런 바보가 있나! 둔하게도…….

– 난 멀리서 볼게!

우현이 커피숍 뒷자리에 따로 앉아 남자를 살펴보겠단다. 기분이 묘했지만 굳이 말릴 이유는 없다. 돌아올 때 혼자 오는 것보다는 남편과 함께 오면 좋겠다는 생각을 하며 오케이 한다.

거리는 화사했고 봄날을 즐기는 사람들로 활기에 넘쳤다. 삼거리 수퍼마켓과 세탁소, 약국 앞을 지나고 육교를 넘어서 지하철역을 향해 우현과 유리가 앞장서 걸어간다. 우현의 뒷모습, 감색 양복 어깨선이 반듯하다. 짧게 치켜 깎은 머리가 단정하다. 그 옆에 걸어가는 유리는 얇은 검정색 스커트에 초록색 블라우스가 경쾌해 보인다. 스타킹에 내비친 다리선이 곧게 뻗어 있다. 두 사람은 늘 하던 대로 어깨를 나란히 한 채 이야기꽃을 피우며 걸었다. 우현과 유리의 실루엣, 뒷모습이 자연스럽다. 165센티 키, 5인치 킬힐을 신은 유리는 우현의 178센티 키와 잘 어울린다. 그야말로 선남선녀다. 그들 사이에 비집고 들어갈 틈이 보이지 않는다. 그들만의 철통같은 요새는 누구도 허락하지 않을 사세다. 아무도 낄 수 없는, 누구도 끼어서는 안 될 것 같다.

우현의 걸음걸이도 달라졌다. 거침없이 당당했다. 나는 자신의 모습을 살펴봤다. 두 사람 뒤를 따르는 나는 1미터 57센티다. 은회색 투피스를 입고 검정 단화를 신은 안정된 차림새, 그런 나를 성당교우들은 우아하다고까지 치켜세웠다. 물론 나만 따로 놓고 보면 그런 말도 가능했다. 하지만 행복한 저들과 비교되니 내 모습도 빛이 바래고 초라해진다. 우현과 유리, 그 뒤가 나다. 셋이서 성당을 가거나 외식을 하러 나갈 때에도 늘 저런 삼각구도였고, 뒷꼭지점은 나였다.

서열이나 자리는 누가 정해 주는 것도 아닌데 마음 가는 대로 몸도 함께 따라가게 되는 걸까. 처음 나설 때는 나와 남편이 나란히 걸어가다가도 십 미터도 가지 않아 어느 틈에 우현과 유리가 나란히 걷고 있다. 가까이 다가가도 그들은 알아채지 못한다. 기쁨과 함께 그들의 세계로 진입한 듯하다. 나의 보살핌을 거쳐 세련된 남자로 변신한 우현, 그의 어깨 너머로 날아오르는 담배연기처럼 앞에서 행복한 이야기가 풀풀 피어오르고 있다. 그는 이제 타인이 되어버린 것 같다. 내 존재는 처음부터 없는, 잊은 듯 이야기꽃이 핀다. 우현과 유리, 그들의 웃는 모습이 뒷잔등에서도 보이는 것 같다.

나는 경보선수처럼 쫓아간다. 사랑 받는 여인의 충만함이 저런 것일까. 유리의 크고 검은 눈에 하늘에 걸린 푸른 그림자가 비치고 있고 햇빛에 강한 조명을 받은 얼굴처럼, 코와 턱과 입술의 윤곽이 도드라져 보인다. 그 빛나는 표정이 내 망막에 들어와 꽂힌다. 유리가 고개를 갸

웃하며 우현 이마로 손을 가져가려다 뒤따라오는 나를 의식했는지 손을 내린다.

— 형부 어디 아프세요?

— 응, 허리가 아파서.

우현은 얼굴을 찡그린다.

— 어제 잠을 잘못 자서 더한가 봐.

— 그렇게 아파서 어떻게 해.

유리가 위로를 하자 우현은 어리광을 부린다. 뒤따르던 나는 한숨이 나온다. '이건 아냐……' 라는 생각에 다리에 힘이 빠진다. 돌아서서 귀를 막고 싶었다. 더 이상 듣고 싶지 않았다. 물론 허리가 아프다. 병원에선 '퇴행성 요추협착증' 이라고 했다. 원인은 과도한 운동이었다. 반년쯤 열심히 테니스장을 드나들고부터 허리가 아팠는데 물리치료를 해도 통증이 가라앉지 않아 고생 중이다.

우현에게 일하는 것 말고 다른 취미가 있다면 그것은 아마도 엄격한 자기관리일지 모른다. 부쩍 운동에 열을 올렸고, 새벽마다 학교 운동장으로 나가 자전거를 탔고, 조깅을 했다. 그러다가 유리가 오고부터는 종목을 테니스로 바꾸었다. 유리가 테니스를 좋아했기 때문이다. 흰 티셔츠를 입은 유리, 짧은 스커트 밑으로 곧은 다리가 보는 사람의 마음을 경쾌하게 해 주었다. 내 눈에도 상큼하다는 말이 나올 정도였다. 두 사람은 일요일마다 학교 운동장으로 갔고, 테니스 동호인들과 점심을 먹고 정기모임도 가졌다. 승부욕이 강한 우현은 젊은 사람들과 대결하다보니 체력이 떨어지는 줄도 몰랐을 것이다.

의사의 진단은 무리한 운동이 건강을 해쳤다고, 그 때문에 생긴 통증이라고 했다. 양방, 한방을 번갈아 돌며 치료를 했다. 그때마다 우현은 투덜댔다. 건강한데 의사가 진단을 잘못했다는 것이다. 우현은 "내가 언제 병원에 가자고 했느냐" 오히려 반문까지 했다.

나는 이젠 지칠 대로 지친 상태다. 늘 통증을 호소하던 터여서 그대로 넘겼다. 그동안 '웬만큼 아프면 참지. 날더러 어쩌란 말이야.' 속으로 투덜대면서도 걱정했고 온갖 정성을 다해 왔다. 우현은 내게 슬픔을 안겨준 일이 여러 번 있다. 하지만 이날 행동은 너무 노골적이고 속이 훤히 들여다보인다. 몸도 좋지 않고 세상 모두가 귀찮다고 집에서 그대로 쉬겠다던 사람이 아니던가? 그렇게 일어나라고 해도 고개를 저으며 내키지 않아 하던 사람이 아니가? 그런 사람이 유리의 말 한마디에 벌떡 일어났고 화기애애한 모습으로 내 눈앞에 걸어가고 있지 않은가. 저 앞에 걸어가는 사람은 남편이 아닌 타인이다. 늘 빈 가슴이라고 여겼지만 오늘은 더욱 심란하다. 꿈속이듯 나는 무력해진다. 엑스트라로 전락한 느낌이다. 없어도 되는.

나는 잠시 그 자리에 서서 생각했다.

'그대로 되돌아가고 싶다.' 저들 틈에 끼지 않아도 된다. 왜 굳이 따라갈 필요가 있을까. 마음 같아선 그대로 유성처럼 사라지고 싶다. 그렇게 되면 앞서 가다가 따라오지 않는 나에게 남편은 신경질을 낼 것이다. 내가 없으면 우현은 그 자리에 있을 명분이 서지 않는다. 오늘만은 내가 꼭 필요한 존재다. 내가 참자. 생각 끝에 마음을 잡고 급히 그들 뒤를 따라간다. 우현은 유리의 남자가 어떤지 궁금할 것이다. 처제가 선보는 곳에 형부 혼자 따라가기는 좀 곤란할 것이다. 곤란하건 말건 내가 왜 마음을 쓰고 있지? 처제 선보는 자리에 형부가 함께 나왔다면, 그쪽 사람들이 의아해 할 지도 모른다.

맞선 볼 커피숍을 찾아 들어갔다. 우현은 남자가 잘 보이는 자리에 앉아 있을 것이다. 나는 그 남자에게 의례적인 질문을 했고 시골에 계신 어머니 대신으로 나왔다고 했다. 내가 보기에도 사람이 시원찮아 보인다. 유리 마음에 들지 않을 것이 뻔하다. 유리를 남겨두고 다방을 나온 것은 반 시간이 채 안 되는 사이였다.

데이트

우현은 어느새 먼저 나와 담배를 피우고 있다. 담배연기는 우현의 고통을 태우고 있는 것처럼 보이고, 온몸에서 쓸쓸함이 배어 나온다. 나는 의도하지는 않았지만 복수를 한 것 같아 소리 없이 웃는다. 이유야 어찌 되었건 모처럼 우현과 둘만의 외출이 된 셈이다. 그동안 쌓였던 섭섭한 감정을 풀 수 있는 좋은 기회라 여겼다. 일요일 시내는 사람들로 넘쳐났다. 좀 이르지만 저녁식사를 한 후 영화를 보면 기분 전환이 될 것이고 자연스럽게 데이트로 이어질 거라고 기대하고 있었다.

– 모처럼 외출했으니 저녁이라도 먹고 들어가죠?
– 뭐?

우현 표정이 벌레 씹은 것처럼 처참하다. 밥도 먹지 않고 그냥 집으로 가겠다고 한다. 나는 그 자리에 섰다. 이대로 집으로 간다면 틀림없이 싸움을 하게 될 것이다. 나의 분노도 만만치 않다. 참담한 기분이 그대로 주저앉을 것 같지 않다. 어떻게 하든 참고 감정을 수습할 수밖에 없다. 이를 악문다. 눈물이 나와서 하늘을 보고 껌벅이며 눌러 삭인다. 어디서 좀 쉬었으면 좋겠다는 생각을 했을 때, 일식집, 양식집 등등의 간판이 눈에 띈다. 고개를 들고 되도록 부드럽게 말을 건넸다.

— 그래도 뭘 먹어야지. 배고픈데…….

우현은 듣는지 마는지 대답하지 않은 채 계속 걸어간다. 잠시 후 말없이 따라오는 나를 못마땅한 듯이 한번 쳐다보고는 길 옆 식당 안으로 들어간다. 두 사람은 구석자리에 앉았다. 벽 여기저기에 검정색 매직펜으로 써 붙인 김밥, 떡볶이, 우동, 간단한 한식 메뉴가 보였다. 우아하고 고급스러운 분위기와는 거리가 멀다. 마치 포장마차에라도 온 것 같다.

차림표를 볼 생각도 않고 남편은 그대로 앉아 있다. 가지런한 수저를 앞에 놓고 먼산바라기만 한다. 아침상을 차려놓고 남편을 깨우다 일어나지 않아 그대로 성당을 다녀왔기 때문에 나는 빈속이다. 우리는 말없이 엽차만 마시고 있다. 모처럼 만의 외출에 좀 더 근사한 데이트를 하고 싶었으나 이미 글렀다. 내가 마지못해 된장찌개 백반을 주문했다. 그나마 남편이 된장찌개를 좋아해서 편리한 대로 그냥 결정한 것이다. 음식이 나왔어도 그는 꼼짝도 않는다. 나는 밥을 한술 뜨며 남편을 바라보았다. 유리와 함께 있던, 조금 전까지 기쁨이 넘치던 얼굴이 사라지고 없다.

— 난 밥 생각이 없어.

그때까지 입을 다물고 있던 우현이 작은 소리로 말했다. 세상만사다 귀찮은 얼굴로 밥그릇을 외면한 채로 앉아 있다.

이상 저상 옮겨 다녔을 반찬들, 물기가 빠진 마늘 쫑 장아찌, 초고추장을 뒤집어 쓴 오이 무침, 미역 무침, 어디 하나 젓가락이 가지 않는다. 나는 마른 입에 된장국물을 떴다. 몇 술 떠 삼켰다. 뭔가 속에서 울컥 솟아오르는 것이 있다. 이렇게 부실한 밥을 먹자고 나온 것이 아니다. '뭐 밥 생각이 없다고? 누군 먹고 싶어 먹는 줄 알아, 마누라 입만 보고 앉아서 딴청이나 하고.' 밥숟가락을 떠 넣던 나는 부아가 치민다. 자신을 이토록 하찮은 존재로 여기며 괄시하는 남편에 대한 배신감이 몰아친다. 남편이라는 이름을 걸고 있는 사람이 아내를 이렇게 막 대해도 되는 일인지 억울하다.

조강지처, 자신의 부모를 돌본 여자가 아닌가. 힘으로 할 수 있는 일이라면, 마음대로라면 남편의 마음을 주물러서 내 앞으로 돌려놓고 싶다. 하지만 일시적인 감정일 뿐 나는 이미 전의를 상실했다. 지금 자신으로서는 어떻게도 못한다는 것을 알고 있다. 질서는 권력을 움켜쥔 자의 몫이다. 가슴속에서 불같이 솟구치는 분노를 꾹꾹 눌러둔다. 그 때 누군가 내게 속삭이는 소리가 들리는 듯했다. 내 안에 있던 또 다른 '나' 였다. '너는 아무것도 못해! 권력의 주인공인 남편이 너를 무시한다 해도. 미모와 젊음과 돈, 그 앞에 네가 어떻게 버틸 수 있겠나. 이미 우현의 힘은 무소불위. 너는 무기력하다.' 우현은 혼자 남겨진 유리가 걱정도 안 돼? 라는 표정으로 자리를 지키고 있다. 나는 점점 참담해져 간다. 불현듯 "형부는, 왜 집 대문만 보면 화를 내는지 모르겠어!"라던 유리 말이 생각난다. 형부가 회사에선 멀쩡하게 웃고 있다가 퇴근해

집 앞에 이르면 그때부터 화난 사람이 된다고 했던가? 차라리 내게 직접 말했다면 화가 덜 났을 것이다. 그땐 부부싸움 끝이라 흘려들었으나 '당신이 보기 싫다' 고 소리치는 치명적인 모멸과 뭐가 다르겠는가. 생각할수록 열패감으로 이가 갈린다.

– 당신 왜 그래? 나만 보면 지겨워?
내 목소리에 날이 섰다.

"행복한 사람들은 스스로 도취되어 타인에 대한 배려는 고사하고 자기들이 한 행동이 주변 사람에게 피해를 준다는 것도 모른다. 하지만 틀렸다. 너희들이 주고받은 세세한 감정들이 내 눈에 박혀 있어, 난 두고두고 안 잊을 거야. 저 인간은 나만 보면 지겹단 말이지!" 눈물과 함께 밥을 삼키다가 목에 걸려서 급히 물을 마신다. 속에서 치밀고 올라오는 분노가 한계점에 도달한 느낌이다. 터지기 직전, 지구라도 폭파시킬 것 같다. 차라리 하늘과 땅을 휘저어 뒤섞어버려야 좋을 것 같다. "염치도 없게 그동안을 못 참아서 신경질이냐?" 죽을 힘을 다해 소리라도 질러야 살 수 있을 것 같다. 물론, 이는 혼자 마음속으로 해본 말이다. 심상치 않은 내 시선을 의식하는지 그는 아예 돌아앉아 버린다. 아! 그런데 지금 그렇게 말하면 미친 사람 취급당할 것이 뻔하다. 그렇지 않아도 지난번 유리 이야기를 꺼냈을 때 그가 말했다. "터무니없는 말을 지어내기나 하고, 당신 미친 것 아니냐고." 정신병환자로 보고 있는 마당에. 나는 어금니를 물고 눈이 튀어 나오도록 우현을 노려본다.
– 무슨 뚱딴지같은 소릴 하는 거야. 당신, 정말 말 다 했어? 난 밥 생각이 없는데 당신 때문에 들어왔잖아. 배고픈 사람은 먹고, 싫은 사람

은 먹지 않으면 되는 걸 가지고 무슨 트집이야.

담뱃불을 붙이는 그의 손이 분노로 부들부들 떨리고 있다.

─ 그럼, 처음부터 시키지 말라고 하지. 왜 그냥 앉아 있다가 지금에 와서 안 먹는다고?

내친김에 몰아댔다.

─ 뭘 어떻게 하라고? 영업하는 음식점에 둘이 들어와서 일인분을? 그리고 당신이 내게 물어보지도 않고 그냥 시켰잖아.

─ 참. 어이가 없어!

나는 하고 싶은 말이 가슴에 그득하다.

뭐 이런 놈이 있어! 그렇게 싫었음 처음부터 들어오지 말 일이지. 들어와 놓고 인상은 왜 써? 난 하고 싶은 말이 없는 줄 알아. 얼마나 더 안타까워해야 해. 당신은 내가 어떤 고통을 겪고 있는지 알기나 해. 치사해서 말은 안 했지만 유리가 네 애인이라도 될 것 같으냐? 어림도 없어. 당신과 나는 같은 울타리에 갇혔어! 밖으로 나가면 파멸이야! 자신 있으면 그렇게 해 봐. 밖으로 절대 못나갈 걸. 나쁜 놈!

나는 우현을 노려보면서 하고 싶은 말을 목 너머로 밀어 넣었다. 생각을 모질게 다잡아 보지만 자꾸만 화가 나는 것으로 보아 내가 이 싸움에서 지고 있는 것이다.

─ 허리가 아파서 그렇다!

앞에서 짜증스럽게 던지는 소리가 들려온다.

─ 그놈의 허리는 왜 나만 보면 아프지.

순간적으로 튀어나온 말이다.

- 뭐? 그놈의 허리! 당신이 내 마누라 맞아?

한일자로 굳게 닫힌 입을 본 순간 나는 '아차' 했다. 하지만 이미 늦어버렸다. 대놓고 욕해도 될 만큼 우현은 만만한 사람은 아니다. '그놈'은 욕하자고 한 말은 아니다. 나는 그냥 의성어로 말했을 뿐이다. 변명할 기분도 아니지만 언제나 자기가 억울한 사람이란 생각만 하는 남편에게 내가 변명한다고 풀어질 상황도 아니다. 대답을 못하고 있자 다시 쉰 듯한 목소리가 들려왔다.

- 남편이 아프면 얼마나 아플까 걱정을 하는 게 아니라, 그놈의 허리?

그의 얼굴이 하얗게 질리더니 경련이 인다. 그러더니 이내 평온한 얼굴로 돌아간다. 약간 입술 꼬리가 올라가며 살짝 웃음기가 지나갔다. 그는 한동안 별다른 반응을 보이지 않았다. 나를 비웃고 있는 것이다. 이제부터가 문제다. 그동안 살아보아서 누구보다 나는 잘 안다. 그가 그냥 화를 내면 조금 기분 나쁘다는 것이고 화해하려고 들면 그리 길지 않게 끝날 수도 있다. 하지만, 평온한 얼굴에 비웃음이 섞이면 석 달 정도는 시달려야 한다. 무릎을 꿇어도 소용없다. 분이 풀릴 때까지, 그것도 빌고 또 빌어야 겨우 풀린다.

나는 지끈, 머리가 아파와서 제대로 앉아 있을 수가 없다. 남편은 혼자 남겨 둔 유리가 걱정이 되는지 안절부절못한다. 유리를 옆에서 지키고 있어야 안심이 되는 모양이다. 독수리가 채 갈까 봐, 아니면 대낮에 납치라도 당할까 봐선지, 유리 옆에 붙어 있지 못해 안달이다. '절대! 안 돼!' 부르짖어 보지만 허사다. 불길한 징조가 자꾸 부풀려지고 있다. 그들의 욕망은 그 가능성을 향해 걷잡을 수 없이 치닫고 있을지도……. 절망, 파멸이란 단어가 내 머릿속을 헤집고 있다.

우리가 싸우는 이유

의심

오전 10시. 나는 충무로로 향하고 있다. 정희가 기분도 질벅질벅한데 영화 한편 보자고 전화가 온 건 남편과 싸우고 난 열흘쯤 후였다.

4호선 전철 안은 평일인데도 빈자리가 없어서 출입문 옆 손잡이를 잡고 창가로 눈을 돌린다. 한강을 건너며 유리창에 비친 자신을 한참 바라보다가 창 밖으로 펼쳐진 하늘을 쳐다본다. 언젠가 친구 정희와 청평으로 강바람을 쐬러 간 날이 떠오른다. 봄날이었다. 멀리서 두 사람이 말을 타고 초원을 달리고 있었는데 얼굴은 잘 보이지 않았지만 말 잔등에 높이 앉은 모자 쓴 사람은 남자였고, 옆에 붉은 머플러를 휘날리며 날렵하게 말을 타는 사람은 여자였다. 나는 우현과 같이 말을 타고 강바람을 가르며 달리면 좋겠다는 생각에 빠져 있는데, 갑자기 많은 사람들이 우르르 내린다. 충무로역이라는 멘트가 흘러나오고 있다. 개찰구를 빠져나가면서 시계를 보니 약속시간 5분 전이다.

충무로 지하상가를 조금 빠른 걸음으로 걸었다. 오늘은 평소 옷차림보다 조금 신경을 썼다. 목까지 올라오는 까만 터틀셔츠 위에 연한 베이지 카디건을 걸쳤다. 가방과 구두는 브라운 컬러로 통일했다. 머리는 느슨하게 웨이브를 내서 양 옆으로 내려오게 했고, 화장은 진하지도 옅지도 않게 했다. 출입구 앞 약속장소에서 두리번거리는데 정희가 손을 들고 반긴다. 손에 극장표 두 장이 들려 있는 걸로 봐 먼저 와서 극장표를 예매했던 모양이다.
　– 어! 그렇게 하니 근사한데.
　– 그래? 고마워.

"결혼은 합법적으로 성행위를 해도 된다는 승낙이다." 언젠가 정희가 했던 말이다. 결혼식 전에는 불륜이나 난잡한 행위로 보던 관계가 결혼과 동시에 아름답고 바람직한 사이로 둔갑을 하게 되니까. 일리가 있는 말이지만 나는 정희와는 약간 다른 생각을 갖고 있다. 정희가 자신은 섹스에 비중을 둔다면서, 어떻게 생각하느냐? 물어왔을 때 나는 함께 항해하는 정신적인 동반자라는데 더 큰 의미를 둔다, 하고 대답했다. 혼자서는 살 수 없는 인간, 그것이 본성이라면 같은 언어와 같은 생각, 이익도 함께 하는 사이가 바로 결혼이라고. 그런데 어느 사이에 나는 우현과 불협화음이 생기고 다툼이 있는 사이로 변해 있다. 그와 유리는 같은 생각, 같은 언어를 사용하는 사이인데 나는 뒷전으로 밀려나 있다. 내 말은 이제 그에게 통하지 않는다. 얼마 전까지만 해도 모두들 오순도순 이야기가 통하는 사이였는데.

영화 '쌍화점'이 가슴으로 젖어든다. 고려왕과 호위무사 '홍림', 두 남자는 한 몸 같은 관계이다. 부부처럼. 때때로 악기를 연주하고, 그림을 그리고, 밥도 같이 먹고, 잠도 같이 잔다. '왕과 시종을 떠나 행복하겠구나!' 동성이나 이성 관계를 떠나 예술을 공유하는 사이가 부럽다. 같이 하는 일들, 그것은 남녀 관계와는 상관 없다. 나는 그럴 수 있는 사람이 없다는 사실이 허무하다.

사랑하는 사람을 기다리는 시간은 두 가지 측면이, 두 갈래의 갈림길이 있다. 기쁨과 희망의 시간이거나 외로움과 절망의 시간. 약속시간이 지나도 사랑하는 사람이 연락도 없이 나타나지 않을 때 처음엔 혹시 무슨 일이 생긴 건 아닐까, 하고 걱정과 초조함을 느끼지만 시간이 흐르면 세상에 혼자 남은 듯한 외로움에 빠지게 되고, 그 외로움은 분노로 바뀐다. 그 시간에, 내 사람이 나를 속이고 다른 사람과 밀애를 즐기고 있다면? 분노하고 처절히 응징할 것이다.

왕과 홍림, 왕비, 세 사람의 관계가 흥미롭다. 나와 우현, 유리를 모델로 한 영화 같다. 나는 왕이고, 우현은 나를 지켜야 할 호위무사 홍림이며, 유리는 왕비다. 나와 우현은 한 몸이나 마찬가지다. 나는 우현과 함께 초원을 달리려고 좋은 말을 선물로 준비했고 말갈기를 휘날리며 함께 달릴 생각에 부풀어 있다. 그런데 우현은 약속장소에 나타나지 않았다. 아무도 우현의 행방을 몰랐다. 그 시간, 우현은 유리와 밀애를 즐겼다. 우현에게 배신감을 느낀 나는 분노한다.

– 거세하라. 뭣들 하느냐. 저놈의 뿌리를 당장 뽑아버려라.

나는, 호위무사이자 정인인 ‘우현’ 의 거세를 명령한다. 나는 질투심에 불탄다. 나의 절망은 유리가 아니라, 나를 속인 우현이다. 그를 사랑하기 때문이다.

영화관을 나왔을 때는 오후 1시가 조금 넘었다. 나는 왕의 처지를 이해한다. 두 사람이 나를 따돌리고 만나서 웃고 기뻐한다면……. 외로움을 느끼고 분노를 느끼게 된다. 두 사람의 사랑보다도 나를 배신했다는, 내 사랑을 무참하게 짓밟았다는 상실감 때문에. 하지만 내게는 처참히 응징을 할 권력이 없다. 권력은 고사하고 분노를 마음껏 나타낼 곳도 없다. 정희와 나는 점심식사 대신에 호프집에서 치킨과 생맥주를 마시며 얘기를 나누고 있다.
– 왕이 말했지. 본인이 보는 앞에서 하는 것은 괜찮고 몰래 즐기는 것이 더 큰 고통이라고. 정말 그럴까?
정희가 머리를 갸웃했다.
– 그야, 사람마다 다르겠지.
– 혹시 왕이 관음증 환자가 아닐까? 옆에서 지켜보는 것이 더 괴로울 것 같은데. 안 보이면 불안해선가? 따돌림 당했다는 소외인가? 나라면, 모르는 편이 더 나을 것 같은데?
– 보는 것은 그 자체지만 보지 못한 밀회는 상상력을 무한대로 증폭

시키게 된다는 게 문제지.

　우리는 호프집에서 많은 얘기를 했고 생맥주를 마셨고 치킨을 먹었다. 두 시간쯤 지나서 우리는, 사랑은 누구도 막을 수 없는 걷잡을 수 없는 불꽃 같은 거라면서 자리에서 일어섰다. 충무로엔 다른 날과 다름없이 많은 사람들이 스쳐지나가고 우리는 전철역을 향해 걸어가면서 하늘을 바라보았다. 전철을 타고 한강을 건너면서 나는 유리창너머 하늘을 바라보며 우현을 생각했고 맥주를 마시며 정희가 하던 말을 떠올렸다.
　ㅡ 일단 지펴진 불꽃은 스스로 꺼질 때까지 기다리는 수밖에 없어. 해피앤딩으로 끝나든 파멸이든.

배반

　정신 없는 한 주가 지나갔다. 정희가 어떻게 지내는지 궁금했지만 만나지 못했다. 우현은 아직까지 내게 말을 걸지 않는다. 수요일 오전에 정희가 안다는 레스토랑 '아뱅'에서 만나기로 약속을 했다.

　언제나 명동역은 사람들로 붐볐다. 전철역 출구를 빠져나와 명동성당 쪽으로 100미터쯤 걷다가 골목으로 접어드니 입구에 나무가 우거진 아늑한 레스토랑이 나타난다. 실내 양쪽 벽을 따라 와인이 비스듬히 꽂힌 길을 지나 호젓한 곳에 자리를 잡았다. 통유리창 안에 있는 실내 정원의 나무들이 기웃거리는 걸 보니 숲 한 가운데 앉아 있는 듯한 기분이 들게 한다. 특히 적송이 즐비해 운치를 더하고 있다. 앞좌석에

는 연인인 남녀가 머리를 맞대고 소곤거리고 있다. '참 좋은 시절이구
나. 너희들은 싸우지 말고 사이좋게 지내!' 이곳은 데이트하기엔 적절
하지만 화풀이 장소로는 어울리지 않아 보인다. 왜냐하면 이런 곳에서
화낼 사람은 없기 때문이다.

십 분쯤 지나자 정희가 들어선다. 절망적인 표정이다. 밤잠을 설쳤
는지 부스스한 얼굴, 심각해 보인다. 평소 쾌활하고 밝게 웃던 그녀답
지 않다. 눈에 열기가 올랐다. 가방을 의자에 휙 내려놓고 앉자마자 목
소리가 커지고 전투태세다.
   – 여기 와인 한 병하고 A코스로 주세요.
   – 한 병씩이나. 너무 과하지 않을까?
정희는 긴 시간 작정하고 마실 모양이다.
   – 물부터 마시고, 천천히…….
정희는 한숨을 한 번 쉬더니 이야기를 꺼낸다.
   – 뒷조사를 해서 끝장내고 싶어…….
밑도 끝도 없이 누구를 끝장내다니, 이해할 수 없다.
   – 진정하고 천천히 말해 봐.
   – 남편 휴대폰 문자를 보게 됐어. 내가 '관음증'도 아니며 남편 사생
활에 일일이 개입할 생각도 없어. 부부간에도 프라이버시는 지켜져야
한다는 게 내 지론이거든. 지난 일요일 남편 휴대폰을 열어본 것은 호
기심에서였어.

정희 남편은 아내가 옆에 있으면 전화를 꺼둔다든지, 옥상으로 올라
가거나, 잘못 걸려온 전화라거나, 아예 받지 않았다. 휴대폰을 꼭꼭 가

방에 챙겼고, 때로는 향수를 선물로 사오는가 하면 평소와 다른 점이 많았다. 콧노래를 부르면서 안하던 정원을 손질하고, 나무에 물을 뿌리며, 전지도 했다. 예전 같으면 몇 번 잔소리를 해야 겨우 호스로 물을 뿌리던 남편이었다.

일요일 아침, 컴퓨터를 켜려는데 옆에서 휴대폰이 울렸다. 아침 일찍 골프 치러 나간 남편이 잊고 나간 것이다. 시끄러워서 소리가 나지 않게 하려고 뚜껑을 열었다가 닫으려는데 큐핏이 화면에 보였다. 선명한 큐핏, 아침 8시 30분에 보낸 문자. 여자가 보냈음이 분명했다.

♥오늘은 제가 전화할 때까지 전화하지 마세요.

"누가 봐도 불륜 관계임을 알 수 있어." "그럴 리가! 잘못 날아왔을 수도 있잖아." "아냐. 확실해……. 다리가 후들거렸어. 정말이라니까." 그녀는 잠깐 침묵했다. 나는 평소 아내를 사랑하던 그녀 남편 얼굴을 떠올리며 그건 오해일 거라고, 정희를 위로했다. 내 남편도 옳게 관리 못하는 내가, 더 이상 답변해 줄 말은 없었지만 나를 만나러 온 친구를 내버려둘 순 없었다. "들킨 걸 알면 '배째라'며 나오는 남자도 있다더라. 물증도 없잖아." 그렇게 말했지만 나는 정희 고민을 이해하고도 남는다. 충분히 의심할 만했다. 하지만 '뒷조사' 같은 건 하지 말라고 했다. "헤집어 봐야 돌아오는 건 거짓말뿐일 텐데. 지하로 숨어들면 꼼짝 못해! 트집거리를 안 남길 테니까. 지금처럼 모른 척하고 있으면 네가 눈치 채지 못한 줄로 알 거 아냐. 조심하려고 노력할 것 같은 데. 그게 더 낫지 않니?" "말은 쉬워……. 얼굴도 보기 싫으니까 문제지."

‘휴대폰 사건’이 있은 지 보름쯤 지났을 무렵, 정희에게서 전화가 왔다. 다급한 목소리였다. 우려했던 일이 터진 모양이다. 이번에도 명동 ‘아벵’ 레스토랑에서 만났다. 정희는 망설이듯 옷깃만 만지작거렸다. 무슨 일이 있느냐? 물어도 쓴웃음만 지었다. 입을 연 것은 오분 정도 지나서였다.

– 나…… 죽고 싶어.

이혼하고 싶다는 말보다 더 절망적인 소리였다. 이혼은 도시적이며 새 출발을 한다는 적극적인 의미가 내포되어 있다. 하지만 죽는다는 것은 차원이 다르다. “그 여자를 본 순간 가슴에서 소리가 났어! 저 여자였구나 하고!”“왜 그래? 또 무슨 일 있었어?” 이해할 수 없다는 내 표정을 보고, 정희가 설명을 덧붙인다. 며칠 전 남편 모임에 나갔는데 황당한 일을 당했다는 것이다. 남자들이 바람을 피울 때 공통적으로 나타내는 행동은 몇 가지 패턴으로 나타난다. 안하던 짓을 하거나, 낯선 물건을 갖고 있거나, 기분 좋을 이유도 없는데 싱글벙글거리거나, 공연히 화를 내기도 하고, 휴대폰을 보물처럼 챙기기도 하고……. 정희 남편이 그랬다. 남편이 바람피운다는 심증은 갔지만 결정적인 물증은 찾지 못했는데 그저께 호텔에서 일이 터졌다는 것이다.

– 남편에게 여자가 있다는 낌새는 전부터 느끼고 있었는데, 내 예감이 맞았다는 걸 알았어.

정희 남편과 회사 여비서 K에 관한 이야기였다. 지난 토요일 오전에 남편 친구에게서 집으로 전화가 걸려왔다. “형수님 몸이 안 좋다는 말을 들었는데 나아졌어요? 이번에는 내가 한 턱 낼 차례이니 꼭 나와 주세요.” 간곡한 부탁이었다. 남편이 친구에게 아내가 아프다고 한 보양이라 여겼다. 부부동반 모임에 남편을 따라 두세 번 갔던 적이 있지만 참석한 지 한참 되어서 언제 모임이 있는지도 몰랐다. 모임은 비슷한 업종에 관계되는 친구들끼리의 친목모임에 가까웠다. 사업상 필요한 정보를 공유하고 골프모임도 가졌다. 모임이란 게 대개 그렇듯 밑바탕에는 우리는 '같은 편'이라는 정서가 깔려 있다. 허나 세상에는 양지만 있는 게 아니다. 처음엔 좋은 취지였더라도 시간이 흐르면서 끼리끼리 어울리게 되고 '패거리'가 생기게 된다. 자연히 동류의식도 있지만 대립도 생기기 마련이다. 정희는 무리지어 다니는 그런 모임이 싫었다. 적당히 칭찬해 주고 행복한 듯이 웃으면서 사람들 틈에 끼어 있으면 '왜 이런 자리에 나와서까지 마음에 없는 연기를 해야 하나?'라는 생각이 들었고, 한두 번 빠지다 보니 그쪽과는 자연히 멀어지게 되었다. 남편도 정희가 모임에 참석하는 걸 탐탁해하지 않았다. 여자 입을 통해 남자들의 일이 뉴스가 되는 걸 원치 않았던 모양이다. 남편 친구가 신경 써주는 것이 고맙기도 하고 딱히 거절할 이유도 없어 참석하겠다고 대답했고, 나중엔 참석 못한다고 번복하기가 번거로워서 그냥 한번 참석해 보기로 했다. 남편에겐 미처 얘기를 하지 않은 건 그동안 남편 혼자 모임에 나가게 했던 게 미안해서였고, 남편을 놀라게 해주고픈 마음도 있었다.

모임은 오후 여섯 시였지만 일찍 나가서 남편을 기다릴 생각으로 오후 네 시쯤 집을 나섰고 그녀가 모임장소인 호텔에 도착했을 때는 다섯 시 반이었다. 머리도 새로 했고 멋을 냈다. 거울에 비쳐지는 자신의 모습이, 산뜻하고 멋있어 보였고 그녀를 흡족하게 했다. 멋을 낸 아내를 보고 남편은 웬일이냐며 기뻐할 것이 분명했다. 남편과 이런 모임에 함께 온 적이 언제였던가. 그동안 좀 더 잘해주지 못했던 게 후회되고 미안한 생각이 들었다. 남편은 새벽에 출근해서 주말에도 여기저기 바쁜 일이 많았다. 누구보다도 가족을 위해 열심히 뛰었다. 남편 친구가 그녀에게 나와 달라고 한 것을 보면 '요즈음 남편이 조금 외로운 걸까?' 하는 생각도 들었다.

정희는 로비에서 서성이며 남편이 오기를 기다렸다. 여섯 시가 조금 지나자 반가운 얼굴이 나타났다. 오늘의 주인공 남편이었다. 그녀는 미소 지으며 손을 흔들며 남편에게로 향했다. 그 순간 그녀는 혼란에 빠져버렸다. 꼼짝할 수 없었다. 남편 혼자가 아니라 여비서 K와 나란히 나타난 것이다. 예기치 않은 일이었다. 정희와 눈이 마주친 K, 허둥거리며 친절하게 인사하는 태도가 어색했다. 그러나 세 사람 중에서 가장 놀란 사람은 남편이었다.

어! 당신 어떻게 왔어?

남편은 아내가 나타나자 몹시 놀란 눈치였다. 불시에 닥친 일로 정신을 차리지 못했다. 은행금고를 털다가 붙잡혔어도 그렇게 혼비백산 하지 않을 터였다. "여기는 내 일을 도와주는 K야. 참 한 번 만난 적이 있지?" 그는 애써 태연한 척하면서 K를 소개했다. 서른쯤 되어 보였다. 미인까지는 아니지만 피부가 희고 갸름한 얼굴이 순하고 부드러워 보였다. K가 살짝 고개를 숙이자 향긋한 향수 냄새가 공기에 전해져 왔다. 남편에게서 나던 향수 냄새였다.

정희는 몇 년 전 서류를 들고 남편 회사로 찾아간 적이 있었다. 사무실로 들어선 순간 남편과 여비서 K가 다정하게 이야기를 하다가 정희를 보고는 뚝 끊었는데 남편 시선이 고르지 못했고 K는 눈을 내리깔고 서 있었다. 두 사람만의 공간에 불쑥 끼어든 불청객, 잘못 찾아들어온 이방인 같은 느낌, 어딘가 삐걱거리는 분위기였고 사무실 공기조차 서먹서먹했었다고 한다.

"남편에게서 나던 냄새였어. 순간 분명하게 알 수 있었어. 보통 사이가 아니구나하고……. 그때는 그냥 무심히 넘겼었는데, 남편을 믿었고. 향수 냄새가 똑같았어. 거기서 화를 낼 수 없어 나는 모르는 척 서 있었지. 남편 눈길이 흔들렸고 처절해 보이기까지 하더라. 나는 그런 모습이 싫어서 무심한 척했고 다른 사람 눈에 띌까 봐 참았어. 불편해하지 말고 조용히 식사나 하자, 속으로 말하면서."

정희 남편은 K고교와 A대를 나온 수재였다. 사회적으로도 성공했고 외모도 훤칠해서 여자들이 잘 따르는 스타일이다. 누구에게나 말하면 아는 S전자 상무이사다. 친구들은 물론이고 그녀를 아는 모두가 부러워했다. 운전기사가 출근을 도와주었고 여비서가 스케줄을 관리했다.

남편 친구는 정희를 위해서 모임에 참석해 달라고 말했지만, 실은 정희 남편을 골탕 먹이려고 전화했을 수 있다. 아니면 친구 마누라가 자기 남편을 부추겨서 한번 전화해 보라고 시켰는지도 모른다. 그건 질투일 수 있다. 멋있고 잘나가는 친구 아내가 억울해 하는 꼴을 본다면 고소해 할 수도 있다. 그렇지 않고서야 그동안 한 번도 전화가 없던 남편 친구가 느닷없이 집으로 전화했을 리가 없다. 나 혼자 이런 생각을 떠올리는 동안, 정희는 와인을 마셨고 숨을 몰아쉬었다. 그녀는 다시 이야기를 이어갔다.

"그래? 너희들이 그런 사이였어? 생각이 들자 오히려 침착해지더라. '나는 건재하다' 하고 남편 옆자리에 우아하게 앉았지. 눈앞에서 막상 당하니 어쩔 수 없더라고⋯⋯. 남부럽지 않게 살게 되었다 싶었는데 남편이 딴눈을 팔고 있을 줄은 몰랐어. 출장이 많았던 이유도 K와 무관하지 않았을 거야. 남편도 미웠지만 여태껏 그것도 모르고 있다가 덜렁 그 자리에 나타난 내가, 더 한심하게 느껴져."

K는 모임이 끝날 때까지 보이지 않았다. 남편에게 먼저 간다고 귀띔하고 자리를 빠져나갔을 것이다. 정희는 차라리 잘된 일이라 여겼다. 함께 있었다면 서로가 어색했을 것이다. 남편은 음료수를 따라주었고, 두 팔로 어깨를 꺼안았고, 와줘서 고맙다는 듯 그녀에게 미소 지었다. 다정한 척 부부애를 과장하는 그의 연기에서 거짓과 왜곡의 냄새가 느껴졌고, 남편 머리 위로 음료수를 뒤집어엎지 못하는 자신이 원망스러웠다. 좋다고 웃으며 그 자리에 앉아 있을 수가 없었다. 정희는 조용히 화장실로 가서 얼굴을 씻고 입 안을 헹궈냈다. 거울을 보았다. 허망해하는 것도 같고 슬픔을 눌러 참는 것도 같은, 종잡을 수 없는 표정이었다. '비엉신아! 네가 잘못한 게 아닌데. 이 바보야! 네가 왜 불편해 하는 거지' 하는 생각이 머리를 어지럽히더니 눈가가 시큼해졌다. 그러더니 온몸이 떨려오기 시작했다. 천천히. 아주 천천히.

- 나 몰래 무슨 짓기리를 하고 다닌 거야? 하고 먹살을 잡지 못한 건, 그게 제일 후회돼. 그 이후 기분이 나빠 남편을 받아들일 수가 없어. 그런 모임에 데리고 다닐 정도면 이미 갈 데까지 간 것 아냐?

- 당당하게 데리고 나온 걸 보면 아무 관계도 아닐 수도 있지 않을까?

- 아냐. 그 순간 연인이었구나! 몸을 섞은 사이라는 느낌이 왔어.

- 만약, 안 잤다면?

내가 물었다.

- 정신적으로만 사랑하는 사이라면 어떨 것 같아?

나도 모르게 소리를 높였다. 정희 이야기를 들으니 문득 우현과 유리가 생각났던 것이다. 정희가 영문을 모르겠다는 눈길로 나를 바라본다. 내 흥분한 목소리가 그녀를 당혹스럽게 한 모양이다.

- 필순아, 너 갑자기 왜 그래. 무슨 일 있어?

- 아니 그냥. 내 막내 동생 유리 알지? 남편이 걔를 좋아하는 것 같아.

- 그거야 나쁠 게 없지. 처제에게 잘해주는 게 문제될 게 있니? 오히려 고마운 일이지. 설사 사랑이라 해도 동생이 결혼하면 끝날 것 아냐?

정희는 별것을 다 고민한다는 투로 말했다. 내가 우스꽝스러워 보이는 모양이다.

- 사랑은 본능적으로 끌려야 해. 정신적인 것보다 몸이 먼저야.

그러고는 등을 구부리고 와인을 마시고는 나를 한참동안 쳐다본다.

- 너도 알고 있겠지만, 3이라는 숫자는 두 개의 입을 가지고 있다. 하나는 물어뜯는 입이고 다른 하나는 키스하는 입이다. 죽이기와 사랑하기.

정희가 불쑥 말했다.

바로 맞혔다.

카페 안은 한적하다. 카운터 여직원 머리 뒤쪽 벽에 매달린 텔레비전에서 프리미어리그 축구경기가 시작되고 있다. 심판이 호루라기를 불며 깃발을 쳐들자 양쪽 선수들이 뛰기 시작한다. 첼시와 맨체스터 같다. 하지만 우리는 그곳에는 눈을 주지 않았다. 아니, 줄 수 없었다. 우리의 문제에 매달려야 했다.

"육체의 향연에 빠지면 그건 마약이나 마찬가지야. 내 남편이 문제야. 난 그런 줄도 모르고." 정희 입에서 긴 한숨이 흘러나온다. 정희와 나는 각자 사랑을 빼앗긴 이유나 질은 다르다. 정희는 K에게, 나는 유리에게. 사랑을 빼앗긴 고통이 어떤 것인지는 본인이 아니면 누구도 모를 것이다. 우리는 저마다 '자신의 고통이 더 크고 아프다'고 말한다. 정희 처지에서 나를 생각해 봤다. '나보다 마음이 아플까?' 하지만 고통의 무게를 달아볼 저울은 존재하지 않는다. 와인이 떨어질 무렵 웨이터가 왔다.

우리는 와인 한 병을 추가시켰다.

정희는 남편이나 K를 미워할 수 있지만, 나는 유리가 남이 아니라 동생이라서 미워할 수가 없다. 남이라면 문제가 간단할 것 같은 데, 우현과 유리는 어디까지 간 사이일까? 지금도 나는 모른다. 모른다는 것이 의혹이 없다는 의미는 아니다. 의혹이 있으니까 외면하고 싶은 건지도 모른다. 어쩌면 의혹은 사랑의 뒤통수라는 생각이 들었다. 사랑을 느끼지 않으면 의혹도 느낄 수 없을 테니까. 우리는 배반에 대한 억울함이라는 공통점을 가졌다. 우리 손은 아무 일 없는 것처럼 와인잔을 잡고 있다. 나는 정희를 위로했다. 그것은 또한 나를 위로하는 것이기도 했다.

"이렇게 생각하면 어떨까? 지금 이용당하고 있는 사람은 미스 K이라고. 청춘을 낭비하고 있잖아!" "그럼 내 청춘은 어쩌고?" "정희야, 난 이렇게 하기로 했어. 우리를 위해 열심히 뛰게 만들어 놓고, 그들이 도망가지 못하도록 적당히 잡아 두는 거야. 그런 다음에 우린 우리 길을 지키자고." "얘기는 쉽지. 그래도 난 싫어." "나쁜 년들도 언젠가 사내놈들의 이기주의에 절망할 거야. 그런 놈들, 아무도 안 가진다. 그치?" 정희는 내 말을 받아들이는 눈치가 아니다. 맥이 빠진 모습으로 입을 다물고 앉아 있다. 정희가 물끄러미 쳐다보며 냉소를 지었다. 그 후 대화는 제대로 이루어지지 않았다. 대신에 우리는 말없이 와인잔을 돌리며 생각했다. 우리가 얼마나 열심히 살아왔는가에 대해. 별과 우주에 대해. 사랑에 대해. 열정에 대해. 앞으로 우리의 미래가 어떻게 펼쳐지게 될 것인가에 대해……. 모두가 부질없는 짓이란 걸 알지만 우리는 그렇게 해야만 했다.

나는 남편과 유리를 떠올렸다. 다른 사람 눈에 두 사람은 어떤 관계로 비쳐질까? 직원, 여비서, 처제, 연인……. 그가 다른 여자와 연애를 한다면 용서가 될까? 내가 모르게 한다면 용서라는 말도 필요 없고 남편과 유리, 두 사람에게 신경 쓸 일도 없을 텐데. 우현은 어떤 사람일까? 다정하고 정의로운 사람일까. 냉정하고 무감각한 사람일까. 어느 날, 나는 그가 나를 배신했다는 것을 알았다. 그게 언제였더라? 와인을 석 잔 마신 후에야 나는 우현에게 처음으로 당했던 배신에 대한 기억을 떠올릴 수 있었다. 시어머니는 아들 우현을 극진히 사랑했는데 아들이 너무 계집을 가까이 한다고 늘 불만이었다. 다른 날보다 일찍 들어온 우현이 피곤하다며 저녁을 먹고 방에 누워 있으면 방문이 스르르 소리도 없이 열린다. 시어머니는 방 안을 둘러보고는 신혼부부가 잠시라도 함께 있으면 불안한지 며느리를 밖으로 불러냈다. 그리고는 앞에 서 있는 며느리에게, 다음과 같이 훈시했다.

"넌, 어찌 그리 눈치가 없냐? 하루 종일 힘들었을 남편을 편히 쉬게 해 줘야지! 남자가 그렇더라도 여자가 잘 다독이며 피해야지……. 여자가 남자를 못살게 굴면 밖에 나가서 큰일을 할 수 없다. 힘들게 하지 말아! 하나밖에 없는 내 아들 건강을 위한 일이기도 하지만." 시어머니는 차마 남자를 밝힌다고 말할 수 없었던지 에둘러 말했다. 그러면서 불만이 가득한 표정이었다.

"이게 다 너를 위한 일이야. 알겠냐?" 마지막에 알겠냐, 라는 말을 어찌나 크게 발음했던지 시어머니 사랑을 알아보지 못한 며느리를 심문하는 게 아닐까 하는 기분이 들 정도였다. "예, 알았어요. 어머님." 나는 고개를 들지 못한 채 나지막이 대답했다. 그래도 밝은 대낮이 아니고 밤이라 주위가 어두운 게 다행이었다. 시어머니는 갓 시집온 며느리에게, 네 남편이 아니라 내 아들이야. 알았어? 라고 말하고 싶었을 것이다. 시어머니의 걱정, 불안이 너무 창피해서 얼굴이 붉어졌고, 화가 났다. 그것도 성적인 문제임에는. 그날 밤부터 나는 보란 듯 남편을 멀리했다. 그리고 삼 주일쯤 지났을까?

남편이 사라져 버렸다.

며칠째 집에 들어오지 않았다. 감정이 복잡했다. 시어머니의 한숨과 뒤척이는 소리가 새벽까지 들려왔고 나는 어둠 속에서 앉은 채 남편을 기다렸다. 남편이 집으로 돌아온 것은 사흘이 지나서 저녁 무렵이었다. 파김치가 되어 있었다. "미안해! 앞으로 그러지 않을게. 집에 오려고 해도 친구 녀석들 때문에 어쩔 수 없었어. 세상에 당신만 한 여자가 없더라구!" 그는 아무 일 없다는 얼굴로 간단하게 얘기했다. 친구 결혼식을 앞두고 총각파티에 참석해서 놀았고, 내가 모르는 은밀한 장소로 이동해서 그곳 여자들과 지냈다는 것이다. 나는 충격을 받았다. 그가 무슨 짓을 했는지 확인하자 돌이킬 수 없는 상처를 받은 듯한 느낌이 들었다. 나는 정말이지, 너무 화가 났다. 아무리 미련한 남편이라지만 자기 어머니가 별다른 이유도 없이 단 둘이 있는 신혼 방에서 함께 자고, 하루 종일 며느리를 들들 볶는다는 걸 어떻게 모른단 말인가? 꼭 얘기하지 않더라도 그가 알 것이라고 믿었다. 어머니 성격을 모를 리 없었기 때문이다. 그 후 나는 아무도 믿기 싫었다.

"도대체 당신은 누구 편이냐?" 마구 악을 쓰며 남편에게 소리라도 질렀어야 했는데 그럴 수 없는 자신이 한심스러웠다. 그러는 것도 힘이 있고 비빌 언덕이라도 있을 때나 가능하고, 결혼생활을 끝낼 각오가 있어야 할 수 있는 일. 남편이 소리치며 "누구 편이라니? 당신, 어머니와 나를 떼어놓으려는 거야? 왜 우리 어머니를 미워하느냐?" 대들게 뻔했다. 가장 믿었던 남편에게 처음으로 당한 배신이었다. 그러나 새댁은 남편의 외박을 곧 잊을 수 있었다. 누구인지 알 수 없는 익명의 '어떤 여성' 일 뿐이기에.

하지만 우현에게 유리는 '익명의 어떤 여성' 이 아니다. 한번 만났다

가 스쳐가는 사이가 아니라 그들은 지금도 회사에서 얼굴을 서로 마주
보고 있을 것이다.

여행

떠나고 싶다

"애. 편견일 지도 몰라! 가끔은 남편과 둘이서 호젓한 시간을 가져 봐. 네 남편 정도면 수준급이다. 처갓집 식구를 거두는 것은 아무나 못해. 네 동생 유리만 해도 그래, 그게 다 네게 대한 사랑 때문이야." 지난번 정희를 만나 불편한 심기를 말했을 때 함께 여행을 떠나보라고 일러주었다.

'정말 그럴까? 내가 남편에게 편견을 가진 것일까.' 그냥 앉아서 불평만 하지 말고 둘만의 시간을 가져보라는 그 말에 나는 힘을 얻었다. 유리 때문에 소원해진 부부애를 회복하고픈 마음도 있었다. 잃어버렸던 감성을 되돌리고 격한 감정을 순화시키는데 도움이 될 것 같았다.

다음날 내가 여행이라도 다녀오자고 말했을 때 우현은 크게 기뻐하지
도, 그렇다고 반대하지도 않았다. 의외라는 듯 한번 쳐다보았을 뿐, 늘
그렇듯 시큰둥한 반응을 보였다.

　－ 그러든지, 당신 맘대로 해.

　며칠 뒤 나는 여행사에서 추천한 한려수도로 행선지를 잡았다. 통영
한산도에서 여수 앞바다까지 3백리 바닷길을 보는 상품이었다. 그동안
남편에게 트집만 잡았고 쓸데없는 소모전을 치르고 있었다. 서로가 싸
우느라 둘만의 즐거운 시간도, 변변한 추억도, 같이 여행을 해 본 기억
도 없다. 외롭기는 그도 마찬가지였을 것이다. 언제까지 유리 타령으로
귀중한 세월을 흘러 보낼 수는 없지 않은가. 예상치도 못한 블랙홀, '유
리'라는 늪에 빠져 허우적대며 남편의 희로애락에 일희일비하면서 자신
의 삶을 낭비했지만 이제는 남편에 대한 불신의 벽을 허물고 원망으로
잠겼던 빗장을 풀어야 한다. 여행을 통해 진솔하게 정담을 나누는 시간
을 가짐으로써 집안 분위기를 새롭게 만들어 가리라고 마음먹었다.

　여행을 떠난 것은 10월 둘째 주였다.

　우리는 관광버스 중간쯤에 자리를 잡았다. 유리창 너머 밖으로는 푸
른 바다가 하늘이 끝없이 펼쳐져 있었다. 창 밖에 스쳐가는 풍경을 바
라보면서 내 마음은 유익한 여행이 되겠구나 하는 설렘으로 가득 찼
다. 리아스식 해안인 남해 바다는 아기자기하다. 쪽빛 바다에 부로콜
리를 심은 것처럼 떠 있는 크고 작은 섬들. 해안을 따라가면서 몇 개의
작은 마을이 지나갔고 멀리 집들이 오밀조밀 모여 있는 포구가 보였

다. '역시 떠나오길 잘했어……. 난 남편을 사랑한다. 그이 옆에 있는 것으로 행복하다' 고 생각하는 것만으로도 입가에 미소가 번진다. 그를 생각하는 것만으로도 입가에 미소가 번진다. 그는 '뭘 그렇게 웃고 있어. 바보처럼' 하는 표정으로 흘끗 돌아보더니 신문을 쳐든다.

차창 너머 밖으로는 눈이 시릴 정도로 맑은 하늘이 머리 위로 쏟아져 내릴 듯 펼쳐져 있다. 하지만 시간이 지나면서 아무에게도 방해 받지 않고 둘만의 즐거운 시간을 보내려는 내 기대는 바람 빠진 풍선처럼 쭈그러들고 있었다. 우리는 서로 한마디도 입을 열지 않았다. 웃지도 않았고 즐거운 감정도 없이 묵묵했다. 그는 갖고 간 신문을 보고 또 보고 있다. 들리는 것은 신문지 접어 제치는 소리뿐. 그는 마지못해 억지로 따라온 꼭두각시 같았다.

서울을 떠난 관광버스는 남해시를 거쳐 동양의 나폴리라는 통영에 도착했고, 식당에 들렀을 땐 오후 늦은 저녁시간이었다.

일행과 함께 들어간 식당에서 남편과 나는 바다가 보이는 자리에 앉아 생선회를 주문했다. 기다리는 동안 나는 중학교 일학년 지리시간으로 돌아가 있었다. 세계 삼대 미항은? 하고 앞에서 물으면, 이태리 나폴리, 브라질 리오데자네이로 그리고 호주 시드니라고 아이들이 소리쳤다. 그 후 나는 우연한 기회에 친구들과 이태리 나폴리에 가게 되었다. 가이드가 미리 나폴리에 대해 설명했고, 우리 일행은 기대와 설레는 마음을 품고 바다가 내려다보이는 언덕에 올랐다. 하지만 감격하려던 내 마음은 바다를 바라보는 순간 사라져버렸다. '저 평범한 바다가 삼대 미항이라니. 애개개, 겨우 저걸.' 웃음만 나왔다. 지리시간에 달달 외우던 것이 거짓말인 것 같았다. 이곳 통영바다가 들어가야 했다. 지금 내가 앉아 있는 이곳은 동양의 나폴리가 아니라 세계 어디에 내다 놓아도 월등하다는 생각이다. 한산도는 충무공의 전투로 유명하지만 푸른 바다를 보니 이곳에서 전투를 했을 것 같지 않다. 아름다운 바다가 사람을 죽이는 전투를 밀어냈을 터였다. 그래서 우리가 승리를 했나? 할 정도였다.

주말이라 그런지 식당은 관광객들로 초만원이었다. 우리는 저녁을 먹었고, 탑승 일행들은 술이 들어가자 갑자기 활기가 넘치기 시작했다. 우현이 카운터에서 계산을 하는 동안 나는 커피를 뽑아 들고 밖으로 나와 바다를 보고 있었다. 뒤따라 나온 관광버스 일행 중 한 남자가 내 옆에 멈춰 섰는데 오십대 초반쯤 되어 보였다. 곧 이어서 두 남자가 뒤따라 나왔다. 먼저 나온 남자가 일행에게 말하는 소리가 옆에서 들려왔다.

"어! 우리 모듬회 몇 접시 먹었지? 여섯인가? 그런데 계산은 다섯으로 했나 봐. 어떡하지?" "뭘 어떻게 해 그대로 둬! 돌아가서 계산한다면 마음은 편할지 모르겠지만, 꼭 그렇게 할 필요가 있어? 계산대 아가씨가 아르바이트 학생 같던데 손님이 많아서 헷갈렸을 거야. 괜히 정직한 척 계산이 틀렸다고 하면 주인이야 좋겠지만, 그 학생은 주인에게 싫은 소리를 들을 지도 몰라. 어쩌면 잘릴지도 모르고. 우리 일행이 그만큼 팔아주었으니 덤이라 생각하자고."
그러자 다른 한 명이 옆에서 거들었다. "살면서 그럴 때도 있어야 재밌지. 나는 음식점에서 깜빡하고 거스름돈을 받지 않을 때도 있었고, 택시를 타고 내리면서 오만 원짜리를 오천 원으로 알고 낸 적도 두어 번 있었어. 자네가 그런다고 식당이 어떻게 되는 것도 아니야. 그 여학생을 위해서라면 그냥 가주는 게 옳아. 대신 오늘 저녁 자네가 한턱 쏴."

얼마 후 일행은 바닷가에 있는 다른 식당으로 이 차를 갔고, 안주 한 접시를 거저 얻어 기분이 좋다던 남자가 우현도 함께 가자고 해서 따라가게 되었다. 이 차는 그 남자가 계산을 했는데 처음보다 서너 배의 계산이 나왔다고 했다. 그 말을 들은 우현이 말했다. "세상은 정말로 공평해! 공짜로 얻은 날 바가지를 쓰기도 하니." 그런 자리에서 왜 우현의 입에서 공평이란 단어가 나왔는지 몰라서 나는 웃음이 나왔지만 굳이 공평이란 단어가 적절치 않다고 고집할 생각은 없었다. 공평함이란 불공평함이라는 말보다는 정의로움에 더 가까운 말이고, 공정하게 판단한다는 뜻이므로 그가 공평함에 대해서 관심을 가진다면 나로서는 나쁠 게 없을 터였다.

우아함과 천박함

다음날. 행선지는 여수였다. 처음 계획을 세우면서 기대했던 건 남편과 경직된 관계를 회복해 보려는 시도였다. 하지만 그건 나 혼자만의 생각이었다. 마음에도 없이 억지로 따라나선 남편이 멀게만 느껴진다. 마음이 딴 곳으로 가버린 채 몸만 따라온 남편은 같이 있는 것 자체가 스트레스였다. 괜히 공연한 짓을 해서 생고생을 하고 있는 것이다. 그는 여행하는 도중 계속 우울한 표정을 짓고 있었다. 일방적인 내 행동이, 생각이, 다 부질없는 짓거리였고, 나 혼자 몸부림친 해프닝에 지나지 않았다. 내가 오해한 것이다. 진심은 헛되지 않을 것, 모든 사랑은 진실하다는 것, 그에게 내가 필요할 거란 것, 여행을 오면 예전으로 돌아올 거란 것, 그 모든 걸 오해한 것이다.

우리는 끝없는 침묵 속에 침잠해 있었다. 숨막힐 듯한 정적. 옆에 있으면 숨을 쉬기도 힘들었다. 타인의 시선에 노출된 침묵을 관리하는 것이 쉬운 일은 아니다. 나는 어떻게 해야 그의 기분이 풀어질 지 알 수 없다. 남편의 무표정, 그 옆에서 안절부절못하며 침묵하고 있는 나. 우리는 부부싸움을 했다고 얼굴에 쓰여 있다. 저 부부는 왜 저러지? 여행까지 와놓고. 사람들이 알아차릴 것 같아 창피하다. 나는 자꾸만 화가 치민다. '그 얼굴 좀 펴. 연기라도 하면 어때서?' 생각 같아선 '어퍼컷'으로 턱을 한 방 올려치고 싶다.

그는 기분이 나쁘면 외박하는 버릇이 있다. 그럴 때면 나는 그와 사이가 좋지 않은 것을 남들이 알까 봐 전전긍긍한다. 나에게 자존심이란 우현의 사랑이었고 가난보다도 그의 사랑을 못 받는다면 그것이 더 치명적이라 생각했다. 그는, 남의 시선이 뭐 그리 중요하냐고 비웃었지만 연극을 해서라도 남들 앞에 다정한 모습을 보이는 것이 내가 원하는 일이다.

해변에서 각기 자유시간이 주어진다는 안내 방송이 흘러나왔다. 관광버스가 주차장에 도착하자 일행이 우르르 내렸다. 바다가 앞에 있어서인지 을씨년스러운 바람이 불고 있었다. 나는 관광버스에서 내려 일행과 함께 주위를 두리번거렸다. 횟집들이 바다가 한눈에 보이는 선착장 옆으로 즐비하게 늘어서 있는 게 보였다. 밤에 앞 바다를 누비며 잡아온 싱싱한 활어들이 퍼덕퍼덕 살아 움직인다. 방파제 쪽에는 해녀들이 줄지어 앉아서 그날 아침에 잡았다는 해물들을 팔고 있다. 붉은 플라스틱 양동이에 있는 멍게, 해삼, 살아 꿈틀거리는 낙지 등등. 횟집 수조 안에는 '하모'가 그득했다. 갯장어인데, 억세고 큰 송곳니가 있어 물리면 꽤나 아플 것 같았다. 다들 떼를 지어 해산물 구경을 하고 먹을 횟감을 고르기 시작했다.

옆쪽에서 다른 차 일행들의 웃음소리가 요란하다. 여기저기서 빨리 해달라는 아우성 소리에 아주머니들의 손놀림도 바빠졌다. 신혼부부인 듯한 젊은 커플이 수족관을 기웃거리는 게 보였다. 남자는 수족관에 갯장어를 가리키며 무어라고 말하고 여자는 연신 웃음을 터뜨린다. 나 혼자 수족관을 기웃거렸다. 우현은 술도 해산물도 좋아하지 않는다. 그는 나를 의식하고 마지못해 멍게와 해삼을 시키고 자리에 앉았다. 남편은 젓가락을 들 생각도 하지 않고 먼 바다만 바라보고 있다.

– 역시 회는 바다낚시로 잡은 게 최고야.
옆자리에 일행인 듯한 낚시꾼 세 사람이 왁자지껄했다.
– 한 달에 한 번씩 이런 맛에 살아가지.
회를 씹던 안경 낀 남자가 거들었다.

대전에서 하루 전에 왔다고 했던가. 멍게 한 젓가락을 집어 남편에게 먹여주는 걸 보던 코끼리처럼 생긴 남자가 옆에서 끼어들었다. 두 분이 참 다정하게 보이네요. 나도 와이프랑 다니고 싶은데 와이프가 낚시를 싫어해서요. 하루하루 사는 게 전쟁터 같아요. 그러면서, 저 친

구는 새벽에 와이프 몰래 도망쳐 나왔어요, 하며 안경 긴 남자를 가리
켰다. 부인들로부터 탈출에 성공한 아빠들! 그들 눈에 우리가 행복하
게 보였을까. 코끼리 말에 나는 속으로 쓴웃음을 지었다. 하지만 다행
이다. 나는 같은 좌판에 앉은 일행에게 쾌활한 척 말을 걸었다. 바다가
참 아름답죠. 많이 드세요. 어색한 분위기를 만들지 않으려면 자신이
라도 그렇게 해야 할 것 같아서였다. 개펄 냄새와 바다 냄새, 사람 냄새
나는 곳, 관광객들의 소란스러움이 어우러진 좌판 풍경이다. 파도가
밀려와서 해안에 하얗게 부서지고 있다.

술은 안 드세요? 한잔 받으시지요.

소리 나는 곳을 쳐다보니 옆자리 남자, 코끼리가 소주병을 집어 들고
우현에게 빈 술잔을 건네고 있다. 해삼을 씹던 그는 황급히 손을 저으며
고개를 저었다. 빈 술잔을 들고 두리번거리던 코끼리가 술잔을 들어 보
이며 나를 쳐다보았다. 나는 머리를 숙였다. 거절의 표시였다. 권한다고
술을 넙죽 받아 마시는 것이 이상할 것 같았다. 내가 해삼을 집느라 집
중하고 있을 때, 옆 좌석 일행이 차 출발시간이 다 되었다며 일어섰다.
　－ 날 생선을 먹을 때는 소주 한 잔쯤은 괜찮아요. 이거 조금 남았는
데 드세요.
　돌아보니 좀 전 코끼리였다. 옆에 있던 코끼리 일행이 떠나자 나는
머뭇거리며 주위를 둘러봤다. 바닷가 돌 벤치 같은 데서 바다를 바라
보는 사람들 몇이 보였다. 젊은 커플이 팔짱을 끼고 바다를 배경으로
사진을 찍고 있었다. 우현는 아까부터 젊은 커플에 시선이 가 있었다.
그는 무엇을 생각하는 걸까. 서울에 있는 유리를 생각하는 걸까.

　나는 코끼리가 좌판에 두고 간, 반쯤 남은 소주병을 집어 들었다. 물잔에 남아 있던 물을 쏟아내고 소주를 가득 채웠다. 한 모금 입에 물었다. 혀를 타고 목에서 뱃속까지 짜릿하다. 입맛이 없어 아침밥을 대충 건너뛰고 커피 한잔을 마신 것이 전부였다. 빈 소주잔을 내려놓고 안주로 해삼을 집으려는데 내 귀를 때리는 말에 멈칫했다.

　－ 도대체 지금 뭐하는 거야!
　－ 한 병 주문을 하든지……. 치사해서 원.
　－ 당신이 거지야? 남이 먹다버린 걸 먹게…….

　잘못 들은 걸까. 우현 눈, 경멸이 담긴 시선과 마주쳤다. 눈꼬리가 심상치 않아 보였다. 씩씩거리다가 젓가락을 팽개치고 입 전체가 비틀렸다. 수치심으로 불덩이가 가슴속에서 끓어오른다. 얼굴이 화끈거린다. 젓가락 든 손을 내릴 수도 올릴 수도 없다. 잠을 설친 탓인지 현기증이 인다. 빈혈인가? 눈앞이 캄캄하다. 몸이 가라앉고 있다. 그냥 못 본 척해도 될 일이 아닌가. 나는 울고 싶은 걸 참았다.

　'뭐하다니? 보고도 몰라?' '남편도 안 마시는 술을 내가 먹겠다고 어떻게 시켜? 나 혼자 한 병 다 마실 수도 없는데.' '술 마시는 걸 보면 또 저질이라고 비아냥거릴 것이 뻔한데. 그런 말을 듣고 싶진 않아!' 나는 눈을 감은 채, 미간을 모은 남편이 번쩍이는 눈매로 노려볼 것 같아서 그대로 앉아 있었다. 품위를 우선하는 우현이 아닌가. 아무리 그냥 먹으라고 했다지만 그 앞에서 남이 먹다가 남겨둔 소주를 마신 여자. 그가 질색할 줄 알면서 무심코 저지른 행동이었다.

우현은 그런 아내가 부끄러웠을까? 그는 깔끔하고 자신을 지킬 줄 아는 여자를 원했다. 가난, 절약에 찌든 것 같은, 무방비로 퍼져버린 아주머니 모습. 그런 여자들을 경멸해 왔다. 하지만 나는 품위와는 별개의 세상을 살아왔다. 난, 그게 부끄럽지 않았다. 그가 주는 적은 월급을 절약해서 살림살이를 지탱해 왔고 실용적인 삶을 최고의 미덕으로 알고 지금껏 열심히 살아왔다. 그의 노력에 대한 부가가치를 극대화시켰다는 자부심도 내겐 있었다. 우현은 나를 외면한 채 바다만 바라보고 서 있다. 옆에서 본 사람이 없었기 다행이지 누군가 보았더라면, 그의 꼿꼿한 눈초리를 보고 놀라 도망갔을지도 모른다.

'좀 너그럽게 생각하면 어때서!' 곧 반발심이 솟는다. 이런데 와서까지 그렇게 심통을 부리냐? 그런 인간이 어떻게 내 앞에서 유리와 그토록 다정하냐? 유리가 지금 나와 같은 행동을 했다면 뭐라 했을까? 유리가 했다면 '역시 처제는 특별해! 요즘 그렇게 알뜰한 사람이 어딨어. 처제를 데리고 가는 사람은 참 좋겠어' 라고 말했을 것이다. 언젠가 유리가 야유회를 갔다가 남은 음식을 갖고 왔을 때, 우현은 맛있게 먹으면서 얼마나 좋아했던가. "처제는 결혼해도 잘 살겠어. 알뜰하고 착하고." 그렇게 말하며 웃던 사람이다.

나는 울컥했다.

그것은 공평의 문제였다. 아내가 한 행동은 교양이 없는 저질이고 유리가 하면 알뜰하다는 공식은 아무리 생각해도 불공평하다. 어젯밤 통영 앞 바다를 바라보며 우현이 뭐라 했던가. '세상은 공평하다' 고 했지. '공평하다는 것? 이게 당신이 말한 공평이야?' 파도 소리에 잠시 바다를 둘러본다. 바다는 조용했다. 무표정한 남편, 우현의 머릿속을 점검해 본다. 상상이 간다. 내 와이프가 우아하진 않더라도, 왜 품위가 없을까 하는 생각으로 가득 차 있을 것이다. 우현이 횟값을 치르고 주차장으로 올라가고 있다. 가방을 주워 들고 자리에서 일어서는데 전신에 맥이 쭉 빠지면서 주저앉을 것만 같다.

다음 행선지로 가기 위해 우리는 버스에 올랐다. 버스는 곧 출발했다. 유리창 속에 비치는 나를 바라보고 있는데, 그 너머에서 스산한 바람이 계속해서 창을 두드리고 있다. 우현은 버스에 오르자마자 잠이 들었다. 귀찮다는 듯 잠들어 있는 얼굴에서 피로감이 보였다. 그런 우현을 바라보며 나는 허탈했다. 이번 여행은 아무 소득도 없이 상처만 더 키운 셈이다. 하지만 후회 같은 건 하지 않으리라. 최선의 방법을 시도해 보는 내 완벽주의가 한몫했다. 그래, 그때도 지금도 노력하고 앞으로도 노력하리라. 어디선가 끼룩, 하고 갈매기 우는 소리가 들려오는 것 같다.

기도

날선 생선뼈

그즈음 어머니는 아침에 유리가 회사로 출근하고 나면 설거지와 청소를 한 후 낮에는 맏딸인 우리 집으로 출근했다. 어머니가 있으면 서로 대화가 통해서 나도 마음이 편하다. 교회에 열심인 어머니는 성경 이야기를 자주 하면서 교만하지 말라고 했다.

난 우리 새끼들이 너무 가난해서 하느님 원망하는 일 없이 사는 게 소망이란다. 하느님은 교만을 젤 미워하신단다. 자랑을 하면 옆에서 듣고 있던 마귀가 시샘해서 '너 그래?' 고통을 주어 시험하면 어떻게 해. 우선은 마귀의 힘이 커서 사람들은 절망하게 되지만, 지나놓고 보니 신은 마지막에 나타나는 것 같더라. 난 내 자식들이 신의 눈 밖에 날까 봐 겁나.

　갈급함 때문에 찾았던 성서 공부였다. 신의 눈 밖에 날까 봐 그랬던 것보다는 남편과의 관계를 화목하게 되돌리기 위해서일 것이다. 나는 무엇에라도 매달려야 했다. 나름대로 삶의 의미도 넓게 생각해 보고, 유리의 입장도 생각해 오던 터였다. 그 무한한 진리에 공감하고, 위로가 되었다. 성당 일도 다시 열심히 시작했다. 기도회를 전전하며 하느님께 자신의 비열함, 질투의 더러운 감정을 없애달라고 빌고 또 빌었다. 피를 흘리는 기분이었다. 내 잘못을 인정했고, 우현 입장에서 그를 배려하자고 생각했고, 마음을 고쳐먹었다. 만약 신께서 이토록 고통스러워하는 나의 번민을 보고 계신다면, 사랑스런 말을, 지금의 이 광분을 녹여주실 만한 말을 해 주시길 원했다. 그걸 바라는 건 절대로 주제넘지 않다고 생각되었다. 지금껏 봉사해 온 인생인데 그만한 것을 요구할 자격은 충분히 된다고 믿었다. 나는 밤샘 기도에 매달렸다. 참을 수 없는 눈물이 내 눈에서 흘러나왔다.

　사랑이신 주님! 부당한 대우를 받거나 억울한 일을 당할 때마다 그리고 불리하다고 생각될 때마다, 자신의 정당성을 큰 소리로 외치고 싶은 유혹에 번번이 굴복하고 마는 것이 저 자신임을 잘 알고 있습니다. 화가 치밀 때는 감정을 그대로 폭발시켜야만 건강하게 오래 살 수 있다고 합니다. 인류 구원을 위해 커다란 십자가를 지신 주님께서 나를 따르라 하시며 묵묵히 앞장서 가시는데, 저는 작은 십자가마저 무겁다고 불평하고 살아왔습니다. 주님, 십자가를 지고 앞장서 가신 주님, 십자가를 거부하고 싶은 유혹에 넘어가지 않도록 도와주십시오. 그리하여 내일매일의 십자가를 불평 없이 수용할 수 있도록 성숙시켜 주십시오.

그러자 주님의 응답이 들려오는 듯했다.

순간 순간 네게 일어나는 모든 일들 위에
내 표지가 찍혀 있음을 굳게 믿고 신뢰하면서
네게 다가오는 매 순간을 그대로 받아들여라.
그러니 먼데서 찾지 말라.
나는 바로 네 옆에 있다.
너의 가정, 네가 만나는 사람들, 부엌이
네가 사랑을 바치는 제대이다.
그리고 내가 거기 너와 함께 있다.
이제 가라.
그리고 네 삶으로 너의 길을 완성하여라.

나는 새로운 세계에 포함된 듯한 느낌을 받았고, 모든 바람이 이루어질 것 같이 가슴이 부풀어올랐다. 전능하신 주님께 매달릴 수 있다는 건 얼마나 다행인가. 나의 기도는 한순간에 보상받을 수 있을 것만 같았다. 그러나 신은 좀처럼 오지 않았다. 예수의 무한한 사랑을 배반한 유다야말로 사랑하려 몸부림치면서 어쩔 수 없는 인간의 나약함으로 인해 상대방에게 상처를 입히고야 마는 자신의 약함에 대한 유다의 절망이었을 것이다. 인간이 인간을 향해 던지는 조롱! 인간은 조롱을 받을 때 두 가지 반응을 보인다. 피가 솟구치는 분노와 견딜 수 없는 굴욕

감이 그것이다. 그런데 예수의 반응은 어느 쪽도 아니었다. 오히려 나에 대한 예수의 한없는 연민과 자신의 약함에 대한 유다의 절망이었다. 기도는 기도에 그칠 뿐, 마음을 착하게 다스리려고 하면 할수록 의심과 분노만 쌓여 갔다. 세상은 마치 나하고는 아무 상관도 없는 것처럼, 잘만 굴러갔다. 아무것도 달라지지 않았다. 있지도 않은 신에게 매달렸을 뿐이다. 그것은 자신의 욕망을 어쩌지 못해 몸부림친 것에 불과했다.

신, 옳고 정당한 심판자로서 언젠가 선이 이긴다고 인간을 세뇌 시킨 그 이름에 저주를 내리고 싶다. 나쁜 놈의 신.

신은 개인의 사정 따윈 관심 없으니 스스로 찾아 나서야 한다는 생각이었다. '네가 원하는 삶은 어디 있는가? 언제나 착한 사람도 없고, 언제나 나쁜 사람도 없다. 처한 상황, 서 있는 곳이 사람을 선하게도 악하게도 한다. 사형선고를 받은 예수께 가시관을 씌우고 예수를 때리고 침뱉고 조롱한 로마병사들이 특별히 악한 사람은 아니었을 것이다. 그것은 몰이해에서 연유될 수 있다. 아무리 착한 사람이라도, 내게 악하게 대한다면 그는 나쁜 사람이다. 세상 사람에게 정신적인 안정과 행복을 가져다준다고 해도, 나에게가 아니면, 신은 아무 소용이 없는 껍데기에 불과하다.' 하지만 신은 없다고, 내 편이 아니라고, 아무리 부르짖어도 내 마음속에서는 신의 소리가 들려오고 있었다.

"나는 결코 너를 버리지 않으리라. 나는 항상 네 옆에 있다." 아직 희망을 놓지 말라고, 더 성숙해지라고 다그치는 소리였다.

어느 날 주일미사를 마치고 휴게실에서 커피를 뽑아 드는데 '성서공부' 포스터가 눈에 띄었다. 그것을 발견했을 때 내가 구원받은 것 같은 기분을 느꼈다. 일주일에 세 번씩 성서공부를 하러 다니기 시작했다. 마포 절두산성당에서 해방신학, 명동성당에서 베소라 성경 및 성서 40주간 등. 인생을 반추하며 겸손을 배우려고 애썼고, 삶을 어떻게 견뎌낼까 고민도 했다. 공부하는 즐거움도 있었다. 성경공부에서 얻은 지혜를 실생활에 적용하리라고 결심했다. 나는 아침마다 남편의 구두를 닦아 가지런히 놓았고 아침인사를 다시 시작했다. 조급하게 굴지 말자고, 댓가를 바라지도 말자고 자신에게 다짐했다. 그러나 남편의 태도는 냉담했다. '잘 다녀오세요'라는 내 목소리는 현관문의 금속성 울림에 잘려져 나갔다. 내 노력에도 불구하고 그의 마음을 잡기엔 긴 시간이 필요할 것 같았다.

성령 세미나 네 번째 시간, 그날 주제는 봉사와 회유였다. 강사의 간증 내용은 남편을 회유시킨 이야기였는데 듣고 있노라면 희망이 생긴다. '그래, 좀 더 잘해 보자!' 우현은 술을 마시지 않으니 주정도 안 한다. 애인을 두고 딴 살림을 차리지도 않았다. 부족하지만 생활비도 준다. 나만 마음을 풀면 간단한 것 같다. 간증 강사 남편에 비하면 우현은 착하다. 친정 식구들이 있다고 불평도 하지 않는다. 이번에도 나는 '나 자신'을 죽이리라 결심한다. 예수께서 지고 골고다 언덕을 오르신 저 고통스러운 십자가의 무게를 가늠해보면서 그분께 내 어깨를 짓누르는 고통을 이겨나갈 수 있는 힘을 주십사고 기도했다.

사랑하는 주님! 나는 손해 볼까, 누가 나를 업신여길까봐 늘 경계

하고, 경계하며, 단 한번도, 나를 먹거리로 내어 놓을 수 있는 마음
의 여유를 갖지 못하였습니다. 가진 것 얼마를 내어 놓으라면 할 수
는 있겠습니다. 약간의 봉사 활동도 할 수 있겠습니다. 그런데, 나
를 음식으로, 먹거리로 내어 놓아 씹히고 먹히는 것을, 쪼개어지고
부서지고 먹히는 것은 정말 자신이 없습니다. 그러나, 주님, 도와
주십시오. 떼어지고 나누어지는 당신처럼 타인에게 나를 먹거리로
내어 놓게 하여 주십시오.

주님의 응답이 들려오는 듯 했다.

    지금 네가 걷고자 하는 길은

    너 홀로 걷는 것이 아니다.

    내가 너와 함께 걷는다.

    그러나 이 차이를 기억하라.

    내가 내 생애를

    내 죽음으로 장식하기 전까지

    내 생애는 미완성이었다는 것을.

    너의 '길' 은

    네 삶으로 장식할 때

    비로소 완성되리라.

남편이 일찍 들어올 것 같은 예감이 들어서 저녁 밥상에는 그가 좋
아하는 병어조림을 올리기로 했다. 집에 돌아오는 길에 나는 돈을 아
끼지 않고 물 좋은 병어 한 마리를 샀다. 멸치머리를 떼어내고, 멸치,

무와 양파, 다시마를 넣고 우려낸 물에 파, 마늘, 고춧가루, 간장, 고추장을 조금씩 넣고 밑에 무를 깔고 그 위에 병어를 얹었다. 양념을 살며시 붓고 중불에 졸였다. 생선조림 냄새가 나기 시작하자 뚜껑을 열고 위로 올라오는 국물을 숟가락으로 생선 위에 끼얹으면서 졸였다. 드디어 남편이 돌아왔다. 안방으로 들어선 그가 넥타이를 풀고 양복 상의를 벗고 있다. 재빨리 뒤따라 들어가서 상의를 챙기려 하자 말없이 내 손을 뿌리친다. 옷을 빼앗기지 않으려고 팔에 힘이 들어 있다. 싫다는 표시였다. 하지만 나는 빼앗다시피 받아 옷걸이에 걸었다. 급히 부엌에 들어가 커다란 접시에 푹 무른 무를 살며시 얹고 그 위에 병어가 흐트러지지 않게 담아냈다. 윤기가 흐르는 생선조림, 그의 입맛에 맞기를 바라면서 바라보았다. 그는 생선조림을 젓가락으로 서너 번 끄적이더니 이내 젓가락을 내려놓고 밥상을 물렸다. 밥이 그대로 남아 있고 숟가락은 젓가락 위에 사선으로 얽힌 채 팽개쳐져 있다. 전 같았으면 생선조림을 좋아해서 밥을 남기지 않고 다 먹었을 것이다.

정성들여 만든 밥상을 거절한다는 것, 그것은 음식을 만든 사람을 거부하는 것과 마찬가지 아닌가. 나는 입술을 물고 밥상을 내려다보았다. 어떤 화해의 몸짓도 받아들여지지 않는다는 사실에 맥이 쑥 빠진다. 우현의 거부하는 몸짓에 나는 또 다시 참담해진다.

다음날. 이번에는 우현이 좋아하는 '생태찌개'를 만들었다. 늦게 돌아온 그에게 식사는요? 쳐다보았다. 무표정, 말없이 방으로 들어가 버린다. 긍정도 부정도 읽을 수 없어 밥상을 들고 들어갔다. 신문을 들고 있던 남편은 그제야 먹었어, 하고 밥상을 밀쳐놓는다. 그 모습을 보자

화가 치민다. '내가 미쳤지!' 진저리가 쳐진다. '주둥이가 붙었나?' 욕이 나오려는 것을 겨우 참았다. 먹었다고 말했으면 처음부터 밥상을 차리지 않았을 것이다. 별수 없이 저녁상을 되들고 나온다. 써늘한 부엌 타일바닥에 밥상을 놓고 넋을 놓았다. 잠시 후 찌개 냄비를 쏟아 버리자 허연 생태 토막 속에 내 마음처럼 날선 생선뼈가 보였다.

파리, 텍사스

권력은 누가 정하지 않아도 이미 알아서 이동하고, 떠나고, 머물고, 행세했다. 집안에서 전쟁은 계속되고 있었다.

주말명화가 끝나도 우현은 돌아오지 않고 있다. 나는 거실에서 무릎을 움켜잡고 생각에 잠겨 있다. 옆에서 누가 봤다면, 어슴푸레한 공간에 혼자 웅크린 채 상처를 핥는 짐승 같다고 여겼을 것이다. 나는 헛일인 줄 알면서도 남편 사무실에 전화를 걸어봤는데 그곳에서 종종 고스톱 판이 벌어졌기 때문이다. 그러나 벨소리만 혼자 울어댈 뿐 전화를 받는 사람은 아무도 없다. 어머니에게 전화를 걸어서 저녁 인사 겸 안부를 물었다. "필순이니? 나다." "별일 없으세요?" "응, 별일 없어. 너네는?" "우리도 별일 없어요. 요즘 건강은 어떠세요?" "응, 괜찮아." "유리는 회사에 잘 다녀왔어요?" "아직, 오늘 좀 늦는 모양이야." "예, 알았어요. 편히 주무세요." 통화가 끝난 후에도,

나는 잠시 수화기를 들고 있었다.

유리도 아직 집에 들어오지 않았다. 우현과 유리의 행방을 아는 사람은 아무도 없다. 도대체 그들은 지금 어디로 갔을까? 하루 종일 회사에서 붙어 있는 것도 모자라 밤늦게까지 어울려서 무엇을 하며 돌아다니는 걸까? 그들은 자신들의 행동에 대해 어떤 생각을 하고 있을까? 아무런 죄의식도 없단 말인가? 그런 생각이 들자 갑자기 콧날이 시큰해지고 오한이 든 것처럼 온몸이 떨린다. 내 동생 유리는 언니의 마음을 아프게 할 그럴 애가 아니라고, 나는 중얼거리고 있다. 제 말로, '언니와 형부를 부모처럼 여긴다.'고 하지 않았던가. 세상이 아무리 변해도 그렇게 파렴치하지는 않을 것이다. 하지만 그들은 자신들의 사랑에 대해 어떤 생각을 갖고 있을까. 두 사람만의 소통, 비밀스럽게 주고받는 감정들, 굳이 말하자면 그것도 사랑이다.

두 개의 '나'가 서로 다투기 시작한다. 한편에서는 '유리 입장을 이해하라'고 다그치면서 '사랑해야 한다'고 속삭인다. 그러면 다른 한편에서는 '그럼 너의 불안은? 어떻게 할 건데?' '네가 베푸는 것은 네 것을 빼앗기는 것이니, 사랑하지 말고 질투하라'고 부추기고 있다.

우현이 집에 돌아온 것은, 밤 열두 시가 거의 다 되어서였다. 힘없이 웃옷을 받아 거는 내게 눈치가 보였던지 아니면 굳이 비밀로 할 일이 아니라는 듯 우현은 유리와 함께 영화를 보았다고 했다. 현대인의 집착과 외로움이라는 주제에 유리도 '공감'했다는 말도 했다. 며칠 전 나도 정희와 함께 충무로에서 '파리, 텍사스'를 봤다. 감동적이었다. 영화 매니아들을 위해서 주선한 자리였는데 칸느영화제 대상을 받은 그 영화에 정희가 초청 받아서 나도 따라가게 됐었다. 유리에게 친구들과 한번 가보라고 권했던 것인데 형부와 영화를 보게 될 줄은 몰랐다.

– 당신이 보라고 권했다던데?

– ……

나는 대답 대신 우현 얼굴을 쳐다봤다. 어이가 없다. 듣기에 따라서는 아내가 권해서 어쩔 수 없이 영화를 봤다는 것처럼 들린다.

– 영화 어땠어요?.

마지못해 한마디 던진다.

– 슬픈 영화더군. 당신 영화 감각은 알아줘야 해……

'공감이 갔다는 말이지……'

– 유리가 슬프다고 울었어……

이마를 찡그리는 우현에게, 당신은? 하려다 그만둔다. 그것은 내일 유리에게 물어보면 안다. 그들은 영화 본 것에 대해 나에게 비밀로 하자는 말까지는 못했을 것이다. 서로에 대한 체면 혹은 나에 대한 예의로. 유리는 비밀을 참지 못한다. 유리 양심 문제인지는 모르지만. 어쩌면 유리가 친구에게 영화 보러 가자고 전화를 걸었는데 우연히 우현이 그 전화를 들었고, 유리 친구가 못 간다고 하자 우현이 함께 갔을지도 모른다. 그렇게 생각하자, '그래 그런 일은 없을 거야. 정말 바보 같은 생각이었어.' 나는 맥이 풀리는 동시에 안도감을 느낀다.

1845년에 미국 텍사스 주 모하비사막 한가운데에 세워진 작은 마을 '파리'는 개척자의 함성이 울려 퍼지던 레드리버 근처에 있으며, 프랑스 파리에서 그 이름을 따왔다. 사막 한가운데에서 수염이 덥수룩한 한 사내가 꾀죄죄한 몰골로 뙤약볕 아래 등장하는 것으로 영화는 시작된다.

남자는 아내를 사랑했다. 아내가 자기를 버리고 떠날지도 모른다는 강박관념에 시달리다 사고를 저질렀다. 아내를 사랑하는 집착 때문이었다. 4년 만에 돌아온 그는 아내를 찾아 나선다. 황량한 모랫바람이 부는 그곳은 아내를 처음 만나 사랑을 나눈 곳이며 언젠가 그의 가족이 돌아가 살아야할 이상향이다. 그의 아버지는 어머니를 소개할 때마다 '파리'에서 왔다고, 그리고 말끝에 조그맣게 '텍사스'라고 말했다. 아내는 클럽의 쇼걸이 되어 있었다. 비좁은 밀실에서 마이크로 유리 칸막이 저쪽의 쇼걸에게 음란한 행위를 주문하는 이색 환락가, 밀실은 특수한 장치가 되어 있어 남자 손님은 여자를 볼 수 있지만 여자는 손님 얼굴을 볼 수 없다. 그곳에서 만난 두 사람, 아내는 남편을 볼 수 없고, 남편은 그런 아내의 모습을 쳐다보며 할 말을 잊는다. 서로 만날 수도 없고 사랑할 수도 없는 현실에 남자는 흐느껴 운다. 마지막 부분에서 '나스타샤 킨스키'가 일하는 이상야릇한 접객업소의 풍경이 나온다.

이 유흥업소는 여자들이 손님에게 직접 몸을 파는 것이 아니고 손님의 주문에 따라 자신의 나체나 어떤 행동(성행위 동작)을 보여주는 곳이다. 유리창을 사이에 두고 전화기로만 의사소통을 할 수 있다. 직접적인 성행위가 아니라, 간접적인 방법으로 성적만족을 얻는 것이다. 충무로에서 영화를 보고 나오던 날, 정희는 그녀 남편도 미국 휴스턴 출장 갔을 때 그곳에 들렀었다는 얘기를 했다.

다음날은 일요일이었고 유리가 집에 들른 건 오후였다.
— 어제 형부와 〈파리, 텍사스〉 영화 봤다며?
— 응. 그런데 형부가 많이 울었어!
나는 의아한 얼굴로 유리를 바라봤다. 금시초문이다. 우현이 영화를 보면서 울었다는 말은 의외였다.

– 형부 네가 울었다던데?

– 형부가 그런 소리까지 했어? ……영화가 슬프잖아.

평소 강직한 우현이 흐느껴 울었다면 그 이유는 무엇이었을까, 나는 속으로 물어 본다. 남자 주인공의 흔들리는 어깨가 자신의 심사를 비슷하게나마 전하고 있었기 때문이었을까? 자신의 맹목적인 집착이 유리를 떠나가게 할 지 모른다는 불안 때문이었을까? 유리가 떠난 빈자리에서 외로움에 지쳐 있을 지도 모른다는 생각 때문이었을까? 도덕적인 유리벽에 가로막힌 자신과 유리의 처지를 생각해서 였을까? 나와 우현 사이에 가로막고 있는 경계선은 무엇일까? 그 경계선은 누가 만들었을까? 나? 우현? 유리? 우현과 유리? 세 사람 모두? 닫힌 공간인 밀실 유리창은 이편과 저편을 가르는 경계선이고, 갈망하지만 다가갈 수 없는 세계이고, 현대사회 인간관계의 축소판이자 사랑의 투명한 단절 같은 것이리라. 인간은 현실적 상황에 따라 같은 영화장면을 보고도, 감동하고 공감하는 점이 서로 다르다. 사랑에 대한 집착 때문에 사랑하는 아내와 소원해진 남자 주인공의 '외톨이 인생'이 자꾸만 내 자신처럼 오버랩 되고 있다.

유리 말이 또다시 명치에 걸린다.

언니. 내가 밖에서 일하다 보니 남자들 고생이 아주 많아. 집에 있었음 몰랐을 거야. 형부가 자금 때문에, 부도내고 도망친 업체 사장을 쫓아다니느라 눈코 뜰 새 없어요. 집에 들어가면 언니는 언니대로 불평을 하니 괴롭대요. 시집살이 한 것은 형부도 어쩔 수 없는 일이었잖아요. 그런데도 자꾸 그 죄를 형부에게 뒤집어씌우니 억울하다고 했어요. 그런 형부가 안쓰러워요.

이런 얘길 들으면 누구나 기분이 안 좋은 법이지만, 나는 내색하지 않았다. 남편이 자신의 어려움이나 억울함을 유리에게 토로했음이 확실해졌다. 물론 유리도 동조했을 것이다. 두 사람은 동지이고 나는 이방인일 수밖에 없을 것 같다. 남편은 내 말에 귀를 기울이지 않는다. 아니, 조건반사적으로 거부반응을 보인다. 나는 남편과 생각을 공유할 수 없다는 사실에 가슴이 처연해진다. 부부가 그동안 살아오면서 이토록 생각과 소통이 장벽으로 막혀 있는 줄은 몰랐다.

내 생각을 남편에게 말하면 사사건건 시비가 생기고 싸움으로 번져간다. 누군가를 이해시킨다는 것이 불가능한 일인가? 내가 왜 그토록 화가 났으며 그 출발점이 어디에서부터인지 말해도 남편은 알려고 하지 않고, 내가 말을 하려고 하면 그는 거부반응부터 보인다. 사사건건 시비거리가 되고 그의 공세로 이어진다. 내 불만에 대한 이해는 없이 재빨리 방어하고 자신의 입장만 내세운다. 화해를 위해 시작한 대화가 자꾸만 더 큰 싸움으로 번지고 만다.

며칠이 흘렀다.

전투가 계속되고 있다. 그야말로 정신을 차릴 수 없는 나날이었다. 유리가 찾아온 것은 수요일 오후였다. "언니 왜 그렇게 슬퍼해?" 누워 있는 나에게 걱정스런 몸짓으로 다가온다. 나는 대답하기 귀찮아 손을 뿌리친다. 그 젊고 사랑스런 얼굴에 당혹감이 스쳐 지나간다. 나는 눈을 감고 속으로 중얼거린다. '유리 네가 있어 슬프다. 아니다. 그건 네 잘못도 아니고, 그렇다고 우현 잘못도 아닌, 설명할 수도, 해결할 수도 없어. 네 젊음과 내 늙음이 나를 슬픔으로 몰아넣었어.' 에로스의 갈망은 꿈을 향한 질주다. 그 꿈에 갇힌 줄도 모르는 유리와 우현은 자신들의 감정에 사로잡혀 있어 주변엔 관심도 없다. '아무도 내 슬픔을 위로할 수 없어. 특히 유리 너는……'

내 머리 위에 얹혀 있던 유리의 예쁘고 작은 손이 눈에 들어왔다. 그럴 적마다 나는 무의식적으로 손을 이불 속으로 감추었다. 내 손은 가정을 이루어낸 험한 손이며 내공이 쌓인 힘있는 손이었다. 그러나 그런 우월감도 유리를 보는 순간 자취도 없이 사라졌다. 아름다운 유리 손과 비교되니 부끄럽다. 왜지? "언니. 내가, 도울 일이라도?" 유리가 선한 눈으로 내려다보며 묻고 있다. 나는 고개를 흔들며 생각에 잠긴다.

나와 남편, 부부 사이에 자연스럽게 흐르던 물줄기가 있었다. 그 사이에 '유리'라는 장애물이 둑을 만들어서 강줄기를 막아버려 그 물줄기가 바뀌어버렸다. 유리가 장애물이라고 하지만 내가 마음만 넓게 너 그렇게 바꾸면 우현과의 다툼이 멈출지도 모른다. 하지만 나는, 내가 느끼는 소외감을 물리칠 수도 버릴 수도 없어 손에 들고 쩔쩔매고 있다. 왜 유리가 내 앞을 가로막는다는 생각을 하고 있지? 시간이 흐르면 해결될까? 혼자 몸부림친다 해도 소용없는 일, 다 미친 짓, 악을 쓰며 앙탈해 보지만 그럴수록 나는 혼자 남겨진 외톨이가 되고 만다.

부부란 한마디로 정신적인 교류이며, 이익을 위한 거래이고, 몸이 연결된 직접적인 관계가 아닌가. 둘 사이에 흐르는 냉랭한 기류를, 형체도 없는 불안 요인을, 남편의 묵비권을, 그 긴장을 나는 견디지 못해 늘 양보하게 된다. 하지만 언제나 양보라는 말은 존재할 수 없는 법. 그건 정의도 아니고, 겸손도 아니고, 사랑은 더구나 아니다. 그것은 약자라는 징표에 불과한 것. 남편에게 힘이 있는 한 나는 패자일 수밖에 없다. 힘의 균형이 깨어져 있는 한, 내가 아무리 관계를 개선시키려고 고민해도 지금 상태에서는 결렬된 관계만 지속될 모양이다. 나는 남편을 사랑한다. 그것을 '집착'이라고 불러도 나는 상관하지 않겠다. 마음이 떠난 남편을 다시 제자리로 돌려놓고 싶을 뿐. 하지만 그는 쉽게 돌아오지 않을 것 같다.

나는 정처 없이 서울이란 도시의 황량한 벌판을 걷고 있다. 어디선가 처량한 기타 소리가 들려오는 듯하다. 물, 물, 물, 들리지도 않는 소리를 지르다 남편을 기다리며 나는 혼자 쓰러져 잠이 든다. 나는 세상의 평화로부터 무한히 먼 세계에 떨어져 있다.

알코올

남편은 아직 귀가하지 않았다. 거래처 담당직원을 만나서 저녁을 먹고 있는지 감감 무소식이다. 늘 늦게 오는 사람이기에 신경 쓰지 않기로 했다. 티브이 채널을 이리저리 바꾸다가 사람들이 많이 나오는 쇼 프로그램에 채널을 고정시켰다. 이내 사람들의 웃음소리가 화면에서 쏟아져 나왔다. 하지만 우습지 않았고 즐겁지도 않았다. 오히려 심심하고 울적했다. 나는 일어서서 냉장고 문을 열어 보았다. 안에서 뿜어져 나오는 냉기 사이로 언젠가 넣어 두었던

소주 한 병이 보였다.

소주와 함께 캔 참치를 꺼내와서 거실 테이블 위에 올려놓고 혼자서 술을 마시기 시작했다. 쓴 소주와 참치는 서로 잘 어울려서 혀를 마비시켜 왔다. 소주 반 병을 마시는 동안 참치 반 캔을 먹었다. 마지막 남은 소주를 비우고는 남은 참치를 포크로 집으려는데 취기가 올라옴을 느낀다. 나는 숨을 크게 들이마신다. 후유, 이제 좀 살 것 같다. 이를 어쩌지? 자꾸 헛손질을 하면서도 기분이 좋아지는 것을. 내친 김에 부엌 찬장 안에서 조리할 때 사용하려고 놓아둔 술병을 꺼내들고 식탁에 앉았다.

이번엔 맑고 노르스름한 청주였다.

유리컵이 넘치도록 술을 가득 따라 급히 한 모금 들이마시자 알코올이 목을 타고 넘어가면서 어디를 통과하는지 신호를 보내 준다. 가슴에 찌르르한 신호가 오면서 팔과 다리에 자릿자릿 힘이 빠지고 몸이 나른해진다. 기분이 좋아지면서 세상만사 걱정이 사라진다. 술을 마시면 이렇게 편안한 것을, 대체 내가 왜 고민을 했는지 알 수가 없다. 인간에게 술은 얼마나 고마운 존재인가. 내게 위안을 주고 나를 행복하게 한다. 그 기분, 선험적 즐거움 때문에 술을 마시고 또 마신다. 즐거움이라고? 아니, 그건 혼자서 그저 지껄여 본 말일 뿐.

올가미, 아니 솜사탕 같은 사랑에 걸려든 남편의 비밀스런 연애로 나는 가슴이 터질 것 같아서 마음이 아파서 술을 입에 물고 산다. 처음 술은 세상의 근심 걱정을 모두 마취시켜 주는 듯했다. 하지만 시간이 흐르면서 머리가 몽롱해지면서 나는 혼란에 몸이 떨려온다. 남편이 눈앞에 보이지 않으면 두렵고 무서워진다. 걷잡을 수 없는 의심으로 자꾸 남편이 못 미덥다. 강박관념으로 술을 먹어야 숨을 쉴 수 있다.

그는 의부증이라고 질색했지만 어쩔 수 없는 일. 한 여자를 둘러싼 세상의 컷속에서 나는 산다는 것이 점점 혼란스럽다. 한치 앞을 내다볼 수 없는 세상이 두렵다. 아니 내 자신이 두렵다. 갑자기 머릿속 모든 것이 뒤섞여 회오리치는 거대한 하수구처럼 어지러워지며 나는 심한 구토를 느꼈다. 나는 안간힘을 다해 일어서려고 한다. 그러나 일어설 수가 없다. 테이블을 잡고 일어나 잠시 동안 숨을 헐떡거리다가 벽을 더듬으며 화장실로 간다. 화장실로 들어가 숨을 헐떡거리며 거울을 올려다본다. 거울을 보고 깜짝 놀랐다. 한 여자가 거기에 서 있다. 처음 보는 여자다. 몰골이 끔찍했다. 우울이 심하게 덮친 칙칙한 얼굴이라 그 위에 무엇을 바르든 소용없을 것 같았다. 도대체 당신 누구야? 여자는 대답 대신에 찡그린 얼굴로 나를 한참 살펴보다가 말을 걸어온다.

– 그동안 너는 무엇을 하고 살았니? 지금 네 심장은 산산조각 났고, 네 마음은 황폐해졌다. 너를 이렇게 만든 책임은 누구에게 있을까. 너? 남편? 유리? 기쁨이 있었던 네 얼굴은 이제 그림자도 없이 사라져버리고, 남루하게 낡은 얼굴이 여기 이렇게 서 있다. 너는 어쩌자고 자신을 이 지경이 되도록 놔뒀어? 술이 고마운 존재라고? 너를 위로해 준다고?

– 넌, 누구냐?

내가 이해할 수 없다는 표정을 지었지만 여자는 나를 한번 쳐다보더니 말을 잇는다.

– 네 딴에는 혼자서 이것저것 노력해 보아도 손에 만져지기는커녕, 가슴에 느껴지는 것도 없지. 행복지수가 1% 라도 올라가야 계속 노력을 하든지 말든지 하지……. 그렇다고 혼자서 고민만 하다가 어쩔 셈인데? 넌, 너 자신도 모르는 거야?

여자는 화난 얼굴이다. 떨고 있다.

– 내가 답을 알면 이러고 있겠어!

내가 거울 속에 비치는 낯선 여자에게 소리를 질렀다.

– 내가 보기엔 그런 짓도 나쁘지 않아. 화가 난다면 화를 내고 마음에 들면 좋다고 말하란 말이야. 네 감정에 솔직해 봐. 누구든 공격하고 싶은 자가 있으면, 겁먹지 말고 대들어. 공격하는 쪽이 언제나 유리해. 먼저 때려 놓고 보는 거야. 그러고 나서 상대가 나보다 강하다 싶을 때는 사과를 하면 돼.

여자는 빈정대는 말투로 침을 튀기며 말한다.

– 이봐 친구, 우리 한판 붙어 볼까?

내가 미처 뭐라고 대답할 새도 없이 여자가 내려쳤는지 나는 고개가 꺾인다. 그러자 다시 여자가 소리친다.

– 살아남는 것, 이것이 바로 너의 목표다. 방법은 네가 찾아내야 해!

– 시끄러워. 내 문제는 내가 알아서 해. 상관하지 마!

– 두고 봐라, 곧 세계는 맹렬해질 것이다. 너희는 서로 싸울 것이고.

잠시 후 다시 여자가 내게 말을 걸어왔다. 이번엔 울먹이는 소리였다.

– 장필순, 너 왜 그렇게 사니? 나는 너같이 살기 싫어. 너는 자신의 비

애가 뭐라고 생각해? 남들은 아무런 불만이 없을 거라고 해도 너는 자꾸만 슬퍼하잖아. 그렇다면 네가 느끼는 슬픔에는 원인 제공자가 있을 것 아냐? 네가 자꾸 슬퍼하는 걸 보면 너는 슬픔 그 자체야. 게임에 지고 있다는 자각에서 나오는 슬픔이지. 너를 보고 있으면 산다는 것에는 참을 수 없는 일이 왜 이렇게 많은지 모르겠어. 괴롭고 비참해! 지금 네 가슴속엔 기쁨이라곤 없어. 이건, 네 인생이 아냐! 이렇게 허물어지면 안 돼!

거울에 비친 여자 눈이 물기로 번들거리고 있다.

밤이 깊어간다. 우현은 아직도 감감 무소식이다. 세상은 내가 존재한다는 걸 아무도 모른다. 절대 고독. 견디기 힘들다. 초 단위로 이어지는 시간, 팽팽한 긴장감이 숨통을 끊어 놓을 것처럼 몰아친다. 남편이 눈앞에 보이지 않으면 불안하다. 그는 그런 나를 정신병자라고 몰아부쳤지만 나는 남편을 기다리고 또 기다린다. 하지만 기다림은 고문이다. 견딜 수가 없다. 나는 또다시 혼자 술을 마셔대기 시작한다.

젊은 날 아니, IMF위기를 견디며 위태로운 현실을 걱정하면서도 희망을 가졌던 시절로 되돌아가고 싶다. 미래의 꿈은 명확하지 않고 현재는 끝나지 않을 것 같아 두렵다. 미래를 알 수 있다면 그때까지만 버텨내면 된다. 한정된 시간이면 괜찮다. 우리가 아는 가장 먼저 천국에 들어간 사람은 예수님 오른쪽 십자가에 매달려 있던 산적 디스마스이다. 바로 그날 골고다 언덕에서 예수와 함께 천국에 들어갈 것을 약속받은 사람이었으니까. 비록 산적이었다 하더라도 디스마스는 늘 구원을 갈망하고 있었다. 그리고 영원한 생명으로 들어간다. 마지막에 웃는 자가 진짜 웃는 자다. 그러나, 일상을 뛰어넘는 마지막이란 존재하지 않는다. 문제는 언제가 마지막인지를 알 수 없다는 것이다.

생각해 보면 내가 술을 마시는 것은 혼자라고 느낄 때다. 남편에 대한 집착인지 알 수 없으나 강박관념에 시달린 후 시작된 증상이다. 처음엔 초조함을 이기지 못해 아무도 몰래 술을 홀짝홀짝 마시기 시작했는데, 요즘은 거의 하루도 거르지 않고 날마다 이어진다. 회를 거듭할수록 술을 찾는 빈도도 늘어난다. 순간적이지만 위안이 되기 때문이다. 극단적인 소외감은 어디에도 출구를 찾을 수 없다. 차츰 술의 효력도 제 기능을 잃어가고 우울증이 다시 고개를 쳐든다. 몸부림쳐도 넘어설 수 없는 벽이 앞을 가로막고 서서 꼼짝하지 않는다. 조금의 빈틈도 없는 벽은 너무나 완벽하다. 나는 그 벽을 넘어갈 수가 없다. 아무도 내 마음을 이해하지 못하고 있다. 아무 곳에도 갈 수 없는 막장, 그 감옥 속에서 알코올의 힘을 빌리지 않을 수 없다.

남편은 이해할 수 없다는 표정으로, "왜, 집에서 술을 마시느냐"고 물었지만 나는 설명할 수가 없었다. '왜? 술을 먹지 않고는 못 견디느냐고?' '그냥 눈앞에 드러나는 현실을 잊고 싶어 마신다. 현실을 직시하면서 서로를 이해한다는 것이 얼마나 어려운 일인 줄 당신은 아는가?'

그는 나에게 말을 걸지도, 하지도 않았다. 남편 목소리를 들을 수 있는 것은 전화가 걸려올 때뿐이다. '유리에게서 전화가 왔나보다' 반색을 했고 목소리가 커지며 생글생글 웃었다. 마치 죽었다가 살아난 사람 같았다. 하지만 수화기를 내려놓자마자 이내 조용해진다. 사람의 마음이란,

믿음이나 정신보다는 몸이 먼저 알고 있는지도 모른다. 내 마음은 허한 모래 바람이 일어 앞을 분간하지 못하고, 몸은 텅 빈 원통처럼 소리를 낸다. 몸이 목마르다고 외친다. 시간이 흐른 만큼 마신 술의 양도 점점 늘어나고 있다. 혼자서 서럽게 운다. 왜 우느냐? 누가 묻는다면 할 말이 없다. '외로워서'라고 말한다면, 무엇이 문제인가. 남편과 아이들 그리고 새로 시작한 회사가 잘 돌아가고 있으니 걱정 말라고, 할 것이다.

나는 만취되었고 그 후에 남편이 들어왔다.

그는 좀 전에 무슨 일이 있었는지 아직도 기분이 좋은 채다. 인상 쓰기로 한 일을 잊은 것 같다. 술에 취한 나를 보고도 아무 말이 없으니 다시 숨이 막힐 듯이 갑갑해져 온다. 늦게 들어온 남편이 어느새 잠자리에 들었다. 나는 한동안 눈을 감고 있었지만 잠을 이룰 수가 없다. 이번에는 부엌에서 계속 술을 마셔대기 시작한다. 하지만 시계 소리와 남편 숨소리가 신경에 거슬리고 마음이 안정되지 않는다. 밤새 목이 타들어가는 갈증에 허덕인다. 물, 물! 아무리 물을 찾아 허덕거려도 물을 가져다주는 사람은 없다. 일어설 수조차 없어 두 팔을 짚고 부엌으로 기어 나가 물을 마신다. 구역질을 하고 또 했다. 잠시 타일바닥에 엎드린 채 일어나지 못했다.

차갑고 끈끈하고 불쾌하다. 시간이 지났는지 추위가 뼈 속으로 스며든다. 견디다 못해 방으로 들어와 이불깃을 찾아든다. 남편은 술 냄새가 난다며 발길로 나를 이불 밖으로 밀어낸다. '어떻게 하면 죽을 수 있지? 극단적인 소외, 출구가 보이지 않는 막장. 그 속에서 또다시 알코올의 힘을 빌린다.

　이번에는 장식용 양주다.

　죽고 싶다는 생각, 몰락의 길인 줄 알면서도 가고 있다. 병째 그것도
빠르게 마신다. 알코올이 목젖을 적시고 식도를 지나가는 감각이 뱃속까
지 전달되어 알싸해진다. 빈속에 마신 술, 그 때문에 속에서 불이 난다.
위가 뒤틀려 죽을 것 같다. 죽기도, 살기도 어렵다. 방으로 들어와 잠을
청해 보지만 구역질이 난다. 화장실 갈 사이도 없이 방안에 토하고 만다.
　– 어, 이게 무슨 소리지?
　옆에서 남편의 목소리가 들린다. 내 의식은 점점 아득해져간다.
　– 뭐 하는 거야?
　놀라는 목소리가 어렴풋이 들려온다. 나는 희미한 의식 속에서 이불
을 찬다.
　– 왜 그래?
　남편이 기겁을 하며 일어난다. 술 냄새가 퍼져 머리를 들 수 없을 정
도다. 잠에서 깬 남편은 어이없어 하며 나를 쳐다본다. 아이들을 불렀
지만 방문을 열어보고는 그대로 모른체 제 방으로 가 버린다. 남편 혼
자서 토사물을 치운다. 같은 방에 있었던 죄, 끔찍스럽다는 몸짓이다.
하지만 술 취해 늘어진 아내를 죽이지는 못할 것이다.
　– 놀라게 해서 미안해.
　나는 들릴 듯 말 듯 남편에게 사과했다. 내 말이 소리가 되어 밖으로
나갔는지 어쨌는지는 알 수 없다. 그 후의 시간은 기억나지 않는다.

다음날 아침, 나는 겨우 눈을 떴다. 마루 위에는 술병이 그대로 놓여 있었고, 서늘한 한기가 몸을 감싸고 있었다. 간밤의 숙취로 만사가 괴롭고 귀찮았다. 술을 마시지 않는 남편은 그런 아내를 이해할 수 없다는 표정이다. 나는 어질어질 메스꺼운 채로 일어나 아침상을 차렸다. 어제 저녁 먹고 남은 국을 데우고 밑반찬을 차려서 밥상을 들고 방으로 들어갔다. 남편은 몹시 비위가 상한 듯 나를 한번 쳐다보더니, 험악한 말투가 튀어나왔다.

– 술 처먹은 저 얼굴 봐! 그 주름하고 가관이다. 당신, 꽤나 미용에 신경을 쓰나 본데 그렇게 술 처먹으면 어떻게 되는지 거울이나 좀 보시지.

내가 봐도 물기가 빠지고 파삭 메마른 얼굴, 남편이 꼭 꼭 쑤시지 않아도 나 자신이 먼저 한심해 하고 있는 중이다. '알고 있어. 이놈아! 내일은 내가 알아서 해. 나쁜 자식.' 나는 어금니를 깨문다. 과음의 결과는 자신이 지기 마련이다. 몸 여기저기가 아프다. 뼈마디와 근육이 욱신거린다. 술 마신 뒤에 오는 후유증은 세 가지로 요약할 수 있는데, 육체적 고통과 정신적 고통, 남편 잔소리가 그것이다. 육체적 고통은 마신 만큼 되돌려준다. 정신적인 고통은 미숙아가 된 것에 대한 스스로의 자책이다. 끝으로 광풍이 몰아친 후 남편 잔소리가 당당해진다. 잔소리를 들어야 싸다는 자기비판을 하면서 나는 말문을 잠가야 한다.

그동안 참고 있던 우현이 먼저 말문을 열었다. 훈계, 징계, 경고를 주기 위해서…….

생일선물

냉전은 2주째 접어들었다. 나 자신과 악전고투 하건 말건 남편 얼굴은 냉담했다. 조금도 불편함을 느끼지 못하는 듯했다. 그는 유리와 함께 있는 한 불편해 할 일이 없다. 회사라는 안전하고 편안한 도피처로 출근해서 그곳에서 유리와 함께 즐거우면 된다. 집에 오면 입을 다물었고 말을 붙이면 외면했다. 머릿속에선 분노와 함께 온갖 복잡한 생각들이 끓어올랐지만 나는 절벽에 맞닥뜨린 듯 더 이상 갈 곳이 없다.

비상 상황. 긴장된 공기를 견디려면 엄청난 에너지가 필요하다. 싸늘하고 음험한 집안 공기에 눌려 압사당할 지경이다. 마음이 무거워 먼저 화해를 요청하려면 그를 화나게 한 모든 책임을 나 혼자 몽땅 뒤집어써야 한다. 잘못을 인정하는 동시에 그의 힐책과 자비를 감사하게 받아들

여야 한다. 남편은 분노가 풀릴 때까지 '억울하다' 는 녹음기 재생 버튼
을 열 번, 아니 스무 번도 넘게 돌렸다. 그동안 화해하려다 더 큰 분란을
일으킨 적이 한두 번이 아니었다. 그런데 이번엔 심상치 않다. 긴긴 시
간 단절을 참아내면서 남편의 화풀이 타깃, 그 화살박이를 언제까지 참
아내야 할지 생각만 해도 지긋지긋하다. 그의 불편한 심기를 풀려면 단
순히 잘못했다고 하는 말로는 어림없다. 가족을 위한 노력을 알아주고
위로해야 한다. 그러면서 남편에 대한 사랑이 없는 아내, 그 악처와 사
는 남편의 고통을 인정하고 모두 수용해야 한다. 아! 그 많은 이유와 엄
청난 모욕을 참아내고 견뎌야 남편의 화가 겨우 풀린다.

　　오늘은 유리 생일이다. 부부 싸움에서 비롯된 딱딱한 집안 분위기를
바꾸어 보려고 고심하던 나로선 유리 생일은 훌륭한 명분이 된다. 유리
에겐 생일을 챙겨주는 좋은 언니, 우현에겐 센스 있는 아내라는 두 마리
토끼를 한꺼번에 잡을 수 있는 절호의 찬스다. 우현은 아무리 바쁜 일이
있더라도 달려올 것이 뻔했고 유리는 따로 전화해서 불러 내기로 마음
먹었다. 일단 그런 생각을 하고 나니 긴장이 되고 가슴이 두근거린다.
　　― 오늘 저녁에 시간이 어떻게 돼요?
　　아침 출근하는 남편에게 말을 건넸다. 그는 못 들은 척 현관 거울 앞
에서 청색과 흰색이 사선으로 교차된 체크무늬 넥타이를 매만지고 있
다. 그가 가장 아끼는 넥타이다.
　　― 저녁 그리고.
　　나는 다시 물었다.
　　― 시간 없어!
　　짧은 대답이 돌아왔다. 말을 더 이으려고 했지만 어느새 사라지고

없다. 저녁에 시내에서 만나 유리생일을 축하해주고 저녁을 먹고 함께 영화도 볼 예정이었다. 그 자리에 주인공 유리가 나타나면 남편도 깜짝 놀라면서 좋아할 것이고 불편해진 관계도 자연스럽게 풀려지리라 예상했다.

오후가 되자, 나는 마음이 착잡해서 사무실로 전화를 걸었다. "형부는 업체 일로 바깥에 나갔어." 유리였다. 늦게 사무실로 들어올 것 같다면서 형부가 오늘 좋은 일이 있는지 아침부터 즐거워보였다고 했다. 무슨 일로 전화했느냐고 물었지만 나는 대답 대신에 형부가 들어오면 전화 왔었다고 전해라, 하고 전화를 끊었다. 유리에게 생일을 축하한다고는 말하지 않았다. 그보다는 저녁에 직접 만나서 남편과 함께 축하한다고 말해주고 싶어서였다. 유리 일이라면 만사 오케이 하는 남편 아닌가. 혹시라도 나중에 유리 생일을 그냥 지나쳤다는 걸 알면 서운해 하며 나를 나무랄 것이다. 당신이 집에서 얼마나 바쁘게 일하는지 모르겠지만 어린 나이에 밖에서 힘들게 일하는 동생 생일하나 챙겨주지 못하느냐며 핀잔을 줄 지 모른다. 그러나 그럴 가능성은 희박했다.

아내나 아이들 생일은 물론이고 자신의 생일도 챙길 줄 모르는 사람이니 말이다. 남편에게 유리 생일을 미리 알리기가 싫었다. 알았다면 아침부터 난리법석을 떨며 관심을 나타낼 것이고, 그런 남편을 보면 또 다시 내 심사가 뒤집힐 것이다. 오후 5시가 넘어도 연락이 없어서 다시 사무실로 전화를 했더니 우현이 직접 받았다. 전화를 끊어버릴까 불안한 마음에 서둘러 말을 꺼냈다.

　― 저녁에 시간…….

아내 목소리임을 확인하자 금세 싸늘하게 변했다.

– 시간 없어! 끊어!

아침처럼 퉁명스러웠다.

나는 계획이 바뀌는 바람에 기도회에 참석하기로 했다. 어쩔 수 없이 쓸쓸한 마음을 달래고 싶어 참석한 기도회였다. 성당 지하 일층 소강당이었다. 참석하지 못할 거라고 연락을 해두었는데 내가 나타나자 수산나 자매님이 참석해 주어 고맙다 며 교우들이 반갑게 맞아 주었다. 장필순의 세례명인 '수산나'를 필요로 하는 곳, 자신을 반기는 곳이 있다는 사실에 눈시울이 뜨거워졌다. 기도가 시작되었다. 간절한 마음이 되어 목메어 성가를 불렀지만 오늘따라 도무지 집중할 수가 없다. 기도 중에도 우현에 대한 생각들이 머릿속에서 풀풀 날아다녔다.

주님! 당신은 제가 왜 이렇게 불안한지 아세요? 제발 안정을 찾고 성숙해지게 도와주세요. 제 마음을 어떻게 해볼 수 없어요. 혼자만 외톨이가 된 것 같고 자꾸 서운한 생각이 들어요. 그들을 음해할 생각도 없고 그들의 마음을 다치게 하고 싶지도 않아요. 의심의 유혹에서 벗어나게 해 주세요. 저들은 제게 다 소중한 사람들입니다.

나는 자신을 돌아 봤다. 그들 틈을 비집고 들어서지 못해 안달을 해대는 자신을. 일로 돕는 사이를 의심이나 하고 치사하게 전락한 자신이 부끄러웠다. 저녁기도를 마치고 집에 돌아왔을 때는 저녁 열시가 조금 넘었고, 다소 안정이 되었는지 나는 깜박 잠이 들었다.

초인종 소리에 깨어났다. 시계는 자정이 넘었다. 현관을 지나 밖으로 나가니 정원에 서 있는 남편 모습이 눈에 들어왔다. 그는 노래를 흥얼대며 나무들을 둘러보고 있었는데 기분이 매우 좋은 듯해 보였다. 그날따라 술도 꽤 많이 마신 것 같았다. 의외였다. 저렇게 환한 모습을 요 근래 본 적이 없다. 어느 순간 그의 눈동자가 환하게 빛났다. 정원에 서서 나를 보며 웃는 그의 모습은 놀라움 그 자체였다. 우울하고 불안했던 마음을 일시에 사라져버리게 했다.

– 당신, 기분 좋은 일 있나 봐요?

– 아니. 왜?

포장꾸러미를 건네며 웃는 남편을 보자 나는 어리둥절해졌다. 여태껏 이런 일이 없었다.

– 이게 뭐죠?

– 생각 나서 하나 샀는데.

그가 대답 대신 턱으로 꾸러미를 가리켰다. 얼결에 꾸러미를 받아들고 그를 쳐다봤다. 득의의 미소를 한껏 날리며 서 있는 그의 얼굴에 만족스럽고도 당당한 미소가 떠올랐다. 양손을 주머니에 넣고 마당 주목나무 옆에서 노래를 부르고 있는 모습도 신기했다. 이 사람이 내 남편이 맞나 할 정도였다. 방으로 들어와 선물을 풀어 본 나는 흥분됐다. 유명상표의 명품 핸드백이다. 갑자기 이토록 비싼 선물이라니? 나는 종잡을 수가 없었다. 이래도 되나 싶었다. 아내가 명품 하나쯤은 가져도 된다고 생각하는 남편이 있다는 사실이 나를 감격시켰다.

– 마음에 들지 않으면 바꾸어도 된다고. 거기에 교환증이 들어있을 거야.

　웃음 가득한 얼굴로 그는 한번도 하지 않던 설명까지 덧붙인다. 나는 그의 변화를 좀처럼 실감 할 수 없었다. 나는 핸드백을 지그시 가슴 팍에 대고 눌러보았다. 순간 나는 가슴이 뭉클해져 옴을 느낄 수 있었다. 행복했다. 남편 마음이 내게서 떠났다고 생각했다. 혼자 허허벌판에 선 것같이 외로웠고, 그 때문에 추웠다. 자신이 불쌍해서 슬프다고 생각해 오던 터였다. 그런데 내가 괜한 걱정을 한 것이다. 이렇게 남편 선물을 받고 보니 자신이 얼마나 옹졸했던가, 왜 좀더 다정하게 대하지 못했던가, 하는 뉘우침이 가슴을 치고 지나간다.

　– 오늘 유리 생일이라 명동에서 저녁을 먹고 핸드백을 사 줬어.
　내 귀를 의심했다.
　– 백화점 샵을 나오는데 유리가 언니는? 하고 말해서, 그러지 않아도 뭔가 빠진 것 같았는데 생각이 나서 당신 것도 하나 샀지!

　그가 핸드백을 가리키며 말했다. 나는 그 자리에서 꼼짝할 수가 없었다. 기만적이란 바로 이런 의미이다. 그의 얼굴에 자신의 행동이 대견했는지 만족감이 흘러 넘쳤다. 내가 잘못 들은 걸까? 나는 상황을 이해해 보려고 애썼다. 선물을 받고 나서 느꼈던 긴장, 흥분 같은 것은 어느새 사라져버렸다. 남편은 이미 알고 있었다. 그리고 솔직하게 말하자면, 유리 생일을 핑계삼아 단 둘이서 오붓하고 조용한 시간을 가지길 원했던 것이다. 물론 생일을 그냥 지나칠 수 없었을 것이다. 하지만 '오늘 유리 생일이니 함께 저녁식사라도 하자' 고 했어야 하는 일이 아닌가. 마음만 먹었다면 그것은 매우 쉬운 일이었을 텐데. 나만 빼버리고 둘이서만 저녁을 먹고 쇼핑을 하다니……. 평소라면 대중음식점에서 불고기에 맥주를 마셨을 것이다. 고급 호텔 식당이 아닌 대중음식점에서 불고기와 맥주를 마시고 그리고 선물 사들고 왔다면 얼마나 행복했을까.

내가 함께 있으면 그들의 즐거움이 반감될까? 돈, 돈, 하며 아끼는 내가 싫었을까? 함께 즐거운 저녁을 보냈을 수도 있을 텐데 유리는 왜 내게 귀띔을 해주지 않았을까? 둘만의 시간은 누구도 침범할 수 없는 합법을 가장한 밀회일지도……. 뜨거운 눈길로 다정하다 못해 교태로

온몸을 태웠을 장면이 눈에 선하다.

또렷한 입술선, 오물오물 먹는 입도 예쁘다던 우현이다. 호텔 식당에 앉아 스테이크를 자르고 유리에게 건네주면서 미소 지었을 모습이 어땠을지 짐작이 간다. 언젠가 '브런치' 레스토랑에서 봤던 모습보다 더 보태졌을 장면이 나를 괴롭혀 오기 시작한다. 우현은 "네 것, 내 것을 따지지 말라" "아내는 남편과 같다" "처제도 아이들도 똑같이 가족이며 사랑한다"고 했다. 그런데 나를 제외시켜도 된다고? 억지를 부려도 이치에 맞지 않는다. 왜? 내가 있어서는 안 될 이유를 대라. 무슨 의미냐? 의혹의 눈으로 보지 않으려 애를 써도 견디기 어렵다. 내가 물으면, 늦게 알았고 그래서 둘이서만 갔다고 대답하겠지. 나쁜 놈!

나는 말없이 핸드백을 한쪽으로 밀쳐놓았다. 우현은 감동하지 않는 나의 무표정한 얼굴을 이유를 모르겠다는 듯이 이상하다는 표정으로 쳐다본다. '왜? 또 지랄병이 도졌지?' 하는 얼굴이다. 싸늘한 표정으로 변하더니 한심하다는 어조로 말한다. "당신이라는 사람, 참 구제 불능이야! 잘 해주려고 해도 소용이 없다니까." 내게 그렇게 말하는 우현이

가증스러웠다. 나는 멍하게 앉아 있다 한참 만에야 겨우 입을 열었다.

– 그런 거였어?

그래서 아침에 그렇게 말했어? 뭐? 시간이 없다고? 개 같은 자식! 저녁에 시간이 있느냐고 물었을 때 없다고 거절한 이유가 바로 그거냐? 난 회사 거래처에 중요한 약속이 있을 거라고 믿었어. 너는 이미 생일임을 알고 있었어. 언니인 내가 그 자리에 끼면 안 되는 이유가 뭔데? 공연한 사람 들볶는다고 당신이 나를 몰아댔지. 터무니없는 말 하지 말라고. 나쁜 놈! 유리와 둘이서 호텔식당에서 칼질하고, 이차 술 마시고, 그리고 생일선물 사고, 데이트했단 말이지. 뭐? 덤으로 마누라 것 샀다고? 그 뻔뻔한 상판이라니!

나는 기분이 가라앉아 말할 기운도 싸울 여지도 없었다. 담요 한 장을 들고 거실 소파에 몸을 묻었다. 언젠가 그에게서 선물을 받은 적이 있다. 이거 당신 줄려고 산 건데 입어 봐, 하고 우현이 자랑스럽게 말했다. 백화점에서 산 분홍색 스웨터였다. 음 괜찮은데. 근데 얼마 줬어, 하고 물었더니, 시장가격의 배를 주었다고 했다. 당장 물러오라고 하자 그는 발끈하더니 그래? 싫음 버리라고, 스웨터를 패대기치고는 방에서 홱 나가 버렸다. 잠시 후 밖에서, 내가 다시 당신 선물을 사면 사람이 아니다, 라는 그의 외침이 들려왔다. 하지만 나는 알뜰하게 살려는 내 마음을 모를 우현이 아니라고 믿었다.

눈을 떴을 때는 다음날 아침이다. 감기가 들려는지 온몸이 으스스하다. 화장실을 다녀오면서 남편이 봤을 텐데도 방에 들어가 편히 자라고 권하지 않았던 것 같다. 철저한 배신감이 몰아친다. 거실에서 일어나 곧바로 부랴부랴 아침 밥상을 챙겼으나 우현은 보이지 않는다. 아침을 먹지 않고 회사로 가버린 것이다. 아이들을 등교시키고 혼자 남은 나는 가슴에 헛바람이 새어든다. 아침 햇살이 맑았으나 내 기분은 저기압이다. 어젯밤 사온 명품 핸드백만 방안에 그대로 뒹굴고 있었다. 낮에 약국에서 감기약을 사다 먹었다. 나는 하루 종일 슬펐다. 그날 저녁 안방에 들어온 지훈이 구석에 있던 선물 꾸러미를 봤다.

– 엄마. 이건 뭐야?
– 응. 어제 아빠가 이모 생일선물을 사면서 엄마 것도 샀대.
심드렁하게 대답하는 엄마 말을 들은 아들은 제 아버지와 똑같이 입이 한일자로 굳게 잠긴다. 그러더니 아들은 제 아버지에게 할 말이 있다고 정색을 했다. 신문을 들고 있던 남편이 의아한 눈길로 아들을 쳐다봤다.
– 아빠! 저는 싫어요.
– 뭐라구? 이 녀석, 밑도 끝도 없이.
– 저는요, 이모와 우리 엄마를 같은 레벨로 두는 아버지 태도가 싫어요. 왜 우리 엄말, 이모 것과 같이 샀어요? 이모에게 사 주고 싶었으면 엄마 것은 하나 더 샀어야죠.

아들의 말은 효과가 있었다. 우현은 어이없다는 표정이다. 나는 만족했으며, 아들에게 고마움을 느꼈다. 아들이 엄마 편을 들려고 한 말은 아닐 지도 모른다. 아들과 딸, 그 애들도 나름대로 아버지에게 불만이 많았다. 불만을 직접 말하는 대신에 제 엄마 역성을 드는 식으로 말한 것이다.

　― 이놈이 지금 그게 무슨 말이냐?

　신음하듯 그가 말했다.

　― 이모 선물을 산 게 그렇게 잘못됐단 말이냐?

　그는 아들에게가 아니라 아내인 내게 화를 냈다. 유리만을 너무 싸고돈다는 가족의 불만을 알아챈 것 같아 나는 고소를 머금었다.

　― 그동안 당신이 아이들에게 어떤 말을 했기에, 내가 이런 수모를 당해야 해!

　― 당신만 옳지?

　나도 지지 않고 대들었다.

　― 유리 선물만 샀다면 당신 입지가 불편했겠지. 마지못해 마음에도 없는 마누라 핸드백을 사놓고 생색을 내다니!

　― 인색한 것들 같으니……. 이모가 얼마나 애를 쓰며 또 바쁘게 일하는 것을 보면 그런 말은 못할 거다.

　우현은 벌떡 일어서더니 밖으로 나가버린다.

　아들의 반격에 속이 후련했다가도, 반박할 말이 없다. 남편의 말에 허둥거리게 된다. 맞는 말일지도 모른다. 남편 입장에서 생각해 보면 치사하고 못난 것은 자신일 수도 있다. 유리의 노고를 접고 화를 내는 나 자신이 비겁하다는 생각도 든다. 하지만 그동안 나도 애를 쓰며 살아왔다. 나는 내 생일이라도 남편이 그렇게 했을까, 하는 생각을 하며 창밖의 어둠을 바라보고 서 있다.

4장

이
방
인

유리가 창 너머 반대편 문으로 사라진 후에도, 나는 한참 동안 그 자리에 서 있었다. 내 가슴 밑바닥으로 칼날 같은 설움이 밀려들었고, 움츠린 내 어깨가 가늘게 떨려왔다. '유리야, 사랑해.' 내 눈에서 눈물이 툭툭 떨어지기 시작하면서 목 작은 구멍에서 물이 새는 듯한 소리가 들려왔다. 나는 유리가 안 보일 때까지 그 자리에 서 있었다. 점점 세차게 비바람이 몰아치고 있었다. 그녀는 세상의 끝에 서 있는 사람처럼 보였다.

선택

소피의 선택

오전 열 시에 시작한 '주 회합'이 끝난 것은 평소보다 조금 늦은 낮 12시 무렵이다. 근처 K병원에 있는 환자들을 방문하자는 단원들의 제안이 있었다. 그럼, 빨리 돌아보고 점심식사는 각자 집에 가서 해결하자기에 나도 쾌히 승낙했다. 그즈음 나는 성당 봉사단체인 '레지오마리에'에 다시 입단했고 단장이라는 책임도 맡았다. 고통 받는 이웃이나 병자들을 방문하는 것도 중요활동 중의 하나다. 마음이 아픈 사람이 다른 사람의 고통도 안다고 나는 병원을 방문해서 입원환자를 위해 기도하고 위로해 주는 게 내 사명처럼 여겨졌다. 단원은 모두 열 명인데, 한 주에 두 시간씩 의무적으로 하는 봉사활동을 미리 해 두면 마음이 편했다. 병자방문은 예상 외로 길어질 때도 있는데, 그날이 그랬다.

방문을 마치고 병원을 나설 때는 오후 3시가 넘었다. 집에 도착해서 가방을 내려놓고 방바닥에 털썩 주저앉았을 때는 오후 4시가 가까웠다. 아침은 우유 한 잔으로 때운 상태였다. 성경을 읽고 있던 어머니가 내다봤다. "이제 오니?" "아이구! 배고파!" "지금이 몇 신데 여태 점심도 못 먹었단 말이냐." "그렇게 됐어요." ""이 미련한 것아! 없어서 못 먹고 굶던 시절도 아닌데, 가엾어 죽겠다." 어머니가 안경을 벗어 들고 안타까워했다.

내 이 말은 하지 않으려고 했다만 하도 답답해서 한다. 송 서방은 쓸 것 다 쓰고 먹을 것 다 먹고 지낸다. 너만 배곯고 아끼니 한심하다. 어제 유리가 그러던데, 은지라는 애 너도 알지? 걔와 셋이서 갈비 먹은 후 이 차로 맥주를 마시고, 택시비까지 챙겨 주었다더라. 시간이 늦어 송 서방과 유리도 택시를 타고 왔고. 그래서 내가 혼냈다. 형부 돈 축내지 말라고.

나는 처음 듣는 얘기다. 우현이 늦게 들어왔을 때마다 유리와 데이트 했다고 생각하자 가슴이 철렁했다. 유리 친구까지 있었다니! 더구나 어머니가 얼마나 속이 상했으면 이런 말을 다 할까, 생각하니 가슴이 파르르 떨리고 화가 치밀어 오른다. 그날도 우현이 늦게 들어왔지만 늘 늦게 오는 사람이었기에 신경을 쓰지 않았다. 은지라면 나도 알고 있다. 웃을 때면 가지런한 이가 활짝 열리는 모습이 복숭아꽃을 연상시켰다. 싹싹한 성격에 친화력이 있는 아가씨였다. 생각하기 따라서

는 처제 친구에게 그깟 것쯤 베풀었다고 내가 화낼 이유도 없다. 유리
는 물론이고 형부인 남편에게도 체면이 서는 일이다.

유리와 우현이 애무에 가까운 몸짓을 하거나 어깨의 먼지를 털어주
며 다독거릴 때도, 그가 아프다고 유리에게 어리광을 부리거나 유리가
이마를 짚어 보며 안타까운 눈으로 바라볼 때도, 석연찮았지만 참고 보
아 넘겼다. 하지만 어머니에게서 이런 얘기가 나올 정도면 사정은 달라
진다. 어머니 말이 내게 충격파를 만들어 머리가 터지려 한다. 혼란과
분노가 몰아친다. 우현이 늦은 이유가 일 때문이 아니라 유리와 데이트
였다고? 그들은 밤늦게 어디에서 무엇을 하며 어떻게 지내고 있었을
까? 겨우겨우 참고 있던 일들이 되살아난다. 그동안의 일들이 재생산되
고 편집되어 부풀어오르고 있다. 그날 밤 늦게까지 전투가 벌어졌다.

다음 날. 출근하는 남편을 따라 현관으로 나섰다. 나는 마지못해 구
두주걱을 내민다. 구두 주걱을 받아 쥔 우현이 나를 바라보았다.
– 당신이 원하는 대로 해 줄게!
체념한 표정이었다.
– 당신이 불안해하는 이유가 뭔지 모르지만 처제 때문이라면 걱정
하지 마. 나도 많이 생각해 봤어. 제 여자 하나를 기쁘게 해 주지 못 하
는 사람이 무슨 일을 하겠나?
그는 유리에 대해선 아무런 문제가 없지만 당신이 원하면 그대로 따
르겠다고 했다. 그리고 어떤 희생이 따르더라도 감수할 각오가 있다고
덧붙였다.
– 처제가 없으면 사업에 지장이 있지만 다른 직원을 구하면 되고.

처제를 다른 회사로 보낸다면 남들이 납득하지 못할지도 모르지만, 상관없어! 당분간 회사가 부실해져도 당신이 편하다면, 그쪽을 선택하겠어. 당신이 원한다면……

　나는 대답하지 않았다. 하지만 그가 뭔가 중요한 말을 하리라는 것, 내가 듣고 싶어하지만, 동시에 두려워하는 그 무엇을 말하리라는 것을 직감했다.

　─ 처제는 어느 회사에 가든지 잘 해낼 거야. 다들 서로 데려가려고 눈독 들이고 있어. 일 잘한다는 소문이 나서 몸값이 높아진 셈이지.

　'그러니까 그 많은 이유를 대면서 나더러 선택을 하란 말이지?' 남편은 내게 '소피의 선택'을 하라고 한다.

　얼마 전 정희가 DVD로 나온 메릴 스트립 주연의 '소피의 선택'을 내게 선물했다. 메릴 스트립은 이 영화로 아카데미 여우주연상을 차지했다. 바로 며칠 전 아무도 없는 집에서 또 한번 흠뻑 빠져 감상했다. 미국작가 '윌리엄 스타이런'의 대표작 '소피의 선택'은 책으로도 베스트셀러였지만, '알란 파클라' 감독의 이 영화는 주연 배우 '메릴 스트립' 때문에 최고의 영화가 되었다. 몇 년 전에 텔레비전에서 방영했을 때 충격을 받아 한동안 멍했던 기억이 있다. 2차 세계대전 때 폴란드인 소피(메릴 스트립 분)의 아버지와 남편은 반 유대주의자임에도 불구하고 교수, 유대인이라는 이유로 나치의 학살 정책에 끌려가 총살당했다. 이후 소피는 두 아이와 아우슈비츠 수용소로 보내진다. 도착하자마자 독일군은 살 자와 죽을 자를 갈랐다. 긴 행렬에 어린 아들, 딸과 함께 서 있던 소피에게 독일 장교는 "두 아이 중에서 가스실로 보낼 아이를 선택하라"고 협박한다.

"Don't make me choose!"

라고 애원하는 소피. 두 아이 중 하나를 선택하지 않으면 둘 다 죽이겠다는 협박에 소피는 병약한 어린 딸을 '선택' 해 버리고 만다. 소리소리 지르며 독일 병사에게 안겨 멀어지는 딸을 보며 소피는 오열한다. 삶은 우리에게 순간순간 무수한 선택을 강요하게 한다. 지금 이 순간, 소피처럼 나는 절박한 선택을 해야 한다. '소피의 선택' 에서 나치는 소피에게 두 아이 중 한 아이만 택하라고 강요한다. 두 아이 손을 잡고 선 소피. 큰아이는 어미를 바라보며 자신을 버리지 말아달라고 애원하고, 작은 아이는 어미의 품에서 떨어지지 않으려고 발버둥친다. 작은아이는 자신이 손을 놓는 순간 죽을 것이다. 불안에 떠는 큰아이는 자신의 운명을 안다. 자신을 버릴 지도 모르는 어미의 선택을. 소피가 두 아이를 안고 피눈물을 흘리던 모습이 눈에 선하다.

'왜 나더러 선택하라고 하는 거야. 네가 결정해!' 우현에게 소리치고 싶었다. 소피처럼 어느 한쪽을 포기할 수 없는 상황인데도, 그는 나에게 전권을 주겠단다. 그건 앞으로 나에게 아무 말도 하지 말라는 것과 같다. 아니 사지를 묶어놓을 심사였다. '당신이라면 어떻게 하겠어. 말해 봐. 지금 내가 어떤 말을 할 수 있겠어?' 굳이 내게 선택권을 줄 필요가 없었다. 이미 정해진 일이 아닌가. 나는 갑자기 씁쓸한 비애가 입가에 감돌았다. 그는 알고 있는 것이다. 지금으로서는 내가 어떤 선택도 할 수 없으리라는 것을. 선택에 대한 아무 권한이 없다는 것을. 그가

제시한 해결 방안은 모두 사업과 연관되어 있다. 남편 사업은 나에게
도 마찬가지로 목숨 줄이므로 나는,

　어느 쪽으로도 선택할 수 없다.

　자식처럼 사랑해야 할 예쁜 동생, 유리의 젊음이 가져다 준 활기는 온
집안을 즐겁게 했다. 그뿐 아니라 남편에게 있어 유리는 그의 모든 일을
전담해주는 비서이고, 부를 가져다주는 복덩어리인 동시에 만능 엔터테
인먼트다. 더욱 중요한 것은, 어렵던 회사를 살려낸 인재로서 고마워해
야 할 중요한 존재가 바로 유리다. 우현이 유리로 인해 표정이 밝아졌다
고 해서 문제가 될 것은 없지 않은가. 유리가 도움이 되고 있는 처지에.
도처에 젊은 여자들이 출렁이는데 오직 유리만 붙들고 트집을 잡는 셈
이 아닌가. 모든 책임은 내가 져야한다. 유리를 우현의 눈앞에 데려다
놓은, 원인 제공을 한 내 죄다. 그놈의 맏딸 증후군! 동생들을 돌보아야
한다는 의무감 때문에 저질러진 일이다. 그래놓고 이제 와서 남편이 자
신에게 관심이 없다는 투정으로 일관하며 치사하게 전락한 셈이다.

맏딸 증후군

　정희가 집을 찾아온 것은 추위가 한창 기승을 부리던 2월 주말이다.
이날 따라 정희 표정이 심란해 보인다. "기분이 더럽고 엿 같다"는 격
한 단어까지 사용하며 친정 일로 고민이 많다고 했다. 그동안 친정 일
로 쪼들리면서도 작은 일들이 생기면 혼자 해결해 왔는데, 이번엔 어

머니 칠순이어서 남편에게 손을 내밀었다고 한다. "몇 번 말했는데도 돈을 주겠다는 말만 하고 그대로 있으니 재촉할 수도 없고." 맏딸로서 모범이어야 할 처지인 그녀로서는 동생들 보기가 민망하다고 했다.

－ 잘사는 동생이 있어도, 내 체면도 있잖니?

나는 그런 정희를 이해할 수 있다. 우리는 맏딸 위치에서 베풂은 당연하다는 교육을 받아왔고 본능과 교육, 배반과 이해 같은 이중적 감정에 갈등해 왔다. 맏딸이라는 공통점이 있어서 흉허물 없이 가슴을 여는 사이다. 정희가 속상해 할 때마다 나도 의도적으로 우리 가족 흉을 보기도 하면서 기분을 풀어준다. 남의 불행이 내 행복은 아니더라도 고통을 나누다 보면 답답하던 마음이 풀어지기 때문이다. 정희 바로 아래 여동생은 한의사다. 정희가 아니더라도 마음만 먹으면 친정을 도울 수 있는 형편인데 그렇지 않았다. 언니에게 맡겨 두었다.

그녀는 남편은 같이 사는 제 마누라 체면을 유지하도록 해 주어야 할 것도 같은데 그렇게 하지 않는다고 했다. 시댁 일은 남편이 알아서 처리하니 그 속을 도대체 알 수가 없다고 했다. 생활비도 필요할 때마다 얘기하면 주급형식으로 준다고 했다. 정희는 "백만 원쯤 받아내려면 열 번쯤 말해야 된다"며 "주겠다고 대답한 돈을 모두 합치면 아마 천만 원은 넘을 것"이라며 "치사해서. 그러면서 고맙다는 인사를 받으려 하고, 생색을 낸다니까. 물론 나도 알아. 친정 일에 신경 끄면 된다는 것도. 하지만 괴롭다"며 한숨을 내쉰다. 내가 맞장구를 친다. "맞아. 돈 버는 일이 쉽지 않겠지. 그렇다면 까짓 것, 얼마든지 생색을 내라고 해! 그래야 살아가는 보람도 느낄 것 아니니?"

그동안 내게도 많은 변화가 있었다. 그 중에서도 큰 사건은 아들 지훈은 지방 대학에 입학했지만, 지혜가 대학입시에 실패한 것이다. 어릴 때부터 영리했고 학교에서도 기대를 했고, 믿었던 딸이었기에 상심이 컸다.

내가 우울해하자 정희가 의아한 표정으로 물었다. "넌 왜? 또 유리 일이니? 내보냈다며?" "너무 늦었어. 우리 지혜가 대학입시에 실패했어. 공부방이 없다고 우는 걸 방치했어. 도서관에 가라고만 했으니." 내 목소리는 무겁게 가라앉았다. 정희 말대로 그 지긋지긋한 맏딸 자리를 진작 벗어나야 했다. 착한 여자인 척, 그 때문에 나는 아이들에게 희생을 강요하게 된 셈이다.

어느 날 지혜가 한밤중에 내게 하소연 하면서 통곡하던 장면이 떠오른다. "난 대학도 못 갈 것 같아. 어디서 공부를 해." 지혜가 내게 하소연 했다. "엄마. 공부를 못하겠어. 이모들은 떠들고 가방 놓을 자리도 없어. 난 어떻게 해!" 지혜가 혹독한 시기를 보내고 있을 때 몇 개월 동안 두 이모와 외할머니가 고등학생인 딸과 방을 함께 써야했다. 책상은 고사하고 가방 놓을 자리도 없이 좁은 방에 셋이서 잠을 자는 일도 포개어 잘 정도로 비좁았다. 지혜는 급기야 엎드려 울기 시작했다. 나는 지혜를 달래며 등을 어루만졌다. "그러니 어떻게 하니. 너도 엄마처럼 동생이 있어서 찾아오면 내보낼 수 없잖아. 갈 곳도 없는데." 나는 안타까움에 목이 메었다. 딸이 그렇게 불편할 것이라고 생각은 했지만 그냥 넘길 수밖에 없었다. 지혜에게 미안한 마음이 들었지만 아버지도 없는 동생을 돌보는 일은 어머니를 위한 것이기도 했기 때문이다.

　"딸의 등을 어루만지며 설득했지만, 내 딸인데도 지혜 볼 면목이 없어. 걔 입장에선 외갓집 식구만 챙기는 나쁜 엄마야." 나는 정희를 바라보며 한숨을 내쉰다. "아이들을 제대로 보살피지 못해서 한해를 또 고생시키게 됐으니 어떻게 할지 몰라. 그렇다고 동생들이 고마워하는 것도 아니고." 내 말이 끝나자 정희가 정의를 내린다. "생각해 보면 우리들 남편, 아이들, 모두 피해자다."

팔색조

불규칙 바운드

열흘쯤 지났을 무렵, 정희가 마땅한 사람이 있는데 네 동생 유리와 연결하면 어떻겠냐고 의견을 타진해 왔다. "넌 왜 자꾸 속을 썩이니. 결혼시키면 될 것을." 정희 말로는 A시에 있는 중견 전자회사에 근무하는 청년이라고 했다. 생산현장을 책임진 작업반장인데 조립 라인에서 현장 여직원들을 관리 감독하고 있다면서, 회사 내에선 유능한 인재라고 덧붙였다. 이름은 조인성, 나이는 스물여덟. 유리와 4년 터울이니 궁합을 볼 것도 없이 좋을 거라고 권했다.

우현은 유리의 맞선 건에 대해서 궁금해 죽겠다는 눈치였다. 평온할 수 없었든지 속삭이듯 조그맣게 물었다.

– 만나 봤어? 유리가 뭐래? 맘에 든대?

– 뭐가 그렇게 궁금해요?

이 막연한 감정은 뭐라 해야 할지 견딜 수가 없다. 나는 우현이 기분이 나쁘다는 걸 안다. 일자로 꾹 다문 입술은 불만을 씹어 삼킬 때 나오는 표정이다.

유리는 조인성과 데이트한 이야기를 내게 들려주었다. 유리는 남자들의 이해할 수 없는 행동을 내게 의논하곤 했다. "이러는데 언니 생각은 어때?" 물으면 나는 "사람마다 다르겠지만 내 생각으로는"하고 내 생각을 말해 주기도 한다. 그러면 남자라고는 형부밖에 모르던 유리가 새로운 세계라도 발견한 듯 신기해했다. 유리는 거의 매일 데이트를 했고, 때론 백화점 명품코너에서 쇼핑도 했다. 그러면서 "꼭 사야할 물건이 있어서가 아니라 사람들 틈에 섞이면 어떤 활력이 느껴져." 유리는 흥분해서 말했다.

조인성은 유리 마음을 잘 헤아렸다. 식당에 앉아 주문서를 들고 있으면 유리가 원하는 메뉴를 집어내고, 수저를 집어 물 컵에 닦아 종이냅킨에 올려놓고 물을 따라 놓았다. 밥을 먹을 때도 휴지를 집으려고 하면 어느새 유리 손에 휴지가 쥐어져 있었다. 그의 자상함과 배려에 유리는 여왕이라도 된 것 같았다. 그와 함께 있으면 손을 쓸 필요가 없었다. 자신에게 잘하는 남자를 물리칠 이유도 그럴 필요도 없다. 그는 유리에게 친절했고, 유리 또한 그의 배려를 사랑으로 알고 받아들였다.

– 언니. 그 사람은 밥은 대충 먹으면서도 최고로 근사한 레스토랑으

로만 가자고 해. 스카이라운지에 있는 바에서 칵테일을 주문하고, 팝송, 재즈 음악을 신청해 놓고 즐기고 있어. 호텔에 있는 '바비 런던' 이나 강남 '와인 바' 가 인성씨가 다니는 단골집이래. 칵테일 한 잔에 십만 원 넘는 것도 있어. 터무니없이 비싼 것 시키는 것도 이상하고. 별로 잘사는 것 같지는 않은데 중고차지만 외제차를 타고 다니고, 데이트할 땐 패스트푸드로 때우면서도 옷은 질샌드, 조르지오 알마니, 돌체 앤드 가바나 같은 명품 옷만 걸치거든. 그런 남자를 어떻게 이해해야 되지? 언니 생각은 어때요?

　― 글쎄, 잘 모르겠지만 생활인이 아닌 것만은 확실한 것 같구나.

　― 그를 만나면 분위기에 압도당하는 기분이 들어요. 아직은 유혹당하면 안 될 것 같아서 핑계를 대고 빠져나와요.

　― 그래, 잘 했다. 과정도 중요해. 천천히.

그에 대한 평은 신사적이고, 합리적이라는 긍정적인 얘기가 대부분이었는데 이상한 방향으로 흘러가는 것 같았다. 그는 데이트 코스를 잘 알았다. 나중에 안 것이지만 최고급으로 데리고 다니며 유리에게 접근했다. 여자들이 명품에 약하다는 걸 안 플레이보이였다. 나는 불길한 예감이 드는 것을 애써 모른 척했다. 남자를 모르는 유리를 단련시킬 수 있는 좋은 기회라 여겼다. 둘은 잘 되어가는 것 같았다.

그리고 겨울이 지나갔다.

아침부터 봄비가 조금씩 내렸고 오후가 되자 폭우로 바뀌었다. 차가운 비가 내리는 어두운 날이었다. 유리가 퇴근하는 길로 집으로 왔다.

문을 열자 후두둑거리며 떨어지는 빗소리가 들렸고 유리가 우산을 들고 서 있었다. 우산은 비바람에 살이 뒤집히고 튕겨져 접히지 않은 채였다. 우산과 신경전을 벌이더니 집어던지고 현관으로 들어섰다. 발이 온통 다 젖어 있고, 어딘지 모르게 불안해 보인다.

– 유리야, 왜 그래? 무슨 일 있었어?

내가 물었다. 유리는 두려움으로 사방을 두리번거리더니 내 가슴으로 뛰어들었다. 심장 뛰는 소리, 떨림이 내 가슴으로 전해졌다. 무슨 일이 생긴 게 분명했다.

– 언니, 이제 나 어떻게 해!

유리가 거스러미 일은 입술을 혀로 축이며 울먹이는 목소리로 말했다. 순간 나는 가슴이 출렁했다. 당황해서 무슨 말부터 해야 할지 몰랐다. 유리를 식탁 의자에 앉히고 물 한 컵 따라주면서 물었다.

– 왜? 차근차근 말해 봐.

유리는 아무 말도 하지 않고 있다가 물었다.

– 형부는 아직 안 왔지?

– 응. 그래 말해 봐. 그런데 왜 이렇게 떨어?

주위를 둘러본 유리는 입을 꾹 다문 채 물 컵을 움켜잡았다. 한참 후 떨리는 소리로 입을 열었다.

– 지난 토요일 저녁. 심야영화를 보고 오다가 포장마차에서 소주를 마셨어요. 일어섰을 때는 새벽 3시가 넘었는데…….

– 무슨 말인지 알아 듣기 쉽게 얘기 해.

– 시간이 그렇게 된 줄 몰랐어요. 나도 웬만큼 취했고, 그 사람도 비틀거리며 걷다가 이 시간에 집에까지 가봐야 곧 출근해야 한다면서 근처에서 쉬고 싶다는 거야. 집이 일산이거든. 나도 이렇게 피곤한데 그

도 그렇겠구나, 하는 생각이 들었어. 그렇다고 혼자 가게 할 수는 없고. 그가 모텔까지만 데려다 달라고 했어.

그날 사고의 발단이다. 지금 무슨 일이 일어난 걸까. 창을 때리는 거친 바람소리가 들릴 뿐 세상은 고요했다. 잠시 유리는 꿈을 꾸고 있다고 생각했다. 그러나 꿈이 아니었다. 조인성의 눈은 붉게 충혈된 채 번들거리고 있었다. 너무 놀라서 몸 위에 엎어진 그의 어깨를 밀어냈다. 더 이상은 안 돼! 오늘 이렇게 하기 싫어. 무슨 상관이야. 우린 결혼할 거잖아. 핏발 선 눈이 그녀를 향해 찌르듯 다가왔다. 불가항력이었다. 고통을 참지 못하고 몸을 뒤틀었다.

– 너 지금까지 한 얘기가 사실이냐?
– 응, 언니와 형부가 충격 받을까 봐…….
유리는 말을 잇지 못했다.
– 힘으로 안 되면 물어뜯지 그랬니.
유리 얘기에 나는 분노했다.
– 지금껏 좋게 지낸 사람을 어떻게 그래.

나는 믿기가 어려웠다. 도대체 어떻게 대처했기에 성급하게 당했을까? 지금은 유리의 잘못을 따질 상황이 아니다. 결혼을 전제로 데이트를 했고 이왕 결혼할 사이인데 어떠냐고 해서, 그 설득에 넘어갔다는 것이다. 그렇지 않았다면 필사적으로 저항했을 거라고 했다. 침묵이 흘렀다.

그런 일이 있고 열흘쯤 지났을까. 유리에게 또 다른 문제가 터졌다.

이번에는 날마다 전화를 하던 조인성이 며칠째 연락이 없다는 것이다. 혼자 며칠간 고민하다가 언니에게 털어놓는다고 했다. 유리 말을 듣다 보면 어떻게 그런 일이 있을까 할 정도로 기가 막히고 화가 난다. 왜 이런 하찮은 놈에게 당했을까. 마치 아프리카의 밀림 속으로 여행을 하는 것처럼 앞이 보이지 않는다.

– 언니, 자존심이 상해서 견딜 수 없어. 전화를 해도 받질 않아!

유리 표정이 일그러졌다.

– 뭐라구! 얼마나 충격일까 하고 보듬어 주어도 시원치 않은데. 그게 무슨 일이라니…….

나는 한동안 말을 할 수 없었다.

–언니. 난 무엇보다도 그 사람이 배신한 게 분해서 싫어. 난 그때 몸이 찢기는 아픔도 있었지만, 무엇인지 모르게 '잘못됐다' 는 직감으로 가슴이 떨렸어. 그럴 때 남자라면 여자를 안아주고 자신의 사랑을 말해 주어야 하는 거잖아.

나는 흐느껴 우는 유리의 등을 어루만졌다. 놈의 행동은 정황으로 보아 철저히 계획된 것이 분명했다.

– 그 죽일 놈! 그동안 네가 애태우게 한 것 때문에 복수라도 하자는 거야?

– 확신이 설 때까지 자신을 지키려던 것뿐이잖아.

유리 말이 맞지만 앞으로가 문제다. 막막하다. 어떤 말도 해줄 수 없다. 모든 게 내 질못인 것 같았다. 형부의 일로 삐걱거리는 집 안 분위기 때문에 유리가 마음에도 없는 놈과 데이트를 한 것 같아 마음이 무거웠다. 무엇보다 앞으로 남자에 대한 불신이 문제다. 뿌리 깊은 상처, 그 상처를 어떻게 치유시킬까. 유리가 겪었을 마음고생을 생각하니 가슴이 답답하고 무거워진다.

　며칠 후 유리는 조인성을 만났다. 얼마간 자포자기 체념한 심정이었다. "앞으로 결혼하려면 집도 얻고 돈이 많이 필요할 텐데. 헤프게 쓰고 다니지 말라"고 조인성을 달랬다. 유리 말을 듣자 그의 얼굴이 딱딱하게 굳어졌다. 그는 아주 부자연스러운 목소리로 입술 전체를 움직이면서 대답했다.

　– 어떻게 되겠지.

　– 집은 어떻게 할 예정인데?

　그는 대답대신, 해결책도 없이 술만 마셔댔다. 순간 모든 것이 명백해졌다. 자신을 숭배자라고 따르던 그는 아무런 계획도 갖고 있지 않았다. 어떤 미래도 겨냥하지 않았으며 그냥 여자들에게 접근하여 유혹하는 걸 즐기는 건달이었다. 그녀는 이런 놈에게 쉽게 빠졌다는 생각이 미치자 분노가 치밀어 올랐다.

　유리가 그나마 냉철함을 되찾은 것은 조인성으로부터 도망치면서였다. 왜냐하면 그를 더 이상 만나지 않으려 하자 조인성은 유리에 대한 집착으로 이어졌고, 만나주지 않는다고 그녀에게 공갈과 협박을 했다. 유리 퇴근시간에 맞춰서 나타나 기다렸고. 그래도 유리가 피하려고 하자 술에 취해 유리를 잡고 행패를 부리기도 했다. 날마다 조인성은 유리를 잡고 옥신각신하는 실랑이가 벌어졌다. 유리가 퇴근하는 길에 차에서 내려 가로막았다. 조인성을 피해 유리가 도망을 쳤다. 그는 급히 차에 올라 유리를 따라갔고, 창문을 열고 강제로 태우려다 유리가 차에 치었다. 가벼운 찰과상에 그쳤지만 유리가 조인성에 대한 미련을 버리는데 한몫했다. 그 사건 이후 유리는 형부에게 구원을 요청했고, 함께 퇴근을 했다. 우현은 유리를 지키는 일에 적극적이었다.

알려지지 않은 진실

유리의 결혼 계획은 무효로 돌아갔다. 그리고 우현은 평온해 보였다. 하지만 늘 그렇듯 우현은 나에게 말을 아꼈다. 집에서도 편안하게 웃으면서 말하면 될 것을, 뭐가 두려운지, 아니면 싫은지 나만 보면 사무적이고, 싸늘하게 반응했다. 그리고 할 말이 있으면 하라고 필요하면 들어주겠다고 했다. 하지만 남편에게 꼭 해야 할 사무적인 일은 없었다. 생명을 유지하는데 필수적인 의식주는 해결한 상태. 굳이 말로 한다면, 치사하지만 부부관계였다. 남편은 아내의 구애에 마지못해 응했지만, 결과는 슬픔만 안겨 주었다. 그는 식물인간이 아니라 그림같이 변해 있었다. 어느 날 나는 참다못해 집에 놀러온 친정어머니에게 불만을 토로했다.

– 유리, 그 기집애 제 형부와 팔짱끼고, 히히덕거리고 다녀서 수군거린대. 수상하다고…….
– 그게 무슨 소리냐? 유리는 그럴 애가 아니다.
– 꼭 어떤 관계가 있는 게 아니라…….
– 그럴 리가? 내, 알아보마.

어머니는 자신의 죄라며 가슴을 친다. 한숨을 쉬고 슬픈 얼굴로 돌아갔다. 나는 죄도 없는 어머니에게 퍼부어댔지만, 어머니가 괴로워하는 모습을 본 탓인지 기분이 나아지기는커녕 더욱 찜찜해졌다. 다음날 아침 어머니가 눈에 분노를 담고 꼭두새벽에 달려왔다. 마침 우현은 일찍 출근하고 집에 없었다. 아이들도 학교에 갔고, 나 혼자였다. 대문을 열자 인사도 받지 않고 엄마가 탱크처럼 돌진했다.

– 너 아무래도 의심 마귀가 들었구나! 유리 말을 들어보니 아무 일도 없다고 하더라.

엄마는 금방이라도 주먹을 휘두를 듯 결연한 표정이다. 나는 침묵했다. 구체적인 전후 사정을 모르는 어머니는 겉으로 드러난 사실만을 문제 삼았다.

– 너 큰일 났구나? 멀쩡한 제 동생이나 의심하고.

나는 어머니에게 자신의 심정을 이해시키려다 그만두기로 한다. 복잡한 감정을 설명해봤자 소용없을 것 같았다. 나보다 몇백 배 억울함으로 꽉차 있을 어머니가 내 마음을 이해할 리 만무했다. 막내인 유리 걱정이 태산 같았고, 억울하게도 터무니없는 의심을 해대는 큰딸을 원망했다.

– 눈에 넣어도 아프지 않을 막내딸, 돈이 없어 대학도 못 보낸 것이 불쌍해 죽을 지경인데. 사랑스런 막내를 큰언니 집으로 보내 얹혀 지내게 하는 것도 마음에 걸렸는데 이젠 의심까지 받게 하다니!

어머니는 가슴을 치며 통곡한다. 억울한 말을 듣게 되는 막내딸의 처지가 못 견디겠다는 투였다. 말은 못해도. 나는 어머니 마음을 안다. 아프다 못해 죽고 싶은 심정일 것이다. 어머니 쪽에서 보면 큰딸인 나는, 자신이 유일하게 의지할 수 있는 사람, 즉 자신이 낳은 딸들을 보살

펴주는 존재인 동시에 커다란 권력을 쥔 힘이다. 그런 어머니가 큰딸
에게 할 말을 하고 싶어도 참는 경우가 많았을 것이다. 그런 어머니가
지금 더 이상 참을 수 없다는 듯 막말을 해대고 있다.

　- 갓 태어나서 에미가 죽었어도 살 놈은 다 산다. 네 동생이 시골로
내려간들 못살겠니?
　- 엄마! 그런 말이 어딨어!
　- 네가 정 싫다면, 데리고 내려가마!
　- ……아냐 ……엄마. 그런 말이 아냐! 그 애가 착하긴 해.
나는 다급히 어머니의 서운한 마음을 수습해야 한다.
　- ……내가 주의를 주마 ……이게 다 내가 못난 탓이다.
어머니는 눈시울을 붉힌다.
　- 그런데 너, 유리가 울면서 내게 뭐라 했는지 알아?

그리고는 나를 한참 바라보다가 입을 떼었다. "엄마! 난 형부를 아버
지처럼 좋아했어요. 그런데 언니는 자꾸 나를 이상한 눈으로 봐. 속상
해 죽겠어. 억울해! 엄마. 아무 사심도 없이, 무조건 잘 하고 싶었단 말
이야. 내가 얼마나 열심히 일했는지 알아? 큰언니네를 위해서. 그런데
아무도 모르나 봐."
　- 너, 네 아버지가 살아계실 때 유리가 아버지에게 매달리며 사랑한
다는 말을 얼마나 많이 한 줄 알아? '난 이 떼당에서 우으리 아부지가
떼일 쪼아' 하며 목을 끌어안곤 했단다. 술에 취해서 집에 들어온 너네
아버지는 술 냄새를 풍겨서, 둘째인 필석은 아버지를 피해 코를 잡고
도망을 갔단다. 유독 유리만은 우리 아버지가 세상에서 제일 좋다는

아이였다고…….

어머니는 그렇게 얘기한다.

말이란 가슴속에 숨어 있을 땐 얼마든지 활발하게 돌아다니고 상상하고 부풀려도 남에게 해를 끼치지 않는다. 자신만 괴로우면 된다. 하지만 뱉어버린 순간 괴물이 되고, 살상무기로 변해서 타인에게 치명상을 입힌다. '말'은 입으로 나온 순간 단순해져서, 저속해진다. 나는 어머니 앞에서 부끄럽다. 그래서 아무 말도 할 수가 없었다.

고통스런 몇 주가 흘렀다. 정원에 낙엽이 수북이 쌓이고 날은 점점 더 추워졌다. 유리가 집에 왔다. 아무것도 모르는 남편이 반갑게 다가가자 유리는 갑자기 몸을 움츠리며 내 눈치를 살핀다. 어머니가 주의를 주었을 것이다. 두 사람 사이의 서걱거림이 너무 부자연스러워 오히려 내가 민망했다. 내 앞에서, 나를 의식해서 그러는지도 모르겠다. 그동안 이런 일은 없었다. 유리와 우현은 자연스럽게 접촉되던 관계가 트러블을 일으키고 있다. 우현의 손길이 닿기만 해도 반사적으로 화들짝 놀라 몸서리친다.

"이모 여기 좀 봐!" 우현이 손을 잡으면, 유리는 송충이를 털어내듯 호들갑을 떨며 어깨를 뺀다. 유리의 뿌리침에 우현은 맥을 잃고 움츠러든다. 기분이 상한 눈치다. "누가 잡아먹나. 왜 그래?"

우현이 나를 보며 눈이 옆으로 길게 돌아간다. 갑작스런 유리 반응에 놀란 남편의 그 화살이 나에게 날아온 것이다. '내가 왜?' 나는 눈을 내리 깔고 무심한 척한다. 남편 태도에 화가 나지만, '잘들 놀고 있네!' 속으로 중얼거린다. 내 눈앞에서도 유리를 저렇게 좋아하는데 그동안 얼마나 많은 접촉이 있었을지 모르겠다. 하지만 아직은 참는 길이 우선이다. 우현은 유리를 원하고 있다. 온몸으로, 눈으로, 손으로. 그런데 그 대상이 멀어지려 하자 너무 안타깝고 절박해서 이성을 잃고 있는 것 같았다. 그동안 유리에 대한 갈망을 신체접촉으로 대체시켰던 모양이다.

유리가 다녀간 지 며칠이 지났다. 퇴근하고 집에 돌아온 우현은, 유리가 아파서 회사에 결근했으니 당신이 한번 찾아가 보라고 했다. 그러면서 내 시선을 외면했는데, 우울해 보였다. 기운 없이 앉아 있는 우현에게 저녁상을 보았다. 몇 술 뜨다가 수저를 놓았는데 우현의 메마른 입술이 다른 날보다 더 허옇게 보였다. 다음날 오전 나는 유리를 찾아갔다. 유리는 얼굴에 홍역을 앓는 아이처럼 붉은 꽃이 돋아 있었고 이마에 열도 심했다. 어디가 아픈가 물었더니, 유리는 몸살이라고 했다. 병원에 데리고 가야 했다.
　– 동네 병원엘 갈까?
　– 아냐, 그냥 쉬면 나을 거야.
　– 내과를 가야 할까? 아니 피부과로 가 보자.
　내 말에 모든 것이 다 귀찮다는 듯 유리는 얼굴을 돌린다.
　– 우선 피부과부터 가 보고 나서.
　나는 유명하다는 피부과를 떠올려 보았다. 유리를 안아서 일으켜 세웠다. 다행히 병원은 그다지 멀지 않은 곳에 있었다. 유리의 상태를 진찰한 피부과 의사는 현재 어떤 일을 하고 있는지 물으면서 무조건 며칠 직장을 쉬어야 한다고 했다.
　– 너무 과로했군요. 어느 회산지 사장이 너무 했어요. 어린 아가씨

가 이렇게 되도록 혹사 시키다니.

우현은 어느새 악덕 기업주가 되어 있었다. 유리를 사랑하는데 악덕 기업주라니? 하지만 내가 거론할 문제가 아니다. 의사의 진단은 유리의 병은 스트레스가 주원인이라고 했다. 보호자인 언니는 쳐다보지도 않고, 그저 유리가 안됐다는 투였다. 유리는 뽀얀 얼굴에 머루처럼 맑은 눈동자에 슬픔을 담고, 응석을 부리듯 의사에게 눈길을 주고 있다. 의사의 진단 결과로 본다면 유리의 병 원인인 스트레스는 내가 유리에게 저지른 일이고, 그 책임은 전적으로 내게 있다는 말과 같다. 의사의 말대로라면 나는 가해자다. 피해자는 오히려 나인데 '왜들 다 나만 죄인이고, 유리는 피해자라고 단정 짓고 있는 걸까?'

나는 유리의 발병 원인을 알고 있다.

조인성과의 파혼 이후 우울해 하는 유리에게 친구들과 어울리라고 내가 충고했다. 그 무렵 유리 친구 은지가 재경 동창회에 함께 가자고 찾아왔고 유리는 마음을 추스를 겸 해서 모임에 참석했다. 그런데 그곳에서 학교 때부터 유리를 좋아했던 남자 강세진을 만난 것이다. 그는 혹시 유리를 만날 기대를 하고 모임에 나왔다고 했다. 그는 학교 때부터 모범생이었는데 H경제연구소에 근무한다고 했다. 자연스런 만남이 이루어졌고, 그 후 유리 말로는 몇 번 만났다고 했다. 나로서도 반대할 이유가 없었다. 무엇보다 유리가 마음의 상처를 빨리 극복하길 바랐다. 그런데 기대가 무너져버렸다.

일주일 전이다. 회사 영업사원이 유리에게 말했다. 며칠 전, 술집에서 은지를 발견하고 반가워서 아는 체하려다가 그만두었다고. 은지가 어떤 남자와 함께 있었는데 술자리에서 진한 스킨십을 하더란다. 언젠가 유리와 함께 데이트를 하던 남자 같다고 했다. 그즈음 은지가 회사로 서너 번 찾아왔기 때문에 그는 은지를 알고 있었다. 유리는 설마 그런 일이 일어날 것이라고는 생각 못했다. 은지가 노골적으로 강세진에게 접근했던 것이 분명했다. 다음날 은지를 찾아갔다. "너 어떻게 그럴 수 있어?" 단도직입적으로 유리가 따지고 들자, 술을 마시고 데이트를 했다고 고백했다. 은지는 변명도 없이 우물우물 미안하다는 말만 했다. 둘의 관계를 모르던 유리로선 충격이었다.

유리는 이 과정에서 심한 스트레스를 경험하게 되었다. 그런 일을 알리 없는 의사 눈에는 단지 순수한 처녀가 괴로워한 모습만 보인 것이다. 병원을 다녀온 후 유리를 집에 데려다 놓고 시장을 다녀왔다. 유리를 몸보신을 시키려고 산 곰국거리를 손질하면서 어머니에게 유리를 잘 챙겨주라고 부탁해 두었다. 집으로 돌아가는 길에 나는 생각했다. '왜? 유리는 은지와 그 남자 때문이라는 말을 나에게 하지 않을까.' 잠자코 고개를 숙인 유리, 결과적으로 비겁한 얌체다. 슬그머니 의사의 말을 인정한 꼴이다. 섭섭하다. 믿음과 배신, 동전의 양면처럼 두 얼굴이다.

왜들 모두 솔직하지 못할까?

저녁 늦게 돌아온 우현은 방안을 서성였다. 유리에게 들렀다는 것이다. 나는 의사가 한 말도, 유리가 아픈 것은 은지와의 트러블 때문이란 말도 할 수 없었다. 우현은 낮에 병원에 다녀왔다고 하면서 유리가 그 동안 무리를 했는지 몸살이 난 것 같다고 했다. 착잡한 듯 밥상에 앉았다가 말없이 자리에 누웠다. 삼일 만에 유리가 회사로 출근했고, 낮에 어머니가 나에게 왔다. 어머니는 사위가 다녀간 이야기를 한다.

"처제 미안해! 언니에게 의심이나 받게 하고." 친정 어머니를 보며 말하더란다. "장모님, 제가 다 부족해서 처제를 고생시켰어요." 그러면서 아내에게 사랑을 못준 자신의 책임이라고 장모를 향해 거듭 사과하더라고 한다. 유리가 아프다는 말을 듣고 일찍 퇴근해서 집으로 찾아간 것이다. 남편이 유리를 바라보며 안타까워했을 장면이 떠오른다. 그는 유리가 누워 있는 옆에 앉아서 머리를 짚어 보고, 핏기 없이 가는 손목을 잡고서 그윽하고 애처로운 눈길로 유리를 보고 왔을 것이다. 그토록 순수한 여자를 괴롭힌 천박한 아내를 책망하면서.

– 사위 얼굴 보기가 민망해서 혼났다.
어머니가 말한다.

유리 방. 한 칸 원룸에서의 세 사람의 대화가 눈앞에 선하다. 나는 어머니에게서 그 말을 듣는 순간 불같이 화가 치민다. 회사 일에 바빠서 아내와 자주 잠자리를 못했고 그 때문에 아무 죄 없는 처제까지 의심하게 만들었다고, 자신이 죄인인 양 말했을 것이다. 부부관계는 자연스럽게 흘러야 한다. 더구나 성생활은 물밑으로 조용히 편안하게 흘러야하는 일임에도, 왜 입 밖으로 들춰내는지. 치사하다 못해 슬프기까지 하다.

　비겁한 놈! 지금 유리가 아픈 것도 내 탓이란 말인가? 유리의 침묵, 역시 남편과 마찬가지로 한패다. 나는, 내 이야기를 들어줄 상대가 필요했을 뿐이다. 일상적인 이야기는 정신적인 신뢰를 주고받는 소통을 전제로 이루어진다. 하지만 남편과 유리는 서로 보듬어 안고 자신들만 아프다고 아우성이다. 남편은 유리 처지만 안타까워하고, 유리 이야기에만 귀를 기울인다. 내 말은 아무도 듣지 않는다. 나는 내 편을 잃은 '왕따'다. 그들은 나를 소외시키고, 그 때문에 괴로워한 나를 가해자 취급한다. 더구나 남편은 나에게 날마다 몸의 소통을 원하는 여자로 몰아붙인 것이다. 모두 비겁하다.

　유리는 제 남자친구 때문이라는 말을 아꼈고, 남편은 유리에게 온 정신이 팔려 있다. 나에게 소홀한 것을 정말 모를까? 아니면 결백하다는 자신들 입장만 생각했을지도? 너희들만 상처 받는다고 생각하지? 부부 관계는 성적인 것만 있는 게 아니란 것도 모르는 것들. 둘이 한패가 된 건 알았지만 이렇게까지 나를 비참하게 만들 줄은 몰랐다. 세상에는 칼에 찔리지 않더라도 남몰래 가슴에 피를 흘리는 사람도 있어. 너희들이 그걸 알아? 나는 내 자신이 저지른 작태가 눈앞에 선연하게 드러난다. 자신을 팽개치고 술을 마셔댄 것도, 결국은 '나'라는 존재를 측은히 여겨달라는 몸짓이 아니던가. 억지로 '나를 사랑해 달라!'며 윽박지르고 떼를 쓴 것은 아닐런지……. 치졸한 생각과 행위가 유치해서 못 견딜 지경이다. 한동안 말없이, 나는 어둑한 거실에 주저앉아 있었다.

유토피아

유리 결혼하다

유리가 맞선을 본 것은 겨울이 끝나고 봄이 시작되던 어느 주말이었다. 친척 아주머니가 유리 신랑감을 소개했는데, 이름은 유현식, 유리보다 세 살이 많았고 초등학생 대상의 미술 학원을 운영한다고 했다.

맞선 장소는 집 근처 한강이 보이는 작은 카페였다. 강이 보이는 자리는 비워두고 안쪽에 유리와 나란히 앉았다. 조금 있으려니 친척 아주머니, 중년여자, 청년이 카페로 들어섰다. 신랑감은 자신의 이모와 함께 왔다고 인사를 건넨다. 첫눈에 별 거부감이 없었다. 온순해 보이고 착한 양처럼 공손했다. 잘 웃지 않은 점이 좀 걸렸으나 크게 문제될 것이 없었다. 유리도 싫지 않은 표정이었다. 그는 고향이 같았고 알고 보니 바로 이웃 동네였다. 그래서 쉽게 마음을 터놓고 이야기할 수 있었다. 지금은 보잘것없지만 앞으로 시내에 커다란 종합학원을 세우는 게 꿈이라고 했다. 나는 편모슬하가 마음에 걸리지만 어떻게 보면 식구가 많은 것보다 단출한 것이 오히려 나을 것 같았다. 유현식의 말은 유리를 통해 내게 생중계처럼 보고되었다.

두 번째 데이트에서 그가 유리에게 고백했다. 시내에서 함께 저녁을 먹고 맥주를 한 잔씩 마시고는 창경원 앞으로 해서 혜화동 로터리를 거쳐 대학로를 걷던 중이었다. 옆에서 걷던 유현식이 발길을 멈추고 말을 꺼냈다. 전철역 앞이었다. "유리씨는 무언가 특별한 것이 있어요. 보고 있으면 나까지 맑고 깨끗해지는 느낌이 들어요. 처음 본 순간, 이 여자다! 했어요." 그는 앞으로 자주 만나고 싶다고 했다.

한 달쯤 지났을까. 데이트를 하고 돌아온 유리가 달가워하지 않았다. "언니, 나 결혼은 다시 생각해 볼래요. 너무나 달라서 이상해요. 외아들이란 것도 걸리고." 나는 혹시 유리가 외롭게 자라서 그런 말을 하는 모양이라고 짐작했다. "왜? 단출해서 좋을 것 같다고 했잖아.""막상 결혼하려니 혼란스러워요. 그냥 비슷한 처지라서 생각해 보려고 했지만, 가슴이 뛰거나 하는 감동이 없어요. 남자로서 믿음도 없고." 유리가 망설이는 듯했다. 아마 제 형부와 비교되는 모양이다. "선 본 남자가 처음부터 맘에 들겠니. 살다보면 정들고, 맞춰 사는 거지. 너를 데려다 고생시킬 사람 같지는 않더라. 유산으로 받은 땅도 있다고 하던데." 소개한 친척에게 들은 말을 띄우며 되도록 결혼하는 쪽으로 설득했다.

스물다섯이 되는 봄, 유리는 마침내 결혼하기로 결심한다. 유리는 결혼 후에도 직장을 계속 다니기로 했는데 유현식이 운영하는 학원 수입이 일정하지 않아서다. 막상 유리가 결혼하기로 마음을 굳혔다는 말을 듣자 나는 마음이 착잡하다. 유리가 그런 결정을 내리기까지 내 입김이 크게 작용했을 것이다. 옳은 결정이었을까, 생각하니 걱정이 앞선다. 유리 결혼식 날자가 빠르게 결정되었고 준비할 일이 많아졌다. 이제 유리 일로 더 이상 다툴 일이 없을 것 같다. 그런데 그렇게 간단히 끝날 문제가 아니었다. 특히 우현의 기분은 기복이 심해서 살얼음판이다. 유리 이야기만 나오면 짜증을 냈고 아무것도 아닌 일에 아내에게 화살을 돌리기 일쑤다.

— 왜 급하게 서둘렀어. 그 녀석이 마땅치 않아.
잔소리를 해댔다.
— 내 생각엔 처제 결혼은 좀 더 신중해야 하는 것 아냐?
— 결정된 일을 가지고, 이제 와서 왜 그래요.

남편은 유리를 보낸다고 생각하니 불안했겠지만 나도 불안하기는 마찬가지였다. 서로 다른 차원이겠지만. 끝까지 안타까움을 숨기지 못하고 겉으로 드러내는 남편이 미욱해 보인다. 남편의 당당함으로 미루어 보아 결정적인 실수는 하지 않았으리라. 그는 "당신은 터무니없이 핍박하고 질투나 했다"며 비아냥거렸고, "몰상식하게 온갖 추태를 다 부렸다"고 험하게 몰아붙였지만 나는 입을 다물었다. 하지만 마음 한편에선, 차라리 내연의 관계였더라면 그들을 비웃어줄 수 있고 텅텅 큰소리치면서 피해자이면서도 승자로 군림했을 거라는 생각도 들었다.

유리 결혼식 날.

나는 만감이 교차된다. 유리가 결혼함으로써 내 가정의 질서가 원상
복구될 것이고 동생을 미워하던 죄책감에서도 해방되리라. 유리에게
향했던 남편도 체념하고 마음을 접게 되고 모든 것이 제자리로 돌아가
리라. 이제 유리도 정신적인 혼란에서 벗어나기를 바라면서 나는 신부
대기실을 찾는다. 오월의 신부, 유리가 꽃보다 아름다울 것이라고 생
각했으나 얼굴에 기쁨이 없다. 몸을 떨고 있다. 하얀 드레스, 베일을 쓰
고 앉은 유리는 손이 뜨겁고 얼굴까지 시뻘겋게 달아오르고 있다. 가
슴을 팔딱거리며 두려움에 쫓기는 사람처럼 불안해 했다.

– 왜 그러니. 아무 일도 없을 거야. 마음을 잘 다스려 봐.

나는 유리를 껴안고 가만히 등을 쓰다듬어 주었다.

– 언니……. 괜히 결혼한다고 했나 봐.

– 여기까지 와놓고, 이제 와서 어떡하니. 걱정 마. 다 잘 될 거야. 알
았지!

– 왜 이렇게 불안한지 몰라. 잘못하고 있는지도.

아마도 유현식에 대한 불확실성, 불안한 선택에 대해 강박관념에 사
로잡힌 것으로 보인다.

– 언니, 조인성이 왔나 살펴봐 줘요. 며칠 전에도 전화가 왔었어요.

– 뭐?

유리 말을 듣자 가슴이 뜨끔해진다.

– 알았어. 형부에게 말해둘 게.

유리의 불안은 결혼에 대한 불확실 때문만은 아닌지도 모른다. 그럼
그 정체는? 혹시 사랑하는 형부 곁을 떠나기 때문일까. 길들었던 둥지

를 떠나 미지의 세계로 발을 들여놓을 때 느끼게 되는 막연한 불안감 같은 것일까. 나는 불길한 마음을 접고 좋은 쪽으로 생각하기로 한다.

 – 이 좋은 날 울긴 왜 울어?

유리가 끝내 눈물을 보인다. 나는 다시 만감이 교차된다. 나는 유리의 등을 쓰다듬고 일어선다. 유리의 불안한 마음을 덜어줄 방법도 시간적 여유도 없다. 연분홍 한복을 차려입고 어쩔 줄 몰라 서 있는 어머니를 발견하고 주례석 앞 신부 쪽 부모 자리에 앉아 있게 한다. 얼핏 어머니가 옷고름으로 눈가를 누르고 있는 게 보인다. 나는 어머니에게 손수건을 쥐어주고 자리를 떠난다. 지금 어머니 마음이 어떨까? 깊이 생각할 틈도 없다. 혼주 역할, 결혼식 손님을 맞이하는 일은 내 몫이다. 회사 거래처 손님, 관련 업종 사장들, 우현의 친구들이 대부분이다. 나는 몇몇 동창, 성당 교우들을 맞이하러 식장 입구로 갔다.

신랑 입장이 시작된다. 식장 입구에는 우현이 아버지를 대신해 긴장된 모습으로 유리 손을 잡고 서 있다. 어제 저녁 웨딩마치에 맞추어 걸어 보라고 할 때는 그냥 웃음으로 넘겼던 우현도 오늘은 긴장한 모습이 역력하다. 그는 지금 무엇을 생각하고 있는지. 입술선이 꽉 물려 있다. 얼굴은 웃고 있지만 곧 울음이 터질 것 같은 비통함이 배어 있다. 허공을 쳐다보기도 하고 무심한 척하느라 애쓰는 것이 보인다. 그동안 정황으로 미루어보면 가슴이 뻥 뚫려 있을 것이다. 나는 자신의 결혼식을 떠올린다. 그때 딸의 손을 잡은 아버지 손이 떨리고 있었다. 형부손을 잡고 선 유리와 처제를 결혼시키는 우현의 심정을 헤아려 본다. 시간이 지날수록 유리 손을 잡은 우현 손이 떨리고 있다. 고개를 숙이고 선 유리도 표정이 쓸쓸해 보인다.

세 사람의 얽힌 감정은 지금 여기서 스톱하고 유리는 떠날 것이다. 이제 모두가 다시 출발하면 된다. 결혼만 시키면 모든 문제가 해결될 것이지만 서글픔, 쓸쓸함, 시원함, 섭섭함, 아쉬움. 그 모든 것을 합쳐도 마음이 제대로 표현되지 않는다. 앞에 앉은 어머니 손수건이 연신 눈가로 가는 게 보인다.

짧게 결혼식이 끝났다. 피로연 음식도 간단했다. 잇따라 쏟아지는 위로의 말들. 우현의 친구들이 그에게 다가가서 어깨를 툭툭 치며 말을 던진다.

– 어이 송 사장! 섭섭해서 어쩌나?
– 쓸데없는 소린, 괜찮아!

나는 질끈 눈을 감아버린다. 커다란 돌더미가 자꾸만 마음을 내리누른다. 위로는 남편이 아니라 내가 받아야 한다. '동생을 데리고 있다가 결혼 시키고, 남편과 자식들 뒷바라지, 큰집 동서를 비롯한 시집 식구 눈치 보느라 고생했다고.' '아무에게도 말하지 못할 마음고생이 많았을 거라고.' 나는 친정집 친척들에게서 '그동안 언니가 앨 많이 썼네.' 라는 말을 기대했지만, 친척 당숙에게서 "자네 이번에 애를 많이 썼네" 라는 한마디를 들었을 뿐이다. 하지만 우현에겐 달랐다. 친척들이 우르르 몰려들어 우현에게 수고했다는 말을 했다.

"형님. 어떡하면 저런 사위를 얻을 수 있어요. 처제를 돌보다가 출가까지 시키면서 저렇게 슬퍼하다니! 아주버님이 안 계시니 사위가 아버지를 대신하게 되네요. 다 살게 마련이지.” 처제의 결혼을 딸 시집보내는 것처럼 가슴 아파하는 그를 두고 친정 친척들은 좋은 사위를 두었다고 한다. 남편에게 고맙다가도 옆에서 그런 말이 들려올 때마다 왜 모두들 유독 그에게 몰려들어 위로하는 것인지, 아무리 생각해도 그 이유를 알 수 없었다. 도대체 무엇 때문에? 왜? 그러나 비밀의 답을 아는 데는 채 일 분도 걸리지 않았다. 친정 친척들과 당사자만 모르고 있을 뿐. 그를 아는 사람들은 모두 다 알고 있었다. 두 사람이 긴밀한 사이였음을. 사랑은 감출 수 없다는 것을.

집으로 돌아오자 갑자기 피로가 몰려온다. 긴장이 풀리고 팔다리에 힘이 빠지면서 온몸이 쑤시기 시작한다. 우현은 집으로 들어오자마자 이불을 덮고 누워버렸다. 그동안 사람들 앞에서 침착한 모습을 보이며, 서서 연기하느라 그도 지친 듯하다. 하지만 오 분도 지나지 않아 아무래도 그냥 넘길 수 없다는 듯 이불을 젖히고 벌떡 일어난다. 무엇이 못마땅했는지 미간에 브이 자 주름이 잡힌 걸 보니 트집을 잡을 모양이다.

— 당신, 오늘 음식이 그게 뭐야? 먹을 게 있어야지.

적반하장이다. 남편 입을 바라보던 나는 어이가 없어 헛웃음이 나온다. 나는 강자로 군림한 자의 횡포를 안다. 강자는 화를 내도 괜찮고 약자는 참아야 한다는. 그가 신경질을 부리거나 화낼 이유도 없지만, 화풀이 대상이 나라면 그건 세상이 다 웃을 일이다. 하지만 개개인에게 일어나는 일에는 넌센스 퀴즈게임처럼 예상치 못 한 일 천지다.

— 당신이 웬 참견이야. 절약하려고 그런 거지.

말은 그렇게 했어도 나는 속으론 찔린다. 결혼식 비용을 그가 댔지만 손님 접대 음식은 내가 도맡아 처리했다. 마음은 최선을 다 하려고 했는데, 성의를 다하기 싫어서 대충대충 해치운 감이 없지 않아 있었다. 그렇지 않아도 나는 남편에게 고맙다는 말을 하고 싶었다. 하지만 만사가 귀찮다는 얼굴을 한 우현은 더 이상 말할 가치가 없다는 듯이 다시 이불을 머리까지 뒤집어쓴다. 이왕 수고한 일, 오늘 같은 날은 남편에게 수고했다는 말은 꼭 했어야 한다. 그러나 돌아누운 그를 보자 나는 허탈해진다. 오늘 시누이 결혼식이라면 내가 생색낼 수도 있지만 친정 일이라 꾹꾹 눌러 참기로 한다.

십분쯤 지나서 어머니에게서 전화가 왔다.
– 오늘 수고 많았다. 좀 쉬어라. 피곤할 텐데.
나를 위로했다. 어머니는 역시 내편이었다. 아무도 내게 진심으로 “오늘 힘들었지?”하고 말해 준 사람은 없었다. 어머니는 피로연이 끝났을 때도 내 손을 꼭 쥐며 “애 많이 썼다” “네가 있어서 유리를 결혼시키게 됐다”면서 몇 번이나 고맙다고 했다. 어머니는 유리를 떠나보낸 빈집에서 지금쯤 누구보다도 마음이 편치 않을 것이다. 혹시라도 막내딸을 행복하게 살 곳이 아닌 곳으로 보냈으면 어쩌지, 하며.

저녁 밥상을 차려놓고 누워 있는 우현에게 이불을 젖히며 조심스럽게 저녁을 권했으나 그는 미간을 찌푸리며 손사래를 친다. 혼자 먹기도 그렇고, 생각도 없어 밥상을 거둔다. 학교에서 늦게 오는 아이들과 함께 해야겠다는 생각이다. 자개장 옆에 있는 작은 문갑장, 그 위에는 텔레비전과 전화기가 놓여 있다. 나는 아랫목에 쭈그리고 앉아 텔레비전을 보고 있는데 전화벨이 울린다. 이불을 덮어쓰고 누운 남편 옆에 앉아 있던 나는 재빨리 일어나서 텔레비전 볼륨을 급히 낮추었다. 그리고 전화기를 들었다. 신혼 여행지인 제주도에 잘 도착했다는 유리 전화다.

　-언니, 고마워!
　- 즐겁게 지내다 와.
　잠든 줄 안 남편이 급히 일어나 전화기를 잡아챈다.
　- 이모! 어때? 행복해? 응…….

　다음 말은 귀에 들어오지 않는다. 다만 남편의 헐떡거리는 숨소리만 귀청 가득 웅웅거릴 뿐. 미처 못 한 말들이 있었는지 그는 수화기를 든 채 멍하니 그대로 서 있다. 그러더니 이내 자리로 돌아가 덜컥 누워버린다. 남편의 허둥거리는 모습에 나는 어이가 없다. 신혼여행 간 처제 전화에 그토록 절박하게 목숨을 걸듯 매달리는 이유는 무엇이란 말인가? 그가 보여 준 태도는 누가 봐도 '연인을 떠나보낸 남자'의 처절함이다. 그건 유리를 향한 안타깝고도 절절한 마음을 드러낸 행동이고, 그동안 부부싸움의 근원이었던 이유를 스스로 인정한 셈이기도 하다.

사랑이 지나간 자리

　신혼여행에서 유리 부부가 돌아온 것은 삼일 후다. 가볍게 인사를 한 후 현관으로 들어서는 두 사람은 정다워 보인다. 유리는 활짝 웃으며 "언니, 수고 많았지요!" 내게 말하고, 우현에게도 "형부, 잘 계셨어요?" 인사를 한다. 일찍 퇴근해서 집에서 기다리고 있던 우현은, 유리를 보자 반갑게 다가가 허그를 하려고 두 팔을 내민다. 하지만 거기까지다. 유리 옆에 서 있는 현식을 보더니 동작을 멈추고는 화장실로 들어가 버린다. 신혼여행을 잘 다녀왔느냐는 인사말도 없다.

잠시 후 화장실에서 쨍그렁, 유리컵 깨지는 소리가 들려왔다. 화장실에서 나온 우현은 유리와 시선이 교차하자 잠시 벙긋하더니 곧 무심한 표정으로 돌아갔다. 거실 소파에 앉은 그는 신혼여행은 어땠느냐는 말도 없이 신문을 들고 있다가 이따금 눈을 들어 신혼부부의 거동을 살피고 유리에게 가던 시선을 멈추기도 한다. 저녁 내내 화난 사람처럼 아무 말이 없던 그는 두 사람이 떠난다고 하자 건성으로 아는 체를 한다. 신혼부부가 돌아가고 나자 그는 소파에 맥없이 털썩 주저앉았는데 지치고 허탈한 표정이다.

유리와 현식이 살고 있는 신혼집은 집에서 버스로 두 정거장 거리다. 다음 날 우현은 퇴근해 돌아와 물었다.
— 처제는? 왔다 갔어?
— 아뇨. 할 일이 많은지 안 왔어요.
유리의 결혼 휴가가 끝나기까지는 아직 이틀이나 남아 있고 신혼집을 정리하는 중이다. 침통한 표정으로 방으로 들어간 그는 양말을 벗어 던지면서 지나가는 말처럼 한마디 던진다.
— 제 동생 꼴을 못 보더니, 이젠 됐나?
유리에게 쏠렸던 관심이 이제 내게로 돌아왔지만 그것은 엉뚱한 것이어서 나를 더욱 지치게 만든다. 문제는 그동안 관심이 없던 아내의 일상적인 몸짓이나 별탈없이 넘어가던 일에도 일일이 간섭하고 트집을 잡기 시작했다는 거다.

- 엉덩이를 좀 가릴 수 없느냐.

- 옷이 그게 뭐냐.

- 지금껏 남편 입맛 하나 못 맞추고 뭐하느냐.

- 입맛이 없다.

사소한 일에도 한바탕 신경질을 부리고는 방으로 들어가서 말문을 닫아버린다. 유리가 결혼한 지 며칠이 지났다. 무거운 집안 공기에 눌리다 못해 비위를 맞추려고 웃어 주면, "주책없이 왜 그러느냐"고 여지없이 힐책이 날아온다. 긴장감을 못 견뎌 곧바로 말을 시키면 이번엔 한심하다는 표정을 짓는다.

- 쓸데없이 왜 그렇게 가벼워. 비굴하게.

그럴 때마다 나는 속으로 불평한다. '누군 자존심이 없는 줄 알아. 비굴하다고? 나도 싫어. 누군 좋아서 웃는 줄 알아. 그대로 있다간 죽을 것 같아서다. 네놈 없이도 기쁠 수 있으면, 있으래도 떠나고 말거야.' 하지만 그럴 수 없는 것이 내 한계다. 나는 더욱 무거워진 공기로 인해 남편 앞에서는 걸음도 쉽지 않다. 겨우 밥상 앞에 앉으면, 이번에는 엉뚱하게도 밥이 질다, 음식이 짜다, 싱겁다로 시작해서 모든 것에 짜증을 낸다.

- 도대체 왜 그러는데?

따져들면 그는 수저를 놓고 방을 나가버린다.

'죽일 놈, 이젠 그만 해라!' 나는 말없이 밥상을 치우면서 욕을 퍼붓고 싶지만 이젠 욕을 하도 많이 해서 할 욕도 없어진 느낌이다. 남편에게 유리의 존재가 이렇게 큰 줄 몰랐다. 염치도 없는 놈. 저들이 내 고통을 알기나 했겠는가. 하지만 사람들은 제각각 자신의 고통만, 사랑만 크다고 아우성이다. 기어코 남편은 밤길을 헤매려나 보다. 대문 여는 소리가 나더니 휙, 밖으로 사라진다. 그냥 앉아 있을 수는 없었던 모양이다. 생각하기 따라서 하찮은 일일 수도 있는데 서로 영혼을 갉으며, 마음까지 마멸시키고 있는 것이다. 남편 마음을 들여다봤다.

가슴에 구멍이, 아주 큰 구멍이 뚫려 있다. 그런 남편을 떠올리자 가소롭다. 그동안 아프다고 몸부림쳤던 나. "이게 복수구나!" 나는 나도 모르게 소리 내어 중얼거리고 있다. 그날 밤 나는 새벽녘까지 혼자 앉아 멍하니 달을 쳐다보면서 남편의 방황이 언제 끝날까 생각해 본다.

일요일 오후, 유리부부가 시내에서 영화를 보고 오는 길이라며 전기구이 통닭을 사들고 왔다. 우현의 기분을 조금이라도 풀어주려는 생각에서인 것 같았다. 두 사람이 행복해 보이고 유리가 환하게 웃는 걸 보자 내 마음도 가벼워진다. 현식이 들고 온 통닭은 우현이 좋아하는 기름이 빠진 통닭이다.
　－ 우리 유리를 잘 돌봐줘서 고맙습니다.
　현식이 우현에게 인사를 건넨다.
　－ 유리가 형님 얘기를 많이 해요.
　－ 유서방, 자넨 와이프 복이 많은 줄 알아.
　우현은 마치 제 보물을 넘겨준 사람처럼 공치사를 한다. 그동안 현식어머니는 아들과 함께 시골집과 아들의 자취방을 오르내리며 살림을 했다. 혼기가 꽉 찬 아들이지만 혼자 둘 수 없어 걱정하다가 이제 짝이 생기자 고향으로 내려갔다고 한다. 나는 늘 신혼일 때 둘이서만 사는 사람이 부러웠다. 시어머니 눈치를 살피며 도둑처럼 부부관계를 해치웠던 그때를 떠올릴 때마다 한숨이 나온다. 연애기간을 생략한 중매로 만났다고 해도, 마음껏 사랑을 표현하고 살 수 있는 두 사람이 행복해 보인다.

나는 제부를 위해 술을 내오고, 방에서 웃음소리가 흘러나왔다. 신혼부부의 화기애애한 모습은 나를 안심시켰다.

그동안 두 사람의 신혼이 찜찜했는데 이제야 마음 놓고 웃을 수 있을 것 같았다. '이제 폭풍은 지나갔다. 모든 것이 제자리로 돌아왔다.' 유리에게 밑반찬을 챙겨주면서 나는 흐뭇했다. 특히 현식이 유리를 좋아한다는 사실이 나를 기쁘게 했다. 열 시가 조금 넘어서 유리가 집에 간다며 자리에서 일어섰다. 내가 우현에게 짐이 무거우니 차로 데려다 주면 어떻겠냐고 물었더니, 제부는 유리와 데이트 겸해서 걸어가겠다고 한사코 거절한다. 나는 걸어가는 그들을 지켜보았다. 유리는 밝게 웃으며 손을 번쩍 흔들었고 현식은 다소곳한 목례를 했다. 우현은 행복하게 팔짱을 끼고 걸어가는 유리와 현식을 배웅하고 잠시 후 돌아왔다. 정원엔 우현만 홀로 남았다. 나는 정원에 우두커니 서 있는 그를 보았다. 그는 주목나무 주위를 서성이며 그동안 끊었던 담배에 불을 붙이고 있었다.

황금궁전

저 세상에 있는 운명도
모두 내 권한이지.
신들이 나를 지켜본다고?
여기는 내 세상이고, 나의 전부라네!

— 괴테, '프로메테우스' 에서

신혼생활

신혼집 이층 빌라는 언덕 중턱이다. 날마다 아카시아 향기가 바람에 실려서 날아오고, 밤이면 언덕 아래로 펼쳐진 서울의 야경이 화사하다. 미래에 대한 꿈으로 부풀고 기쁜 날이 이어진다. 마치 새로운 세상에 온 것 같다. 언니와 형부에게도 행복하게 사는 모습을 보여주고 싶다. 월드컵 경기가 있던 날, 현식과 나는 거실에 앉아 축구경기를 보았고 현식은 그가 오래전부터 가지고 있던 생각을 들려주었다.

  – 유리씨는 경영을 맡으면 돼. 나는 현장을 책임질게. 시골에 있는 땅을 팔아서 건물을 사고. 미술 분야에선 명문 학원을 만들고 말거야.

  – 최고를 만들려면 지도자가 필요할 걸요.

  내 말에 현식은 입을 크게 벌리고 소리내어 웃었다.

  – 그건 문제없어. 최고의 페이를 지불하면 가능해.

  회사에서 돌아오면 현식은 문 앞에 서서 기다렸다가 나를 두 팔로 꼭 껴안았다. 기다렸어. 이리 와 봐. 다리 아파? 여기야? 내가 주물러 줄까? 그러더니 장난기 있는 얼굴로 다가와 내 발을 당겼다. 그는 오늘 일은 다 끝났으며 이제 서로에 대해 좀더 알게 되는 일만 남았다고 한다. 그러면서 그는 웃으면서 말했다. 지금까지 누구도 사랑해 본 적이 없어. 너뿐이야. 당신은 하늘이 준 선물이야. 정말 그래. 참 신기한 일이야. 우리, 당신과 내가 만난 거 말야. 지금껏 만나본 여자 중에 당신이 가장 마음에 들어. 처음부터 편안했으며 나를 이해해 주는 사람을 만나게 된 나는 행운아야. 이제부터 집안일을 배워가며 함께 도우며 살겠어. 우리에게 남은 것은 기쁨, 노래하는 영혼뿐이야.

  나는 그런 현식을 보며, 내가 영화 속의 한 장면으로 들어가 산책을 즐기는 것 같은 생각이 들곤 한다. 나는 그의 말을 믿는다. 그는 나의 사랑을 원하고 있다. 하늘이 맑은 일요일. 세탁기를 돌리며 설거지를 하는데 안방에서 현식이 부르는 소리가 들리는 것 같았다. 설거지를 멈추고 방으로 들어서자 현식은 리모컨을 손에 들고 방바닥에 누워서 텔레비전을 보다가 환한 표정을 지으며 벌떡 일어나 앉았다. 아마도 무언가 도울 일을 찾는 모양이었다. 아무리 아내가 사랑스럽기로서니 잠시도 가만 놔두지 않는다고 생각하며 그를 바라보았다.

– 물…… 좀 갖다 줄래?

현식이 TV 모니터에서 눈을 떼지 않은 채 입을 벙긋한다. "아까부터 물을 마시고 싶었는데 유리가 바쁜 것 같아서 참았거든." 망설임 없는 목소리다. 물이라니, 도대체 무슨 소리지? 나는 자신도 모르게 어안이 벙벙해졌다.

– 그건, 현식씨가 먹으면 되잖아.

이상하다는 표정으로 자신을 바라보고 있는 내 시선을 의식한 현식은 '아차!' 실수했다는 듯 웃었다.

– 알았어. ……앞으로 그럴 게.

그렇게 말한 그는 잠시 말을 멈추었다가 덧붙였다. 그동안 길들여진 습관을 고치려고 해도 하루아침에 안 되거든. 하지만 조금만 기다려 달라고 했다. 내가 부족해도 서로가 이해하면 사랑은 깊어질 것이니 염려 말라고도 했다.

현식은 자신이 원하기만 하면 무엇이든지 손아귀에 들어온다는 것을 알고 있다. 게으름을 피우고 나서 대충 어리광으로 때우면 된다는 것도 이미 터득한 사람 같다. 바쁜 아내에게 방에 앉아 각종 심부름을 시키는 그를 어떻게 생각해야 할지 알 수 없다. 순진한 아이처럼 주위의 관심과 보호를 기대하는 천진난만한 아이 같다.

시어머니가 찾아온 것은 여름이 시작되는 어느 주말이다. 자그마한 체구에 도전적인 분위기를 풍기는 오십대 후반이다. 젊은 아가씨처럼 건강한 혈색인 그녀는 살림살이가 깨끗하게 유지되고 있는 모습에 아주 흡족해 했다.

– 나는 우리 아들을 속옷까지 직접 다려 입히면서 키웠단다.

겉모양이라기보다는 건강을 위한 것이라고 했다. 러닝셔츠와 팬티는 물론이고 티셔츠도 다려 입어야 멸균이 된다는 말도 했다. 시어머니는 자신의 견해가 옳다고 확신했으며 아들을 바라보는 눈길이 자식을 보호하는 부드럽고 관대한 어머니였다.

– 아기야, 알았냐.

시어머니가 웃으며 물었고, 나는 무의식 중에 손에 힘을 주었다. 어떻게 그런 일이 가능한지 이해할 수 없었다. 그리고 그날 오후 시어머니로부터 내가 들은 내용 중에서 80퍼센트 정도는 이해할 수 없었다. 그래도 나는 귀를 기울였다. 아들 현식을 사랑하는 걸 상상하는 건 어렵지 않았다.

– 예, 알았습니다.

나는 잔뜩 겁에 질린 상태였으므로 더듬거리며 대답했다. 당황스러웠지만 남편을 아껴주라는 말로 이해하며 가볍게 넘겼다. 언니에게 시어머니 얘기를 했을 때, 언니는 걱정스럽다는 표정으로 나를 쳐다봤다. 나는 걱정하지 말라며 웃음을 터뜨렸다.

– 지금까지는 어땠는지 모르지만 이제부턴 현식씨는 내편이니까 괜찮아.

월요일. 아침부터 비가 내리고 있다. 출근 준비를 하고 일어서려는데 현식이 반소매 티셔츠를 펼쳐들고 인상을 쓰고 있다. 순간 나는 아들에게 티셔츠를 다려 입혔다는 시어머니 말이 생각난다. 티셔츠를 다려 놓지 않은 아내를 그냥 묵과할 수 없다는 태도다. 이맛살을 찌푸린 현식이 시비조로 소리친다.

– 도대체 일요일 내내 집에서 뭔한 거야?

그 말은 그는 일요일도 하루 종일 바빴는데 나는 빈둥거렸다는 투로 들린다. '집에서 뭐하다니. 너는 텔레비전에서 어제 월드컵 축구 경기를 보느라 바빴겠지만, 나는 하루 종일 너 때문에 바빴잖아.' 나는 입으로 나가려던 말을 삼킨다.

– 어떻게 나한테 그렇게 말할 수 있어…….

잠시 말이 끊긴다. 현식은 늦게 미술학원에 출근해도 되지만 나는 아침 일찍 출근해야 한다. 시계를 보니 출근시간에 늦을지도 모른다.

– 이렇게 쭈글쭈글한 티셔츠를 어떻게 입으란 말이야!

현식은 딱딱한 표정으로 몸을 떤다. 내가 보기엔 하얀 티셔츠는 깨끗하고 입을 만하다. 순간 무언가 잘못되어가고 있다는 느낌이 든다. 결혼 전에는 다리지 않은 옷은 한 번도 입어 본 적 없다고? 결벽증까지 있을 줄이야. 무엇보다도 군대에서 다림질을 많이 해서 살림엔 자신이 있다던 사람이 아닌가.

– 현식씨는 왜 맨날 나보고 하라고 해! 그러면 다른 옷으로 입고 나가든가. 어제 현식씨는 뭐 했는데. 주말 내내 빈둥거리다가 아침에 출근하는 사람에게 그렇게 말하면 어떡하라고. 하루 종일 자기 때문에 내가 바빴던 게 눈에 안 보였어?

  티셔츠를 다려 놓지 않았다고 화내는 현식에게 나는 버럭 소리를 질
렀다. 달리 어떻게 해야 할지 몰랐다.
  ― 알았어. 깜짝 놀랐잖아.
그는 왜 그런 일로 화를 내느냐며 볼멘소리를 했다.

  유현식이 그렇게 된 이유는 순전히 그의 어머니 때문이다. 어머니는
아들을 애지중지하며 키웠다. 어릴 때는 어머니 말 잘 듣는 착한 아들
이었고 학교 다니면서 말썽 한번 부리지 않았다고 했다. 홀어머니 입
장에선 언제나 아기처럼 젖가슴을 빨고 싶어하는 그런 의존적인 아들
이 사랑스러웠을 것이다. 문제는 그 후였다. 커서도 어머니가 아니면
아무것도 하지 못하는 남자가 되어 버렸다.

  결혼하고 처음 맞는 크리스마스가 다가온다. 현식은 미술학원 일로
바빠서 늦게 끝날 것 같다고 한다. 언니에게 시내 백화점에 함께 가자고
전화를 하고 집을 나선다. 언니집에 들렀더니, 마침 일요일이어서 집에
있던 형부도 따라 나선다. 연말이라 그런지 백화점은 손님들로 붐빈다.
캐럴이 울려 퍼지고 모두들 분주해 보인다. 언니 말로는 수많은 손님 중
내가 제일 행복해 보인다고 하고, 형부도 처제 얼굴에 생기가 감돈다고
한다. 에스컬레이터를 타고 우리는 의류코너가 있는 5층으로 올라갔다.
  ― 현식씬 그동안 무얼 입고, 살았는지 모르겠어.
  혀를 차며 현식 티셔츠를 골랐다. 와인색에 노란색 가는 줄무늬가 있
는 것이다. 티셔츠를 사서 쇼핑백에 넣었다. 작년 크리스마스 이브에는
형부와 함께 쇼핑을 했었다. 그때 형부에게 처음 와이셔츠와 넥타이를
선물했는데 내 선물을 펼쳐보며 기뻐하던 모습이 지금도 눈에 선하다.

하얀 와이셔츠와 핑크색 넥타이는 지금도 형부가 가장 아끼고 좋아하는 것이다. 와이셔츠는 깃과 소매 끝이 흰색이고 나머지는 청색 줄무늬가 있어 젊은이들에게 잘 어울리는 스타일이다. 붉은색 반짝이가 든 넥타이는 화사했다. 커프스 버튼까지 한 벌이었다. 여성용 속옷 코너에서였다.

– 우리 애인 어때요. 멋있죠?

형부가 점원 아가씨에게 말했다. 답례로 형부는 내게 맘에 드는 걸 고르라 했다. 내가 형부 어깨를 툭 치면서 환하게 웃자 형부는 어깨를 움츠리며 도망가는 몸짓을 했다. 그때 형부는 내게 속옷을 선물했다. 그날 형부는 친구들과 만나 늦었다고 하면서 내가 선물한 와이셔츠와 넥타이는 낮에 거래처에서 받은 것이라고 둘러댔다고 한다. 언니가 알았다면 서글펐을 것이고 소외감을 느꼈을 것이다. 지금도 언니에게 미안한 것은 그때 일을 말하지 못했다는 것이다.

언니 선물로는 며칠 전 사 놓은 가죽장갑이다. 깜박 집에 두고 나와서 나중에 전해 줄 예정이다. 형부에게는 넥타이를 하나 선물하고 싶다. 쇼핑백을 들고 의류코너를 나오다가 생각난 듯이 말했다.

– 형부 마음에 드는 걸로 하나 골라 봐요.

형부와 함께 넥타이 코너로 갔다. 언니가 옆에서 넥타이를 이것저것 고르고 있다.

– 제가 선물하는 거예요.

그때 옆에 있던 형부가 끼어든다.

– 이왕이면 처제가 골라줘.

언니의 옆 얼굴이 순간적으로 당황한 듯한 기색이 스쳐 지나간다. 형부가 괜한 말을 했다. 신경이 예민한 언니 앞에서는 주의해야 했다.

넥타이는 포장해서 언니에게 전했다.

– 언니, 모처럼 나왔는데 우리 어디 좀 앉았다 가지.

마침 커피숍이 눈에 띈다. 형부가 앞장을 서서 그곳으로 걸어간다. 언니와 나는 쇼핑백을 들고 형부 뒤를 따라 커피숍으로 들어간다. 형부는 커피부터 한 잔 마시고 좀 쉬었다가 영화를 한 편 보고 들어가는 게 어떠냐고 묻는다. 내가 집에 빨리 가야 된다고 말하자 내내 우울한 표정으로 말이 없다.

– 두 분이서 재미있게 이야기하세요.

내가 먼저 일어나자 형부도 따라 일어선다.

–우 리도 이만 집에 가자.

내가 집에 도착했을 때 현식은 미술학원에서 돌아와 있었다.

– 어딜 갔다 이제 오는 거야?

– 응, 백화점에 다녀오는 길이야. 이거 선물이야.

백화점에서 사온 선물꾸러미에서 티셔츠를 꺼내 보였다. 현식은 시큰둥해 한다.

– 누구랑 갔는데?

– 언니와 형부랑. 형부가 영화 보고 가자는 거 커피만 한 잔씩 마시고 그냥 왔어. 두 분만 영화보고 오라니깐 그냥 집으로 간다고 함께 일어났어.

– 그래?

그는 일어나서 소파 위로 옮겨 앉더니 텔레비전 위에 놓인 리모컨을 가리킨다.

– 저것 좀 갖다 줄래?

당혹감에 말문이 막힌 나는 할 말을 잃는다.

처음에는 작은 심부름이라 그가 부탁하는 일을 불평 없이 받아들였다. 그는 그러한 걸 당연한 일로 생각하는 듯했다. 내가 외롭게 자란 탓인지 지나친 모성애를 가지고 있어서 현식의 자잘한 부탁도 들어주었고, 그의 모자라는 부분을 채워주고 싶다는 마음을 가지기도 했고, 그가 즐거워하는 모습을 보면 사랑스럽다는 생각도 들었다. 웬만한 결점도 그냥 넘어갈 수 있었다. 하지만 결혼생활이란 이론이 아니라 실제이다. 이상과 꿈도 좋지만 일상적인 생활의 반복이고 두 사람이 함께 손 잡고 가야 하는 여정이 아닌가. 하지만 현실이란 게 어디 우리 뜻대로 되는가. 삶이란 사랑보다도 생활이란 걸 어렴풋이 느끼기 시작한 것도 그 즈음이다. 그래도 미술학원이 바쁠 때는 수입도 괜찮고 서로 부딪칠 일도 적었다.

미국 월가에서 촉발된 글로벌 금융위기가 현식에게도 영향을 미치기 시작했다. 전반적인 경기가 나빠지면서 특별지도를 받던 학생들이 줄어들었고 그가 운영하는 미술학원이 경영난을 겪기 시작했다. 자연히 그가 집에 있는 시간이 늘어나고 그의 불평을 받아 주어야 한다. 집 안은 언제나 어지럽혀진 채 그대로다. 설거지, 청소, 빨래……. 처음은 이해하고 넘어갔던 일에도 나는, 신경이 날카로워지고 왜 혼자서 애를 쓰고 있나 하는 의구심이 늘어간다. 우리는 '사소한 일'에도 자주 충돌했고, 무엇보다 현식의 생활태도가 점점 나쁜 방향으로 흘러갔다. 게다가 현식이 기대했던 시골 땅은 종중 선산이라 팔 수가 없었다.

현식이 운영하는 미술학원은 계속 적자였다. 미술학원의 적자를 내가 메워야 했다. 현식을 위해 식사를 챙겨야 하고, 그가 주문하는 일과 집안일에서 헤어나지 못한다. 시간이 흐를수록 내가 해야 할 일이 많아져 간다. 나는 피곤한 몸을 끌고 집에 돌아오면 쉬지 못한다. 의식주에 필요한 일에서부터 미술학원생들 신상카드를 작성하고 필요한 자료들을 정리해서 워드작업까지 해야 한다. 그는 시장 보는 비용도 모른 체하고, 생활비도 내 수입으로 꾸려나가야 한다. 사랑하는 사이에선 꼭 남편이 아니라 우선 돈을 버는 사람이 담당해야 한다는 것이 그의 주장이다.

어느 날 회사에서 집으로 돌아가자 현식은 기다렸다는 듯이 내 어깨에 팔을 얹고 치근덕거리며 다가왔다. "미안해 당신이 고생하는 것 알아. 조금만 더 참아." 그는 웃으며 말했다. 그날은 피곤해서 도저히 '알았다'고 할 기분이 아니었다. "이러지 마. 오늘은 안 돼." 그를 밀치자 "얼마나 너를 많이 사랑하고 있는데 그러느냐?" 따지고 든다. 그러다가 자신의 의도대로 안 되자 가엾은 모습을 해서 불쌍한 마음이 들게 하고 자신에게 더 많은 관심을 갖게 만든다. 지극히 유아적인 이기주의로 인해 타인을 자신이 원하는 대로 유도하는 기술만은 천부적이다.

어리광, 그것이 사랑이라고 주장하는 그에게 길들여지는 것은 아닌가 하는 생각이 들자 나는 두려워지기 시작했다. 내가 그 자신에게 더 많은 관심을 가져주기를 그는 원했다. 그의 어머니 역할까지 감당할 자신이 없다. 무엇보다 뭔가를 해결하고 매듭을 지을 수 있는 힘이 그에겐 없는 것 같다. 책임감도 없다. 그것을 지적하면, "왜 그래?" 잔소리 한다고 짜증을 부리기 시작한다.

어느 날 밤 그는 자리에서 일어나 다짜고짜 화를 냈다. 열 시가 지나 있었다. 언니 집에 함께 갔다가 집에 돌아온 날이다. 그가 발을 구르며 내게 트집을 잡았다. 형부와 너무 다정해 보인다는 것이다. 얘기할 때 얼굴을 돌리고 하라는 건지 얼굴을 쳐다보며 얘기한 걸 가지고 억지 부리며 대들었다. 형부와 눈을 맞춘다면서. 그동안 사소한 불평은 있 었지만 그런 일은 처음이다. 미간을 좁힌 그의 이마에 핏줄이 곤두서 있었다. 대화를 나누던 우리 목소리는 점점 날카로워지고 말싸움이 시 작되었다. "그렇게 억지부리지 말라"고 하면 그는 순전히 자기식대로, 내가 의도했던 것과는 전혀 다르게 해석했고, 내가 그 사실을 지적하 면, "너희들 연애하느냐?" 막말까지 해댔다.

어느 날 아직도 형부를 사랑하느냐고 그가 물은 순간부터 나는 그 문제에 대해 곰곰이 생각해 보았다. 우선 그의 질문에 적절한 답변을 준비해야 했다. 일주일 후 나는 한숨을 내쉬며 현식에게 말했다.

– 이럴 바엔 우리 차라리 헤어져.

– 뭐, 끝내자고?

그가 흥분한 목소리로 외치는 바람에 나는 깜짝 놀랐다.

– 누구 마음대로. 당신을 사랑한다니까…….

나는 놀라 휘둥그래진 그의 눈을 보았다. 그것은 분노에 찬 시선이 었고 당황한 나는 재빨리 도망쳤다.

언니가 모르는 사람으로부터 전화를 받은 것은 그로부터 두 달쯤 후 였다.

트러블

-K병원 응급실입니다. 장유리씨가…….

월요일 오전. 응급실에 누워 있는 나는 눈이 부어올라서 눈을 뜨기
도 어렵다. 두 눈으로 천장을 보려고 해도 한쪽 눈만 보인다. 눈퉁이뿐
아니라 온몸도 멍 투성이다. 왜 그렇느냐? 언니가 물으면 뭐라고 대답
할까, 생각했지만 묘책이 없다. 자포자기의 심정이 되어 눈을 감았다.
오늘 아침, 현식과 싸움이 벌어졌고 현식은 집을 나가버렸다. 막다른
벽에 부딪친 것 같은 기분이 들기도 했다. 내가 아픈 것보다도 언니나
형부가 알까 봐 신경 쓰인다. 내가 잘 사는 줄 알고 있을 텐데. 현식에
게 맞았다는 걸 알면 어쩌지? 웃어보려고 이마를 찌푸렸다가 입을 크
게 벌려 여러 표정을 지어 보지만 잘 되지 않는다. 그때 문이 열리더니
한 여자가 들어선다. 언니다.

– 이게 대체 무슨 일이니?
나는 부스스 일어나 앉는다. 몸을 움직이자 극심한 통증이 온몸에
퍼져나간다.
– 아니, 언니가 어떻게 알았어요?
애써 웃으려 했으나 안면에 통증이 찾아와 잔뜩 찌푸린 얼굴이 되고
만다.
– 너 왜 이래? 도대체 누가 그랬어?
언니가 놀란 눈으로 물었다. 내 몰골을 보고 놀라는 언니를 불편하
게 만들고 싶지 않았다. 나는 잠시 대답을 못 하다 침을 한 번 꿀꺽 삼

켜 목을 축인 뒤 입을 열었다.

― 아무것도 아냐. 그냥…… 길가는 데…….

간신히 그렇게 말하는 것이 전부였다.

― 뭐라고? 어떤 미친놈이!

언니 입에서 대뜸 어떤 미친놈이냐는 말이 튀어나왔다. 분노에 찬 음성이었다. 나는 언니가 그렇게 화를 내는 걸 여태 본 적이 없다. 나는 아랫입술을 지그시 깨물었다. 내 변명이 서툴렀다. 아무런 이유도 없이 길가는 사람을 두들겨 패는 놈은 없을 것이다. 차라리 길을 걸으면서 다른 생각을 하다가 맨홀에 빠졌다거나 전봇대에 얼굴을 부딪쳤다고 했다면, 조심하지 그랬니! 하며 넘어갔을지도 모른다. 그런데 지나가던 자전거에 부딪친 것도 아니고 길가다가 모르는 남자에게 맞았다고 했으니. 도대체 그런 일이 가당키나 한 걸까. 나라도 믿지 않을 것이다.

― 언니, 화내지 마. 제 애인인 줄 알았다나…….

나는 얼결에 둘러댄다. 어떤 식으로든 안심시켜주는 게 낫겠다 싶기도 한 것이다.

― 그런 눈 삔 놈이 다 있어. 제 계집도 모른대? 그리고 제 애인은 왜 때린다는 거야.

― 집 나간 여자라나 봐…….

― 네 남편도 이 사실을 알아?

― 응.

나는 짧게 대답했다. 부은 눈에서 눈물이 흘러나왔고, 그런 나를 물끄러미 바라보던 언니가 눈물을 닦아주며 내 손을 잡았다.

― ……예쁜 것도 문제구나.

언니는 의자를 당겨 앉으며 한숨을 내쉬었다.

의사는 조금 전에 다녀갔다. 좀 어떤가 물었지만 나는 눈을 감은 채
아무 대답도 하지 않았다. 의사는 더 묻지 않고 오른 팔에 매달린 링거
병을 쳐다보다가 나갔다. 뒤따라가던 간호사가 한 번 되돌아보며 보호
자에게 연락했다고 한다. 보호자라니! 현식을 떠올렸으나 간호원이 그
의 연락처를 알 리는 없다. 그러고 보니 접수실 보호자란에 언니 전화
번호를 적었든 기억이 난다. 그나저나 언니는 내가 지금 현식과 사이
가 좋지 않다는 걸 알고 있을까? 혹시 내가 현식에게 손찌검 당한 걸
알고 있을까? 언니는 뭔가 심상치 않다는 느낌이 들었는지 내 자백을
받아내든지 아니면 범인을 찾아나설 것 같은 태세다. 내 말을 못 미더
워하고 있다는 걸 알 수 있다.

– 네 남편이 안 보이는데 어떻게 된 거야.
언니가 다그쳐 물었다.
– 무슨 일이 있었지? 바른 대로 말해!
아까의 말이 분노에 찬 음성이었다면 이번은 체념과 슬픔이 배어 있
다. 말을 하진 않았지만 왜 내 얼굴이 부었는지 알고 있음이 분명해 보
인다. 언니는 계속 추궁을 했고 나는 마침내 털어놓았다.
– 언니. 그 인간이 주먹질을 했어.
언니는 내가 무슨 말을 했는지 이해할 수 없어서 멍하니 바라보기만
했다.
– 갑자기 눈앞이 캄캄해지면서 피할 사이도 없었어. 화끈한 통증이
눈을 뚫고 머리로 전달되는 것 같았어. 순간 정신을 잃었어. 어디를 어
떻게 맞았는지 기억에 없고, 왜? 두들겨 맞아야 했는지 이유도 몰라.
언니의 눈동자에 당혹감이 서렸다. 나는 잠시 눈길을 창밖으로 돌렸

다. 한참 후 말을 이었다.

　－언니. 난 맞는다는 것이 이렇게 모욕적인 것이라고는 생각도 못했어. 아픔보다는 인간에 대한 실망이라고 할까. 더 이상 살고 싶지 않아!

　－엄만, 어떻게 하고? 그런 말 함부로 하는 게 아니야?

놀란 표정으로 언니가 손을 저었다.

　－처음엔 코뼈가 부러졌나 했어. 이젠 괜찮아. 진통제 때문인지 통증은 가라앉았어.

　한없이 자상하고 사랑해 주리라 믿었던 현식이 알고 보니 완벽주의에다 괴팍한 성격의 소유자였다. 그동안 내가 현식에게 이것저것 챙겨 주면서 고생하는 모습을 볼 때마다 싫어하던 언니다. 그런데 결혼한 지 얼마 되지도 않았는데 이런 날벼락이 떨어지다니. 나를 내려다보던 언니는 내 팔뚝에 매달려 있던 링거병 줄을 가지런히 펴 놓았다. 언니는 고개를 돌린 채 창밖을 바라보고 있다. 병원 마당에서 한 남자가 휠체어에 앉은 젊은 여인을 산책 시키고 있었다. 여인은 병색이 완연했지만 얼굴엔 환한 미소가 번지고 그런 여자를 바라보는 남자에겐 안타까움이 보였다. 이 좋은 세상, 이 좋은 계절에, 그것도 신혼인데 제 여자가 귀한 줄도 모르고 트집을 잡고 있는 현식 놈에게 붙잡혔다는 생각이 들자 서글펐다. 저들처럼 살면 오죽 좋아. 저 남자는 아픈 부인을 저렇게 보살펴 주는데 현식이란 놈은 멀쩡한 제 여자를 두들겨 패서 병원에 처박아 놓고 무슨 할 말이 있다는 건지. 이 축복의 계절에, 결혼한 지 일년도 안 돼서 싸움질을 하고 있으니 더 이상 악다구니할 필요도 없을 것 같다. 언니가 나를 바라보는 눈길이 측은했다. '어떻게 하면 이 나쁜 놈과 이혼시킬까' 하는 생각을 하고 있는 것 같았다.

그날 주먹을 휘두르고는 문을 박차고 나간 현식은 아내가 병원에 실려 갔다는 걸 모르는지 언니가 돌아갈 때까지 병원에 나타나지 않았다.

손찌검은 현식이 이유를 대기 나름이었다. 자신에게 잘하면 경험이 많아서라고 했고, 마음에 안 드는 일이 있으면 다른 놈 생각하느라 소홀하다고 했다. 모든 불만을 아내에게 갖다 붙였다. 처녀가 아니라고 때리고, 어느 놈인 지 불라고, 이유도 가지가지였다. 일이 마음대로 되지 않아서 마음 속 속 깊이 아내를 소유할 수 없어서, 자신의 생각대로 안 되는 일 때문에, 모든 것이 원인이 되었다. 싸움은 주로 일요일에 일어나는데 하루 종일 두 사람이 집안에 붙어 있기 때문이다. 평일엔 회사에 출근하고 내가 집에 없으니 서로 부딪칠 일이 없다.

눈퉁이 사건이 있고나서 보름쯤 흘렀을까. 일요일 늦은 오후였다. 그날도 현식은 술을 마시고 집에 들어왔다. 그즈음 현식은 미술학원을 정리하고 새로운 사업을 구상하고 있었다. 요즘도 형부와 연애하느냐고 현식이 빈정거리며 시비를 걸어왔고, 싸움이 벌어졌다. 눈퉁이가 시퍼렇게 된 나는 커다란 선글라스를 쓰고 언니 집으로 피신했다. 달리 갈 곳이 없었다. 바둑을 좋아하는 형부는 안방에서 혼자 텔레비전 바둑 프로를 보면서 바둑을 두던 중이었다.

— 이모 어떻게 된 거야?

형부가 흥분한 목소리로 외쳤다. 눈퉁이가 시퍼렇게 멍이 든 나를 보자 그는 벌떡 일어나 바둑판을 밀치고 맨발로 뛰쳐나왔다. 바둑판이 엎어지면서 요란한 소리를 냈고 희고 검은 돌들이 우두둑 떨어져 내리면서 방안은 난장판이 되었다. 잘 정돈된 상태를 좋아하는 형부로서는 파격적인 행동이었다. 형부는 상처 입은 나를 보자 마치 세상이 끝장 난 것처럼 온몸을 부들부들 떨었다. 눈물도 흘렸다. 나는 가슴이 꽉 막히는 듯했다. 형부에게 눈물 흘리게 한 자신이 원망스러웠다. 형부가 집에 있는 줄 알았다면 찾아오지 않았을 것이다. 형부가 눈가를 쓰다듬으려 손을 뻗치자 나는 그 손을 옆으로 밀어내면서 희미하게 웃었다.

– 괜찮아요.

말은 그렇게 했으나 나는 무참해서 어쩔 줄 몰랐다. 내 손을 잡은 형부 손이 부들부들 떨리는 게 보였다. 나는 아차, 했다. 언니 표정이 어이가 없다는 것으로 바뀌었기 때문이다. 동생에게 이토록 가슴 아파하는 형부를 보는 언니 마음은 어떨까? 물론 나를 이렇게 만든 현식 놈을 죽이고 싶을 것이다. 그런데 형부의 행동도 용서되지 않을 것이고, 나도 마찬가지로 용서하기 힘들 것이다. 그러나 언니는 그런 기분을 겉으로 드러내지 않았다. 무언가 물을 게 있는 듯한 눈길로, 내 손을 잡아당겼다.

– 무슨 이유로 맞았는지 말해 봐라.

지혜 방으로 끌고가서 물었다.

– 공연히 말해 봤자 언니 속만 상하지 뭐. 처음 맞았을 때는 너무 어이가 없었고, 언니와 형부가 알게 되는 자체가 자존심이 상했고, 그래서 말을 하지 않았던 거야. 좀 잘 해보려고 하면 어디서 배웠느냐고 하고……. 가만히 있으면, 그놈 때문이냐고 다그쳐! 못 살겠어. 언니……. 나 어떻게?

나는 무릎이 후들거리고 손이 떨렸다. 언니는 내가 무슨 말을 하는지, 무슨 뜻으로 한 말인지 이해할 수 없어서 멍하니 바라보기만 했다.

– 처녀가 아니라고 자꾸 볶아대. 형부를 의심하는 눈치야. 때론 사업자금을 빌려 오라고 하고.

– 무슨 소리냐. 그게…….

언니는 어이없어했다. 미술학원을 그만두고 새로운 사업을 한다고 쫓아다니는 현식은, 술만 먹으면 시골에 있는 종중 선산만 팔리면 된다면서 형부를 찾아가 시업자금을 빌려 오라고 윽박질렀다. 나랑 같이 가자, 언니는 나를 앞세우고 집으로 향했다. 밖에는 어둠이 깔리고 있었다.

현식은 술에 취해서 집 앞 계단에 앉아 있었다. 언니는 멀쩡한 그를 보자 가슴을 부루루 떨었다. 이런 놈을 어떻게 처리해야 할까 궁리하는 듯 입술을 앙다물었다. 어떤 말로도 분이 풀리지 않을 사람처럼 보였다.

– 네가 인간이냐? 어떻게 감히 내 동생을…….

언니는 숨까지 헐떡이며 말했다.

– 입이 있으면 말해 봐! 왜 죄도 없는 사람을 두들겨 패? 짐승만도 못한 놈. 너 같은 놈에게 우리 유리를 맡길 것 같으냐.

현식은 술까지 먹은 상태에서 험한 눈초리로 노려보더니 비칠거리며 일어섰다. 그리고는 할 말이 있다고 하고는 밖으로 휭 나가 버렸다. 그곳엔 빈 공터가 있었다. 그 뒤를 언니가 따라나섰다. 한참 후 그가 묵직한 목소리로 뱉어냈다.

– 처형. 어떻게 생각해요. 헌 계집에 대해…….

현식의 말에 언니는 황망해졌다. 그는 술에 취해 객기를 부리고 있었고, 그 객기는 난폭하고, 모욕적이었다. 보다 정확히 말해 그는 다른 사람이 되어 있었다. 저 인간이 도대체 뭐 하자는 걸까? 열등감을 만회해 보려는 수작인가? 생각해 봤지만 무슨 말을 하려는지 조금도 짐작할 수 없었다.

– 그래? 이젠 의처증까지 발동했냐?

언니는 넋을 놓고 그를 바라보았다. 그는 호주머니에서 무언가를 꺼내더니 종이를 벗겨냈다. 후르츠 캔디였다. 그리고 곧, 캔디를 싼 종이를 펴 보이더니 여러 번 접었다 폈다를 거듭했다. 한참 후 그는 쭈글쭈글해진 종이를 흔들어 보이면서 어색하게 웃었다.

– 이 종이를 보세요. 쭈글쭈글 하잖아요. 여러 놈의 손을 거친 헌 사탕 종이에요.

그의 눈에서 갑자기 빛이 번득였다.

– 무슨 말을 그렇게 해? 세상에서 제일 못난 놈이 제 계집 밑구멍 의심하는 놈이다.

현식은 잠시 뜸을 들이다 마치 범인을 잡고 말겠다는 듯이 입 귀퉁이를 크게 비틀어 올리며 천천히 말했다.

– 난 그놈이 누군지 알아요……. 처형도 알고 있었을 거 아녜요?

순간 언니의 얼굴이 석고처럼 굳어졌다. 그의 눈에는 이미 모든 것을 알고 있다는 듯한 표정이 실려 있었다. 우현을 의심하는 눈치였다. 그 말을 따져 봤자 결론도 나지 않을 뿐더러 오히려 쓸데없는 오해만 가중시킬 것 같았다.

– 넌 과대망상자야.

언니는 가슴이 턱턱 막혀서 겨우 입을 벌렸다.

이방인

유리가 병원에서 퇴원하고 한 달쯤 지났다. 나는 내일로 돌아오는 어음을 연장하기 위해서 오후 3시에 만나기로 약속한 거래 은행 지점장을 만나러 가고 있었다. 거래처에서 입금하기로 한 날짜를 지키지 않아 부도처리가 되면 큰일이라 마음이 급했다. 그런데 금요일 오후이고 비가 내린 때문인지 도로가 막히면서 꼼짝없이 갇혀버렸다. 되돌아서 다른 길로 갈 수도 없었다. 8차선 대로에서 한 시간을 기다려 겨우 좌회전과 유턴 신호를 받을 수 있었다. 제일 앞에 화물차가 유턴을 시작하자 차들이 조금씩 움직이기 시작했고 나도 급히 따라갔다. 앞선 차를 따라 마지막으로 회전하고 있는데 왼쪽에서 오토바이 한 대가 갑자기 나타나더니 좌측 사이드 미러를 치고 스스로 나뒹군 상황이 벌어졌다.

정지신호를 지키지 않고 달려온 오토바이 운전자는 헬멧도 쓰지 않았고 미성년자였다. 게다가 무면허였다. 교통경찰을 불러 도움을 청했고, 피해자를 근처 병원에 입원시키고 나서 파출소에 가서 조서를 받았다. 사고수습을 제대로 철저히 한 것이다. 그리고 약속시간엔 늦었지만 은행일도 잘 해결됐다. 퇴근 무렵 다시 경찰서에서 출두하라는 전화를 받았다. 그곳에서는 180도 상황이 달라져 있었다. 무면허로 오토바이를 몰고 다니다 사고를 낸 피해자의 과실 및 위법성 여부는 따지지 않고, 내가 중앙선을 침범해서 유턴하다가 사고가 났다는 조서에 나는 말문이 막혔다. 피해자의 일방적인 증언대로 조서가 꾸며진 상태였다. 유턴선은 매우 짧았고 일부분이 지워져 있었다. 게다가 나는 교통신호도 잘 지켰다. 피해자가 교차로에서 정지신호를 무시하고 달려온 상황, 무면허 운전인데다 헬멧을 쓰지 않은 점을 지적했으나, 가해자라면서 내 말은 무시됐다. 미성년자의 머리를 다치게 했고, 중앙선을 넘어 유턴했다는 것으로 구속되고도 남는다고 했다. 머리뼈를 다쳤다는 피해자는 전치 16주 진단이 나왔고, 나는 곧 구속되고 말았다.

소식을 들은 아내와 유리는 당황했다. 유리는 회사를 지켰고, 아내는 사건을 해결하려고 뛰었다. 우선 나를 구속적부심사에서 풀려날 수 있도록 해야 했다. 아내는 희망을 버리지 않았다. 전관예우를 받을 수 있는 유명한 변호사를 선임해 놓고 결과를 기다리는 처지였다.

— 구속적부심이 기각됐어.
— 그럼 형부는 어떻게 되는데? 언제 나오는 거야?
— 언제가 될지 몰라. 피해자와 합의가 우선인데 저 쪽에서 안 해주

니 더 이상 어쩔 수 없다는 거야.

　- 합의가 안 돼? 그럼 어떡해…….

　피해자와 합의를 해야 했지만 이쪽의 급한 마음을 안 피해자 가족은
엄두도 못 낼 합의금을 요구했다. 목격자의 증언이 꼭 필요했다. 허나
어디에서 목격자를 찾는단 말인가. 다음날 새벽, 아내는 사고현장을
찾아가서 하루 종일 목격자를 찾아 헤맸다. 끝도 없이 밀려가는 차량
과 소음. 바쁘게 스쳐지나가는 사람들. 아무나 붙잡고 물어 볼 수도 없
는 일. 하지만 아내는 목격자를 찾을 수 있을 것이라고 믿었다.

　5월15일, 오후2시 ○○지역에서 20대 남자 오토바이와 그랜
　저 승용차의 교통사고를 목격하신 분을 찾습니다.

　아내가 '목격자를 찾습니다!' 란 플래카드를 만들어 사고현장에 내건
것은, 사고수습을 위해 사흘 동안 헤매며 수소문했으나 아무런 단서를
찾지 못한 다음날이었다. 집에만 있던 전형적인 가정주부 아내에게 위
기에 강력히 반응하는 유전자가 내재돼 있음을 그때 처음으로 알았다.

　아내는 나를 위해 맨발로 뛰었다. 아침에 눈만 뜨면 사건처리에 도
움을 줄 만한 사람을 백방으로 찾아다녔고 구치소에 있는 내게 면회를
왔다. 어느 날 회사에 있는 유리는 아내로부터 전화를 받았다. "사고현
장을 목격한 사람에게서 연락이 왔어." 플래카드를 내건 지 열흘째 되
던 날이었다.

사고현장을 목격한 사람은 택시기사였는데 내 차 바로 뒤에 있었다고 했다. 목격자를 찾아냈다는 말을 듣는 순간, 지난 보름 간 당했던 억울한 감정이 금방 사라지는 듯했다. 조급했던 마음 한편에서 비로소 안도감이 뭉클뭉클 솟구쳤다. 나는 구치소로 이감된 후 하루 한번 있는 면회는 사건 처리를 위해 뛰는 사람들만 면회신청하게 했다. 이튿날 아내는 유리에게 전화를 했다. "내일……. 나 대신에 네가 형부에게 좀 다녀와 줘……. 오전엔 사고목격자를 만나야 하고, 오후에 변호사를 만나기로 돼있어." 그동안 내가 경찰서에서 구치소로 이감되었다는 소식을 듣고 회사를 비울 수 없던 유리는 애가 탔다. 하지만 형부가 없는 회사를 잠시라도 비워둘 수가 없었다.

유리가 면회 온 것은 내가 구치소로 이감된 지 십오일 째 되던 날이었다. 경찰서에 수감되었을 때 아내와 유리가 함께 나를 두어 번 찾아온 적이 있지만 이번엔 혼자였다. 유리가 뺨으로 흘러내린 눈물을 훔치며 면회실로 들어섰다. 아크릴 창과 쇠창살 너머로 칸막이가 보이고 우측에는 교도관이 앉아 있었다.

나는 면회실로 통하는 문 앞에 서서 심호흡을 했다. 복도를 따라 이곳까지 걸어오면서 몇 번 다리가 휘청했다. 숨을 고르고 천천히 문을 열고 안으로 들어섰다. 내 눈길은 유리를 가까이 끌어 오려는 듯이 그녀를 찾는다. 무어라고 말해야 하는데, 입안이 말라서 뜻대로 되지 않는다. 심장이 쿵쾅거리고 내 얼굴은 핼쑥해졌고 입술아래엔 수염이 까칠하게 돋아나 있었다. 유리가 걱정스러워 하는 얼굴로 나를 쳐다본다. 아크릴 창에 손을 대고 있는 그녀 손이 가늘게 떨려온다.

– 형부, 어떻게 해요.

창살 저편에 차입해 넣은 흰 한복을 입은 나를 보자 인사도 못한 채 유리가 울음을 토해낸다. 나는 "아니, 유리……"하면서 무슨 말을 하려다가 말았다. 그녀를 안고 눈물을 닦아주고 싶었으나 쇠창살이 앞을 막고 있다. 유리의 심정을 내가 어찌 모르랴. 하지만 안다는 것과 행동한다는 것, 그건 별개의 것이다. 면회 온 아내로부터 유리부부 사이가 좋지 않다고 들었다. 남편 유현식에게 형부에게 면회 간다는 말을 하지 않았을 것 같다. 얘기했다면 탐탁치 않는 어투로, 당신이 뭔데 그런 데까지 가느냐? 안 돼! 했을 것이다. 갈망하지만 다가갈 수 없는 세계. 유리를 행복하게 해 주려면 우선 내게서 가능한 한 빨리 벗어나게 하는 것, 그것이 유리를 위하고 아내를 위해서, 내가 선택한 방법이었다. 나는 어찌 되어도 상관이 없다. 유리는 총명해서 내 그런 심정을 이해할 게 분명하리라 믿고 있다.

어느 봄날 저녁, 포장마차에서 우리는 함께 가볍게 술을 마셨다. 나는 화장실을 다녀와서 유리 옆자리로 옮겨 앉았다. 유리는 내가 키스를 하고 싶어한다는 것을 읽었다. 나는 그녀 손에 묻은 물기를 닦아주며 손에 입을 맞추었다. 그녀는 얼굴을 붉히며 손을 뺐다. 내가 운전하는 차가 유리 집 앞에 도착했다. 그녀는 차에서 내려야 했다. 안전벨트를 풀고 있는 그녀에게 내가 다가갔다. 깊은 포옹 후 나는 키스 세례를 퍼부었다. '키스 사건' 이후부터 나는 유리에게 더욱 친밀감을 느꼈다. 간단한 육체적 접촉이 불러온 커다란 변화였다. 유리는 형부가 아버지에서 목숨처럼 사랑하는 연인이고 싶은, 든든한 바위 같이 의지해도 되는 쪽으로 바뀌었고 모든 것을 의논할 상대는 나뿐이라고 생각했다.

유리가 내게 말하지는 않았지만 그런 건 느낌만으로 알 수 있었다.

　－ 언니는?

　내가 물었다. 나도 이런 내가 싫다. 유리 이름을 불렀어야 했다. 그러나 알고 있다는 것과 행한다는 것은 다른 법. 유리에게 눈길을 주지 않는 것, 그것이 내가 해야 할 첫 번째 일이다. 그러지 않으면 내가 허물어질 것이다. 나는 유리가 보고 싶지만 주위를 두리번거리는 체하다가 잠시 후에는 시선을 아예 문 쪽으로 고정시킨 채 서 있었다. 한 번도 그런 나를 본 적이 없기에 유리는 그런 내가 낯설 것이다. 내가 그녀에게 그런 식으로 대한다는 것 자체가 나도 꿈 같은 것이다. 하지만 그게 유리를 위하는 길이라 여겼다. 우리는 쇠창살을 경계선으로 하여 서로 말없이 바라보고 있다. 한참 후 밖에 서 있는 그녀의 간절한 눈빛을 외면한 채 나는 담담하게 말했다.

　－ 언니에게 사건 해결이 어떻게 되는지 알아봐 줘.

　－ 알. 았. 어. 요…….

　유리 목소리가 떨렸다. 나는 무언가 잘못을 저지른 기분이 들었다. 내가 그렇게 냉정할 수 없었다. 유리에 대한 냉담함, 그것은 나도 미처 예상치 못했고 유리도 마찬가지였을 것이다. 내 행동이 황당함을 나는 잘 알고 있지만 나는 최대한 내 감정을 절제해야 했다. 왜 내가 그렇게 냉정해야 하는지를 유리에게 설명해 줄 수 없었다. 그런데 이야기를 한다면, 어디서부터 시작했어야 할까? 짧은 면회 시간에 그런 이야기를 하기엔 시간이 너무 짧을 것 같았다. 내가 유리를 사랑한다는 것. 그건 지금도 변함없고 앞으로도 그럴 것이다.

　－ ……형부, 부디 건강하세요.

　헤어질 때 유리가 말했다.

　유리는 고생하는 나를 위해 동대문 시장에 가서 한복을 한 벌 샀고, 사식을 준비해 왔다. 그녀가 창 너머 반대편 문으로 사라진 후에도, 나는 한참 동안 그 자리에 서 있었다. 내 가슴 밑바닥으로 칼날 같은 설움이 밀려들었고, 움츠린 내 어깨가 가늘게 떨려왔다. '유리야, 사랑해.' 내 눈에서 눈물이 툭툭 떨어지기 시작하면서 목구멍에서 간헐적으로 물이 새는 듯한 소리가 들려왔다. 나는 유리가 안 보일 때까지 그 자리에 서 있었다.

　유리가 구치소 정문을 나섰을 때는 가을비가 내리고 있었다. 그녀는 옷깃을 세우고 빗줄기가 흘러내리는 차창으로 얼굴을 돌렸다. 점점 세차게 비바람이 몰아치고 있었다. 유리는 세상의 끝에 서 있는 것처럼 보였다.

　다음 날 아내가 면회를 왔고, 나는 며칠 후 석방되었다. 피해자와 합의가 된 것이다. 교통사고 사건이 마무리 된 후 유리가 사업을 하느라 여기저기 뛰어다니고 있다는 소문이 들렸다. 건강식품 대리점을 낸다는 거였다. 모두들 유리가 손님을 다루는 노하우가 특별하므로 가게를 차리면 잘 해낼 것이라고 했고, 형부 회사를 위해 열심히 일한 행운이 찾아왔다는 사람도 있었다. 남편을 잘 만났다는 얘기도 있었다. 공식적으로 아직 발표가 되지는 않았지만 유현식이 기대했던 시골 땅, 종중 선산이 신도시개발 지역에 포함됐다는 거였다.

새가 날아가다

자유를 꿈꾸는 시간

― K병원 응급실입니다. 장유리씨가.

겨울이 시작될 무렵이고 눈부시게 맑은 날씨였다. 우현이 석방되고 열흘쯤 되었을까. 그는 일요일에도 회사에 나갔고, 나는 마루를 닦고 나서 커피를 마시려던 참이었다. 오전 10시. 급한 목소리로 병원이라면서 누군가로부터 연락이 왔다. 유리에게 무슨 일이 있어요? 내가 물었지만 전화가 끊겼다. 무슨 일일까. 병원 가는 길은 마치 무중력 상태, 다리가 없는 것처럼 현실감이 없었다. 택시에서 내리자마자 K병원 응급실을 찾았다. 두리번거리며 혹시 여기에 다쳐서 실려 온 환자가 없는지 간호사와 의사에게 물었으나 찾을 수 없었다. 이쪽저쪽을 기웃거리고 현관까지 걷다 걸음을 멈추었다. 누군지 다급하게 말했던 걸로 봐 일부러 그런 말을 하지는 않았을 것이다. 다급했던 말. 혹시, 급히 발길을 돌려 내달렸다.

병원 영안실 입구 벤치 위에 넋을 놓고 앉아 있는 현식을 볼 수 있었다. 갑자기 손에 쥐고 있던 꽃잎이 어디론가 흩어지고 자신만이 허공에 붕 떠서 혼자 버둥거리는 듯했다. 현식의 얼굴과 마주치자 나는 관자놀이로 피가 몰려들었다.

― ……왜 ……여기에?

앉아 있는 현식에게 물었다.

― 저도 연락받고 뛰어왔어요.

그가 흐느끼며 울먹인다. 입술에 허옇게 버캐가 묻은 채. 정신이 나간 상태로 허공을 쳐다보는 그를 지켜보았다. 어이없다기보다 믿기지 않은 듯 비현실적인 모습을 하고 있다. 한참 후 말을 잇지 못하는, 목이 쉰 듯한 소리가 들려왔다.

― 처형. 무슨…… 일인지…… 몰라요……. 사고가…….

그는 자신의 얼굴을 팔로 감싸 안았다. 유리 혼자서 운전을 하다가 급커브에서 차가 전복되었다는 것이다.

― 장애물도 없는데 무슨 착오가 일어났는지 반대쪽으로 핸들이 급하게 꺾어지면서 갑자기 사라져버렸대요…….

뒤따라가던 목격자 진술에 의하면 곧 병원에 실려 왔으나 그때는 이미 숨이 끊어진 상태였다는 것이다. 몸 어디에도 상처는 없었고, 다만 귀에서 피가 흘렀다고 한다. 나는 영안실로 내달렸다. "우리 유리는…… 죽지 않았는데 병원 놈들이 냉동실에 넣었어!" 현식이 몸부림을 쳤다. 주위를 기웃거리며 얼굴을 내민 남자 하나가 다녀갔다. 나중에 안 일이지만 보험회사에서 나와서 사인을 알아보는 중이라고 했다.

유서는 없었다. 특별히 자살을 할 만한 정황도 없었다. 현식의 폭행이 있기는 했어도 다정할 때는 동네 사람들이 부러워 할 정도였다. 아직 결론을 내기는 이르지만 보험회사에선 자살일지 모른다고 했다. 며칠 전, 장유리가 생명보험을 들었는데, 수령자는 장필순 앞으로 되어 있다는 거였다. 보험회사에서는 자살로 보려는 눈치였다. 보험금을 노린 것이라면 보험금 지급을 안 해도 된다고 했다. 우연한 사고일까. 삶을 끝내려고 우연을 가장한 자살일까. 하지만 어느 쪽이든 막연한 얘기였다. 자살이라면, 수령자를 잘사는 장필순에게 해놓았을 리가 없고 유현식은 보험을 들었다는 사실도 모른다고 했다. 유리 죽음은 나를 혼란스럽게 만들었다. 슬픔과 충격, 두려움으로 내 머릿속은 텅 비어 버렸다. 유리를 향한 죄의식이 내 영혼을 갈기갈기 찢었다.

실감이 나지 않는다. 나는 손으로 벽을 짚고는 있었으나 휘청거리고 있다. 어렴풋하게 유리의 의도를 알 것도 같다. 차마 어머니 앞으로 할 수 없었던 심정을……. 삼일 전 유리가 찾아왔었다.

　– 언니 그동안 고마웠어요. 엄마는 언니만 있으면 되지만 그래도 잘 부탁해요.

　– 새삼스럽게 무슨, 엄마에게 너는 어떤 존재란 걸 알지? 사랑스런 애인이고 엄마가 살아가는 이유야. 까불지 말고……. 엄마에게 있어 나

는 그저 의지할 지팡이에 불과해. 그것도 사랑이라면 사랑이지만…….

그땐 그냥 지나가는 말로 들었다. 그날 나는 ‘유리야, 사랑해!’ 라고 말하고 싶었지만 머쓱해서 말하지 못했다.

어느 결에 동생 필석이 어머니를 데리고 도착했다. 필석은 입을 실룩이더니 선 채로 벽에다 머리를 기대고 울었다. 영안실 안으로 들어서지도 못하고 문 옆에 쪼그리고 앉아 어깨를 떨었다. 어머니는 충격을 받은 듯 입만 벌린 채 엉거주춤 서 있다가 헉! 숨을 몰아쉬었다. 이내 비틀하더니 바닥에 주저앉고 말았다. 나는 어머니 등을 쓸어내리다가 그만 어머니 등에 얼굴을 묻고 울음을 토해냈다. 어머니 등은 성난 활화산처럼 아래위로 요동친다. 숨을 몰아쉬던 어머니가 외마디 소리를 질렀다.

우리 애기가……. 왜 죽어? 아니다!
눈 떠. 유리야!
엄마 왔어! 눈 떠 봐!

어머니의 비명이 예리한 칼날이 되어 나의 가슴을 후벼 팠다. 그것은 내가 지금까지 들은 외침 중에 가장 처절한 소리였다. 어머니의 눈, 핏발 선 눈이 나를 쳐다봤다. ‘네…… 죄…… 다…….’ 지금 어머니가 자신을 단죄하고 있었다. 어머니의 절망을 보는 순간,

나는 ‘카인’ 이 된 느낌이었다.

제 동생 목숨 하나 지키지 못했으니……. 나는 등골을 타고 내리는

전율과 가슴이 미어지는 슬픔이 함께 느껴진다. '엄마, 제 탓이에요. 사랑스러운 동생을 온갖 질투로 몰아넣은 것은 저예요. 그러고 보니 제가 살인자인지도 모르겠어요.' 나는 절통해 하는 어머니를 끌어안았다. 그동안 유리 입장만을 안타까워하던 어머니를 경원해 왔었다. 내 어머니가 아닌, 유리만을 사랑하는 타인이라고 생각했었다. 한 몸에서 생명을 나누어 가진 유리를 미워했고 어머니를 원망했었다. 나는 지금 껏 세상을 살면서 자신이 피해자라고 생각해왔다. 그런데 그게 아니었다. 순간순간 유리에게 수없이 많은 살인을 저질러왔으며 유리를 죽음 으로 내몬 가해자는 바로 나였다.

나는 고개를 숙인 채 눈물을 닦으면서 유리를 쳐다본다. 유리가 누운 하얀 침대보 아래로 손이 툭 떨어져 있다. 나는 조심스럽게 다가갔다. 가만히 그 팔을 들어 유리의 배 위에 올려놓았다. 팔 끝에 매달려 올라 온 손은 내게 사랑을 표현했고 내 머리를 만져주던 손이다. 이젠 더 이상 이 지상에서는 쓸모가 없어서인지 지금껏 지나온 생의 상징이던 그 손이 방치된 것이다. 사랑스럽던 그 손, 우현 어깨 위 머리카락을 집어냈고 얼굴을 쓰다듬었고 사랑을 대신하던 손이다. 유리가 처음 왔을 때의 모습이 떠오른다.

저는 언니와 형부를 부모님처럼 생각해요.

미안한 듯이 고개 숙이던 유리. "괜찮아. 마음 편히 가져." 내가 말했을 때도 말없이 웃기만 했다. 그런 유리를 지켜주지 못했고 죽음을 선택하도록 내버려둔 셈이다. 난 그동안 뭘 했던 걸까. 유리의 좋은 점과 필요한 부분은 이용했지만 잠시 쉴 수 있는 정신적인 공간마저도 허락하지 않았다. 허허벌판에 세워놓고 질타해서 죽음으로 몰아갔다. 직접적인 원인이야 어디에 있든 원인제공을 했던 것이다. 현식을 소개했고 마음에도 없는 결혼을 서두르게 한 사람도 바로 나였다. 두어 가닥으로 피어오르는 향 연기 사이로 국화꽃 한 다발이 보였다. 어머니를 동생에게 맡겨 두고 영안실 밖으로 나섰을 때는 저녁 하늘이 핏빛으로 타오르고 있었다. 나는 영안실 앞 꽃밭 앞에 서서 하늘을 보며 중얼거렸다.

유리야. 작은 새야,
날개를 펴고 훨훨 날아가거라.

입관은 다음날 행해졌다. 현식은 술에 취해 자신의 가슴만 쥐어 뜯었고, 우현은 말없이 유리의 얼굴에 손을 대었다. 우현의 손도 떨리고 있었다. 유리는 금시에라도 일어나 특유의 애교 섞인 '반 토막' 말, 혀 짧은 소리를 낼 것 같다.

─ 엄마아 으리 어마아 쪼아.

─ 어니이!

─ 혀엉부우으.

나는 유리 얼굴에 손을 댈 수가 없다. 어쩌면 유리가 얼굴을 돌려 손길을 거부할 것 같아서다. 유리를 죽인 살인자들, 나를 비롯한 우현과 현식, 우리는 모두 공범자들이다. 나의 질투, 턱없이 무모한 우현의 사랑, 현식의 집착……

현식이 주정을 할 모양이다. 핏발 선 눈으로 우현을 노려본다. 입술이 비틀린 채로……. '당신만 없었으면 나는 아내를 괴롭히지 않았어.' '아내를 죽인 놈은 너다. 아내는 당신 말만 나오면 가로막고 역성을 들었어. 내 말을 믿지 않고 네놈만 감쌌어!' 현식이 그렇게 포악을 떠는 것 같다. 일이 복잡해질 수 있는 상황이었다. 나는 가슴이 써늘하게 내려앉는 기분이다. 하지만 그는 생각을 고쳐먹었는지 흘긋 험한 눈길을 보내고는 우현의 어깨를 스치듯 치고 휙 밖으로 나가버린다.

우현은 허물을 벗어 놓은 빈 껍질처럼 보인다. 공허한 눈빛이 말해주고 있다. 아니다. 혼은 나가고 몸만 남은 허수아비 같다. 그는 눈시울을 붉히며 얼굴을 창문 쪽으로 돌리고 멀리 하늘을 바라보고 있다. 무엇이 있는지 궁금해서 나도 그쪽을 바라보았지만 하늘엔 하얀 구름 몇 개만 보일 뿐이다.

유리의 존재는, 우현에게 있어 사랑이라는 좋은 씨앗을 뿌려놓았고 자신은 모진 바람과 같은 존재였다는 자각이 몸을 훑고 지나간다. 유리가 살아 있을 때 그토록 빛났던 우현, 나는 그런 우현을 어느 누구에게도 빼앗기면 안 될 보물인 양 오직 우현의 마음을 잡아두는 일, 도망가지 못하도록 하는 일이 전부였다. 마음 한 자락도 유리와 나누어 갖고 싶지 않아 전전긍긍했다. 연적인 동시에 사랑하는 동생을 잃은 마당에 가당치 않은 패악이 몰아친다. 삶이 구질구질하고 덧없고, 살아 있기도 서 있기도 싫다. 언제쯤 삶을 버리게 될지 모르겠지만 죽는 순간까지 죄인이라는 의식을 버리지 못할 것 같다.

유리 나이는 스물아홉, 서른을 못 넘긴 유리의 삶이 애석하다고들

한다. 모두들 침묵한 채로 장례 절차가 진행되었다. 유리의 마지막 모습은 '관'이었다. 유죄판결을 받아야 할 세 사람, 현식을 비롯해서 우현과 나는 모두 말없이 유리가 마지막 가는 길을 뒤따랐다. 살아있는 자들이 유리를 바라보고 있다.

사랑하는 사람들

유리를 두고 오는 길이다. 초겨울의 날씨는 얼음처럼 차가왔다. 우현은 말없이 앞만 보고 달리고 있고, 우현 옆에 앉은 나는 하늘 위로 날아가는 새 떼들을 바라보고 있다. 새들은 청명한 하늘에 줄을 만들며 어디론가 날아가고 있다. 옆에서 재잘거렸을 유리의 말들이 살아 움직여 새처럼 하늘에 떠다니는 것 같다. 내가 앉아 있는 자리는 한때 유리의 자리였기도 하다. 나는 이내 피곤해서 눈을 감고 고개를 돌린다.

나중에 어머니에게 들은 바로는 유리가 사고가 나기 며칠 전 고향 마을을 찾았다고 한다. 뒷동산 너머에는 현재 군사령부가 들어서 있어 민간인 통제구역이다. 철조망 사이로 뒷동산에 농사짓는 사람들만이 드나들게 되어 있다. "고향 집에서 함께 지내며 유리가, 막내딸이 엄마 젖을 먹고 가려고 왔다고, 농담까지 하더라. 나랑 아버지 산소에 가보고, 뒷동산에도 올라갔고, 뒷골 저수지도 봤다. 유리가 웃더라. '이렇게 쪼그마해 졌어! 내 마음속엔 언제나 바다처럼 검푸른 물이 출렁댔었는데…….' 어릴 땐 모든 게 넓고 커 보이게 마련이지 않니. 자라면서 봤던 나무들이 그대로여서, 신기하다고 탄성을 지르더라. 뒷동산에 올라가서 놀던 곳으로 오르더니 마른 풀냄새도 다르다고 코를 큼큼거리며 냄새를 맡고. 인동넝쿨, 칡넝쿨을 헤치며 머리와 옷에 얽힌 거미줄을 뜯어내며 올라가던 길, 고향의 숲, 풀잎들은 각기 다른 냄새가 난다고 하더라. 그렇게 이 세상 곳곳을 사랑하던 애가 죽음을 선택할 일은 없지……." 어머니는 흐느꼈다.

나는 눈을 뜨고 창밖을 바라보려다가 좌석 주머니에서 반짝이는 하얀빛을 발견했다. 그것은 유리의 별 귀걸이 한 짝이다. 어쩌면 유리는 별이 되었을지도 모른다는 생각을 했다. 유리는 항상 웃는 얼굴로 셋이서 둘러앉으면 "우리 세 사람은 빛나는 세 개의 별 같아요"하며 좋아해서 지켜보는 나도 따라 웃곤 했다. 나는 하얗게 빛나는 귀걸이를 만지작 거리다가 그 자리에 둔다. 끝없는 길, 두 갈래로 갈라지는 길. 추억을 불러일으킬 물건들, 유리의 흔적은 곳곳에 남아 있다. 유리의 부재는, 나무줄기 통째로 뿌리가 뽑히고 자잘한 가지들마저 쳐내버린 것 같다. 내 꿈은 조각나고 시들어 버린 행복마저 흩어졌다. 무력감이 몰아치자. 그러면서 눈물이 소나기가 되어 흘러내린다. 불행을 가려주던 사소한 행복들, 그 모든 것이 부서지고 마음을 우울한 황야로 만들었다. 그러면서도 우리 스스로 성찰하라고 타이른다. 누군지 모를…… 소리들이.

유명 가수의 이름이 붙은 카페에 차를 댔다. 우현과 나는 맥주를 시켜놓고 단둘이 앉아 있다. 우리는 서로 가슴 한 켠에 싸한 통증을 느낀다. 유리가 지금 우리와 함께 이런저런 이야기를 나눌 수 있다면 얼마나 좋을까! 나는 이대로 집으로 가면 울어버릴 것 같다. 우리는 꼼짝 않고 앉아 있다. 어떤 말도, 누구도 먼저 말을 꺼낼 수 없다. 나는 맥주를 한 모금 마시며 우현을 쳐다본다. 그는 무슨 생각을 하고 있는 걸까? 유리에 대한 추억을 더듬어보는 걸까? 아니면 자기 자신에 대해 생각하는 걸까? 우현의 비참하도록 우울한 얼굴을 보며 나는 카타르시스를 느낀다. 그는 좀 더 고통스러워야 한다. 조금 전까지 슬픔이 가득했던 나는 그런 자신을 내려다보며 놀란다.

그는 활기차고 힘이 넘치던 그가 아니다. 그것은 내가 원하는 바가 아니다. 우현은 울컥 목이 메며 울음을 쏟아냈다. 나는 그가 울도록 내버려두었다. 눈물이 그의 뺨에서 흐르기 시작했다. 나는 울음을 참느라 이를 악물었다. 한줄기 바람이 눈물을 일찍 말라버리게 한다. 슬픔이 줄어들고 있다. 이제 우현의 연민과 사랑, 그 모든 것을 유리가 가지고 떠난 것일까? 그래서인가? 보다 정확히 말해 그는 또 다른 사람이 되어 있다. 우현은 한낱 초로의 남자에 불과하다. 귀밑머리에 하얀 머리가 들어나 보인다. 온몸에 기가 빠진 모습……. 그에게 남아 있는 것이라곤 아무것도 없다. 자신의 몸도 지탱하기 어려운 허수아비처럼……. 우현은 유리 옆에서만 빛났고 근사해 보였다.

생각의 차이는 사람을 변화시키기도 하지만 사물을 다르게 보이게도 한다. 빛을 잃은 우현을 보면서 조명이 꺼진 연극무대처럼, 좀 전까지 열연을 하며 울부짖던 주연배우 장필순이 갑자기 관객으로 변했다는 것을 깨닫는다. 이제 우현은, 장필순이 혼자 남겨질 것 같아 불안에 떨던 그런 존재가 아니다.

우현, 여행을 떠나다

개인에게 있어 진실이란 무엇인가? 사람들은 진실을 말하고 싶어 한다. 그런데 왜 그게 필요할까? 어차피 모두 자신의 의도대로 각색해서 말하는 것일 텐데. 우현은 뭔가 말을 꺼내려는 듯 망설이는 표정이다. 무슨 말을 할 것처럼 보인다. 지금 우현이 내게 하고 싶은 말이 진실이라 하더라도. 실제로는 진실이 아닐 수도 있다. 나는 속으로 외친다. '당신이 말하고 싶은 진실을 그대로 가지고 있어! 보물처럼 간직하란 말이야! 진실이라는 전제 하에 당신이 하는 말을 들으면 내가 어떨 것 같애? 당신은 자신을 이해해 달라고 재촉하겠지. 나도 당신이 말하는 진실을 믿고 싶어……. 지금 유리에 대한 연민, 죄책감이 가슴 가득하게 차 있으니……. 유리는 없으니까……. 유리가 없는 지금, 유리를 사랑하지 않았다고 하는 변명은 하지 말라. 설혹 실제로 사랑했더라도, 차라리 입을 다물고 가만히 있는 게 더 나아.'

유리 죽음 이후 달라진 것은 우현이 아니라 나였다. 그동안 불확실한 것 앞에서 스스로의 함정에 걸려서 비틀거려 왔다. 주관적인 자기 확신이라는 것이 실상 얼마나 불확실한 것이던가. 나는 질투심의 불꽃 위에서 안절부절못했는데. 그런 생각들이 머리를 치고 지나가자 회한이 몰아친다. 불확실한 의심이 저지른 횡포가 자기 파멸을 자초했을 뿐 아니라 타인의 삶도 엉클어지게 했다는……. 고통스런 심연을 헤매던 그때는 몰랐다.

새벽의 빛이 정원에 찾아들었다. 그토록 절박하게 소용돌이쳤던 마음이 조용해졌다. 한 가정을 이루고 살아가면서 우현에게 걸었던 '기대'를 버린다는 것은 나 자신의 꿈도 버린다는 말과 같다. 남편 존재가 사라지고 없다는 의미다. 남는 것은 나 자신에 대한 의구심이다. 맑은 거울을 들고 유리를 보았다면 어땠을까? 자신에 대한 집착 때문에 타인이 보이지 않았을까? 지난날이 다시금 돌아온다면, 우현과 유리가 함께 기뻐해도, 육신이건 마음이건 꿈적하지 않을 것 같다. 내공 아니면 면역.

차는 차고에 그대로 세워져 있다. 전에는 저 차가 우현의 존재를 의미하고 있었다. 하지만 지금은 그의 부재를 알리고 있다. 우현은 차를 두고 여행을 떠났다. 당분간 연락을 할 수 없을지도 모른다는 말을 내게 했다. 나는 어디로 가는지 묻지 않았다. 언제 돌아올 지 모르지만 불안하지는 않았다. 나는 까마득한 기억 한 토막, 어느 토요일 아침, 차에 시동을 걸던 그의 모습을 떠올린다. 그때는, 저녁이면 돌아올 것이라 믿었지만 한편 불안했다. 어느 훗날 일어날 일들과 현재 일어나고 있을 일들에 대한 번개 같은 직감이 흘러갔다. 그때 나는 막다른 골목의 벽에 머리를 부딪친 것 같은 느낌이었다. 마치 유리를 사이에 놓고 서로 갈라져 있는 것 같다는 생각을 했다.

우현과 나의 사랑은 진실이었으며 확고했음에도. 왜 그랬을까? 나는 흐르는 세월이라는 것이 있는데 내가 그것을 모르고 있었던 것이다. 시간의 흐름, 그 흐름에 강바닥에 생기는 침전. 그렇다. 시간의 흐름 때문에 잠시 사랑이 침잠된 것이다. 우현의 기억 속에 남아 있을 유리의 추억들을 몰아낼 수 없다고 하더라도 기다리자. 그도 자신을 찾고 있을지도. 하늘이 나를 알고 있겠지. 심술궂고, 시기심으로 가득한……. 그러나 왜? 누가? 나에게 '카인'의 운명을 짊어지게 했을까? 동생인 '아벨'이 죽은 마당에 어떤 말로도, 변명의 여지가 없다. 나는, 동생을 들판에서 죽인 '카인'의 심정이 어땠는지 물어보고 싶다.

  - 동생에 대한 그리움과 죄책감으로 남은 생애를 어떻게 보냈는지?

  나는 꼼짝하지 않고 집에 틀어박혀 있었다. 자폐가 되거나 외부 세계를 완강하게 거부하는 것은 아니나 나 자신을 회복하는데 물리적인 시간이 필요했던 것이다. 자신을 재정비한다는 의미와, 그 다음 방향에 대해서는 생각하지 않기로 했다. 그것은 다음 문제다. 우선 중요한 것은 나 자신의 존재를 회복하는 일이 중요했다. 몇 번인가 전화가 걸려왔지만 나는 수화기를 들지 않았고, 누군가가 도어를 노크했지만 나는 응답하지 않았다. 세상이 꿈속인지 현실인지 모호했다. 유리와 둘이서 골목과 시장을 거닐었고, 많은 시간을 함께 보냈고, 많은 이야기를 나누었다. 무슨 이야기를 했는지는 기억에 없지만 재잘거리던 음성만은 귓가에 남아 있다.

기억은 영원으로 가는 길

자기 욕구를 따르고 받들기 위해
견뎌내는 자만이,
그 짐을 짊어질 자격이 있다.
그러나 내가 광분하여, 말 한마디 한마디가
더욱 격렬해지고 사나워졌을 때,
나는 하나의 부름을 들은 것 같았다. "아이야."
그리고 나는 대답했다. "주님."

— 조지 허버트, 목줄(The Collar)에서

나는 유현식이 죽었다는 소식을 신문을 통해서 알았다. 두 줄짜리여서 발견하지 못할 뻔했다. '한강에서 30대 초 남성 익사. 낚시꾼이 발견.' 지갑 안에 젊은 여자 사진이 들어 있었다고 했다. 유리가 죽고 3년

후였다.

  겨울이 깊다. 차가운 별이 떠오르고, 바람의 냄새가 달라져 갔다. 밤
어둠의 빛깔도 변화했다. 소리도 다른 울림을 띠었다. 계절은 봄에서
여름, 가을로 이어졌고 겨울로 접어들었다가 다시 몇 번 바뀌었다. 있
는 줄도 모르게 지나갔다. 건조하고 새벽공기처럼 차가웠다. 스물아홉
아름다웠던 날들, 유리의 영상이 눈앞으로 지나간다. 유리는 우리 모두
에겐 그리움을, 어머니에게는 죽음과 같은 슬픔을 남겨 놓았다. 유리에
대한 추억이 현재 일어나는 일처럼 눈앞에 선명하게 펼쳐진다. 그것은
사람마다 제각기 다른 추억, 개인사로 변질될 지도 모른다. 유리가 가
버린 상태에서 시간이 흐르고, 그리고 사람들의 기억에서 조금씩 사라
져간다. 언제든 사물의 존재 양식은 같은 것. 달이 차고 이지러지는 것
처럼. 하지만 유리는 내 가슴 속에서 영원히 살아 있을 것이다. 언젠가
유리가 내게 했던 말이 생각난다.

  "나는 늘 어딘가에, 자신이 사랑하고 자신을 알아줄 사람을 만나리란
믿음을 가지고 있어요. 어릴 적부터 언젠가는 그 믿음이 이루어지리라
는 걸 한 번도 의심하지 않았어요."

  내가 결혼하고 시집살이 중 가장 많이 생각 났던 사람은 유리였다.
유리가 눈에 선하게 밟혀서, 나는 마치 자식을 떼놓고 온 어미처럼 늘
유리 걱정만 했다. 높게 쌓아 놓은 고구마 가마니 위에서 유리가 웃고
있다. 꿈속에서도 유리가 떨어질 것 같아 초조하다. 고구마 가마니 위
로 올라간 유리를 급히 떼어내는 꿈을 꾼다.

골목에 쌓인 눈을 헤집고 언니의 집을 찾아온 길. 꿈을 찾아 새 인생을 시작하려고 들어선 유리, 그때 그녀의 꿈과 희망은 무엇이었을까? 지금도 감색 교복 코트를 입고 활짝 웃던 유리 모습이 선하게 보인다. 나를 찾아 온 유리. 꿈을 찾아 나선 파랑새였다. 젊음을, 꿈을, 그리고 날개를 부러뜨린 채 비틀대다 간 유리. 그녀의 자리는 어디에도 보이지 않는다. 나는 자신이 가해자가 된 지금 유리의 상처가 아파 운다. 결국 타인을 위한 자리는 없었던 것인가? 유리는 가고 나는 남아 있다.

새 한 마리가 푸른 하늘 속으로 솟아오르고 있다. 한참 후 다시 하늘을 쳐다보았을 때, 그 새는 점이 되더니 보이지 않는다.

유리는 남은 사람을 통해서 다시 세상과 소통을 하려는 걸까. 유리가 사라져도 여기 내 가슴속에 유리는 남아 있다. 우리의 가슴속에 남아 있는 유리에 대한 그리움과 추억. 하지만, 그것 또한 산 자의 것일 뿐. 설명할 수 없는 깊은 울림이 가슴으로 차오른다. 나 장필순의 애창곡 '산 너머 남촌에는,' 그것은 어머니가 딸 장유리를 안고 불렀고, 나와 유리와 함께 부르던 노래였다. 그 노래가 나올 때마다 너를 생각하게 되겠지. 네가 세상에 없어도 '네 기억만으로도 나는, 너와 함께 살아있음을 느낄 것이다.' 기억은 영원으로 가는 길. 내 목숨이 붙어 있는 한 옹이로, 죄책감으로, 때로는 즐거운 추억으로 남아 있을 것이다.

산 너머 남촌에는 누가 살길래
해마다 봄바람이 남으로 오네
아 꽃피는 사월이면 진달래 향기

밀 익는 오월이면 보리 내음새

어느 것 한 가진들 실어 안 오리

남촌서 남풍 불 때 나는 좋데나.

　푸른 하늘로 날아가는 새를 보며, 나는 모든 걸 새롭게 시작하고 싶다. "별은 멀리 있어야 해요. 그래야 그 빛남을 바라볼 수 있으니……. 우리가 자고 있어도 빛나는 별처럼, 우리는 서로를 느낄 수 있어요." 나는 유리 말을 떠올리면서 중얼거리고 있다. "이제야 나는 언제나 너의 미소를 볼 수 있어."

　오늘도 동네 시장엘 갔다. 잡화를 팔고 있는 가게다. 청년이 반색하며 물었다.

　- 요즘 딸이, 아니 동생이 안 보이네요. 어디 갔어요?

　유리를 알기 때문에 묻는 말이다.

　- ……멀리 갔어요.

　눈물이 나올 것 같아서 대충 얼버무렸다.

　- 어디? 미국? 쌍둥이처럼 닮았는데, 예쁜 동생이 보고 싶겠네요.

　나는 일어나 창가로 갔다. 자연은 이 세상 모두에게 면죄부를 내려주는 걸까. 온 세상의 더러움을 덮을 눈이 내리고 있다. 몇 년 만의 폭설이라고 한다. 유리가 살아 있다면 즐거워 했을 것이다. 어깨를 나란히 하고 눈길을 걸었을 것이다. 하지만 이제 유리는 이곳에 없다. 마당에다 커다란 발자국을 만들며 대문 밖 길로 나선다. 흰 눈은 내 어깨 위로 쉼 없이 떨어져 내리고 있다. 나무로 만든 넉가래로 길을 낸다. 온 힘을 다

해 눈을 길옆으로 치워 놓는다. 땀 흘려 치운 눈이 담장 옆에 쌓인다. 하
얀 성곽처럼 보인다. 유리가 올 때도 첫눈이 내렸다. 성당 미사를 마치
고 대문을 열던 나는 하얀 눈이 쌓인 마당을 망연히 바라보았다. 유리
가 눈사람을 만들고 있다. 마당 한가운데에 만든 눈사람에게 마른 고추
를 잘라 예쁘게 입술을 만들어 주던 유리가 뒤돌아보며 활짝 웃고 있
다. 나는 유리에게 달려가면서 그녀의 이름을 외친다.

　－ 웰컴! 나의 아벨.

소외감, 질투, 사랑, 그 영원한 여정
— 이정은 장편소설 『웰컴 아벨』

강 석 중 (문화평론가)

1

천천히 작용하는 소설들이 있다. 며칠 혹은 몇 달 후에, 불현듯 소설에 등장하는 문장이나 광경을 떠올리게 되는 소설들. 이정은의 장편소설 『웰컴 아벨』은 그런 소설이다. 감정적 다양성과 리얼리즘은 이정은 문학세계의 가장 큰 특징이다. 그는 부부의 갈등을 전쟁의 패러다임으로 이해했고, 그 기원을 구약의 '카인과 아벨'에서 찾고 있다. 전쟁의 역사가 구약성서 창세기에 나오는 '카인과 아벨'에서 시작되었다는 작가의 발상은 신선하고 근원적이다. 과거이며, 현재이며, 또한 그것은 인류가 존재하는 한 전개될 것이기 때문이다.

전쟁은 인간 내면에 숨어 있던 폭력성과 적나라한 욕망들이 표출되는 인간 본성의 실험장이자 상대방을 굴복시키고 생존하려는 인간 의지의 대결장이기도 하다. 성서에 나오는 '카인과 아벨' 이야기에서 카인은 농부이고 아벨은 목동이다. 카인으로 대표되는 정주민들은 위계적 정체성을 꾸미고 사는 자들이다. 그들의 정주를 가능케 하는 경계가 이미 배타적 정체성의 표현인 위계를 내포하고 있다. 농사를 짓는 카인이 가축을 치는 아벨에게 그렇게 했듯 이런 정주민들은 유목민들을 증오해왔다. 아마도 근본적으로는 유목민의 도래가 정주민들이 꾸며온 모든 체계와 질서를 와해시킬지도 모르기 때문이리라. 체계와 질서를 와해시킨다는 것, 그것은 두 세계의 충돌이며 전쟁으로 발전되어 간다.

『웰컴 아벨』은 가장 사랑하는 존재에 의해 침범된 일상, 그리고 그 존재가 일으키는 파장이 동심원을 그리며 퍼져나가면서 이야기가 펼쳐진다. 주인공 장필순은 권력을 가진 남편 송우현에게 사랑받기를 원한다. 당연하던 일에 균열이 생긴다. 동생 유리로 인해, 남편의 관심이 유리에게로 옮겨가는 것을 목격하고 분노한다. 그녀는 기득권을 잃게 될 것 같은 두려움으로 치졸해진다. 사랑해야 할 동생에게 라이벌, 시기와 질투로 살의를 느낀다. 소설은 형제간의 전쟁과 질투, 파멸이라는 정형화된 내용을 새로운 각도로 조명하여 예술작품으로 끌어올렸다. 무엇보다 장편소설이 갖춰야 할 남편과 동생의 관계에 대한 질투가 불러일으키는 폭발적인 내면 갈등을 강렬하게 교직해가면서 끝까지 긴장감을 놓치지 않게 한다.

『웰컴 아벨』은 위대한 전쟁영웅이나 크고 거창한 이야기에 매몰되지 않고, 등장인물들의 갈등이나 에피소드를 통해 '현재, 이곳'에서 전사(戰士)로 살아가는 '우리'의 이야기에 초점을 맞추었다. 주인공들이 최종적으로 어떤 선택을 하게 될 것인지 마지막까지 퍼즐을 끼워 맞추 듯 이야기를 풀어나간다. "평화를 원한다면 전쟁에 대비하라"는 말이 있을 정도로 전쟁은 현대를 살아가는 우리에게 익숙한 삶의 풍경이다. 전쟁은 수많은 재앙을 일으키며 고통을 초래하지만, 그렇다고 전쟁을 완전히 없애거나 피할 수만은 없다. 자유를 위한 전쟁 역시 지금 이 시간 세계 곳곳에서 벌어지고 있기 때문이다. 현재 우리에게 진짜 가장 중요한 전쟁이 일어나는 곳은 바로 가정이고 우리 내면일 것이다. 전쟁과 평화는 반복되고 지속적이다. 우리가 그것을 어떻게 받아들이는가는 주관적인 판단에 달려있다.

『웰컴 아벨』은 특히 갈등과 질투에 대해서 많은 부분을 할애하고 있는데, 이는 실제적인 분쟁을 제대로 이해하지 못하게 된다는 사실을 깨달은 작가의 의도적 접근일 것이다. 우리에게 카인은 누구이고 아벨은 누구인가! 소설은 인간 내면에 뿌리 깊은 질투와 증오의 문제를 과감히 파헤친다. 다른 사람을 시기하고 미워하는 행위 자체가 아니라, 어떤 과정을 거쳐 질투하고 상처 받고, 그러면서도 왜 사랑하지 않을 수 없는가를 심도 있게 보여준다. 주인공들 간의 극적 갈등을 섬세하게 다루며, 인간 심리가 소외감과 질투가 어떻게 형성되는지 그 과정을 탐구한다는 점에서 이 작품은 심리소설이라고도 할 수 있다.

2

소설은 전체 4개의 장과 에필로그로 구성되어 있다. 1장은 여동생 유리가 '나'의 집에 들어온 1년을 회상하는 부분으로, 별의 충돌과 불안정한 세계를 다룬다. 2장에서 4장은 그 이후의 이야기로 전개되며, 주인공을 비롯한 등장인물의 갈등과 심리를 망라하고 있다. 모두 24편의 이야기들이 제각각 번호가 매겨져 소제목을 달고 펼쳐진다. 폭풍처럼 써내려간 소설은, 원고지 2000매 분량으로 집필했다가 그 분량을 1300매로 줄였다고 한다.

만일 아벨이 당신 옆에 있다면 당신은 어떻게 할 것인가? 우리는 왜 가장 가까운 사람에게, 가장 사랑하는 사람에게 더 많은 상처를 주고 또 받을까? 질투는 서로 모르는 사람들끼리 생기지 않는다. 다른 세계에 살거나 다른 시대에 사는 사람을 질투하지 않는다. 세대가 다른 사람보다 같은 세대인 사람을, 먼 곳에 있는 사람보다 가까이 있는 사람을 질투하게 마련이다. 그중에서도 가장 위험한 질투는 피하고 싶어도 피할 수 없는 관계 사이에서 자란다.

소설에 나타난 상징성에 주목하게 된다. 별의 충돌, 전쟁, 황금사과, 이방인 같은 소제목이 그것이다. '별'은 이상을 상징한다. 세 사람은 행복하다. 어느 날 별의 충돌이 일어나고 '전쟁'이 시작된다. 전쟁을 피하려는 '나'의 노력은 '나'의 예민한 기질과 현실의 폭압아래 번번이 좌절한다. '나'와 남편은 날카롭게 대립하며 사건의 전개와 인물들의 갈등이 증폭되면서 극단적인 대립으로 치닫는다. '내'가 원하는 것과 '그'가 바라는 것이 다르고, 서로가 무엇을 원하고 무엇을 갈망하는지 모른다. 각자 앞으로 치달아 갈 뿐이다. '황금사과'는 금단의 열매(forbidden fruit)를 상징한다. 이방인은 세상에 홀로 남겨진 자를 나타낸다.

소설에서 크게 지배하는 소외감과 두려움의 정서는 우리의 견결한 삶 내부에 있는 '내'가 느끼는 소외감에 대해 관심을 갖도록 독자들을 유도한다. 이런 의미에서 이번 소설은 현재를 살아가는 이웃의 한 개별적 존재가 가질 수 있는 보편적 비망록이라고 읽어도 될 것이다. 그 슬픔과 외로움의 기억을 거쳐 세상의 정의에 대한 어렴풋한 인식을 지렛대 삼아 겨우 버텨온 시간들이 있었는데, 그것이 망각될지 모른다는 사실이야말로 현재 우리가 처해 있는 존재론적 위기일 것이다. 그 미래에 대한 두려움이 작가를 사로잡는다. 때로는 달아남으로써, 때로는 폭력으로써, 두려움 없는 세상에 속하려는 것이 사람들의 본능이다. 그러나 이 작품의 두려움은 그런 일반적 두려움과는 거리가 있다. 그것은 무엇보다도 세상에서 소외되고 홀로 남는다는 두려움이다.

남편 우현은 처음 유리의 단순한 보호자에서 시간이 흐르면서 연인으로 발전한다. 꿈꾸는 사랑, 두 사람이 육체적 관계로 발전했는지는 '나'는 알지 못한다. 눈에 보이는 게 전부가 아니라면 고단해 질 수밖에 없다. 그건 우리의 상상력을 자극하기 때문이다. '나'는 하루하루가 숨이 막힌다. 믿고 싶지 않은 현실이지만 어떻게 하겠는가? 그게 우리가 살아가는 모습인 것을. 유리는 우현을 사랑했을까? 그러나 인생에는 리허설이 없다. 허나, 그러면 어떠한가?

자신에게 매혹적으로 다가오는 것, 자신에게 욕망을 불러일으키는 것, 그것이 곧 권력이다. 소설은 인물들 간의 친밀감을 권력관계와 연계시켜 메시지와 물음을 놓치지 않았다. 자매이면서도 라이벌 관계인 두 여자. 하지만 그건 어디까지나 내면에서 끓어오를 뿐 겉으로는 드러낼 수 없다. 남편과 여동생 유리 사이에서 '나'는 외톨이가 된다. 그들은 회사를 위한 발전적인 대화만 하고 나는 입을 다문 채 앉아서 창밖을 바라보고 있을 뿐. 웃을 수도, 화낼 수도 없다. 집안에서 내 위치가 흔들리면서 내 꼴이 점점 우습게 되어가고 있다. 하지만 내가 취할 수 있는 수단은 없다. 동생을 다른 곳으로 내보낼 수도 없고 누군가에게 그 사실을 이야기할 수도 없다. 그럴수록 '나'는 남편과 유리와의 관계를 의심한다.

남편은 유리를 만날 수 없는 일요일만 되면 공황상태에 빠진다. 그리고 내가 하는 모든 것을 거부한다. 침묵의 존재는 바로 그 침묵으로 세상과 불화한다. 이 불화의 태도가 환기하는 것은 체념과 피로의 순간이 또 다른 삶의 발화점일 수 있다는 사실이다. 좌절한, 암울한 공간을 운명적 현실이라고 한다면, '살아 있음에 대한 환희'에 대한 상상도 오래 기억되어야 할 것이다. 이 소설이 삶의 각축장이라고 한 것이 이 때문이다. 우울증과 강박관념에 빠진 '나'는 술을 마셔야 숨을 쉴 수가 있다. 올가미, 아니 솜사탕 같은 사랑에 걸려든 남편의 비밀스런 연애로 가슴이 터질 것 같아서 술을 입에 물고 산다. 처음에는 세상의 근심 걱정을 모두 마취시켜 주는 듯하다. 하지만 곧 머리가 몽롱해지면서 더 큰 혼란에 휩싸인다. 남편이 눈앞에 보이지 않으면 두렵고 무서워진다. 의심으로 자꾸 남편이 못 미덥다. 그는 의부증이라고 질색하지만 어쩔 수 없는 일. '나'는 산다는 것이 점점 혼란스럽고 사막에 홀로 남아 있는 것 같아 두렵다.

3

이 소설은 한 인간이 남편을 향한 사랑과 동생에 대한 그리움을 노래하고 있다. 미스터리한 동생 유리의 죽음은 무엇일까? 아니면 단순 사고일까? 자살일까? 타살일까? 타살이라면 범인은 누구일까? 사고를 가장한 자살일까? 유리가 죽음에 이르는 과정을 음미할 필요가 있다. 우현은 유리를 갈망하지만, 유리를 떠나보내는 것 또한 사랑이라고 생각한다. 작가는 유리의 죽음이 자살이라는 암시를 살짝 드러낼 뿐, 명확하게 단정 짓지 않고 모호하게 남겨 두었다. 24번째 나오는 마지막 소제목인 '새가 날아가다' 에 나오는 '새' 에 대해 주목할 필요가 있다. 여기서 새는 자유를 갈망하고 자유를 찾아가는 상징으로 나타난다. 유리의 죽음을 자유를 향해 날아가는 '새' 의 이미지를 배치함으로써 자유로운 영혼이라는 이미지를 나타냈다. 이는 유리가 '자유' 의 상징으로 나타난다는 것이며, 언제나 우리와 만날 수 있고 소통한다는 의미로 된다. 이것은 또한 '별' 의 이미지와도 상통한다. 자유로운 자는 언젠가 우리 앞에 다시 나타날 것이기 때문이다.

인류 역사는 기묘한 뒤틀림으로 가득하다! 우리는 가상과 실제의 경계를 넘나들면서 살아가고 있다. 낮과 밤, 밝음과 어둠, 분명함과 모호함. 우주도 마찬가지다. 처음엔 작은 점 하나에서 출발했다. '필순'도 그렇다. 의혹이란 작은 점 하나에서 출발했다. '필순' 의 상상력이 빅뱅을 일으키는 것이다.

오늘날 우주 탄생을 설명하는 가장 기본적인 모델인 '빅뱅이론' 에 따르면, 우주는 태초에 하나의 점이었다가 대폭발을 거쳐 지금의 우주처럼 팽창했다는 것이다. 그리고 지금도 계속 팽창하고 있다는 것이다. 우주가 '팽창'한다는 사실은 많은 사람들을 흥분시키는 동시에 곤혹스럽게 만들었다. 이것은 우주가 고정되어 있지 않다는 것을 의미하기 때문이다. 우주 자체가 진화하고 있다는 발상은 실로 날벼락 같은 것이다. 인류가 최초로 지구상을 걸어다닌 이래 우리는 인간사가 불안정하다는 사실을 깨달아왔다. 그런데 이제는 하늘조차도 불안정하다는 사실을 알게 된 것이다. 우리 삶은 불완전성이며, 이 불완전성이야말로 우리 삶을 이끌어 간다. 코페르니쿠스의 이전까지만 해도 지구는 우주의 중심이었다. 그러나 코페르니쿠스의 등장 이후 우주의 중심은 태양으로 바뀌었다. 그리고 곧이어 우주의 중심은 우리은하가 되었다. 하지만 이것이 전부가 아니었다. 우리은하 또한 밤하늘에 빛나는 셀 수 없이 많은 은하들 중 하나에 불과할 뿐이며, 우리에게 생명을 주는 태양은 광대한 우주의 해변에 널린 한 알의 모래에 불과하다. 더욱이 인간임에는.

누군가를 이해하기 위해서는 그가 온전히 사라지고 난 후에나 가능한 것일까. 별은 그렇게 어느 겨울날 꽃잎처럼 내 곁으로 왔다가 이 세상에 없는 또 한 축을 따라 우주 속으로 고요히 흘러간다. 유리 죽음에 대한 이해, 그것은 독자의 상상에 맡겨 두었다. 소설 속에서 의미를 찾는 독자든, 그것과는 상관없이 이야기를 즐기는 독자든 나름의 즐거움을 즐길 수 있도록 다양한 얼굴을 숨긴 것이다. 의도적으로 구도한 동양화에 나오는 여백 같은 것이랄까.

나는 꼼짝하지 않고 집에 틀어 박혀 있었다. 자폐가 되거나 외부

세계를 완강하게 거부하는 것은 아니나 나 자신을 회복하는데 물리
적인 시간이 필요했던 것이다. 몇 번인가 전화가 걸려왔지만 나는
수화기를 들지 않았고, 누군가가 도어를 노크했지만 나는 응답하지
않았다. 살아 있다는 것이 꿈속인지 현실인지 모호했다. 유리와 둘
이서 골목과 시장을 거닐었고, 많은 시간을 함께 보냈고, 많은 이야
기를 나누었다.(339면)

소설의 마지막 문장은 다음과 같이 끝나고 있다. "나는 유리에게 달
려가면서 그녀의 이름을 외친다. 웰컴! 나의 아벨." 소설의 마지막 구
절이자 소설의 제목이기도 한 현재형 문장 속에 현재와 미래를 함축시
켜 놓았다. 『웰컴 아벨』은 아벨에 대한 진혼곡이자 주인공 유리에 대한
헌사이다. 작품 속에서 완전한 세계를 구축하고 인물에 생명력을 부여
하여 자신의 서사 안으로 독자를 끌어들일 때, 그 작가는 독자를 완벽
하게 장악할 수 있게 된다. 훌륭한 문학작품이 그러하듯이 그의 작품
은 역사적 시간과 공간을 초월하여 좀 더 보편적인 주제를 다룬다. 그
의 작품이 공감을 주는 것은 바로 특수성과 보편성 사이에서 조화와
균형을 꾀하고 있기 때문이다. 이것이 이정은 작가가 '탁월한 스토리
텔러'로 칭해지는 이유일 것이다.

『웰컴 아벨』은 소설이라는 장르가 보여줄 수 있는 모든 것을 보여주
고 있다. 필순, 우현, 유리, 세 사람의 시선을 교직하는 형식으로 풀어놓
음으로써 전혀 다른 세계를 보여준다. 방대한 서사 안에 자연스럽게 제
자리를 잡고 있는 인물, 긴 시간동안 일관적으로 유지되는 사건의 개연
성, 언어가 함의하는 다양한 상징 등. 게다가 사랑, 배신, 질투, 집착, 소

외, 가족에 대한 책임과 의무, 신, 탄생과 죽음, 이 모든 것들은 단단하게 응집된 하나의 세계를 이루고 있다. 작가는 일련의 인물들을 통해 우리에게 묻고 있다. 아벨이 당신 옆에 있다면 당신은 어떻게 할 것인가?

이정은 작가는 야전사령관이다. 그는 현실을 현장감 있게 그려내려는 리얼리즘에 기초하면서도 풍부한 상상과 은유가 넘친다. 인간 본연에 대한 끊임없는 탐색에서 우러난 작가의 의식이 반영되어 있기 때문일 것이다. 그는 한곳에 안주하지 않고 오늘도 앞으로 나아가고 있다. 어쨌거나 우리는 다음과 같은 작가의 말을 기억하기만 하면 되는 것이다. "나는 바란다. 소설을 쓰다가 원고지 위에서 죽기를." 깊은 문학적 감동을 전해준 작가의 수고에 경의를 표한다.

불안정한 세계, 사랑하기 또는 죽이기

살아 있는 모든 것은 제각각 빛을 낸다. 생을 살면서 남기는 흔적들, 비록 들리지도 보이지도 않지만 그 안에 수많은 탄성이 숨어 있음을…… 나는 미처 몰랐다. 타자의 존재를 애타게 그리워하고, 그 타자에게서 이해 받고자 하는 인간의 본성, 그 소통의 문제가 오랫동안 내게 남겨진 숙제였다. 말하자면 글쓰기가 내게 갖는 의미, 글쓰기와 소통의 문제, 문학과 철학의 차이뿐 아니라, 남자와 여자, 타인과의 관계를 통한 세상의 이치를 탐구하는 상상을 하게 만들었다. 언젠가부터 내 속에서, 빛이 있어라, 그리고 살아나라, 하고 소리치고 있다는 것을 감지했다.

그 말에 생명의 불꽃이 내 안으로 들어오기 시작한 것일까. 그런 시작의 과정을 흔히 창작이라고 하는지는 모르지만 나는 달리기 시작한다. 주술을 걸면서 무의식의 나, 혹은 내가 아닌 또 하나의 나가 되어간다. 내가 만들어 낸 분신들 하나하나를 통해서 나는 시대를 통찰하는 작가가 되고자 원하지만 결과는 곧바로 비참하게 나타난다. 나를 버리

지 못하고 에고를 극대화시키기 때문일 것이다. 에고의 축소만이 나아
가야 할 길이라고 깨닫는 순간이면 늘 너무 멀리 왔음을 깨닫게 된다.

　인간을 이끌고 구속하는 불완전함, 소외에 대해 말하고 싶었다. 인간
이 인간에게 저지른 최초의 살인에 대해 많은 생각을 해 보았다. 근원
적인 원죄를 인식하지 못한 사이 나는 어느새 살인자가 되었다. 그 이
유는 무엇일까? 무엇이 내면에 깃들여 있는 어리고 해묵은 영혼을 소스
라쳐 깨어나게 하는가? 시간의 저 아득한 어둠 속에서 어느 한 순간 어
렴풋한 빛들이 내면에서 광채를 발하면서 곧바로 나의 현재를 비춰주
고 있다. 구약성경 창세기에는 인류 최초의 살인이 그려진다. 카인과
아벨의 이야기다. 창세기에서 인간의 최초 살인의 원인이 생존에 필수
적인 물질쟁탈이 아니라 자신이 받아들여지지 않는 것에 대한 분노와
질투였다. 불공평하다는 생각, 그래서 억울하다는 느낌, 그래서 아우가

밉다. 동생 아벨을 질투하여 그를 죽이는 형 카인. 카인에게 살인을 충동질한 자, 그는 누구일까? 야훼일까? 저주받은 영혼을 물려받은 카인, 나는 그런 카인을 거부하고 싶었다. 그러나 인간 실존은 그 같은 일을 범할 수 있는 존재이며, 그 책임회피를 넘어 '내가 아우를 지키는 자입니까?'라고 항변하는 존재로 그려지고 있다.

소설쓰기에서, 인간 내면 밑바닥에 잠겨 있는 무의식은 이해나 인식보다도 더 깊이 잠겨 있는 세계라는 점에서 보다 더 근원적이다. 이미 알고 있음을 새롭게 확인하는 일이 나에게 시퀀스라는 개념으로 주어지고, 그 새로움의 빛은 어둠에서 밝음으로 나아갈 수 있게 해 줄 것이라 믿는다. 타인에 대한 연민이 이 소설의 출발이다. 소설에서 리얼리티에 충실하려고 노력했다. 감정을 박박 긁어 이어댄 조각보, 그래도 턱 없이 부족함을 알고 있다. 이 소설은 실존 인물도 있고 허구의 인물도 있다. 그러나 소설 속에 뒤섞이면서 내게는 모두가 팩트(fact) 같고 또 모두가 픽션(fiction) 같다. 아마 그 중간쯤 일 것이다.

내가 글자판을 바라보며 고독한 시간을 보내는 동안 어떤 사람은 행복을, 또 다른 사람은 건강을 건져 올렸을지도 모른다. 새벽마다 컴퓨터 앞에 앉은 나는 고독했지만, 그 새벽의 모든 순간이 참으로 행복했다. 글자판 앞에서 불멸을 목표로 하고 있는 것은 아닌지……. 불멸이란 가당찮은 상상을 하면서. 아무것도 원하지 않을 때, 그런 마음조차도 잊고 있을 때, 모든 것을 버리고 빈손을 내보일 때 비로소 풍요로움이 예고 없이 찾아온다던가. 얼마나 더 버려야 마침내 불멸을 얻을 수 있을까. 어디선가 반칙 벨이 울리고 있는 듯하다. 그러고 보니 나는 아직 갈 길이 먼 것 같다. 그것은 또한 아직 써야 할 것이 많다는 징표이기에 안도하면서 누군가에게 도움을 청하게 된다.

　사랑이신 주님! 당신이 제 손을 잡아 주실 때라야 당신과 일치를 이룰 수 있음을 믿습니다. 집안에서 맏딸인 나는 냉철한 권력자였습니다. 합리적이고 이성적으로 판단하고 행동하다보니 냉정하게 보였을 수도 있습니다. 형제와 가족들에게 명령하기만 했고 거부할 수 있는 자유를 허락하지 않았습니다. 더욱이 내가 한 말들, 촌철살인(寸鐵殺人)의 수많은 언어들. 그 칼에 맞아 상처를 입었을 형제와 가족. 대책 없이 함부로 휘두른 칼에 나 몰래 마음 아파했을 그 사랑하는 사람들에게 속죄하고 싶습니다. 그러니 당신은 저를 도와 주셔야 합니다.

　소설은 내가 세상으로 나아가는 길이다. 그 길 위에, 빛나는 생에 새로운 의미를 하나씩 채워나가고자 한다. 내가 사랑하는 사람들에게 감사하고, 내가 실망시켰던 사람들에게 미안하다. 진심을 다해 소설을 썼고, 세상에 내놓는다. 그것이 전부다. 가장 중요한 것은 에피소드 중 한

토막이라도 독자들이 공감할 수 있었으면 하는 바램이다. 이제 남은 것
은 바로 당신들의 이야기이다. 미지의 독자에게 절. 끝을 맺는다.

2010년 가을
관악산 자락에서
이 정 은

이정은 장편소설

웰컴! 아벨

초판인쇄 2010년 11월 10일
초판발행 2010년 11월 15일

지 은 이 이 정 은
발 행 인 서 정 환
편 집 인 백 시 종
주   간 채 문 수
편 집 장 김 정 례
편집차장 박 명 숙
편   집 권 은 경 · 김 미 림
펴 낸 곳 도서출판 **계간문예**

출판등록 2005년 3월 9일 제300-2005-34호
주   소 서울 종로구 익선동 30-6
          운현신화타워 207호
E-mail qmyes@naver.com
전   화 02) 3675-5633

값 · 10,000원

ISBN 978-89-6554-009-0 (03810)